Roadtrip

Van Graeme Simsion zijn verschenen:

Het Rosie Project
Het Rosie Effect
Het Rosie Resultaat

Het beste van Adam Sharp
Camino (met Anne Buist)
Roadtrip (met Anne Buist)

Graeme Simsion & Anne Buist

Roadtrip

Vertaald door Mariëtte van Gelder

UITGEVERIJ LUITINGH-SIJTHOFF

Eerste druk, juni 2021
Vierde druk, juli 2022

Oorspronkelijke titel *Two Steps Onward*
Vertaling Mariëtte van Gelder
Omslagontwerp Studio Jan de Boer
Kaart Simon Barnard

ISBN 978 90 210 3187 3
ISBN 978 90 245 9519 8 (e-book)
ISBN 978 90 245 9625 6 (luisterboek)
NUR 302

www.lsamsterdam.nl
www.boekenwereld.com

Uitgeverij Luitingh-Sijthoff vindt het belangrijk om op milieuvriendelijke en verantwoorde wijze met natuurlijke bronnen om te gaan. Bij de productie van dit boek is daarom gebruikgemaakt van papier waarvan het zeker is dat de productie niet tot bosvernietiging heeft geleid.

Roadtrip

Vézelay
N
Athez
Broye
Savianges
Taizé
Cluny
Sainte Cécile
Tramayes
Beaujeu
Genève
Villefranche-sur-Saône
Lagnieu
Pérouges
Ars-sur-Formans
Lyon
Saint-Maurice-de-Rotherens
Le Rivier d'Allemont
FRANKRIJK
0 km
50 km
Officiële pad van de Chemin d'Assise
De route van Zoë, Martin en gezelschap

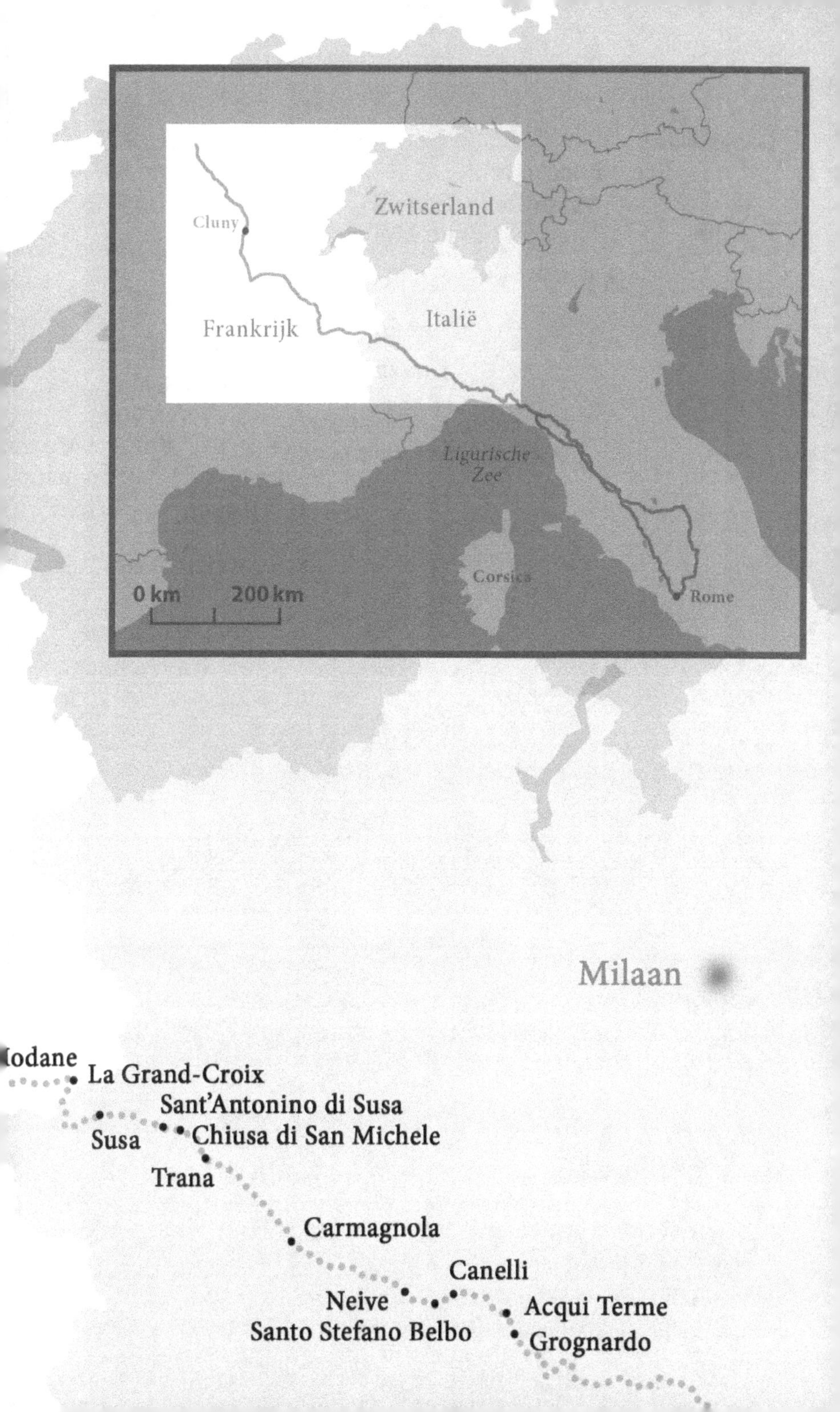

Cluny
Zwitserland
Frankrijk
Italië
Ligurische Zee
Corsica
0 km
200 km
Rome
Milaan
odane
La Grand-Croix
Sant'Antonino di Susa
Susa
Chiusa di San Michele
Trana
Carmagnola
Canelli
Neive
Acqui Terme
Santo Stefano Belbo
Grognardo

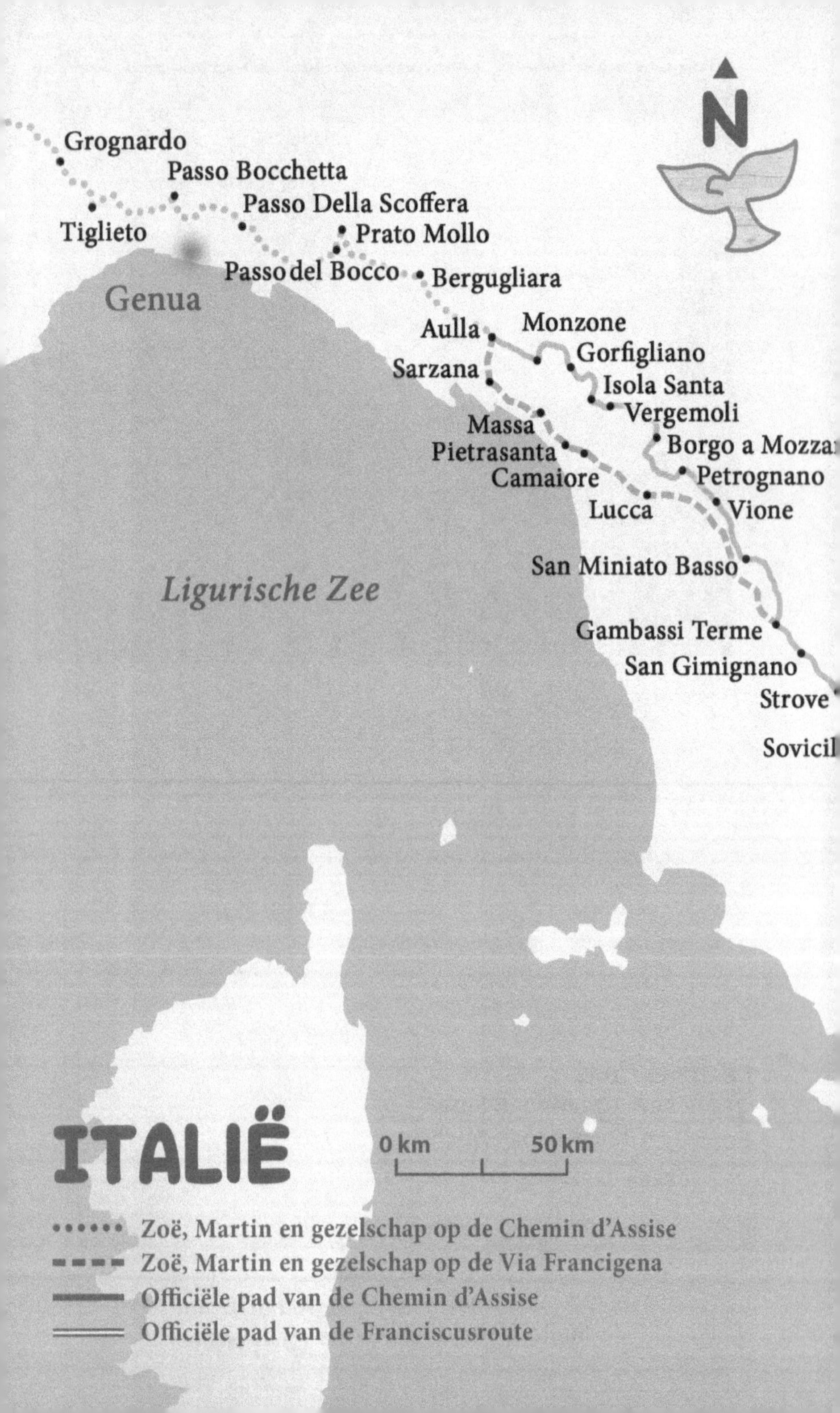
N
Grognardo
Passo Bocchetta
Passo Della Scoffera
Prato Mollo
Tiglieto
Passo del Bocco
Bergugliara
Genua
Aulla
Monzone
Gorfigliano
Sarzana
Isola Santa
Vergemoli
Massa
Borgo a Mozza
Pietrasanta
Petrognano
Camaiore
Lucca
Vione
San Miniato Basso
Ligurische Zee
Gambassi Terme
San Gimignano
Strove
Sovicil
ITALIË
0 km
50 km
Zoë, Martin en gezelschap op de Chemin d'Assise
Zoë, Martin en gezelschap op de Via Francigena
Officiële pad van de Chemin d'Assise
Officiële pad van de Franciscusroute

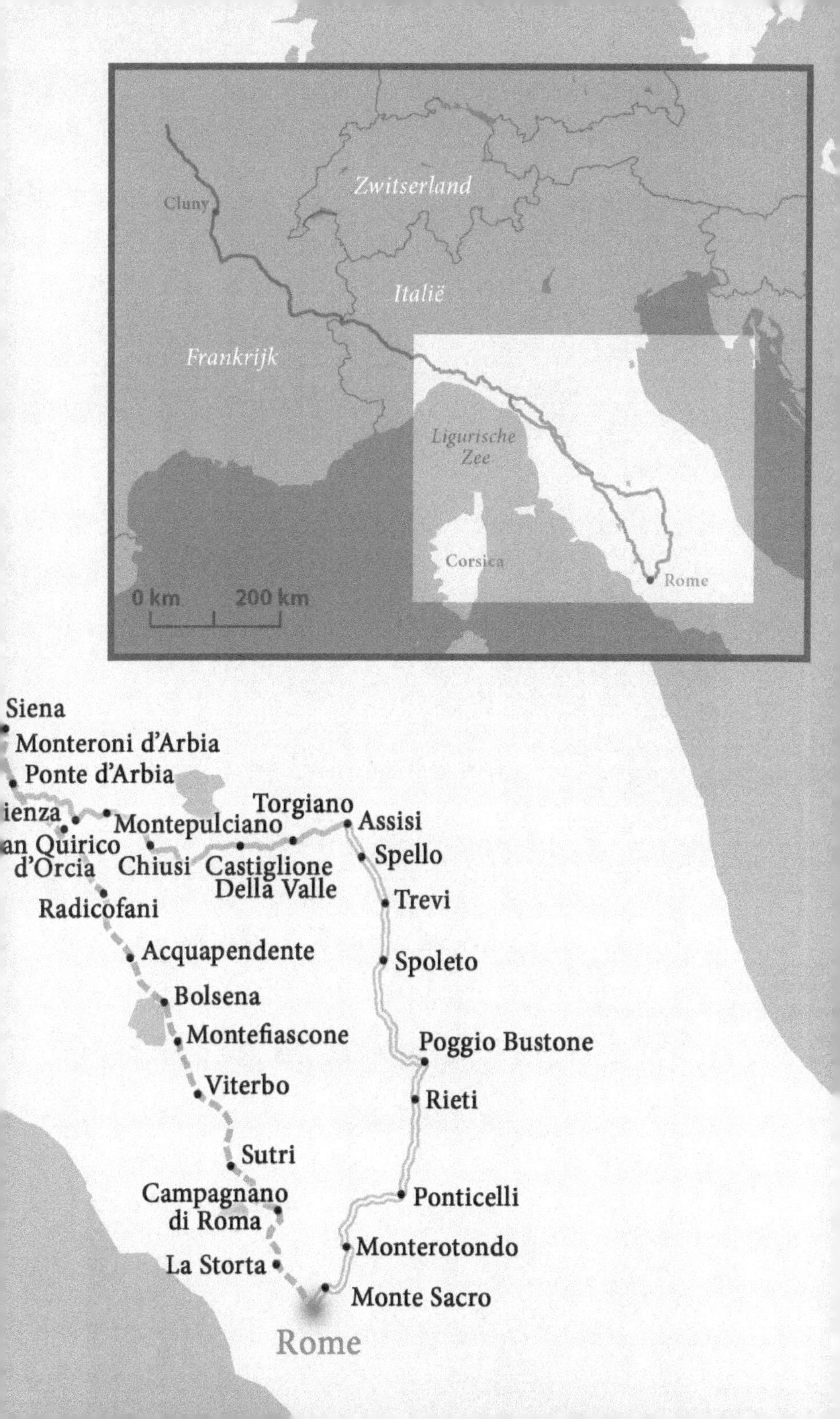

Zwitserland
Cluny
Italië
Frankrijk
Ligurische Zee
Corsica
Rome
0 km
200 km
Siena
Monteroni d'Arbia
Ponte d'Arbia
ienza
an Quirico d'Orcia
Montepulciano
Chiusi
Torgiano
Castiglione Della Valle
Assisi
Spello
Trevi
Spoleto
Radicofani
Acquapendente
Bolsena
Montefiascone
Viterbo
Poggio Bustone
Rieti
Sutri
Campagnano di Roma
Ponticelli
Monterotondo
La Storta
Monte Sacro
Rome

1

Zoë

Het lot kondigde zich aan als een gezoem in de zak van mijn spijkerbroek.

De leider van de workshop teambuilding voor het vluchtelingencentrum waarvoor ik me als vrijwilliger had aangemeld, werkte alle clichés af: altruïsme zonder empathie is als een schip zonder roer; een reis van duizend mijl begint bij de eerste stap. Dat laatste had ik zelf ervaren, maar moest humanitaire hulpverlening echt zo ingewikkeld zijn?

In gedachten was ik bij het huiswerk dat hij had opgegeven. *Bedenk voor het kringgesprek drie gebeurtenissen die bepalend zijn geweest voor je leven.* Ik kon er maar twee verzinnen.

De eerste was die keer toen ik als student mijn huisgenoot Camille had geholpen een abortus te krijgen. Dat had geleid tot een roadtrip door Amerika, van Saint Louis tot Los Angeles, vervreemding van mijn gelovige moeder en het begin van de manier van denken die me had gebracht waar ik was en tot wie ik was.

De tweede was het overlijden van mijn man Keith, door een auto-ongeluk. Mijn zoektocht naar antwoorden had me eerst naar Camilles huis in Cluny in het oosten van Frankrijk geleid, en toen tot de eerste stap van een wandeling van bijna tweeduizend kilometer over de Camino de Santiago de Compostela, de oude pelgrimsroute, van Camilles deur naar de westkust van Spanje. Ik was sterker teruggekomen: sterk genoeg om te zeggen dat mijn carrière belangrijker was dan naar Engeland verhuizen om bij Martin te zijn, de ingenieur voor wie ik tijdens de tocht was gevallen.

Maar nu, drie jaar later, was ik hier, in een vergaderzaal van een hotel, omringd door negatieve energie, terwijl buiten de zon de witgekuifde golven in de haven van San Francisco ving. Ik pakte mijn telefoon uit mijn zak: een mailtje van ene Gilbert Morvan met een adres dat eindigde op *.fr*. Deden scammers nu alsof ze fransozen waren?

Toen wist ik het weer: Gilbert was Camilles ex-man. Ik ontgrendelde mijn telefoon en het lot liet zijn gezicht zien.

Camille gaat de Chemin d'Assise naar Rome lopen om de paus te zien.

Wat nou weer? Gilbert was Camilles éx. Ze waren kort nadat ik de Camino had gelopen uit elkaar gegaan.

En de páús? Camille was wel katholiek, maar toen we nog huisgenoten waren, had ik niets vromers van haar meegemaakt dan een snel bezoekje aan de pastoor om te biechten zodat ze weer verder kon zondigen. Altijd dezelfde zonde. Ze hield van mannen. Tegenwoordig zou ik zeggen dat ze ambivalent was. Destijds vond ik haar gewoon schijnheilig. Niet omdat ze in het rond neukte, maar omdat ze naar de kerk ging.

En de Chemin d'Assise is een *wandelroute*. Er lopen maar twee lange routes door Cluny; de andere is de Camino de Santiago.

Camille had me zien pakken voor die route, griezelend bij de gedachte aan drie maanden zonder make-up. Ze hield van afgeprijsde designkleding, sexy lingerie en Chanel-parfum. Niet van merinowollen blouses, sportbeha's en met een flintertje zeep van hostel naar hostel trekken. Echt niet dat zij naar Rome ging lopen.

Ik had gelijk, maar op de afschuwelijkste manier.

Camille heeft MS. Ze kan niet zelfstandig reizen. We zijn weer samen. We vertrekken vrijdag.

Probeer het dus niet uit ons hoofd te praten. Het was nu dinsdag. En het leek erop dat ze haar pelgrimstocht ondernam om de traditioneelste reden: hoop op genezing.

Mijn buurman stootte me aan. De leider keek strak naar mij en mijn telefoon. 'Geen woorden...'

Ik kwam van mijn stoel en liep naar de deur.

'Zoë, alles oké?' vroeg de leider.

'Ik ga de daad bij het woord voegen.'

De rest van Gilberts mailtje las ik op straat. Hij stelde voornamelijk praktische vragen. Hoe ver kun je komen op een dag? Hebben de hostels airco? Wat dragen vrouwen 's avonds?

Ik had gehoord van mensen die pelgrimages per rolstoel aflegden, over de fietsroutes. Ik zag voor me hoe Camille, typisch Frans met stilettohakken, door Gilbert over een smerige snelweg werd geduwd, belaagd door vrachtwagens.

Ik kreeg een inval: misschien kon ik het karretje te pakken krijgen dat Martin van Cluny naar Santiago had meegetrokken; het was omgebouwd tot een *all terrain*-brancard voor het leger. Dan kon Camille de wandelpaden volgen en het verkeer mijden.

Ik had de afgelopen drie jaar geen contact meer met Martin gezocht. Hij had mijn beslissing in San Francisco te blijven en mijn kunstenaarsdroom te volgen als een afwijzing opgevat, wat het denk ik ook was. Ik had mezelf wijsgemaakt dat het maar een vakantieliefde was. Hem loslaten was me zwaarder gevallen dan ik had gedacht, maar de Camino is het echte leven niet.

Camille en ik hadden elkaar in achtentwintig jaar maar één keer gezien. Die ene dag bij haar thuis in Cluny was genoeg geweest om me op de vlucht te jagen, richting Spanje. We waren heel verschillend, zowel emotioneel als spiritueel, en tijdens de studie had ze me tot waanzin gedreven. Tot ze me om hulp had gevraagd.

Sindsdien waren we op de een of andere manier onlosmakelijk met elkaar verbonden, ook al hoorde ik soms een jaar niets van haar en kon ik de namen van haar partners niet onthouden. Wat ik met haar had, had ik met niemand anders.

Ook zonder meditatie of goddelijke leiding wist ik al wat ik ging doen. Ik moest Camille ook op deze reis vergezellen.

Nog voordat ik thuis was, had ik de reisredacteur van de *Chronicle* gebeld over een serie cartoons en verhalen over de pelgrimstocht en een 'misschien' gekregen. Een vriendin van het vluchtelingenwerk kende iemand die tijdelijk een huurhuis zocht. De kosmos was me welgezind.

Het was er ook een gunstige tijd voor. Mijn politieke cartoons verschenen minder vaak in druk. De mensen die ik tekende, stonden me niet aan en dat zal wel zichtbaar zijn geweest. Als ik probeerde iets voor mijn ene dochter te doen, leidde dat altijd tot gedoe met de andere. En ik was klaar met het vrijwilligerswerk.

Dan was alleen Martin er nog. Ik stuurde Gilberts mailtje aan hem door, vertelde dat ik met Camille naar Rome ging lopen en... ik wist dat het veelgevraagd was, maar áls hij zijn karretje wilde meebrengen... Toen ging ik op zoek naar een goedkoop vliegticket naar Frankrijk.

Martin antwoordde terwijl ik aanbiedingen zat te checken. Zo'n lange wandeling, en zo op stel en sprong, kon hij niet serieus in overweging nemen. Hij had toegezegd tijd door te brengen met Sarah, zijn dochter. Ik hoorde zijn stem in mijn hoofd. Van ver weg en afstandelijk. En tussen de regels door: *Drie dagen voor vertrek: je dwingt me gewoon je teleur te stellen.* Maar de reden die hij gaf, was nog dezelfde als die van drie jaar terug. Sarah moest nog steeds met zichzelf in de knoop zitten. Normale studenten kunnen wel even zonder hun ouders.

Ik had nog een optie voor het karretje. Ik facebookte met Bernhard, de jongen die had geholpen bij het ontwerp en het aan de Duitse marine probeerde te slijten. Of zoiets. Ik berichtte hem en hij reageerde meteen.

Ik kom persoonlijk een karretje brengen; stuur het adres maar.

Geen *Lijkt me leuk om je weer te zien*, maar zo was Bernhard niet.

De goedkoopste vlucht was met KLM. Als ik morgen ging, kon ik een tussenstop in Amsterdam maken en het Stedelijk Museum bezoeken, dat ik altijd al had willen zien.

Dan had ik nog twaalf uur om mijn spullen bij elkaar te zoeken. Twee daarvan besteedde ik aan het zoeken van een cadeautje voor Camille, en één in de wandelsportwinkel. Ik wist precies wat ik er zocht: ademend, lichtgewicht, snel droog. Twee T-shirts, twee thermotruien, een fleecejack, een waterdicht jack, een afritswandelbroek. De allerlichtste wandelschoenen, laat die enkelsteun maar zitten. Drie paar sokken. Plus een nieuwe rugzak en nog meer cadeaus voor Camille en Gilbert.

Toen ik de ochtend erna mijn rugzak in de bagageruimte van de shuttlebus stouwde, verbaasde ik me erover hoe bevrijd ik me voelde. Zo makkelijk, plotseling, dat-had-ik-eerder-moeten-doen *vrij*.

Ik was op weg naar degene die al bijna dertig jaar mijn zielsverwant was, het was pas de tweede keer dat ik naar Europa ging, ik stond op het punt weer een camino te gaan lopen en de beste tijd-voor-mezelf van mijn volwassenheid over te doen, en dan ook nog eens in *Italië*. Kerken vol kunst, stenen muren die veldslagen, plagen en de beste en slechtste kanten van de mensheid hadden gezien, en linguine met artisjok. Het wachtte allemaal op me. Ik was zo door het dolle heen dat ik niet kon slapen, zelfs niet in het vliegtuig, de trein en de bus van Amsterdam naar Lyon en toen door naar Mâcon en Cluny. Ik hoopte dat ik mijn wandelvreugde met Camille zou kunnen delen en dat die haar zou kunnen helpen met haar ziekte om te gaan.

Cluny zag er totaal anders uit dan in mijn herinnering. In plaats van het winterse grijs was er nu een levendig centrumplein vol auto's en toeristen, mensen die op terrasjes en op straat zaten te eten en te drinken en bloemen die in watervallen langs muren en uit balkonbakken golfden. De eeuwenoude muren van de abdij, die de eerste keer somber en donker hadden geleken, waren nu tot leven gekomen.

Ik liep de straat naar Camilles huis in, stond opeens recht voor de heuvel waarop ik Martin voor het eerst had gezien, drieënhalf jaar geleden, en verwachtte half-en-half dat hij daar weer met zijn karretje zou lopen, maar ik zag alleen de bomen en de muur van het kerkhof.

Terwijl ik de lege straat in keek, drong het eindelijk tot mijn oververmoeide brein door hoe het zou zijn om Camille te zien, mijn onafhankelijke, impulsieve vriendin, die nu invalide was en zich in haar wanhoop tot haar godsdienst wendde. Ik moest mijn rugzak afdoen om de Kleenex eruit te vissen en ik ging snikkend onder een boom zitten.

Het was maar goed dat Martin niet kwam. Ik had al genoeg op mijn bordje.

2

Martin

Voor mijn reactie op Zoë's mail had ik niet veel afwegingen hoeven te maken. Ik had al met Sarah afgesproken dat ze uit Edinburgh zou overkomen om de tweede helft van haar vakantie bij mij in Sheffield door te brengen. Het was een soort doorbraak voor ons.

Julia, mijn ex, had me binnen de kortste keren belast met loopbaanbegeleiding, psychotherapie en remediërend ouderschap voor Sarah en duidelijk gemaakt dat ze verwachtte dat ik het allemaal zou verprutsen. Ze vermoedde dat Sarah aan 'borderline anorexia nervosa' leed en het risico liep haar zuurverdiende plek als geneeskundestudent kwijt te raken, die afhankelijk was van gunstige verslagen van haar psycholoog.

Terwijl ik de Camino liep, drie jaar geleden, had Sarah een overdosis slaaptabletten genomen, een 'noodkreet', volgens Julia. Ik had Sarah op haar woord geloofd toen ze volhield dat ik niet naar huis hoefde te komen – een vergissing waar ik nog steeds voor moest boeten.

Toen Zoë's verzoek – en uitnodiging – 's avonds laat binnenkwam, had ik op het punt gestaan mijn computer af te sluiten. Nu kon ik niet slapen. Ik las haar bericht nog eens en richtte me op de praktische kant. De technische universiteit in Cluny waar ik mijn karretje had ontworpen, had een prototype; ik had geregeld dat het Britse leger het zou verschepen om te demonstreren. Ik stuurde een e-mail met het verzoek het exemplaar te mogen lenen, en ik mailde Zoë's vriend Gilbert om zijn adres te vragen.

Toen kon ik me ongehinderd afvragen wat ik zou hebben gedaan als ik niet verantwoordelijk was geweest voor een twintigjarige die onder normale omstandigheden bezig zou zijn geweest met studeren, feesten of haar eigen camino lopen in plaats van te proberen de relatie met haar vader te herstellen.

Drie jaar geleden was het antwoord duidelijk geweest, zo duidelijk dat ik naar San Francisco was gevlogen om Zoë te vragen precies dátgene te doen wat ze mij nu voorstelde. Ik was thuisgekomen in de volle overtuiging dat ook al wilde ze de tocht niet met me lopen, we toch een manier zouden vinden om bij elkaar te zijn. Toen had ze de stekker eruit getrokken. Ik was niet blij geweest – of, om net zo eerlijk te zijn als ik uiteindelijk tegen de therapeut was die ik ten slotte inschakelde: ik was er kapot van. Nu, nu ze kennelijk had besloten dat ze me weer wilde zien, was ik degene die nee zei. Je kunt het karma noemen.

De volgende ochtend was er een appje van Sarah. Ze overwoog niet te komen. *Vind je vast wel oké.*

We hielden geen van beiden van telefoneren, maar soms zit er niets anders op.

'Wat is er veranderd?'

'Niks. Ik heb gewoon geen zin om in een flat in Sheffield opgesloten te zitten.'

'Je had bij je moeder kunnen blijven.'

'Dat had ik wel gewild, maar ze ging weg en ze wilde niet dat ik daar bleef. Wat tamelijk idioot is, in aanmerking genomen dat ik al twee jaar het huis uit ben.'

'Hoe dan ook, we hadden iets afgesproken. Ik verheugde me erop wat tijd met je door te brengen.'

'Wat moeten we doen? Dag in, dag uit in Sheffield. Het is niet bepaald Parijs.'

Ik werd geacht de rots in de woeste branding te zijn. Betrouwbaar, consequent, *aanwezig*. Het probleem was dat Sarahs emotionele labiliteit samenging met een scherp intellect dat ze vooral gebruikte om spelletjes te spelen. Na een halfuurtje rots en branding spelen werd de frustratie me te machtig.

'Hoor eens, ik heb een kans om te gaan wandelen in Frankrijk laten schieten...'

'Met Zoë?'

Christus. 'Waarom zou ik met Zoë gaan wandelen?'

'Ja, dus.'

'Nee, dus. Ik heb nee tegen haar gezegd, oké?'

'Niet oké. Ik wil niet degene zijn die je vakantie met je vriendin verziekt zodat we de hele dag in een flat kunnen zitten niksen.'

'Ik dacht dat je moest studeren. Trouwens, als je niet komt, ga ik nog steeds niet naar Frankrijk.'

'Ik kom niet. Je zou dus voor niets thuisblijven.'

In gedachten legde ik mijn therapeut uit dat nu Sarah definitief niet kwam, ik net zo goed naar Frankrijk kon gaan. Ik vermoedde dat hij de logica niet zo onweerlegbaar zou vinden als ik.

Nog geen uur later appte Sarah weer. *Sorry dat ik zo bot deed. Het gaat niet zo lekker. Zal ik anders met je meegaan naar Frankrijk? Win-win.*

Waarom zou je naar Frankrijk willen?

Hallo? Frankrijk of Sheffield?

Ik broedde er de hele middag op en hoe langer ik erover nadacht, hoe meer het me aansprak. De Camino de Santiago had me veranderd, zoals iedereen erdoor schijnt te veranderen; misschien zou een wandeltocht de uitlaatklep bieden die Sarah nodig had. Zij en ik zouden in elk geval tijd samen krijgen. En als – *als* – Zoë weer in mijn leven kwam, zou het geen slechte zaak zijn als Sarah haar leerde kennen.

Vierentwintig uur later was ik op TGV-station Mâcon-Loché, op twee uur van Parijs en drie kwartier van Camilles huis in Cluny. Sarah vloog rechtstreeks van Edinburgh naar Lyon.

Ik had geregeld dat ik zou worden afgehaald door Jim, de Amerikaanse expat en makelaar met wie ik bevriend was geraakt in mijn jaar als docent aan de technische universiteit. Ik zag zijn auto in de afzetzone, smeet mijn rugzak achterin en stapte naast hem in.

Jim was geen spat veranderd. 'Laat me raden, want ik moet wel. Je hebt al je geld weggegeven en nu kom je hier opnieuw beginnen.'

'Dat was de vorige keer.'

'Gedrag uit het verleden is de beste voorspeller van toekomstig gedrag. Een stel verkoopt een huis omdat het te groot is en dan...'

Ik praatte hem bij en ontdekte dat hij Camille had ontmoet – wat meer was dan ik kon zeggen.

'Op de avond dat ik met jouw Zoë at, bij Camille thuis. Ze zat midden in haar vechtscheiding. Camille, niet Zoë.'

Ik dacht iets in zijn stem te horen. 'En jij stond in de coulissen te wachten? Gedrag uit het verleden...'

Jim schoot in de lach. 'Mij te warrig. Midden in een gesprek schiet haar te binnen dat ze haar inkopen in de winkel heeft achtergelaten. Slaat links af en beseft dan dat het rechts had moeten zijn. Cluny is niet bepaald de medina van Fez.'

'Je weet dat ze tegenwoordig in een rolstoel zit? Multiple sclerose.'

'Shit. Ik dacht dat ik haar een paar weken geleden nog koffie had zien drinken met haar ex.'

Jim ging met me mee de universiteit in en daar stond mijn karretje op me te wachten... nog in de originele verpakking.

'Je had het toch aan het Britse leger verkocht?' zei Jim. 'Als die het hebben aangeschaft, moet je het aan legers over de hele wereld kunnen verkopen. Afgezien van Amerika, natuurlijk.'

'In theorie wel. Die Duitse jongen die op het idee kwam het voor patiëntenvervoer te gebruiken dacht van wel, en we maakten een deal. Tot nu toe heb ik drieëndertig komma drieëndertig procent van niets gekregen.' Intussen had Bernhard wel anderhalf jaar gezeurd dat het aan het ontwerp lag en zijn eigen amateuristische 'verbeteringen' aangedragen. Hij en ik hadden elkaar nooit gelegen, en toen hij eindelijk de handdoek in de ring gooide, overheerste bij mij de opluchting omdat ik van hem af was.

Jim zette mijn karretje en mij af bij Camilles huis, een kilometer buiten de stad. 'Drie slaapkamers, en in de grootste waakt een Jezus op halve grootte over het echtelijke bed. Een riante keuken in rustieke stijl. Een hobbykamer op zolder. Een paar jaar terug wilde ze kleiner gaan wonen. Trappen zouden problematisch worden als ze invalide raakte. Zoek uit wat haar plannen zijn en we staan quitte.'

Een slanke – *petite* – vrouw van een jaar of vijfenveertig, Camilles verzorgster nam ik aan, deed open. 'Is Camille thuis, of Gilbert?' vroeg ik in het Frans.

'Jij bent Martin!' antwoordde ze in het Engels. Ze zoende me op beide wangen en vervolgde: 'Ik ben Camille. Kom erin. Gilbert is naar het vliegveld om je dochter af te halen. Ze wilde een taxi nemen – een taxi van Lyon naar Cluny. Bespottelijk.'

Mijn excuses namens Sarah moesten wachten, want Camille liep naar de keuken, draaide een halve pirouette en kwam terug naar de voordeur, waar ik nog stond. Ze was ongeveer even lang als Zoë, één meter achtenzestig, en ze droeg een strakke witte spijkerbroek, een lichtblauw T-shirt en witte hakken. Zo te zien liep ze moeiteloos.

'Kom erin, zei ik. Wat is dat?' Ze wees naar de doos met daarin de brancard waarop ik haar morgen zou vragen te gaan liggen zodat we haar konden meetrekken.

'Een karretje...'

'Natuurlijk. Dat was ik vergeten. Jij bent de Engelse karrenman. Toen Zoë me vertelde dat ze verliefd was op een man met een karretje, wist ik dat jij het was, want iedereen in Cluny kent je maffe kar en niemand anders zou de Chemin met zo'n ding gaan lopen. Maar eerst, wil je iets drinken? Bier?'

'Een biertje zou geweldig zijn, maar ik wil heel graag eerst douchen.' Het zou me tijd geven om te bedenken hoe ik de MS-kwestie moest aanpakken.

'Natuurlijk, je *chambre* is boven. Hij was van mijn zoontje, dat helaas niet meer bij ons is. Zijn naam staat op de deur.'

'Hoe heet... heette hij?'

'Bastien.'

Ze maakte geen aanstalten met me mee te gaan, dus zeulde ik mijn rugzak de trap op en vond de kamer, waarin een twijfelaar stond en verder gelukkig niets herinnerde aan de vorige bewoner.

Ik was blij dat ik eerder was aangekomen dan Zoë; ik kon wel wat denktijd gebruiken. Ik had geen idee of ze onze relatie weer wilde oppakken. Mijn mantra zou hoe dan ook 'kalm aan' zijn.

Ik trok mijn overhemd en broek uit en liep de aan de kamer grenzende badkamer in, waar Zoë net onder de douche vandaan stapte.

'Shit!' Ze keek om zich heen, vermoedelijk op zoek naar een handdoek, schichtte langs me heen de slaapkamer in, waar ook geen handdoek te bekennen was, en schoot in de lach. 'Ik dacht dat je niet zou komen.'

'Ik heb je gemaild.'

Ze had korter haar, maar verder was ze nog exact degene van wie ik lang afscheid had genomen op het vliegveld van San Francisco. Al had ze toen kleren aangehad.

'Krijg ik geen zoen?' vroeg ze.

Hoezo, kalm aan? Ze gaf een duidelijk signaal af en ik besloot ter plekke erin mee te gaan. En toen ging de deur open en kwam Camille binnen.

'Ik was vergeten te zeggen dat Zoë er al is. Maar je hebt haar al gevonden.'

Camille en Zoë waren oude vriendinnen; ik gedroeg me gewoon als een preutse Brit. We waren net een paar tieners die door een van hun ouders worden betrapt.

Nee, twéé ouders.

'Camille? Je was deze vergeten.' Een oudere, kleine en gezette man kwam met zijn armen vol badhanddoeken binnen en deinsde achteruit toen hij Zoë en mij zag. Ik was ook even van mijn à propos gebracht, maar dit moest Gilbert zijn, de man van Camille. Ik kende hem ergens van. En hij was *naar het vliegveld gegaan om Sarah af te halen.*

Ik keek net op tijd naar de deuropening om te zien dat mijn dochter aan kwam lopen, het tafereel overzag, zich omdraaide om te vluchten en tegen een lange blonde man in een leren jack opbotste.

Wat kwam Bernhard hier in vredesnaam doen?

3

Zoë

Terwijl ik me aankleedde, lachte ik nog na. De verrassing had me een stoot positieve energie gegeven. Toen Martin werd betrapt had hij zo'n snoezig Brits gezicht getrokken, zo *Martin*, dat ik vergat me opgelaten te voelen. We waren allemaal volwassen – niets aan de hand.

Ik voegde me bij de anderen in de woonkamer, waar het meteen voelde alsof er wél iets aan de hand was. Er was iets met Bernhards vriendin. Lang, slank, indringende, grote bruine ogen, strakke zwarte krulletjes in een paardenstaart en een enigszins slobberige spijkerbroek en T-shirt. Te ernstig.

Toen stelde Martin haar voor. Ze was Bernhards vriendin niet. Maar Martin had nooit verteld dat zijn ex Julia een vrouw van kleur was, of hun dochter Sarah. Ik had geen idee hoeveel hij haar over ons had verteld. Misschien dacht ze dat we nog contact hadden en dat dit heel gewoon was voor ons.

Ze liep met Camille mee naar de keuken. Om te ontsnappen. Ik wist nog steeds niet hoe het zat met Camille en de MS. Martin had zijn eigen vraag en sleepte me mee de kamer uit om die te stellen.

'Wat heeft Bernhard hier verdomme te zoeken?'

Ik legde het uit.

'Zijn karretje afgeven? Meer niet? Weet je dat zeker?'

De jongeman over wie we het hadden liep langs met Gilbert, Frans sprekend. Hij was de afgelopen drie jaar aangekomen, en het stond hem. Gilbert was ook aangekomen, al stond het hem minder goed, maar hij had me met een berenknuffel begroet en was innemend. Martin liep achter Bernhard en hem aan en ik ging naar de keuken.

Sarah stond groente te hakken en Camille pakte eten uit de koelkast. Met haar donkere stekeltjeshaar leek ze jonger dan de laatste keer dat ik haar had gezien. Ze voelde mijn aanwezigheid aan zonder te hoeven kijken.

'Wil je me helpen de kip te bereiden?'

'Camille? Ik ben vegetariër, weet je nog?'

Ze draaide zich om met een grote vogel in haar handen, met de kop er nog aan. 'Wit vlees. Het is trouwens geen kip, maar een kapoen. Een gecastreerde haan. In Engeland verboden vanwege dierenrechten.'

'Vegetariërs eten helemaal geen vlees.' Ik was al heel lang veganistisch, maar ik wilde niet eens proberen dat uit te leggen.

'Ik eet ook niet vaak vlees,' zei Sarah, 'maar hé, het is een speciale gelegenheid.'

Ik ging naar buiten. Op de oprit stonden twee gedeeltelijk gemonteerde karretjes, en Bernhard en Martin werkten eraan als kandidaten in een realityshow op tv. Ernaast stond een motor met zijspan. Daarop moest Bernhard uit Stuttgart zijn gekomen.

Bernhard was klaar en beende naar Martins karretje.

'Dit is de oude versie, hè?'

'Het is de versie met de originele vering. Het leger...'

'Het Brítse leger.' Bernhard wees naar het enkele wiel van zijn eigen karretje. 'Dit is sterker. Het kan tweehonderdvijftig kilo dragen.'

'Waar niemand iets aan heeft als je dat gewicht geen helling op kunt trekken. Technisch ontwerpen is een kwestie van compromissen...'

Jongens en hun speeltjes. Ik had het graag tegen Sarah gezegd, die er net bij was komen staan, maar ik moest op mijn tellen passen. Dit meisje had een zelfmoordpoging gedaan. Moest haar vader nog steeds op haar passen? Ik ging terug naar de keuken.

'Kan ik iets doen?' vroeg ik aan Camille, die aardappels zat te schillen. 'Sorry van de kip, maar...'

Ze wees naar een elektrische handmixer. 'Kun jij de...'

'Gardes?'

'Ja, de gardes vastklikken. Het lukt mij niet.'

'Wist jij dat Martin en Sarah zouden komen?' vroeg ik terwijl ik de gardes moeiteloos in de mixer klikte.

'Natuurlijk. Hij had Gilbert gemaild. Ze lopen het eerste stuk mee. Drie weken, geloof ik. Had hij niets tegen jou gezegd?'

'Ik heb mijn mail niet gecheckt onderweg.' Ik had wel een simkaartje gekocht, maar het nog niet geïnstalleerd. Ik had mijn telefoon ook wel thuis willen laten, zoals tijdens mijn eerste camino, maar de praktische noodzaak had het gewonnen.

Camille praatte met haar gezicht naar het fornuis. 'Jij en ik. Weer een roadtrip.'

'Hoe... Gaat het goed met je?'

Ze draaide zich naar me om. 'Je vindt me een beetje gestoord, toch?'

'Ik denk dat iedereen die een camino wil lopen, een *chemin*, een beetje gestoord moet zijn.' Of onnozel, had ik eraan toe kunnen voegen, zoals ikzelf de eerste keer was geweest.

'Ik zou eerder niet op het idee zijn gekomen. De paus, ja; het wandelen, nee. Maar nadat jij...'

'Je beseft dat het echt heel zwaar gaat worden? En dat het lang gaat duren?'

'Net als het leven? Al gaat dat in mijn geval niet zo lang duren als ik had verwacht.' Ze zweeg even en voegde er toen aan toe: 'Tenzij God me genadig is.'

Het was dus echt waar. De ziekte moest gediagnosticeerd zijn voordat er ernstige symptomen waren. Dat moest gunstig zijn.

Het avondeten was een wanordelijk feestmaal dat begon met beaujolaiscocktails en kaassoesjes die zó uit de oven kwamen. Lekker, als je kaas at. Ik besloot dat ik kaas at. Het was altijd de kaas die tussen mij en het veganisme kwam.

'Océane studeert tegenwoordig in Parijs,' vertelde Camille. 'Ze woont bij haar vader.'

'En Bastien woont bij zijn moeder,' vulde Gilbert aan. 'Het is triest, maar het is zo beter voor iedereen.'

'Jezus,' prevelde Martin hoofdschuddend. Hij gedroeg zich een beetje vreemd. En ik was op de een of andere manier vergeten dat Bastien wel Gilberts zoon was, maar niet die van Camille.

Gilbert verklaarde zich nader. 'Toen Camille en ik uit elkaar gingen, wilde hij bij zijn moeder wonen. Marianne kon het niet aan,' zei hij tegen zijn hoofd tikkend, waaruit ik afleidde dat hij het over haar mentale toestand had, 'maar het gaat nu goed met haar.' Hij wisselde een blik met Camille. 'Betrekkelijk.'

'Bastien was een godsgeschenk,' zei Camille. Nu wist ik het weer: ze had geen tweede kind kunnen krijgen met Océanes vader. Er waren brieven en zelfs een telefoontje geweest na de miskramen en ivf-behandelingen. Bastiens komst was een 'welkome verrassing' geweest, en het was niet in me opgekomen dat hij een bonuskind was.

'We zijn nu weer drie maanden samen,' vervolgde Gilbert, die zijn hand op Camilles schouder legde. 'Toen Camille me over haar diagnose had verteld, ben ik met haar meegegaan naar de dokter. Die ziekte was de oorzaak van alle problemen.'

Mocht Camille niet van geluk spreken dat haar partner het niet op een lopen had gezet, maar bij haar was teruggekomen? Toch moest iemand het vragen.

'Het is MS, toch?' zei ik. 'Sorry, maar ik had verwacht dat je...' Camille wachtte af. 'Dat je problemen met lopen zou hebben.'

'Dat is het stereotype,' zei Sarah de geneeskundestudent. Hoewel, na twee jaar moest ze nog in het voortraject zitten. Ten overvloede voegde ze eraan toe: 'Wat inhoudt dat elk individueel ziektegeval wordt gereduceerd tot dezelfde symptomen en effecten.'

Ik keek naar Martin. Ik kon zijn gedachten nog steeds niet lezen. Daar moest ik aan werken.

Camille zwaaide met haar arm. 'Het is lang geleden begonnen. Eén oog werd blind. Maar niet voor lang, dus ik maakte me geen zorgen.'

Ik zag Gilbert aarzelen. 'Camille heeft een bepaalde... uitingsvorm van deze ziekte. Niet zozeer fysiek.'

'Soms tast de ziekte niet zozeer de motorische functies aan als wel de cognitieve, het denkvermogen dus,' zei onze geneeskundestudent, waarmee ze zichzelf niet alleen als neuroloog, maar ook als kleuterjuf ontpopte. Toen voegde ze eraan toe: 'In eerste instantie.'

'Ja,' zei Gilbert instemmend. 'Camille vergeet dingen.'

'Onbenullige dingen,' zei Camille.

'En ze kan soms tactloos zijn; trek het je niet aan. En...'

'En het is onbeleefd om aan tafel over medische problemen te praten,' zei Camille.

'Maar we hebben de karretjes geen van beide nodig?' vroeg Martin. 'Noch het goede, noch het minder goede?'

Bernhard wilde reageren, maar Camille sneed hem de pas af. 'Hebben jullie die karretjes voor míj meegebracht?' Ze lachte. 'Voorlopig zijn ze niet nodig. Al zal uiteindelijk alles het begeven, natuurlijk. Pfft.'

Er viel een onbehaaglijke stilte, die Martin doorbrak door Bernhard aan te bieden hem de volgende ochtend te helpen met het inpakken van zijn karretje.

'Dat kan hier wel blijven. Ik ga toch lopen.'

'Waarom?' vroeg Martin.

'Waarom niet? Ik heb toch niets beters te doen.'

Dat had Sarah kennelijk ook niet. Moest ze niet studeren? Mijn meiden zouden voor geen goud met mij en een stel van mijn vrienden van middelbare leeftijd willen wandelen.

'De oude groep komt weer bij elkaar,' zei Bernhard met een grijns.

Gilbert ging met de fles rond en Martin dronk snel zijn glas leeg om het weer vol te kunnen laten schenken. Nu wist ik wél wat hij dacht. Ik voelde het tegenovergestelde; ik was Bernhard lang geleden al aardig gaan vinden, en als hij Martin ergerde, zou dat compensatie zijn voor de manier waarop Sarah mij ergerde.

Camille diende de reusachtige kapoen op.

'Dat vel ziet er waanzinnig uit,' zei Sarah. 'Bedankt voor de kookles.'

Gilbert serveerde een machtige aardappelgratin vol kaas en room. Toen fluisterde hij iets tegen Camille, die zich naar de keuken haastte en bij haar terugkeer mededeelde dat de boontjes eraan kwamen. Ze moest zijn vergeten ze op te zetten. Zei dat iets? Als ik een uitgebreide maaltijd voor zes personen moest bereiden, zou ik ook wel iets verprutsen.

Ik pakte wat brood. Wit, spierwit brood. Ik zou mijn onbewerkte granen op een andere manier binnen moeten zien te krijgen.

De *plat principal* werd gevolgd door een kaasplank met uitgebreide uitleg door Gilbert en een *flaugnarde* met mirabellen en schapenkaas. Ik had Camille nooit voor een goede kok aangezien, maar de vorige keer had ze iets met konijn gemaakt, dus ik wist het niet echt. Tijdens de studie had ze op afhaalmaaltijden en instantnoedels geleefd.

Toen konden we uiteindelijk bespreken waarvoor we gekomen waren. Gilbert had wat research gedaan, gelukkig. *Volg de borden met de schelpen; rust uit als je moe bent*, meer had ik niet geweten toen ik aan de Camino de Santiago begon.

Hij pakte een uitgeprinte tekst van het dressoir. 'De Chemin d'Assise, de Franciscusroute. Drieënzestig dagen van Cluny naar Assisi, dan veertien dagen van Assisi naar Rome over de Via di Francesco. Samen zevenenzeventig dagen en zestienhonderd kilometer, moeilijkheidsgraad: makkelijk tot zwaar.'

Duizend mijl.

Martin nam het papier van hem over. 'Een ambitieus reisplan.'

Gilbert keek verbaasd op. 'Dit is wat wordt aanbevolen.'

'Ze gaan ervan uit dat je net zo fit begint als je aan het eind zult zijn.'

'We doen er zo lang over als nodig is. We verwachten natuurlijk niet dat iemand ons het hele eind zal vergezellen.'

Ik stond op het punt te beloven dat ik dat wel zou doen, maar slikte het in. Het kon wachten. 'Hoe zwaar is je rugzak, Camille?' Ik vermoedde dat ik er cosmetica, kniehoge laarzen en een avondjurk uit zou moeten halen.

'Zes komma twee kilo,' antwoordde Gilbert.

'Tegen de veertien Engelse pond,' zei Sarah voor het geval ik het niet zelf kon uitrekenen. Dit ging heel irritant worden.

Ik rende terug naar mijn kamer – naar ónze kamer – en haalde de zijden slaapzakken en lichtgewicht handdoeken die ik voor Camille en Gilbert had gekocht. 'Je zult deze ook nodig hebben.'

Gilbert schudde zijn hoofd. 'Dank je, Zoë, maar we zijn al voorzien.'

'Organiseren, dat kan Gilbert goed,' zei Camille.

'Beter dan ik,' zei Martin. 'Ik had nog een handdoek en een slaapzak voor Sarah willen kopen in Cluny, maar…'

'Pak aan,' zei ik en ik overhandigde Sarah een handdoek en een slaapzak, die ze verlegen in ontvangst nam.

'Zijn deze nog over?' vroeg Bernhard wijzend naar de overgebleven handdoek en zijden slaapzak. 'Ze zijn beter dan de mijne.'

Hij had iets van me tegoed.

'Ik heb onderdak voor de eerste twee nachten gereserveerd,' zei Gilbert, 'maar niet voor Bernhard, die een verrassing is. Een welkome verrassing.'

'Geen probleem,' zei Bernhard. 'Ik regel zelf wel iets.' Dat kon Bernhard goed. Goedkoop.

'We moeten een kamer voor mij en een voor Sarah hebben,' zei Martin zonder naar mij te kijken.

'Al gereserveerd,' zei Gilbert.

Ik was ervan uitgegaan dat Martin en ik een kamer zouden delen – om af te maken waar we aan begonnen waren. Maar zijn dochter keek naar me. Er zat drie jaar tussen. En ik had hem gedumpt.

'Ik moet ook een kamer hebben,' zei ik.

Martin keek naar me. Weer op zijn ondoorgrondelijke manier. 'Ik slaap wel op zolder vannacht,' zei hij. En terwijl ik me afvroeg hoe Martin wist dat er een zolder was, vervolgde hij tegen Camille: 'Ik heb een slaapzak. Zo'n ouderwetse zware.'

4

Martin

Nadat we, tot volle tevredenheid van de enige bevoegde technisch ontwerper in het gezelschap, hadden vastgesteld welk karretje het beste was, lieten we beide achter. Als de pelgrims van weleer vertrokken we vanuit ons gedeelde verblijf naar het dichtstbijzijnde startpunt: Cluny *centre ville*. Maar in tegenstelling tot onze voorgangers van weleer hadden vier van ons al een verre reis uit verre oorden achter de rug, namelijk Sheffield, Edinburgh, Stuttgart en San Francisco, met transportmiddelen die de wandelaars van toen zich niet hadden kunnen voorstellen. Nog maar een paar dagen geleden hadden wijzelf ons zelfs niet kunnen indenken dat we nu hier zouden zijn.

Nu ik meer wist van Camilles ziekte, was ik gespitst op gedrag dat geïnterpreteerd kon worden als 'niet in staat onbegeleid te wandelen'. Gilbert had zijn en haar uitrusting gecheckt aan de hand van een lijst en Zoë had opgemerkt dat de koelkast en fruitschaal geleegd moesten worden. En dan was er nog het feit dat Camille was 'vergeten' dat ze Zoë in mijn slaapkamer had ondergebracht, vermoedelijk in de veronderstelling dat we die zouden delen. Zoë kon niet tegen haar hebben gezegd dat ze ons in één kamer moest zetten, want ze had niet geweten dat ik zou komen – Camille was vergeten het haar te vertellen. Maar was Zoë zo duidelijk geweest over haar gevoelens voor mij dat Camille die beslissing met een gerust hart had genomen?

Nadat Sarah ons – bijna – op heterdaad had betrapt, had ze me een blik toegeworpen die ik had opgevat als *Laten we het hier nooit meer over hebben*. Daar wilde ik me met alle plezier aan houden.

Vandaag droeg ze een shortje dat er te strak uitzag om uit een buitensportwinkel te komen. Ik hoopte maar dat het Bernhards interesse niet zou wekken, al was ik er vrij zeker van dat hij bot zou vangen, want hij was niet bepaald Sarahs type. Maar ze was dramatisch afgevallen sinds de laatste keer dat ik haar had gezien. Julia's zorgen over anorexia zouden gegrond kunnen zijn.

In Cluny haalden we onze pelgrimspaspoorten – *credencials* – bij Jules Chevalier, de vertegenwoordiger van de Pelgrimsvrienden, die hof hield in hetzelfde café dat als zijn kantoor had gefungeerd toen Zoë en ik op weg gingen naar Spanje. Hij leek weinig veranderd: ongeveer net zo oud als Gilbert, maar minder bourgeois, rommeliger.

Ik vond het leuk om Sarah kennis te laten maken met het paspoortritueel. Een camino heeft een spiritueel element, zelfs voor zo'n doorgewinterde atheïst als ik, en Monsieur Chevalier zorgde er wel voor dat niemand Cluny uit kwam zonder daarvan doordrongen te zijn.

Terwijl wij aan een andere tafel koffie dronken, hield hij een lang gesprek onder vier ogen met Zoë. Zoë gaf het stokje aan mij door en Monsieur Chevalier liet er geen gras over groeien.

'U begaat een grote vergissing. Dit pad naar Rome mist de traditie van de chemins naar Santiago de Compostela.'

Ik wees hem op het simpele feit dat de paus niet in Santiago zat.

Toen ik erover wilde uitweiden, wuifde hij me weg. 'Ik begrijp het, en ik zeg dit alleen tegen u: u had uw metgezellen moeten overhalen voor de traditionele optie te kiezen. Nu kan ik alleen maar zeggen dat ik erop vertrouw dat u zult zorgen dat ze de juiste schoenen dragen en zichzelf weten te beschermen. U hebt de ervaring.' Net als Zoë en Bernhard, maar dat hield ik voor me.

Hij nam een slokje koffie. Daar kwam de zegening.

'Mensen maken om allerlei redenen een pelgrimstocht, en ze veranderen er altijd door. Maar degenen die nog eens gaan, zijn op zoek naar meer. Als u met de juiste instelling wandelt, zult u het vinden, zelfs op die Franciscusroute.' Theatrale stilte. 'De Chemin zal u bevrijden. Laat nu die jongeman komen. En nog een kop koffie voor mij.'

Het moet Monsieur Chevalier een uur hebben gekost om ons allemaal zijn advies en zegen te geven, genoeg tijd voor mij om er even tussenuit te glippen en brood en salami voor de lunch te halen. Toen Camille, zijn laatste smekeling, zich weer bij ons voegde, pakte Bernhard zijn rugzak met een gezichtsuitdrukking die zei: *Kunnen we nu eindelijk vertrekken?*

'Zijn we niets vergeten?' vroeg ik. 'Waar kwamen we ook alweer voor?'

'O,' zei Zoë, 'hij heeft tegen me gezegd dat hij geen paspoorten voor de Chemin d'Assise geeft. Dat is een heel andere organisatie. In Sainte Cécile.' Ze zag onze gezichten en voegde er snel aan toe: 'Het ligt op de route.'

Monsieur Chevalier zou waarschijnlijk hebben beweerd dat de Chemin d'Assise minder historie had dan zijn beroemdere neefje, maar lang voordat Santiago een bestemming werd, liepen er al pelgrims naar Rome. Wat de authenticiteit betreft: met uitzondering van een paar stukken volgt geen van beide camino's de oude paden om de praktische reden dat daar nu wegen en spoorlijnen lopen. De verwijzing naar Sint-Franciscus van Assisi heeft meer te maken met zijn zwerftochten en zijn affiniteit met de natuur dan met een gedocumenteerde reis.

Hoe dan ook, de eerste fase van de Chemin d'Assise vanuit Cluny valt samen met de Camino de Santiago; vandaag bevonden Zoë, Bernhard en ik ons dus op bekend terrein.

We verlieten de weg snel en hoewel het pad redelijk breed was, was het onhandig geweest om als groep te wandelen en te praten, dus vormden we paren. Chaucers pelgrims die te paard verhalen uitwisselden hoorden in het rijk van de fictie thuis. Ik wilde heel graag bij Zoë blijven, maar ik moest Sarah duidelijk maken dat ik haar niet had uitgenodigd als middel om een doel te bereiken.

Zoals dat gaat wanneer je tijd vrijmaakt om lastige onderwerpen te bespreken, boekten we geen vooruitgang, maar Sarah toonde wel een beleefde belangstelling toen ik vertelde wat ik de eerste keer had gedaan en de schelpvormige borden van de Camino de Santiago aanwees die lantaarnpalen en bomen deelden met het symbool van de Chemin d'Assise: een letter T (of eigenlijk een Griekse tau) op een oranje achtergrond met een gestileerde duif die naar links, naar rechts of recht naar boven vliegt om de richting aan te geven.

'Wat is makkelijker, rugzak of karretje?' vroeg Sarah.

'Als ik die vraag de eerste dag eerlijk had beantwoord, was ik er ter plekke mee gekapt.'

'En dan had je alle leuke dingen gemist. Ook Zoë.'

'Wat heeft Monsieur Chevalier tegen jou gezegd?'

'O, gewoon. Weet je dat hij de tocht al negen keer heeft gelopen? Zijn vrouw al een keer of dertig.'

'Gek hoe mensen steeds hetzelfde kunnen blijven doen,' zei ik.

'Als ik chirurg was, zou ik ook steeds hetzelfde doen.'

'Overweeg je voor chirurgie te kiezen?'

'Steeds hetzelfde blijven doen is niet echt wat ik met mijn leven wil. Waarom loop je niet met Zoë?'

We bereikten Sainte Cécile, op tien kilometer van Cluny, kort na twaalven.

'Ik heb een lunch geboekt,' zei Gilbert. 'Het restaurant is uitstekend.'

Zoë en ik wisselden een blik. Ik zag al voor me hoe Gilbert om drie uur cognac bij de petits fours bestelde.

'Ik ga roet in dat eten gooien,' zei ik. 'Tijdens mijn eerste wandeltocht heb ik een paar keer een lunch van twee gangen genomen en er de hele middag voor mogen boeten. Bovendien hebben we fruit en salami bij ons.'

Ik zag Gilbert overwegen of hij voet bij stuk moest houden. Ik had het voordeel van de ervaring, al was het een verzonnen ervaring. Uiteindelijk knikte hij.

'Mijn arts zou het ermee eens zijn. Minder lunch, meer wandelen.'

Camille dook eerst de kerk in om een kaarsje te branden en toen het benzinestation voor een plas en we gingen verder.

Het adres van de Vereniging Pelgrimswegen dat Zoë had gekregen was een paar kilometer verderop. Een vriendelijke plattelandsvrouw reikte zes paspoorten uit terwijl we koffie dronken die haar tienerzoon voor ons had gezet, en we kregen geen obligate adviezen.

Toen we weer een kwartier hadden gelopen, hoorden we een brommer achter ons. Het was de zoon, die met zijn achterwiel in het grind slipte toen hij remde.

'*Tampons!*' zei hij. 'Jullie zijn je *tampons* vergeten.'

Ik keek naar Sarah, die naar Zoë en Camille keek. Haar gezichtsuitdrukking zei me dat ze beter had moeten opletten bij de Franse les. Ik lachte nog toen hij het stempel – de *tampon* – tevoorschijn haalde en onze paspoorten doopte met het tauteken, de plaats en de datum.

Het tweede stuk naar Tramayes liep ik met Zoë. De route mocht dan hetzelfde zijn, verder was alles anders: Zoë aan mijn zij, de vrijheid van de rugzak in plaats van het karretje en het seizoen. In Frankrijk was het héét in augustus. Petten, zonnebrillen en korte broeken hadden de plaats ingenomen van de fleecetruien, mutsen en wanten die we in de winter hadden gedragen.

En nog iets geks: de eerste keer was ik bedreven geraakt in het opmerken van de schelpborden, maar toen waren de tau-en-duifborden van de Chemin d'Assise me nauwelijks opgevallen, terwijl ik ze nu overal zag.

Zoë bleef staan en stak haar hand in het bovenste vak van haar rugzak. 'Ik weet dat je niet in zulke dingen gelooft, maar...'

Ze pakte een klein houten tauteken dat ze van onze paspoortmevrouw moest hebben gekocht. Het hing aan een koord en ik liet het door haar om mijn nek hangen. Ze had het hare al aan de ketting met de duif gehangen. Die was me de vorige dag opgevallen, maar toen had ze ook niets anders gedragen.

'Had Monsieur Chevalier deze keer nog wijze woorden voor je?' vroeg ik.

'Hij zei dat de Chemin me zou bevrijden... Waarom lach je nou?'

'Dat zei hij ook tegen mij. Ik moet bekennen dat ik me afvroeg of het omgekeerde niet het geval zou zijn.'

'Ik wist niet eens dat je zou komen. Ik merkte het pas toen je mijn badkamer in kwam banjeren.'

'Ónze badkamer, volgens jóúw vriendin.'

'Heb je mij horen klagen?'

'Moet ik dat als een nieuwe uitnodiging opvatten?'

'Deze keer kan niemand ons betrappen.'

5

Zoë

'Dus, geen spijt van je beslissing?' vroeg Martin na een kus die kort maar goed was en me zei dat hij er nog niet uit was. Net als ik.

'Daar hoef ik niet over na te denken. Camille had me nodig. Dit is prachtig. En het is super dat jij erbij bent.'

'Ik had het over je beslissing van drie jaar geleden.'

Martin wachtte zwijgend mijn antwoord af.

We liepen een tijdje, opgaand in een bos dat uitbarstte in dicht groen gebladerte en weiden die bespikkeld waren met veldbloemen. Het pad over de heuvelrug was makkelijk en we hadden aan twee kanten uitzicht op valleien en glooiend gebergte. Het enige wat we hoorden waren de vogels in de bomen boven ons en het tikken van Martins wandelstokken op de grond.

Ik wilde geen spelletjes spelen. De kosmos had mij, óns, een tweede kans gegeven, zomaar uit het niets, maar we hadden niet veel tijd tot Martin terug moest naar zijn werk. 'Het cartoontekenen gaat niet zo lekker als ik hoopte,' zei ik. 'Financieel zit ik wel goed, dat is een heel ander verhaal, maar... ik mis nog steeds iets.'

'Wanneer ging je dat beseffen?'

'Maakt het iets uit? Ik heb er niets mee gedaan; we hoeven het niet te hebben over dingen die niet zijn gebeurd. En jij?'

'Je kunt het verleden niet veranderen, zoals je zegt, maar ik was behoorlijk van de kaart; ik dacht dat we iets hadden.'

'Denk je dat ik te laf was om het je in je gezicht te zeggen?'

Stilte.

'Martin, toen je me op het vliegveld achterliet, zou ik bij jou in

Londen, sorry, Sheffield komen wonen, dat is wat je echt tegen me zei, toch?'

'Zo ongeveer. Ik zocht iets meer dan een wandelmaatje.'

'Tessa logeerde in mijn studio.'

'Hoe kon ik het vergeten?'

'Zo gaat dat als je onaangekondigd langskomt.' Het had iets van een caminoslaapzaal gehad.

'Heeft zij het je uit je hoofd gepraat?'

'Juist niet. Ze zei: "Mam, je hebt zo'n goede intuïtie, volg je hart, het is ongelooflijk dat die duif die ik je heb gegeven het symbool is van de tocht..." en toen begon ik tegen te stribbelen. Ik wilde zelf kiezen, niet proberen boodschappen van de kosmos te ontcijferen...'

Martin schoot in de lach. 'Daar kan ik niets tegen inbrengen, los van de uitkomst. Is dat alles?'

'Nee.' Ik kon nu beter helemaal eerlijk zijn. 'Je kon niet bij mij in San Francisco komen wonen vanwege Sarahs problemen. Dat snapte ik wel, dat snáp ik wel, maar voor mij was het anders. Je zou op de eerste plaats in mijn leven zijn gekomen, en ik op de tweede in het jouwe. Misschien vind je dat egoïstisch.'

'Helemaal niet. Als jouw dochters jou nodig hadden gehad...'

'Maar dat was niet zo.'

We deden nu wat ik me had voorgenomen niet te doen: de beslissing herkauwen. Dat had ik vaak genoeg in mijn eentje gedaan, tijdens slapeloze nachten, en soms had ik op het punt gestaan hem te bellen.

'Maar je bent eroverheen gekomen, toch?' zei ik. 'Heb je vriendinnen gehad?'

'Een paar actrices, een bestsellerschrijfster, een Deense prinses. Niets bijzonders.'

'Wa...?' Hij lachte. Ik kaatste terug: 'Maar je kon mij niet uit je hoofd zetten.'

'Dat is wél waar.'

De kans was groot dat ik nog van hem hield, maar ik was niet van plan zijn leven, of het mijne, overhoop te gooien voordat ik het zeker wist.

'Mijn dochters hadden een profiel voor me aangemaakt op een datingapp. Ik had ze een foto gegeven die jij van me had genomen toen we net in Santiago waren aangekomen. Omdat die zoveel positieve energie uitstraalde.'

'En je werd overladen met reacties?'

'Ja, vast.'

'Ik meen het.'

'Ik had een foto zonder rugzak moeten kiezen. Het waren vooral wandelaars die me in hun slaapzak wilden op de *Appalachian Trail*. Ik bedoel, ik vond de Camino leuk, maar dit waren echt van die hardcore types die zwoeren bij gevriesdroogde eieren en rauwe noedels en nooit een schone onderbroek aantrokken.'

'Dat was alles?'

In drie jaar? 'Hé. Dat had ik toch gezegd? Ik heb gedatet. Niets serieus. Hoe gaat het tussen Julia en jou?'

'We willen allebei dat het goed gaat met Sarah. We hebben geleerd daarover te praten zonder gooi- en smijtwerk.' Hij glimlachte. 'Wil je een foto zien?'

Hij pakte zijn telefoon, opende een webpagina en daar was ze: een markante, oudere versie van Sarah met een intimiderende blik. Ik denk dat hij die foto daarom had uitgekozen: om me duidelijk te maken wie hij tegenover zich had – of wat hij aankon. Het bijschrift luidde: *Presentator, Lean In Congres*. Als Sarah de mond net zo vol had van feministische kwesties als haar moeder, kon haar omgang met Camille nog boeiend worden.

'Wat doet ze?'

'Human resources. Maar zij leeft haar eigen leven. Ik ben nog single, en nu ben jij er weer. Weet je nog, die laatste keer in San Francisco?'

'Hm-hm. En ik ben niet vergeten wat we hebben gezegd, maar

het was geen belofte dat we er na drie jaar nog net zo in zouden staan.' Het was te pijnlijk geweest om contact te houden; de banden verbreken was makkelijker.

'Nee. Maar...'

'Hoeveel dagen hebben we?' vroeg ik.

'Drie weken. Anders kost het me mijn baan.'

'Geef me een paar dagen de tijd om alles op een rijtje te zetten. Denk er zelf ook over na.'

We liepen door. 'Heeft de Camino jou echt veranderd?' vroeg ik.

'Ik ben me bewuster van mijn omgeving. Mijn directe omgeving, bedoel ik. Planten, seizoenen. En ik besteed meer tijd aan navelstaren. Dat komt denk ik meer door een Californische vrouw die ik op de tocht ontmoette dan door de Camino zelf. En jij?'

'Ik denk dat ik probeer zelfstandiger en praktischer te zijn. En ik koop geen spullen meer. Mijn vriendinnen denken dat ik Marie Kondo ben.'

'En de belangrijkste les?'

'Eitje. *Eén dag tegelijk*. Ik moet naar mezelf luisteren. *Wíj* moeten luisteren.'

Martin lachte. 'Ik ben heel benieuwd wat Camille ervan opsteekt. Willen ze dit echt doen?'

'Ik heb nog niet echt met haar gepraat, maar neem maar van mij aan dat ze nooit het wandeltype is geweest.'

'Dat het helemaal niet bij haar past, duidt er misschien op dat het haar menens is.'

'Tijdens de studie ging ze met gewichten trainen omdat iemand had gezegd dat ze er mooie armen van zou krijgen, maar toen iemand anders zei dat het haar minder vrouwelijk zou maken, hield ze er weer mee op. Niet dat ze niet gedreven is, maar ze is impulsief.'

'Het moet leuk zijn geweest om met haar in een huis te wonen.'

'Weet je, als ik aan Camille en de studie denk, denk ik eigenlijk alleen aan die roadtrip. Negen dagen die de wereld veranderden. Onze wereld in elk geval.'

'Dus, gaan ze een taxi naar Rome nemen of geven ze het op en gaan ze naar huis?'

'Ik zou ervan opkijken als ze het drie dagen volhielden, maar Gilbert moet zich tegenover haar bewijzen. Mannen hebben haar altijd teleurgesteld, maar het lijkt erop dat hij een herkansing krijgt.'

'Hij ook al?'

Ik snapte niet meteen wat hij bedoelde. We moesten klimmen, maar zelfs na vier uur voelde ik me nog prima.

'Ik heb dit gemist,' zei ik.

En toen, omdat het waar was: 'Het was de mooiste tijd van mijn leven.'

Martin bleef staan en keek me aan. 'Ik ben niet zomaar naar San Francisco gevlogen.'

Op de geasfalteerde weg naar Tramayes wachtten we tot Camille en Gilbert ons hadden ingehaald. Gilbert zag er uitgeput uit, maar Camille leek het goed vol te houden. Een auto die ons vanaf de andere kant naderde minderde vaart en de bestuurder riep naar ons: '*Courage.*'

Het voerde me terug naar mijn eerste camino, toen ons ook vaak *courage* of *bon courage* was gewenst, en later, in Spanje, *buen camino*. Ik vond de Franse uitdrukking mooi; die betekende grofweg iets als 'succes', maar droeg nog iets in zich van 'moed', met wortels in het Franse woord *coeur*, hart. Camille zou het allemaal nodig hebben.

Een paar honderd meter verder kwamen we bij een wegwijzer waar de twee routes zich splitsten: onze duif stuurde ons regelrecht het dorp in en de schelp nam een omweg langs de kerk.

'De Camino doet zo veel mogelijk kerken aan,' legde ik Camille en Gilbert uit.

'Dan neem ik de schelpenomweg. Om een kaarsje te branden,' zei Camille.

Martin en ik wisselden een blik. 'Hoeveel kerken denk je dat er zijn tussen hier en de Sint-Pieter?' zei hij.

6

Martin

Om halfacht die avond had ik gedoucht, me geschoren en schone kleren aangetrokken, mijn mail en het nieuws gecheckt en de wandeling van de volgende dag doorgenomen op de website van de Chemin d'Assise. Zoë leek het ook zo druk te hebben dat ze niet de behoefte voelde om op mijn deur te kloppen.

Ons gesprek had me enigszins het vertrouwen gegeven dat ze ervoor openstond onze relatie nieuw leven in te blazen. Ik was haar een stap voor. Zodra ik haar bij Camille thuis had gezien, had ik geweten dat ik er goed aan had gedaan te komen. Ik had niet zomaar besloten me niet in te schrijven bij Elite Singles en dat ik haar na drie jaar therapie en mezelf toespreken nog niet uit mijn hoofd had kunnen zetten, had ook een reden.

We zaten nu in de binnentuin van ons hotelletje in Tramayes, Sarah, Zoë, Bernhard en ik. Camille en Gilbert waren nergens te bekennen.

'Hoelang blijven we nog op ze wachten?' vroeg Sarah. 'Ik sterf van de honger.'

'Laten we vast bestellen,' stelde Bernhard voor. 'In Frankrijk is de bediening altijd traag.'

'Er zou iemand op hun kamer moeten gaan kijken,' zei Sarah met een blik op Zoë.

'Zonder aan te kloppen,' zei Bernhard. 'Om wraak te nemen, misschien.'

Zoë ging erheen en kwam een paar minuten later terug met Camille en Gilbert, die er allebei uitzagen alsof ze net wakker waren.

De eigenaar, die me hier tijdens mijn vorige wandeltocht koffie had geserveerd, kwam tevoorschijn en omhelsde Gilbert.

'Hebben we maar één vegetariër?' vroeg Gilbert met een gebaar naar Zoë.

'Ik eet wel vlees,' zei Sarah, 'maar geen hele biefstuk, zeg maar.'

'Twee vegetariërs,' zei Gilbert. Sarah glimlachte. Een goede zet.

'Zullen we de kaart vragen?' zei Zoë.

Gilbert wuifde haar weg. 'Het is al geregeld.'

'Gilbert is wijnhandelaar. In Cluny,' legde Camille uit. Dus daar had ik hem gezien, tijdens het jaar dat ik daar woonde. Hij greep de kans aan om ons een college te geven over de wijnen die we te drinken zouden krijgen.

'Beaujolais, meer waar krijg je nergens voor je geld.' Met 'nergens' bedoelde hij uiteraard 'in Frankrijk'.

Ik schatte Gilbert op een jaar of zestig. Hij sprak Engels met een zwaarder Frans accent dan Camille, maar minstens zo goed als ik Frans sprak. Een wijnhandelaar in Cluny zou wel veel met toeristen te maken hebben. Hij was vandaag weer opgeleefd, maar volgens de gids (heuvels) en de weersverwachting (dertig graden) zou de tocht morgen zwaarder worden.

Het diner bestond uit foie gras *maison* en biefstuk voor de vleeseters, en salade met geitenkaas en omeletten voor de vegetariërs. Frites voor iedereen. Er waren nog een paar gasten, maar het leken eerder winkeliers dan wandelaars.

Met een glas eau de vie van het huis in de hand ('Ethanol,' zei Sarah, die haar eerste slokje bijna had uitgespuugd) besloot ik de banden met Bernhard aan te halen.

'Heb je een plekje voor je tent gevonden?'

'Niet nodig. Ik slaap bij Sarah.'

Nu was het mijn beurt om mijn slok bijna uit te spugen. Toch had ik het kunnen weten: Bernhard was van Stuttgart naar Santiago gereisd op de ruimhartigheid van vrouwen die de jonge pelgrim een bed en een maaltijd hadden aangeboden en, zo insinueerde hij graag, soms wel meer ook.

'Het kan best,' mengde Sarah zich in het gesprek. 'Het is niet anders dan een slaapzaal.'

'Betaal jij de helft?' vroeg ik aan Bernhard, maar Zoë legde een hand op mijn dij en ik wuifde mijn vraag weg. We konden het later wel oplossen. Samen met nog een paar praktische kwesties: Gilbert was naar binnen gegaan om de rekening voor het eten te betalen.

Camille voegde zich bij hem, en toen Sarah naar de wc ging, greep Bernhard zijn kans om zijn waardering te tonen, op zijn eigen wijze.

'Bedankt voor je redelijkheid. Je hoeft niets bij te betalen voor een tweede persoon. En je hoeft je geen zorgen om Sarah te maken. Ik vind haar niet aantrekkelijk.'

Hij moest mijn gezicht hebben gezien – of dat van Zoë.

'Ik bedoel het niet beledigend. Je weet dat ik op oudere vrouwen val.' Hij glimlachte suggestief naar Zoë, dronk Sarahs glas eau de vie leeg en ging naar boven.

'Godallemachtig,' zei ik, en Zoë lachte. 'Zeg alsjeblieft dat je niet met hem hebt geslapen.'

Ze lachte weer. 'Als ik interesse had gehad, had hij vast geen nee gezegd, maar hij zat je maar te stangen.'

'Zak.'

'Maar nu hij iets ouder is...'

'Kappen.'

'Serieus, hij heeft gelijk, tijdens de Camino hebben we op gemengde zalen geslapen. Waarom zouden we geld verspillen? En...'

'Ga door.'

'We reizen drie weken samen. Probeer je niets van hem aan te trekken.'

Zoë stond op en net toen ik haar voorbeeld wilde volgen, kwam Sarah terug.

'Pap, heb je even?'

Dat 'even' werd een halfuur waarin weinig werd besproken. Ze verzekerde me alleen dat ze zich oké voelde en dat de Chemin in sommige opzichten zo was als ze had verwacht en in andere niet. En ze stelde me een paar vragen over Bernhard.

Voordat ze naar haar kamer ging – de kamer van Bernhard en haar – haalde ze een klein pakje uit haar zak. 'Iedereen heeft er een; ik vond dat jij er ook een moest hebben.' Het was een kleine houten tau aan een koord.

Zoë was allang weg.

7

Zoë

Mijn nachtrust begon niet goed; mijn vingers hadden gejeukt om de vervallen boerderijtjes te schetsen waar we langs waren gekomen, maar het lukte me niet de sfeer van familiegeschiedenis over te brengen die ik in de roestende werktuigen en kapotte ruiten had gevoeld. Ik had de *Chronicle* cartoons van medepelgrims aangeboden; ik keek ernaar uit om er een paar tegen te komen.

Ik bleef wakker voor het geval Martin besloot naar me toe te komen na zijn gesprek met Sarah. Misschien had het me niet moeten verbazen dat hij dat niet deed: hij had zich voor het eten ook in zijn kamer opgesloten.

De volgende ochtend zaten Sarah, Bernhard en Martin al aan het ontbijt toen ik beneden kwam.

'Camille en Gilbert?' vroeg ik aan Martin.

Hij schudde zijn hoofd en ik ging naar boven en bonsde op hun deur. 'Schiet een beetje op. Het wordt heet vandaag.'

Het duurde nog een halfuur voordat ze zich lieten zien, nog een halfuur voordat ze hadden ontbeten en nog eentje voordat ze hun spullen hadden ingepakt en we konden vertrekken. Sarah en Bernhard waren al weg. Toen Martin ze de route wilde uitleggen, hadden ze met hun telefoons gezwaaid.

'Negentien kilometer,' zei Martin toen we samen vertrokken. 'Net als gisteren, maar we moeten meer klimmen. Kalm aan.'

Maar twaalf mijl. Tijdens mijn eerste camino was mijn daggemiddelde zestien mijl geweest, maar als je te hard van stapel liep, werd je daarvoor gestraft met spierpijn, blaren en zere voeten.

Ik was niet topfit, maar ik wist dat ik het kon. Camille was een groentje en Gilbert zag eruit alsof hij lang niet had getraind. Wat positief was, was dat ik wel pelgrims had gezien die langzamer gingen lopen of een rustpauze inlasten, maar weinig opgevers.

Ik had me met zonnebrand ingesmeerd en mijn broekspijpen afgeritst, maar toen we op pad gingen, was het nog koel. De plattelandslucht was niet echt fris, want er liepen koeien rond.

Het pad voerde ons stille, koele dennenbossen in. De tau met de naar links en rechts vliegende duif was er bij elke bocht voor ons en leidde ons naar het zuidoosten, terwijl de Camino de Santiago naar het zuidwesten liep. Toen het pad smaller werd, ging ik voorop lopen met het idee dat als Camille wilde praten, ze me wel zou inhalen. Wat ze binnen een paar minuten deed.

'Je zei dat je naar Santiago was gewándeld. Dat het een *promenade* was. Dit...' – ze wapperde met haar handen – 'is een zandpad. Met keien. Dit is een tréktocht.'

Ze leek zich goed te redden in haar lichtbruine strakke wandelshort en een tech T-shirt waarin ze er op de een of andere manier sexy uitzag.

'Beter dan snelwegen met vrachtwagens.'

'Maar daar waren benzinestations, *non*?'

'Benzine?'

'Ik moet piesen.'

Op de Camino de Santiago was het geen kunst geweest om een beschut plekje opzij van het pad te vinden, maar toen was ik alleen geweest. Nu was het voor iedereen duidelijk wat je ging doen als je tussen de bomen verdween. En misschien was het onverantwoordelijk van me. Ik had gehoord van wandelpaden in Zuid-Amerika die niet meer begaanbaar waren door het menselijk afval.

'Op Camino-Facebooksites zeggen ze dat je zakjes mee moet brengen,' zei ik. 'Net als voor honden. Je kunt ze aan het eind van de dag legen.'

‘*Mon dieu.* Stel dat ze in je rugzak scheuren?’

Nog nagiechelend kwamen we bij Sarah en Bernhard aan, die waren gestopt om bramen van een struik te eten.

‘Wat is er zo grappig?’ vroeg Bernhard.

‘Het is een grap ten koste van vrouwen,’ zei Camille.

‘Vertel,’ zei Sarah.

‘Ik moet piesen,’ zei Camille.

Sarah lachte. ‘Beaujeu is wel ver om het op te houden. Duik de bosjes in; wij houden de wacht wel.’

Het was inderdaad ver naar Beaujeu – geen *promenade.* En het was heet geworden. Camille en ik bleven samen lopen. Ze leek zich wel te redden, maar ik laste voor de zekerheid elk halfuur een pauze in. Toen haar water op was, spoorde ik haar aan wat van het mijne te drinken. Wat tot nog een plaspauze leidde.

‘Wat nu?’ vroeg Camille.

‘Hetzelfde als de vorige keer. Ik hou de wacht wel,’ zei ik. Ze keek me niet-begrijpend aan.

‘Maar de vorige keer was er een benzinestation.’

‘Gisteren, bedoel je?’

‘Nee, vandaag. Sarah en ik zijn samen gegaan.’ Niet waar. En gisteren was ze met Gilbert gegaan.

Ik legde haar uit dat ze de bosjes in kon duiken – zoals ze nog maar twee uur eerder ook had gedaan.

Terwijl Camille weg was, haalden Bernhard en Sarah ons in, en ik vertelde wat er was gebeurd.

‘Ze confabuleert,’ zei Sarah. ‘Als er een gat in een herinnering valt, verzint haar brein iets om het op te vullen.’

Wij vieren bleven de rest van de wandeling samen en bij het eerste het beste café dat we zagen, ploften we op een stoel. *Sirop* voor Camille, Sarah en mij, bier voor Bernhard. Ik voelde me verbazend goed: mijn nieuwe rugzak, die op Camilles weegschaal de vijf kilo had aangetikt – met mijn complete koudweeruitrusting erin – was de comfortabelste die ik ooit had gedragen.

Ik had nog fut genoeg om mijn schetsboek te pakken. Nog steeds geen pelgrims. Ik behielp me met een straatgezicht.

Tegen de tijd dat Martin en Gilbert aankwamen, zaten we aan ons tweede glas. Martin wierp me een blik toe die me duidelijk maakte dat het zwaar was geweest om Gilbert hierheen te krijgen.

Martin bestelde met een handgebaar nog twee bier. Gilbert drukte een zoen op Camilles voorhoofd. 'Ze is geweldig, *non?*' Toen werd hij overweldigd door de man met de hamer die ik zelf zo vaak had gezien en gevoeld: hij plofte op een stoel, met de blik op oneindig. Ik dacht niet dat hij snel iets zou zeggen of zelfs maar van zijn bier zou nippen.

'Hoe ver gaan we morgen?' vroeg Camille.

'Dat zien we bij het eten wel,' zei Martin.

'Het restaurant van vanavond heeft een uitmuntende prijs-kwaliteitsbeoordeling,' zei Gilbert, die na een paar uur rust weer kwiek was en ons nu naar het centrum leidde.

'Je lijkt alles goed georganiseerd te hebben,' zei ik.

'Het is Gilberts taak,' zei Camille, 'om te zorgen dat ik de paus te zien krijg.'

'Als hij wuift vanaf het balkon, toch?' vroeg ik aan Gilbert toen Camille met Bernhard vooruitliep.

Gilbert schudde zijn hoofd. 'Camille denkt dat hij haar een privéaudiëntie zal geven. Ik heb hem geschreven, de paus.'

'Echt?'

'Ik heb antwoord gekregen, heel beleefd. De paus wenste ons *bon courage*, maar... hij heeft het erg druk. Natuurlijk, maar... dat kan ik haar niet vertellen.'

We hadden een tafel op het terras aan de straat, en binnen een halfuur waren alle andere tafels, zowel binnen als buiten, ook bezet. De wijnkaart werd gebracht en ik voelde spanning in de groep. Het leek of ik het brandpunt was, niet Gilbert.

‘Beaujolais, iedereen?’ vroeg hij, en hij bestelde twee flessen. ‘Moulin-à-Vent. De koning van de beaujolaiswijnen.’ Ik keek naar de prijs. Torenhoog. En ik hoefde maar één glaasje.

Het eten was minder prijzig, maar het was nog steeds geen pelgrimsmenu van drie voedzame gangen en een karaf plaatselijke wijn voor in totaal acht euro. Ik had gedacht dat ik deze keer niet over geld hoefde te tobben.

‘Ik zat te denken,’ zei Martin, ‘dat we een beetje vooruit moeten plannen.’

‘Eén dag tegelijk,’ zei Bernhard. ‘In de geest van een pelgrimstocht.’

‘Juist,’ zei ik. Een pelgrimstocht, geen culinaire reis.

‘Maar iedereen doet het op zijn eigen manier, dat is toch het idee? Er is geen goed of fout.’ Sarah keek naar Martin, werkend aan de wig die ze tussen ons dreef.

Martin deed er een schepje bovenop. ‘De vorige keer reserveerde ik van tevoren. En toen was ik alleen.’

‘Het zal beslist niet mogelijk zijn om gratis slaapplaatsen te vinden,’ zei Bernhard. ‘Zeker niet voor zes mensen die duidelijk geld hebben. Hoe dan ook, het is niet waarschijnlijk dat er vrijwilligers zijn die pelgrims gastvrij onthalen op deze camino.’

‘Die zijn er toevallig wel,’ zei Martin. ‘In vrijwel elk dorp. Al denk ik wel dat Bernhard gelijk heeft over dat we met z’n zessen zijn.’

‘Ik wil met alle plezier blijven reserveren,’ zei Gilbert.

‘Dat wordt gewaardeerd,’ zei Martin, ‘maar we moeten met beleid bepalen hoe ver we lopen. Misschien kunnen de andere oude rotten vertellen wat we hebben geleerd?’ Hij maakte een gebaar dat de hele groep omvatte, als een docent, en ik glimlachte toen me te binnen schoot dat hij dat ook was.

De oude rotten, plus Sarah met haar twee dagen ervaring, hadden allemaal iets te zeggen: vroeg op pad gaan, accommodatie dicht bij de Chemin, zo mogelijk voor onszelf koken.

‘Staat genoteerd,’ zei Martin. ‘Laten we voorlopig strikt onder de vijfentwintig kilometer per dag blijven. Misschien kan Gilbert kijken of hij voor morgen iets niet al te ver weg voor ons kan reserveren.’

Het eten kwam: hamburgers, vegetarische voor Sarah en mij, patat voor iedereen en eend voor het Franse stel. En een derde fles.

‘Misschien zouden we ’s avonds iets minder moeten drinken,’ zei Martin.

Gilbert fronste zijn wenkbrauwen. ‘Wijn bevordert de spijsvertering. En het is goed voor het hart.’ Hij vroeg de rekening. ‘Ik trakteer.’

‘Echt niet,’ zeiden Martin en ik in koor.

Gilbert maakte een armgebaar. ‘Vanavond wil ik jullie allemaal bedanken. Dat jullie gekomen zijn. Dat jullie Camille steunen.’ Hij klopte op haar hand en ze sloeg de zijne weg.

De wijn was misschien iets te veel van het goede, maar hielp ons wel de halve mijl terug naar onze B&B af te leggen. Onze kamers waren op de derde verdieping. Geen lift. Op de gang boven kwam het ongemakkelijke moment: Martins kamer was de ene kant op, de mijne de andere. Nog maar een paar dagen geleden hadden we ons op elkaar gestort. Het gevoel was nog hetzelfde, zo niet sterker, wat mij betreft in elk geval.

Toen: ‘Pap, kan ik je even spreken?’

Martin had geen idee.

8

Martin

Ik wist precies waar Sarah mee bezig was. Ik wist alleen niet waarom: wilde ze zich ervan verzekeren dat zij mijn hoogste prioriteit was of probeerde ze Zoë en mij te saboteren?

Het zou een klus worden om dit in goede banen te leiden. Ik had Sarahs – gelukkig identieke – tauhanger in mijn rugzak gestopt. Nu had ik er een op mijn rug en een om mijn nek.

Ik zorgde ervoor dat ik de volgende ochtend samen met Zoë op pad ging. Gilbert had mijn suggestie iets niet al te ver weg te zoeken overgenomen en een *chambre d'hôte* – een B&B – gevonden op halverwege de oorspronkelijke route voor die dag.

Hij stelde me op de hoogte terwijl ik mijn waterfles vulde en vroeg toen: 'Jullie lopen maar drie weken mee?'

'Ik moet weer aan het werk. En Sarah heeft haar studie.'

'Bestaat de kans dat je Zoë ook meeneemt?'

'Ze is van plan helemaal naar Rome te lopen.'

Gilbert knikte. 'Als daar verandering in komt, moet je het me vertellen.'

'Natuurlijk. Is daar een speciale reden voor?'

'Ja. Camille moet Zoë bij zich hebben.'

Misschien had ik Gilbert om uitleg moeten vragen, maar wat hij zei, strookte met de bloedzustersband. Mocht Zoë over drie weken met mij mee naar huis willen, dan zouden we dan wel weer zien.

Camille had uitgeslapen, en we vertrokken voor Gilbert en haar uit. Buiten het dorp was het een zware klim, en ik was blij dat ik een rugzak had en geen karretje over de rotsen hoefde te slepen. Ik liep een paar passen achter Zoë en keek hoe ze de obstakels overwon. Zelfs deze korte wandeldag zouden we drie of vier uur hebben om te praten, maar hoe graag ik onze relatie ook op gang wilde helpen, ik was niet van plan er druk op te zetten.

We bereikten de top van de heuvel via een schaliepad en Zoë bleef staan om uit haar waterfles te drinken.

'Ik denk dat ik een tijdje alleen ga lopen,' zei ze.

'Voel je je niet goed?'

'Ik moet gewoon wat... ruimte hebben.'

'Ruimte? Er is hier niemand.'

'Oké dan. Ik voel druk.'

Het was wel duidelijk dat ik die dag geen antwoorden meer zou krijgen.

Het was prettig wandelen, tussen rijen wijnranken die zwaarbeladen waren met bladeren en druiven. Ik kwam vlak voor twaalven op de eindbestemming aan geslenterd, net toen het warm begon te worden. Zoë, Sarah en Bernhard lagen op het grasveld naar hun telefoon te turen.

'Ze gaan pas om vier uur open,' riep Sarah, 'maar er zit geen wachtwoord op de wifi.'

Om Zoë de ruimte te gunnen die ze nodig had, zocht ik een afgezonderd plekje om de route die voor ons lag door te nemen. Het zag ernaar uit dat Sarah en ik de Italiaanse grens zouden kunnen halen voordat we terug naar huis moesten. Het zou een mooie prestatie zijn.

Om drie uur liep ik rusteloos terug in de richting vanwaar we waren gekomen, op zoek naar Camille en Gilbert. Ik vond ze na een paar kilometer. Ze zaten samen een baguette te eten.

'We zijn laat vertrokken,' zei Gilbert. 'We kunnen toch pas om vier uur naar onze kamers.'

Ik had van de vorige wandeltocht kunnen weten dat Franse

B&B's zelden voor het eind van de middag opengaan. In de winter was ik later op pad gegaan en had ik langer gelopen, waardoor het geen probleem was geweest.

We checkten in en Gilbert en ik besteedden een uurtje aan het plannen van de volgende dag. De maaltijd bestond uit linzen met worstjes voor de vleeseters en linzen met niets voor Zoë. Ik vermoedde dat alles samen was gekookt. Zoë raakte haar kwart liter wijn niet aan, maar ik dronk alles voor haar op.

Toen ik weer in mijn kamer was, dacht ik een klop op de deur te horen, maar ik reageerde niet. Ik was een lampenkap aan het repareren en had geen behoefte aan iemand in mijn ruimte.

Toen Zoë de volgende ochtend aan het ontbijt kwam, legde ze haar hand op de mijne. 'Sorry van gisteren. Ik zal wel last hebben gehad van de derdedagsblues of zo.'

'Het is al goed.' Ik was blij dat ze het als háár probleem zag.

'Hé, jij mag ook best sorry zeggen. Je was niet bepaald aardig aan tafel.'

'Dingen te doen.'

Het regende, en we wachtten tot het droog was voordat we in onze vaste paren aan de laatste van de twee korte dagen begonnen. Het pad voerde door dennenbossen en meer wijngaarden; Gilbert wees ons erop dat we tussen de druiven door liepen waarvan de beaujolais werd gemaakt die we hadden gedronken.

Zoë kwam meteen ter zake. 'Hoe is het met Sarah? Jullie lijken veel te bespreken te hebben.'

'We moesten dat kamerdeelgedoe bespreken. Je had gelijk. Als het niet uitgerekend die ellendige Bernhard was...'

'Bernhard is niet de enige die op de centen let.'

'Dat hebben Gilbert en ik besproken. We hebben het opgelost.'

'Fijn voor jullie. Heb ik niets in te brengen?'

'Had je ook een duit in het zakje willen doen?' Ik wachtte op haar glimlach. Die was flauwtjes. 'Maar je vroeg naar Sarah. Ze heeft het nog steeds moeilijk met de scheiding; ik denk niet dat het iets met jou... persoonlijk te maken heeft.'

'Denk je niet? Ze is eenentwintig, toch?'

'Twintig.' Ik kon wel raden waar die aanname vandaan kwam. 'Je mag hier vanaf je achttiende drinken. Bier en wijn vanaf je zestiende.'

'Toen ik twintig was, was ik getrouwd en in verwachting van mijn kind.'

'Sarah woont al twee jaar op zichzelf.'

'Maar zo te horen heeft ze zich nog niet losgemaakt van haar ouders.'

'Mijn therapeut zou zeggen dat de meesten van ons dat nooit doen. Hoe zit het met jou en je moeder?'

Ze hield haar hoofd schuin. 'Heb jij een therapéút?'

'Ik had een Californische vrouw leren kennen die scheen te denken dat ik mezelf niet goed genoeg kende, en ik besloot dat ik daar iets aan moest doen. Je weet wel, voor het geval we bij elkaar zouden komen.' Het kwam dichter bij de waarheid dan wat ik mezelf destijds had wijsgemaakt.

'Hoe gaat het tussen jou en je dochters?' vroeg ik. Haar verhouding met hen leek het tegendeel van de moeizame relatie die ik met Sarah had.

'Moeizaam. De verzekeringsmaatschappij stelde dat Keiths dood een geval van zelfmoord was en wilde niet over de brug komen, en Lauren besloot de strijd aan te gaan. Zo is ze wel – altijd bezig zichzelf te bewijzen. Ik zei dat als ze won, Tessa en zij het geld mochten houden.'

'Overdrijf je de onafhankelijkheid niet een beetje?'

'Dat vond Tessa ook. Toen het geld kwam, stond ze erop dat een deel ervan werd besteed aan een appartement voor mij.'

'Heel netjes van haar. Zo hoort het ook. Ik had gedacht dat Keith...'

'Lauren had haar oorspronkelijke deel al gereserveerd voor

een nieuw huis, en ze verzette zich, waardoor zij uiteindelijk de slechterik leek, wat ze Tessa kwalijk neemt. Moet ik nog doorgaan?'

'Niet als je niet wilt. Maar ze hebben jou niets te verwijten.'

'Ik ben altijd bang iets te zeggen wat de een tegen de ander zal gebruiken.'

'Je had naar Sheffield moeten komen.'

'Niet doen.'

Ik deed het niet, maar ik pakte haar hand en hield die vast tot het pad zo smal werd dat we niet meer naast elkaar konden lopen. We wonnen het van de regen, die al dreigde sinds we op pad waren gegaan.

De *gîte* lag pal aan de Chemin. Het was een verbouwde boerderij met twee torens, uitzicht over de vallei en een overwoekerde tuin vol bloemen, kruiden en groenten. Ik wees Zoë op het bord boven de deur: *Le Nid de la Palombe – Chambre d'Hôte, Restaurant Bio*. Het Duivennest – B&B, Biologisch restaurant. Dat had Gilbert goed gedaan.

Bernhard en Sarah voegden zich bij ons en de eigenares, een oudere vrouw, kwam ons met de sleutels tegemoet.

'Twee aparte bedden?'

Bernhard knikte en kreeg een sleutel.

Ze keek naar mij. 'Monsieur Eden? *Grand lit?* Tweepersoonsbed?'

Ik keek naar Zoë's gezicht, glimlachte en knikte.

9

Zoë

'Je hebt me overtuigd. Een kamer delen is zinnig,' zei Martin grinnikend.

Zeg dat wel. Ik barstte van de energie na twee dagen korter wandelen en ik had een beter gevoel over alles dan de vorige dag. De gîte had ook iets bijzonders. Misschien kwam het door het bord in het Frans en Engels: *Geen mobiele telefoons s.v.p. om schade door straling te voorkomen.* Het gonsde hier van de positieve energie.

Bernhard en Sarah waren al naar boven gegaan, en net toen wij dat ook wilden doen, kwam de eigenares, Angelique, vanachter de keukenbar tevoorschijn met een taart die net uit de oven kwam, druipend van de boter en geurend naar appel en kaneel.

'Neem me niet kwalijk,' zei ze in moeizaam Engels, 'maar er zitten eieren in. En boter. Is dat een probleem voor u?'

'Is het vaak een probleem?' vroeg Martin in het Frans.

'Helaas, ja. De vorige eigenaren waren strikter, en sommige van onze gasten willen dat alles blijft zoals het was. Geen vlees, geen eieren, Engels, Duits en Nederlands spreken en die idiote telefoonregels.'

Angelique en haar man, Emeric, hadden de onderneming overgenomen als pensioenproject en er een programma bij gekregen voor gastschrijvers en -musici die gezond eten en duurzaam leven belangrijk vonden.

We kregen een glas witte wijn bij de taart; Gilbert en Bernhard voegden zich bij ons, gevolgd door Sarah – in haar korte short, hemdje en lage wandelschoenen. Ze wierp één blik op ons en liep de deur uit.

Een wenteltrap met strakke windingen leidde naar onze kamer in de toren. Door de smalle, hoge ramen zagen we de lucht betrekken.

'Eerst douchen?' vroeg ik, en toen zoenden we al. Zijn aanraking en geur voerden me meteen terug naar de intimiteit die ik zo had gemist. Hij smaakte naar appeltaart en wijn, en na de eerste hartstocht werden de kussen langer en zachter, en ik voelde zijn baard kriebelen toen hij mijn blouse openknoopte en mijn huid kuste. Het was te lang geleden, en al waren we drie jaar eerder een paar dagen – en nachten – samen geweest, we waren nog nieuw voor elkaar, onzeker en aarzelend. Maar er was geen sprake van die verlegenheid van de eerste keer dat we met elkaar hadden geslapen, voor mij in elk geval niet.

We hadden minstens twee uur voor het diner om te genieten van de herontdekking, en dat allemaal begeleid door prachtige klassieke muziek. Ik dacht eerst nog dat ik het me verbeeldde, maar toen besefte ik dat het uit de kamer onder de onze kwam. Martin prevelde 'Mozart' toen de cello werd aangevuld met... nog een cello, en nog een. De vloer leek ervan te vibreren. Ik liet me opgaan in de magie van snaren die werden aangestreken en geplukt.

Tot er op de deur werd gebonsd. Shit. Ik dacht dat baby's seks in de weg stonden. Een twintigjarige was nog erger.

'Niet op letten,' zei Martin.

De volgende klap was harder en deze keer vulde de kamer zich met licht.

We schoten allebei in de lach. 'De kosmos,' zei Martin.

In de eetzaal keken we door een enorm raam naar de bliksemschichten die de lucht doorkliefden. Bij vlagen hagelde het zo hard dat we elkaar amper konden verstaan. Nog maar een paar uur eerder hadden we buiten gezeten; ons dagelijkse contact met het land en de natuur maakte het spektakel nog indrukwekkender.

De maaltijd was helemaal vegetarisch, en alle kruiden en sommige groenten kwamen uit de eigen tuin. We kregen gezelschap van de cellisten, een Britse masterclass, en Martin raakte met ze in gesprek over creativiteit. Een zekere Brian leek hun woordvoerder te zijn.

'We brengen hier elk jaar een week door, maar deze keer is het wat lastiger. De nieuwe eigenaren zijn heel aardig, maar ze spreken nauwelijks Engels en een lid van onze groep is veganistisch. Hij heeft ook een probleem met straling. Dit was de enige plek... Ik bedoel, er zijn ook wel plaatsen in Engeland, maar we gingen altijd hierheen omdat alles hier goed was.'

'Ik hoop maar dat hij dit niet ziet,' zei Martin na het eten toen hij een wifirouter repareerde die het kennelijk niet goed deed. Ik keek naar hem terwijl hij bezig was. Hij pakte een probleem aan in plaats van erover te klagen en verspreidde zo een beetje goed karma. Ik was blij dat ik er deel van uitmaakte. En het was moeilijk om niet te glunderen toen Martin en ik naar boven gingen, naar bed – samen.

10

Martin

Ik ging eerder naar beneden om te ontbijten dan Zoë, deels om haar even de ruimte te gunnen nadat we zo dicht bij elkaar waren geweest en deels om het Sarah niet in te wrijven dat we met elkaar sliepen. Ik had me de moeite kunnen besparen; alleen de Britten waren er. Net toen Emeric een cafetière en een schaal met croissants neerzette, kwamen Sarah en Bernhard de trap af.

'Ben je wezen hardlopen?' vroeg ik aan Sarah.

'Gisteren, bedoel je? Voor het eten? Je hebt me daarna nog gezien.'

'Ben je gaan hardlopen na een hele dag wandelen?'

'Zo ver hadden we niet gelopen... Moment...' Emeric liep terug en ze legde een hand op zijn arm.

'Kruidenthee, *oui?*' zei hij.

'Ja, graag. En mag ik wat muesli, fruit en yoghurt. Alstublieft.'

Ik vertaalde het voor Emeric.

Zoë was naar beneden gekomen en voegde er in het Frans aan toe: 'Ja, lekker. Voor mij ook, graag.'

'We hebben yoghurt met bessen. Sorry, geen muesli.'

'Ik bedoelde púre, óngezoete yoghurt.'

'Het spijt me.'

'Die yoghurt met bessen zit vol suiker. Hoe kun je nou geen gewone yoghurt hebben? Ik bedoel, vegetarisch, biodynamische wijn, straling...'

Ik wist niet of Emeric het kon volgen, maar Sarahs toon was duidelijk genoeg.

Zoë probeerde de boel te sussen. 'Die dingen kunnen volgens

mij best samengaan. Die maaltijd van gisteren was de lekkerste die ik op de Chemin heb gegeten...'

'Ik heb het niet over het avondeten,' zei Sarah. 'Ik heb het over het ontbijt. Elke ochtend. Muesli kost geen drol; het is haver, zoveel mensen eten het; hoe moeilijk is het om een pak havervlokken van twee euro te kopen? Ik bedoel, wat betalen we hier?'

Jezus.

Bernhard – *Bernhard* – bemoeide zich ermee. 'In Duitsland zou je salami krijgen. Maar mijn vriendin is in training voor de marathon...'

Het was dat 'vriendin'. Sarah stond op en stormde, bij gebrek aan een kom muesli om boven zijn hoofd om te keren, naar boven.

'Succes met de verzoening,' zei Zoë lachend tegen Bernhard. 'Maar ik snap haar wel. Echt, witbrood en croissants? En het is hier zogenaamd biológisch.'

'We zullen onze excuses aanbieden voordat we weggaan,' zei Bernhard.

Ik gaf hem een schouderklopje terwijl ik van mijn stoel kwam. 'Merci.'

's Middags begon het te miezeren, en onder het mom dat ik haar uitrusting wilde checken, knoopte ik een gesprek met Sarah aan.

'Je wilt het zeker over vanochtend hebben?'

'Niet als je vader. Je bent je eigen baas, maar iedereen in de groep voelt het als er onenigheid is, erbinnen of erbuiten.'

'We hebben sorry gezegd voordat we weggingen. Ik snap dat het een kwestie van cultuur is. En ze zijn nog maar net begonnen. Maar als mensen niet weten wat ze fout doen, kunnen ze ook niets aanpassen.'

'Daar zeg je iets. Heb je Bernhard al vergeven?'

'Dat hij me zijn vriendin noemde? Hij is een hork.'

'En de marathon?'

'Ik wilde aan de Ironman meedoen, maar de training stond mijn studie in de weg, dus heb ik afgeschaald naar een marathon. Misschien pak ik het weer op...' Ze brak haar zin af. Ze hield iets achter.

Uiteindelijk doorbrak ik de stilte. 'Hoe gaat het? De training?'

'Ik zit bijna op negentig minuten voor de halve marathon, en de vuistregel is dat je dan de hele marathon in twee keer die tijd plus tien minuten kunt lopen.'

'Je bent sneller dan ik ooit ben geweest.'

'Tja, ach.'

'Heb je het al aan je moeder verteld?'

'Ik wilde het een verrassing houden.'

'Vertel haar dan dat je aan fitness doet of zoiets. Ze is bang dat je niet goed eet.'

'Ik ook. Vijfentwintig kilometer op croissants en jam? Maar je wilt weten wat ik van Zoë vind, hè?'

'Niet echt. Ik wil weten of het goed met je gaat en zo niet, of we daar iets aan kunnen doen.'

'Meneer de fikser. Ik heb je wel aan die kraan zien prutsen.'

Ik had wat elementair gereedschap ingepakt met het idee klusjes te doen als we in kleine, particuliere hotels overnachtten. Eenvoudig installatiewerk, iets wat was losgekomen weer bevestigen, als het me maar het gevoel gaf dat ik iets teruggaf aan de wereld waar ik doorheen liep. Emeric had geen idee gehad hoe hij die router of die kraan moest repareren. Ik vroeg me af hoelang ze hun pensioenproject zouden volhouden.

'Zoë is wel oké. Mam zou haar zweverig noemen, maar hé, Californië, hè? Hoe gaat het tussen jullie?'

'Hoe gaat het tussen Bernhard en jou?'

'Ik heb toch gezegd dat hij een hork is?'

Wandelen is bevorderlijk voor lange stiltes. Pas een meter of honderd verder vervolgde ze: 'Heeft hij iets over mij gezegd?'

Zoë en ik deelden een kamer in Villefranche-sur-Saône, ten noorden van Lyon, op zo'n tweehonderdvijftig kilometer van de Italiaanse grens. Het grotere centrum bood meer mogelijkheden voor het diner, en we vonden een Marokkaans restaurant dat meer groenten serveerde dan zelfs Zoë en Sarah op konden. Gilberts gulle voorstel om de kosten te delen was aangenomen: we splitten de rekeningen voor het eten en hij betaalde de wijn, zodat hij zich aan zijn passie kon overgeven zonder dat wij die hoefden te sponsoren.

Ik at en dronk er goed van, sliep met de enige vrouw met wie ik in jaren een klik had gevoeld, bleef fit en boekte, zo leek het, wat vooruitgang met Sarah. Ik mocht niet klagen.

11

Zoë

De dagen begonnen een ritme te krijgen. Martin, met zijn nieuwe baard en haar dat nu al langer leek, volgde ons 's ochtends als een schattige Old English Sheepdog op de voet. 's Avonds, nadat we met een glas bier of wijn weer tot leven waren gekomen, liep hij rond op zoek naar klusjes. Mijn vriendinnen thuis reageerden met hartjes als ik een foto postte.

Vanuit de buitenwijken van Villefranche-sur-Saône namen we een brug over de Saône naar velden vol mais en zonnebloemen met zwart geworden bloemhoofden die te zwaar waren om zich op te richten en de zon te begroeten.

Ik had voorspeld dat Camille en Gilbert het nog geen drie dagen zouden volhouden, maar het was nu dag zes en ze liepen nog steeds. Gilbert was traag en kwam soms een uur later aan dan Sarah en Bernhard, soms met Martin, vaker met Camille, maar hij kwam altijd aan.

'Het lijkt goed te gaan tussen ons,' zei Martin. Hij probeerde achteloos te klinken, maar was gespitst op mijn reactie.

'Alsof die drie jaar er nooit zijn geweest.'

'Het is een goede test. Zoveel tijd met elkaar doorbrengen.'

'Daar zorgt de Chemin wel voor,' zei ik.

Een kwartier later kwam Martin erop terug.

'Hoe zou je het vinden om Sheffield eens te proberen?'

'Hoe zou jij het vinden om San Francisco eens te proberen?'

'Kom in elk geval een tijdje bij me wonen. Dan kunnen we daarna beslissen.'

Ik voelde vlinders in mijn buik. Misschien kon dit iets worden. Er waren dingen veranderd.

Alleen zaten die veranderingen aan míjn kant. We waren drie jaar verder, maar diezelfde olifant in de kamer was er nog – een knappe, dunne olifant die, te oordelen naar alles wat ik had gezien, een normale meid van twintig was met als grootste probleem dat ze te afhankelijk was van haar vader. Die misschien ook te afhankelijk was van haar.

Laat in de ochtend trof ik Sarah alleen.

'Bevalt het wandelen?' Ze liep snel; misschien had ze haar tempo verhoogd.

'Ja, hoor.'

'Ik wil alleen even zeggen... Hoor eens, het spijt me als dit niet de vakantie met je vader is die je je had voorgesteld.'

'Hij had gezegd dat je ook zou komen.'

'Hoe bevalt het voortraject geneeskunde?'

'Dat is het Amerikaanse systeem. Wij beginnen meteen met de studie.'

'Dat wist ik niet. Denk je dat dat beter werkt?'

'Ik kan het niet vergelijken.' Haar toon zei: *Zeg nou maar wat je wilt zeggen.*

'Hoor eens, ik vind het super dat Martin zo'n hechte band met zijn dochter heeft. Ik heb zelf twee dochters, en ik heb ze er nooit van weerhouden hun vader te zien.'

'Pardon?'

'Ik bedoel, ik weet dat je een heel goede relatie met je vader hebt...'

'Zegt hij dat?'

'Dat hoeft hij niet te zeggen.' Dat was beter. Ze ontdooide even voordat ze weer bevroor.

'Maak je geen zorgen,' zei ze. 'Ik zal je niet dwarszitten.'

Ze ging sneller lopen en ik hield mijn pas in en wachtte tot Camille me had ingehaald.

'Ik geloof niet dat ze me mag,' zei ik.

'Natuurlijk niet; ze beschermt haar vader. Er is nog tijd zat. Tegen de tijd dat je met *Marteng* trouwt, zal ze je smeken of ze je bruidsmeisje mag zijn.'

Ze lachte. 'Ze is nog jong. Bernhard houdt haar meer bezig. Maar Bernhard speelt het cool. Als ik jonger was... of misschien is dat niet nodig in het geval van Bernhard. Hoe zit het met jou en Martin?'

'Het gaat goed.'

'Meer niet? Hij blijft nog maar twee weken, *non*? En daarna?'

'Ik weet niet of ik wel in Engeland kan wonen. Dat maakt me onzeker, denk ik.'

'Natuurlijk. Het weer is er slecht; het eten nog slechter. Ben je er ooit geweest?'

'Nee, maar...'

Camille wuifde de rest weg. 'Als hij van je houdt, doet hij alles wat je maar wilt.'

'Ook als hij zijn dochter in de steek moet laten?'

'Ze is een vrouw. Ze heeft haar eigen leven.'

Was het maar waar. Camille wees naar een bord. 'We zijn in Ars-sur-Formans. Hier liggen de relieken van Saint Jean-Marie. Zijn lichaam blijft intact: een wonder.'

Het was een beetje een katholiek Mekka – waarschijnlijk niet het goede woord – en het werd duidelijk dat Camille echt alle kerken en kruisbeelden onderweg wilde bezoeken. Zo hoort dat op een pelgrimstocht, nam ik aan.

We bekeken de *église* en de *chapelles*, maar Camille leek minder geroerd door de barokke schoonheid en de geschiedenis dan ik. Ze bleef even bij een beeld van Saint Jean-Marie staan, streek over zijn hand, betaalde haar euro voor een kaarsje en stak het aan.

'Zeg je altijd hetzelfde gebed op?'

Camille schudde haar hoofd. 'Ik brand elke dag een kaarsje voor iemand tegen wie ik heb gezondigd.'

Eén zonde per dag. Ergens leek het wel logisch. Beter dan om een wonderbaarlijke genezing bidden.

Camille pakte mijn hand. 'Doe met me mee, Zoë.'

Ze gooide nog een euro in de gleuf en gaf me een kaarsje.

'Je hoeft niet in God te geloven, alleen in boetedoening. En in verlossing. Vandaag brand ik een kaarsje voor Bastiens moeder. Ik heb geprobeerd haar zoon bij haar weg te houden. Uit liefde, maar toch...'

Het was mijn eerste moment van een echte band met Camille. Ik stak mijn kaarsje aan.

'Voor Keith,' zei ik.

'Voel je je nog steeds schuldig om zijn zelfmoord?'

'Ik heb me ermee verzoend...' Het was een van de resultaten geweest van mijn eerste camino.

'Maar toch brand je een kaarsje.'

Ik knikte. En voor het eerst, waar dan ook, tegen wie dan ook, gaf ik toe dat noch de patholoog-anatoom, noch de verzekeringsmaatschappij had kunnen bewijzen dat zijn dood géén ongeluk was geweest.

Na Ars volgden meer maisvelden, en toen verdwaalden we op zoek naar onze B&B, die niet langs het pad stond.

'Het pad is hier,' zei Bernhard, die naar zijn telefoon keek. Aan de ene kant stond de mais meer dan manshoog, aan de andere was een geploegde akker. Met klompen aarde van één meter hoog. De greppel – die Bernhards app voor een pad leek aan te zien – werd verstikt door takken, struiken en bramen.

'Het is maar driehonderd meter.'

'En als we eromheen lopen?' vroeg Camille.

'Twee kilometer.'

Camille aarzelde niet. Na afloop haalde Gilbert wondspray tevoorschijn en verzorgde Sarah onze schrammen.

'Als we in Pérouges zijn, heb ik een verrassing voor iedereen,' zei Camille terwijl ze ratatouille maakte, onze eerste zelfbereide maaltijd. 'Een oude stad. De musketiersfilm is er gemaakt.'

Bernhard keek op zijn telefoon. 'Die is voornamelijk in Oostenrijk opgenomen.'

Camille wuifde het weg. 'De Fránse film.'

'We gaan morgen vroeg van start,' zei Martin. 'Het wordt warm en we moeten iets verder lopen dan we zouden willen.'

'Hoe ver?' vroeg Camille.

'Het terrein is effen, maar het is bijna dertig kilometer. We hebben niet echt een keus, jammer genoeg.'

12

Martin

Gilbert en ik hadden de knoop moeten doorhakken.

We moesten naar Pérouges, tweeëndertig kilometer verderop, de volgende halte op de route van de Vereniging Pelgrimswegen. Er was maar één mogelijke tussenstop: Saint-André-de-Corcy op negen kilometer lopen. Die onderbreking zou een dag kosten, en de dag erna moesten we dan nog steeds drieëntwintig kilometer lopen.

We hadden het allemaal redelijk goed doorstaan, afgezien van de krassen en schrammen door Bernhards idiote kortere route. Bernhard, Zoë en ik hadden in het verleden al langere afstanden gelopen en Sarah de marathonmeid zou er geen probleem mee hebben.

Na enig nadenken was Gilbert akkoord gegaan. 'Camille zal trots zijn op de prestatie.'

'Goed dan, maar we beginnen bij zonsopkomst.'

'Dat zal Camille niet leuk vinden.'

'Ze zal het nog veel minder leuk vinden om in de hitte te moeten lopen.'

Een lange wandeling heeft iets van een huwelijk, of althans van mijn huwelijk met Julia. Je begint bruisend van energie, vindt een routine voor een periode die snel voorbijgaat als je van de reis geniet, en vervolgens is het het laatste stuk alleen maar afzien en hopen dat het snel achter de rug zal zijn. Dat gezegd hebbende, er zijn een paar trucjes om het leuker te maken.

Toen het team om halfzeven in de keuken kwam, was ik al koffie aan het zetten.

'Ontbijt?' vroeg Sarah.

'Laten we eerst vijf kilometer lopen.'

De zon zien opkomen is een genoegen waar we elke dag mee zouden kunnen beginnen, als we onszelf uit bed konden sleuren. Misschien zou de lol eraf gaan, maar vandaag, fris aan de wandel na een bak sterke koffie, voelde ik aan dat iedereen ervan opfleurde. Het pad was makkelijk, en we liepen iets meer dan een uur in onze gebruikelijke paren door het dichte groen van een bos, met gras dat alleen langs de boszoom verdroogd was, tot Bernhard bleef staan, zijn rugzak liet vallen en op een boomstronk plofte.

'Vijf kilometer. Ontbijt.'

Ik was van plan geweest er een kilometer bij te smokkelen, maar het was een aangename plek. Ik haalde vijf perziken tevoorschijn, en een zakje dat ik aan Sarah gaf.

Ze glimlachte, misschien tegen wil en dank. 'Muesli. Hoe kom je daaraan?'

'Er stond een grote voorraadpot.'

'Je had meer moeten jatten.'

'Dat was heel on-pelgrimachtig geweest.' Ik stak mijn hand in mijn rugzak en diepte er een grotere zak uit op. 'Ik heb vijf euro neergelegd. Maar jij mag het dragen.'

'Te vroeg voor croissants,' zei Camille. Dat was het probleem als je op pad ging voordat de eigenaar naar de *boulangerie* kon.

'Vier kilometer naar de bakkerij en we krijgen ze vers uit de oven.' Mijn motiveringstrukendoos bracht ons vrij ver, al wees Camille op de mogelijkheid van een overnachting in Saint-André toen we onze croissants en warme *pain aux raisins* zaten op te peuzelen. Toen de zon zijn hoogste punt bereikte, begonnen we echter net zo te verpieteren als de zonnebloemen. Zelfs Bernhard en Sarah leken dankbaar toen ik besloot elke twee kilometer een pauze in te lassen.

En dan was er de onvermijdelijke tussenstop voor Camille om

een kaarsje te branden. Zoë deed nu met haar mee: 'Om contact met Camille te maken op een dieper spiritueel niveau.'

Op die lange dagen voel je dat je lichaam het opgeeft in afwachting van het einde. Het was al drie uur geweest toen we de buitenwijken van Pérouges bereikten, en Bernhard zei dat zowel de grens van dertig kilometer als die van dertig graden was overschreden.

Sarah had de gps op ons onderkomen gezet, maar de route voerde ons door het hart van het middeleeuwse dorp, waar het wemelde van de toeristen en de souvenirwinkels.

'Nog maar iets meer dan anderhalve kilometer,' zei ze.

Gilbert wees naar een vrije tafel voor een van de drukke cafés en zakte plompverloren op een stoel. Zes bier.

'Het is schitterend,' zei Zoë, en dat was het ook. Een goed geconserveerd vestingstadje op een heuvel – een heuvel die we maar al te goed kenden.

Camille zat te bellen. Een taxi? We hadden het centrum gehaald, dus ze kon hard maken dat ze niet vals speelde.

De grijns op het gezicht van Sarah en Bernhard toen het bier werd gebracht deed vermoeden dat Gilbert een verstandig besluit had genomen. Camilles actie viel minder goed. Ik had mijn glas amper leeg toen er een forse vrouw van middelbare leeftijd naar ons toe kwam en ons opnam.

'Die vier,' zei Camille in het Frans. En toen, tegen ons: 'Ik heb een rondleiding geregeld. Het stadje heeft een heel boeiende geschiedenis. Gilbert en ik zijn er al mee bekend, dus we zien jullie in het hotel.'

Gilbert stak zijn hand op. Nog twee bier.

Pérouges is niet groot, maar de klinkerstraten zijn steil en vol geschiedenis. Onze gids sprak rad Frans en haalde de onderste historische steen boven.

Zoë deed in hakkelend Frans haar best om de vrouw over te halen er snel een eind aan te breien, maar daar wilde ze niet van weten. Twee uur, verdomme, en toen nog eens teruglopen. Drieendertig kilometer en dan nog zeker drie het stadje uit.

Het hotel stond in het aangrenzende Meximieux, maar het was comfortabel genoeg. Gilbert had een boodschap bij de balie achtergelaten: we zouden elkaar om halfacht treffen.

Toen Zoë onder de douche vandaan kwam, lag ik naakt op bed.

'Haal het niet in je hoofd,' zei ze.

Bij wijze van uitzondering deed ik dat niet.

Gilbert en Camille waren een en al glimlach.

'Geweldige prestatie,' zei Gilbert. 'We zijn goed hersteld.'

'Was de rondleiding boeiend?' vroeg Camille. Nam ze ons in de maling?

Gilbert wees naar de deur. 'Het restaurant staat buiten het dorp. Een kilometer of drie maar.' Zoë snakte naar adem en hij lachte. Ja, ze namen ons in de maling.

Het restaurant bleek naast het hotel te zijn en een houtskoolgrill te hebben en het eten was fantastisch, want dat is goede, eenvoudige kost als je moet bekomen van een zware inspanning.

'De eerste week zit erop,' zei Bernhard. 'Nog tien keer zo'n week en we zijn in Rome.' Sarah en ik waren nu op een derde van onze tocht.

'Wacht,' zei Camille, 'ik wil ook iets zeggen. Ik was niet goed geïnformeerd. Ik had niet verwacht dat ik over rotsblokken moest klauteren. Ik had niet verwacht dat ik in het bos moest piesen. Ik had niet verwacht dat ik drieëndertig kilometer moest lopen.'

'Wat je zegt,' zei Zoë. 'Een week is een grote prestatie, zoals Gilbert al zei. We hebben misschien honderd mijl gelopen...'

'Honderdtweeëndertig kilometer,' zei Bernhard. 'Tweeëntachtig mijl.'

'De meeste mensen maken nooit zo'n wandeling in hun leven,' zei Zoë. 'Dus als je bedoelt, laten we hier ophouden...'

Camille trok een overdreven ontzet gezicht. ‘Natuurlijk niet. Ik ga naar Rome lopen. Misschien regel ik nog een rondleiding voor jullie in het volgende dorp.’ Ze keek afwachtend om zich heen. ‘Of misschien maken we geen dagen van dertig kilometer meer.’

13

Zoë

De tocht van Pérouges naar Lagnieu was weer over vlak terrein, maar duurde minder lang dan de vorige dag. Het was wel warm, en de landwegen boden weinig schaduw. Martin liep voorop met Sarah en Camille plukte paddenstoelen. 'Voor jou, Zoë. Vlees voor vegetariërs, *non?*'

'Ja, maar ik heb geen zin om per ongeluk doodstrompetten te eten.'

'Doodstrompetten zijn uitstekend. Het is een misleidende naam. We zullen ze niet vinden op dit pad; er is te veel zon. Ik verzamel alleen paddenstoelen die goed smaken. En ze mogen niet giftig zijn in combinatie met alcohol. Tenzij ik besluit Gilbert te vermoorden.'

Gilbert keek glimlachend op. 'Het zou geen akelige dood zijn, lekker eten en een glas wijn. Ik ben banger voor het klimmen.' We vingen al zo af en toe een glimp op van de Alpen in het oosten; aan de horizon verschenen rotsachtige pieken boven naaldbossen. Daarbij vergeleken waren de heuvels die we al hadden overwonnen maar molshoopjes.

'Je hoeft alleen maar bang te zijn voor jezelf,' zei Camille.

'Camille vindt dat ik beter thuis kan wachten,' zei Gilbert.

'Maar je had de tocht toch niet in je eentje willen maken, Camille?'

Camille haalde haar schouders op. 'Ik wist dat je zou komen.'

Na Lagnieu was het nog anderhalve mijl naar onze gîte en Camille wilde de inkopen voor het avondeten daar doen. Nadat we allebei een kaarsje hadden opgestoken – Camille leek het fijn te vinden dat ik haar vergezelde, al zei ze nooit veel – gaf ze mij de zak met paddenstoelen en wees me de *pharmacie*. 'Toe maar, ga maar vragen of ze giftig zijn.'

Met de paddenstoelen in mijn hand liep ik naar de toonbank. De jonge vrouw zag wat ik bij me had en riep een oudere vrouw, die de zak boven de toonbank omkeerde, de paddenstoelen een minuutje inspecteerde en toen glimlachte.

'Bon appétit.'

14

Martin

Terwijl Sarah en Camille naar de supermarkt gingen, vierden Gilbert en ik alvast de voltooiing van de etappe met een drankje. Tegen de tijd dat ze beladen met boodschappentassen terugkwamen, hadden Zoë en Bernhard zich bij ons gevoegd.

'Kolere. Wie gaat dat dragen?'

Bernhard en Sarah antwoordden door allebei een tas in hun rugzak te stoppen. Bernhard pakte de overgebleven twee tassen op en begon te lopen. Het pad was effen, maar de zon scheen recht op ons hoofd, en toen ik op een halve kilometer van de gîte naar een van de tassen reikte, aarzelde Bernhard maar heel even voordat hij me beide tassen overhandigde.

We waren allemaal afgepeigerd, maar Gilbert leek er weer het slechtst aan toe. Ons onderkomen, een eeuwenoud stenen huis met een tafel buiten die baadde in de zon, werd overschaduwd door de steile kliffen van het eerste deel van de Alpen. Gilbert keek even peinzend naar de rotswanden.

'Rust maar uit, dan zie ik wel of ik alles voor morgen kan regelen,' zei ik. We hadden geprobeerd een chambre d'hôte te bereiken, zonder succes. Als er een chambre d'hôte open was, waren er bijna altijd kamers vrij, zelfs in augustus, de maand waarin heel Frankrijk vakantie vierde. We waren zelfs vaak de enige gasten.

'Het loopt tegen het eind van het seizoen,' had Gilbert gezegd. Hoelang duurde het seizoen? Voor pelgrims niet lang meer, want binnenkort werden de paden door de Alpen onbegaanbaar door de sneeuw. En er waren veel bedrijven gesloten in augustus, zelfs restaurants, die nu toch hun drukste periode zouden moeten hebben.

'Precies,' zei Gilbert. 'Als je een restaurant hebt, wil je niet overspoeld worden door toeristen. En je hebt recht op vakantie, net als iedereen.'

Toen Zoë en ik in de gezamenlijke keuken aankwamen, bleek dat Camille Sarah al had aangesteld als sous-chef. Gilbert nam ons mee naar buiten, waar we bij zonsondergang vleeswaren, rauwkost, brood en olijven aten, weggespoeld met de plaatselijke witte wijn.

Ten slotte gingen we naar binnen, waar Sarah kommen neerzette en Camille achter haar aan kwam met de pan: donkere jus, een mengsel van paddenstoelen en... stukken vlees.

Zoë's gezicht betrok. 'Vlees?'

'O, shit, shit, shit,' zei Sarah. 'Ik bedacht dat ik dringend ijzer nodig had en toen... Het spijt ons vreselijk.'

Zoë kwam half van haar stoel, maar Camille stond al; ze liep naar het fornuis en pakte een tweede pan. 'Puy-linzen met gemengde paddenstoelen.' Sarah en zij lachten en Zoë had geen andere keus dan mee te lachen.

'Een toost op ons keukenteam,' wreef Gilbert het er nog eens in.

'Nou, ik heb ook goed nieuws,' zei ik. Ik had die chambre d'hôte eindelijk aan de lijn gekregen. 'Morgen koken we weer zelf, en de enige winkel in het dorp is een *fruitière*, dus de carnivoren onder ons kunnen zich vanavond maar beter tegoed doen.'

Zoë hief haar glas. 'Laten we de man die met de boodschappen heeft gezeuld niet vergeten.'

Terwijl we op Bernhards inspanningen toostten, nam Camille hem op alsof ze hem voor het eerst zag. 'Dus, je hebt geen werk?'

Dat had ik hem ook willen vragen. Toen ik hem leerde kennen, nu drie jaar geleden, kwam hij van school en zou hij werktuigbouwkunde gaan studeren.

'Ik ben afgestudeerd. Bedrijfskunde.'

'Geen werktuigbouwkunde?' vroeg ik.

'Ingenieurs doen wel het werk, maar verdienen geen geld. Dat weet jij van het karretje dat we hebben ontworpen. Zakenlieden exploiteren hun werk en worden er rijk van. Ik besloot dus ondernemer te worden.'

'En...'

'Het was zonde van mijn tijd. Ik was de beste van mijn jaar, maar dat zegt niets. Ze leren je een functionaris te worden, een pennenlikker.'

'Dus, wat nu?'

Bernhard haalde zijn schouders op.

'Werktuigbouwkunde misschien?' zei ik. We hadden onze meningsverschillen gehad, maar als voormalig docent van het vak kon ik niet ontkennen dat hij er aanleg voor had.

Hij haalde zijn schouders weer op.

Ik wilde de ondervraging voortzetten, maar Sarah onderbrak me: 'Camille en ik hebben tarte tatin gebakken.' Ze vervolgde, met haar rug naar ons toe: 'Zonder vlees.'

Ik leefde met Bernhard mee. Hij was het spoor duidelijk bijster. Ik had geen voldoening mogen putten uit het feit dat Sarah, idealistisch en gefocust op een medische carrière als ze was, weinig op zou hebben met iemand zoals hij.

15

Zoë

Bernhard was veel stabieler dan Sarah. Ik vermoedde dat ze hoge cijfers had gehaald en door Julia de studie geneeskunde in was geloodst, of waarschijnlijk gepusht. Bernhard had de volwassenheid om een fout te erkennen en alles op een rijtje te zetten voordat hij zich op iets nieuws stortte.

Hij had ook oog voor de noden van anderen. De volgende ochtend gaf hij Sarah – en mij – muesli van ongezoete granen, vol gedroogde vruchten en noten. Ik had er behoefte aan: de 'fruitwinkel', de enige plek waar we de vorige avond boodschappen hadden kunnen doen, bleek de vruchten van het werk van de lokale boeren te verkopen: kaas, vleeswaren en zelfs ijs, maar geen groente en fruit.

Sarah daarentegen droeg niets bij aan mijn innerlijke rust. Zelfs na mijn ochtendyogameditatie kreeg ik al kramp in mijn maag als ik haar alleen al zág.

De komende twee weken zouden we lange klimtochten door de Alpen maken, sommige groter dan de beruchte oversteek van de Pyreneeën op de route naar Santiago. Martin gaf ons informatie over de Chemin du Facteur, het 'pad van de postbode': steil, gevaarlijk, niet geschikt voor mensen zonder ervaring of met hoogtevrees of als er ook maar een klein kansje op slecht weer was.

Destijds moest er geen post zijn bezorgd bij regen. Er was een alternatief met een bustocht door een tunnel. Ik kon ermee leven.

Camille niet. 'Als Zoë hoogtevrees heeft, moet ze de bus nemen, natuurlijk, maar dit is een pelgrimstocht en er zullen beproevingen komen.' Waar was 'ik verwachtte een *promenade*' gebleven?

We begonnen toen de zon net boven de bergen uit piepte. Een van de rotsachtige toppen baadde in het vroege licht, waardoor het leek of hij besneeuwd was. Er volgde een klim van vijfhonderd meter naar Saint-Pancrasse, waar net een café openging. We brachten er een halfuur door en bewonderden de bergen tot de wind ze ten slotte in wolken hulde.

'Dat viel wel mee,' zei Camille.

'Neem nog een kop koffie,' zei Martin. 'Het zware werk moet nog komen.'

Het pad van de postbode begon anderhalve kilometer verderop, maar het was geen klim; het was juist een afdaling van zevenhonderd meter. Degenen van ons die wandelstokken hadden, gebruikten die ook. Martin gebruikte zijn stokken altijd, en hij was voorzichtig bij elke stap.

We liepen achter elkaar over het smalle, steil aflopende, rotsachtige pad, Martin achteraan en Camille voor me uit, toen we de eerste adembenemende panorama's zagen en, plotseling, de steile afgrond naast ons. Camille leek haar evenwicht te verliezen, struikelde half lopend tegen het muurtje langs het klif aan, viel aan de veilige kant op het pad en klampte zich aan het muurtje vast alsof haar leven ervan afhing.

Sarah knielde naast haar en wuifde ons weg. Martin maakte een paar foto's over de rand. Ik weigerde toen hij me vroeg te poseren: ik was net zo bang als Camille.

Na een paar minuten kwam Sarah overeind. 'Camille en ik blijven hier nog even en dan lopen we terug en pakken we de bus.'

'Ik ga met jullie mee,' zei ik.

'We gaan allemáál met jullie mee,' zei Martin.

Bernhard liep naar Sarah en Camille toe.

'Nee,' zei Camille. 'Ik vertrouw op Sarah.'

Ik zag dat Martin bezwaar wilde maken, maar Sarah keek hem indringend aan. 'We redden ons wel, pap.'

Martin nam Sarah apart, praatte even met haar en zei toen: 'Ze redden zich wel,' en hij wees naar voren.

Ik had nooit behoefte gehad aan een leider: we waren allemaal gelijk op deze reis. Maar Martin was degene die elke dag plande, die altijd wist waar we waren en nu, bij onze eerste echte crisis, stilletjes het voortouw had genomen. Niemand leek te willen tegenstribbelen.

'We lopen nog geen twee kilometer per uur,' zei Bernhard. 'Langzamer dan bij het klimmen.'

Na iets meer dan een halfuur bleef Martin staan, pakte drie perziken, keek over zijn schouder en glimlachte. Camille en Sarah kwamen achter ons aan, nog in de verte, maar we zagen Sarah voorop, met een van Camilles stokken als brug tussen hen in.

Toen ze ons hadden ingehaald, liet Camille de stok los. 'Ik heb geen hoogtevrees, maar ik was mijn evenwicht een tijdje kwijt.' Toch pakte ze de stok weer voordat we doorliepen.

De afdaling werd gevolgd door een anticlimax: een lange, hete trektocht om een grote stad heen en nog eens een halve kilometer klimmen bij drieëndertig graden. Aan het eind hadden we volgens Bernhards horloge tweeëndertig kilometer gelopen, en Camille klaagde niet. Ze had haar beproeving doorstaan. Zonder mij.

Dat was één dag in de Alpen. Elke etappe had uitdagingen, die werden gecompenseerd door de prachtige berglandschappen, top na top zo ver het oog reikte en bossen en donkere meren die verscholen lagen achter elke bocht terwijl de tweede week overging in de derde.

We overnachtten een keer in een skidorp vol gesloten restaurants waar wij, buiten het seizoen, de enige gasten waren in een immens complex en we drie kilometer moesten lopen naar een kampeerterrein om iets te eten te bemachtigen – zoals gebruikelijk een combinatie van aardappels en kaas. Lekker, maar ik had nu wel genoeg *tartiflette* zonder spekjes gegeten.

Op de tweede dag van onze derde week, en Martins laatste, kwamen we in Le Rivier d'Allemont aan, op de avond van het maandelijkse dorpsfeest met volksmuziek en een themadiner met exotische gerechten (uit het *zuidwesten* van Frankrijk). Daar zagen we voor het eerst andere pelgrims: twee Fransen van middelbare leeftijd, mogelijk een stel.

Door toedoen van de muziek, het geroezemoes en mijn beperkte kennis van het Frans kwam ik weinig meer te weten dan: 'We zijn in Vézelay begonnen, we wandelen elk jaar twee weken tot we bij Assisi zijn en dit is onze laatste avond.' Niet echt een rijke bron van inspiratie voor een cartoon en een verhaal, maar meer had ik nog steeds niet.

Die nacht kon ik niet slapen en belandde ik uiteindelijk op het minuscule balkon van onze kamer, in een kleed gewikkeld, met mijn potloden en schetsboek, uitkijkend over de lege hoofdstraat van het dorp. Tekenen hielp me over dingen na te denken, maar mijn poging de twee pelgrims te vereeuwigen was niet geslaagd. Het lukte me evenmin om Camille te treffen: er klopte altijd iets niet.

Ten slotte tekende ik, om mezelf te kalmeren, de andere leden van de groep: Gilbert met zijn blozende wangen en een glas wijn in de hand, Martin die een stoel repareerde met gereedschap aan zijn riem, achter zijn oor en onder zijn kin geklemd, en Sarah en Bernhard die instantnoedels aten.

16

Martin

Een eeuwigheid geleden was ik in een château in Grosbois een schets tegengekomen die Zoë voor de eigenaar had achtergelaten. Wat me had geraakt was haar vermogen het wezen van de man te treffen. In haar cartoons was dat ook terug te zien, en ik vroeg me af of ze tijdens het tekenen meer zag dan ze zelf besefte.

We waren in de industriële gemeente Modane, op maar drie dagen van de Italiaanse grens, die voor mij ook de Engelse was, en we hadden die avond pizza gegeten in het enige restaurant dat niet gesloten was vanwege de dag van de week, de maand van het jaar of de nukken van de uitbater. Zoë, die zich had opgekruld om te slapen, had haar schetsboek bij het bed laten liggen. Ik sloeg het open en zag een schets van Bernhard en Sarah die samen noedels zaten te eten. Mijn amateuristische blik stelde vast dat Zoë beter was geworden, en wat me in het echte leven was ontgaan, trof me nu in haar tekening.

Ik deed mijn best om niet primair te reageren. Sarah was volwassen. Maar ze was labiel en kwetsbaar, of dat was ze tenminste geweest. De overdosis slaappillen was het gevolg van de breuk met een oudere man die haar binnen hun relatie had gebruikt. De kamer voelde te klein aan om na te denken, dus ging ik in het holst van de nacht naar buiten om, nota bene, een wandeling te maken.

Bernhard was een loser, een drop-out welbeschouwd, en hij buitte zijn kennelijke aantrekkingskracht op vrouwen schaamteloos uit. Toegegeven: dat was iets van drie jaar geleden. Los van het onbezonnen uitstapje door de struiken om een stuk af te snijden had hij deze keer niets verkeerds gedaan. Als ik hem alleen beoordeelde op zijn omgang met Sarah, zou ik hem moeten verwelkomen als een stabiliserende invloed.

Deze tocht was bedoeld om tijd met Sarah door te brengen, maar ik had haar verwaarloosd in mijn pogingen duidelijkheid van Zoë te krijgen. Onze tijd samen liep ten einde en het enige wat ik had, was een vaag vermoeden dat ze naar Sheffield zou komen nadat ze Camille naar Rome had gebracht.

Sarah had, niet onterecht, Bernhards en recentelijk Camilles gezelschap boven het mijne verkozen, en het was me niet duidelijk of ze onder mijn neus een relatie was begonnen zonder me er iets over te vertellen. Ik nam me voor de volgende ochtend met haar te gaan praten en ging iets gekalmeerd naar bed.

Ze was me voor. Ik was mijn rugzak aan het vullen met de buit van een uitspatting met Zoë bij de biologische winkel, sowieso moeilijk te rechtvaardigen, maar helemaal als er een kruidenier, een *épicerie*, op onze bestemming was.

'Zoë, mag ik even met mijn vader praten?'

Zoë liep voor ons uit en Sarah wachtte tot ze ons niet meer kon horen.

'Dit zul je niet leuk vinden.'

'Laat me raden: Bernhard en jij...'

'Ja. We willen alles doen.'

Ze moest hebben gezien dat ik het moeilijk had met wat ze zei, want ze voegde eraan toe: 'De hele tocht. Naar Rome. Om Camille te brengen.'

'En om bij Bernhard te blijven.'

'Geen antwoord.'

'Wacht even, moet je niet terug naar de uni?'

'Ik zei toch dat je niet blij zou zijn.'

'Je kapt toch niet met je studie?' Er klonk een dreigement in mijn vraag door.

'Ik ben er al mee gekapt. Eind vorig semester. Ik heb mijn kamer ook opgezegd. Ik logeer dan bij die, dan bij die. Het is klote, maar...'

'Jezus, Sarah, waarom heb je ons dat niet verteld?'

Ze hoefde geen antwoord te geven. Misschien schaamde ze zich, maar daar kwam nog bij dat Julia en ik haar onderhielden, op voorwaarde dat ze studeerde in plaats van werkloos te zijn. En stuurloos. Zoals iemand anders die we allebei kenden. 'Ga door.'

'Ik ben voor een jaar geschorst. Daarna moet ik een psychologische evaluatie hebben om terug te mogen komen.'

'Wat is er gebeurd?' Mijn emoties waren finaal omgeslagen. Sarah had een soort crisis doorgemaakt en ze had niet het gevoel gehad dat ze het ons kon vertellen, toen niet, en niet tijdens onze twee weken wandelen. Ze had het Bernhard vast wel verteld. Op dat moment voelde ik de angst van iedere ouder. *Laat het niet om drugs gaan.*

'Officieel... drugs.'

'Shit, Sarah.'

'Ik had concentratieproblemen en ik dacht dat ik ADHD zou kunnen hebben, dus scoorde ik wat Ritalin...'

'Speed.'

'Het is een goedgekeurd medicijn voor de behandeling van ADHD.'

'Waarom heb je er dan geen recept voor gevraagd?'

'Dat had ik natuurlijk moeten doen, maar ik wilde het alleen voor het tentamen hebben, en ik had niet verwacht...'

'Dat je betrapt zou worden.'

'Verlinkt, door iemand die dacht dat er dan weer een concurrent minder zou zijn.'

'Wat vindt je psycholoog ervan?'

'Hij was blij dat ik de tocht ging maken. Hij vindt dat ik me te sterk richt op mijn studie en prestaties en zo.' Ze lachte. 'Probeerde hij dat mam maar eens duidelijk te maken.'

Ik zei niets meer en we liepen een kwartiertje zwijgend door.

'Hij had gelijk. Mijn psych. Het wandelen doet me goed. Het doorkruist mijn marathontraining, maar ik voel me beter. En het is fijn om Camille te helpen. Ze heeft het moeilijker dan ze wil toegeven; ze zegt dat ze geen lichamelijke symptomen heeft, maar ze vertrouwt niet meer op haar evenwicht. Het zal komen en gaan, net als de cognitieve aftakeling.'

'Weet je veel van MS?'

'Wel iets. Ik heb erover gelezen en intussen nog wat opgezocht. Op internet.'

'Wie gaat het betalen als je blijft lopen?'

'Jij, hoopte ik, maar zo niet, dan weet Bernhard hoe het vrijwel gratis kan. Hij is een stuk slimmer dan je denkt.'

'Ik heb er nooit aan getwijfeld dat hij slim was.'

'En we zijn niet verliefd of zo. We zijn vrienden.'

'Ik zal er een nachtje over slapen.'

'Pap, soms moet je gewoon doen wat je wilt. Ik voel me voor het eerst in tijden weer lekker.'

De *épicerie* in Bramans was op donderdagmiddag gesloten – uiteraard – dus Zoë's biologische ingrediënten, kunstig door Camille tot het uiterste benut, waren toch nodig.

We zaten in het laatste licht voor de goed geoutilleerde tent die we deelden, met kleden om ons heen tegen de alpenkou. Ik hield Zoë's hand vast en vroeg me af hoe ik Sarah kon steunen zonder haar te infantiliseren, en hoe ik haar kon laten doen wat haar gelukkig maakte zonder te vergeten dat dat kon veranderen, en dat ze daar in het verleden niet goed mee om had kunnen gaan. Ik had Zoë wel verteld dat Sarah was geschorst, maar niet dat ze van plan was door te lopen. Als ze bij haar besluit bleef, kon ze het iedereen zelf vertellen.

Ik viel in slaap met iets anders wat Sarah had gezegd in mijn hoofd. Soms moet je gewoon doen waar je blij van wordt.

17

Zoë

Ik weet niet of het door Martins stemming kwam na de schok van Sarahs onthulling dat ze niet meer studeerde, of doordat ik nog maar twee dagen met hem had, of doordat de Alpen me hadden uitgeput. Misschien kwam het gewoon door de gure wind, maar ik had geen zin om uit bed te komen en ik begon aan een taxi te denken. We hadden niet besproken hoe het verder moest na zijn vertrek en we hadden geen afspraken voor de toekomst gemaakt.

Martin schudde me op uit mijn zelfmedelijden met een kop warme chocolademelk en ging toen koffie voor iedereen zetten. Ik trok het complete koudweerensemble aan: thermo-ondergoed, een legging en een trui, een fleecejack en een zwarte sjaal die ook als muts en bivakmuts kon fungeren.

Martin lachte. 'Je ziet eruit alsof je een poolexpeditie gaat maken.'

'Ik moet warm blijven.'

Daar zorgde het wandelen wel voor, en het klimmen. Toen we eenmaal Hannibals voetstappen volgden, en ik me afvroeg hoe hij die olifanten over de smalle, steile paden had gekregen, deed ik mijn sjaal snel af.

'Heb je Sarah vanochtend nog gesproken?' vroeg ik. Dat was een olifant die onmiskenbaar met ons opliep.

Martin schudde zijn hoofd. Ik nam aan dat hij in de trein naar Engeland nog tijd genoeg zou hebben.

'Misschien is ze er gewoon nog niet aan toe,' zei ik. 'Ik bedoel, ze is nog jong. Een tussenjaar helpt haar misschien alles op een rijtje te zetten voordat ze weer gaat studeren.'

'Of ze raakt het spoor bijster, net als Bernhard. Ze heeft zo hard gewerkt voor die studieplek.'

'Geneeskunde is niet niks. Ze moet zeker weten dat het haar pad is.'

Martin luisterde niet echt. 'Daarom is ze waarschijnlijk meegegaan – zodat we ruimte om ons heen zouden hebben als ze het nieuws vertelde.'

'Je kunt er nu weinig meer aan doen. Ze is volwassen.' Bericht aan mezelf: zeg niet dat Sarah overkomt als een verwend nest.

'De scheiding heeft het er niet beter op gemaakt.'

'Misschien heb je haar te veel beschermd doordat je je daar schuldig over voelde.'

'Ze is het huis uit.'

'Op jouw kosten. Martin, ze is slim, ze heeft pit en ze windt je om haar pink. En dat maakt haar eerder een verwend nest' – shit – 'dan een briljante, attente arts, journalist of dichter, maar ze is hoe dan ook baas over haar eigen leven.'

Misschien zocht ik ruzie – misschien zocht Martin ruzie.

Terwijl de mist zich rond de bergtoppen bewoog, dacht ik aan alles waar ik de afgelopen drie weken van had genoten. In het moment leven, de uitdagingen, de gezamenlijkheid, het lichamelijk weer fit en alert worden. En bij Martin zijn. Ik mocht het niet op zo'n nare manier laten eindigen.

'Het spijt me...'

'Nee, het spijt mij,' zei Martin. We bleven staan en hij gaf me een tedere zoen. 'Ik heb Sarah meegesleept zonder erbij stil te staan hoe onmogelijk het voor jullie allebei zou zijn.'

'Niet onmogelijk,' zei ik, en ik gaf een kneepje in zijn gehandschoende hand. 'Wel lastig. En mijn dochters zijn ook niet bepaald engeltjes – Lauren in elk geval niet. Ik meende het niet toen ik zei dat Sarah een verwend nest is, maar ze is best intimiderend, hoor.'

'Dan ken je Julia nog niet.' We lachten en liepen door, blij dat de lucht was geklaard.

Toen we de top bereikten, werden we niet door iemand, maar door iets opgewacht: een houten bouwsel ter grootte van een telefooncel. Het was niet alleen de grootte: *Téléphone*, stond er op de latei boven de open kant, al was er geen telefoontoestel binnen. Martin pakte zijn telefoon.

'Er is hier bereik. Ik denk dat dat het idee is,' zei hij terwijl hij naar binnen stapte.

Ik voegde me bij hem. We hadden allebei onze rugzak nog om, wat het wel knus maakte – erg knus.

'We staan in een telefooncel tussen niets en nergens.' Ik denk dat ik probeerde het moment in mijn geheugen te prenten. Mogelijk een van mijn laatste momenten met Martin.

'Niet tussen niets en nergens.' Martin draaide zich om zodat hij dezelfde kant op keek als ik. 'Daar ligt Frankrijk.' Toen draaide hij mij de andere kant op. 'En daar Italië.'

Woeste, rotsachtige bergtoppen, een ijsblauw meer in de diepte en valleien en bergtoppen zo ver het oog reikte. Italiáánse valleien en meren. Als ik me een bezoek aan Italië voorstelde, zag ik mezelf altijd met het vliegtuig in Rome arriveren. Het land binnenwandelen was een beetje onwezenlijk.

'Het is prachtig,' zei ik, kijkend naar het pluimpje van mijn adem in de koude lucht.

'En nu heb je de kans om een dierbare te bellen om erover te vertellen.'

Ik bevrijdde mijn arm en keek op mijn horloge. 'Lauren staat nu net op. Tessa slaapt nog.' Ik zweeg even. 'Ik hoef ze niet te bellen.'

'En ik hoef Sarah niet te bellen.'

Ik had niemand op de wereld echt nodig. En niemand had mij echt nodig, behalve Camille misschien. En de enige die Martin had, was de dochter die hij van mij moest loslaten.

'Ik heb het vaker gezegd en het is nog steeds waar, hoor,' zei Martin. 'Ik hou van je. Ik wil met je samen zijn.'

Ik keek naar de pluimpjes van Martins adem en hield de mijne in.

Met onze rugzakken tegen de wanden van de telefooncel, zodat we tegen elkaar aan werden gedrukt, kusten we elkaar. Een echte kus, lang en loom. Een kus die zei dat de problemen met een lastige dochter overwonnen konden worden, dat een trans-Atlantische romance kon slagen, dat zelfs in Sheffield gaan wonen oké zou kunnen zijn, en dat wat wij samen hadden echt en springlevend was, het waard om ervoor te vechten.

En hoewel ik geen idee had wat het in praktische zin zou inhouden, volgde ik deze keer mijn hart. 'Ik hou ook van jou.'

18

Martin

Het was harder gaan waaien en terwijl Zoë een foto van de top maakte, wachtte ik in de beschutting van de telefooncel en liet haar woorden bezinken. Toen deed ik datgene waarvan we allebei hadden gezegd dat het niet hoefde: ik pakte mijn telefoon en belde iemand op.

In onze haast om weg te zijn voordat het weer echt slecht werd, maakten we een potje van de afdaling. De borden leken niet overeen te komen met de geschreven instructies, en mijn gevoel stuurde ons de verkeerde kant op. Onze herziene route voerde ons wel langs een wijkplaats voor speleologen met koffie en warme soep. We besloten de dag met een wandeling langs meren naar La Grand-Croix, onze laatste stop in Frankrijk.

Sarah dronk zelden alcohol, maar toen ik na het eten een chartreuse nam en we gingen zitten om de logistiek te bespreken van hoe het zou gaan als we eenmaal bij de grens waren, bestelde zij een biertje.

'Je zult hoe dan ook drie weken en bijna vijfhonderd kilometer hebben gewandeld,' zei ik. 'Ik denk dat meer mensen een marathon lopen dan zoiets presteren.'

'Die kan mam in haar zak steken. Maar ik heb er nog duizend te gaan.'

'Je wilt het echt doen?'

'Dat had ik toch gezegd? Ja.'

'Even los van Bernhard, denk je dat dit de beste manier is om je tijd te besteden? Ik bedoel, als medisch onderlegd persoon... Zoë zegt dat Camille op een wonder hoopt.'

'Artsen hebben niet alle antwoorden.' Ze lachte. 'Dat zegt Camille. Als ze gelooft... kan dat impact hebben. Maar dit is wat ze wil doen, toch? Met de tijd die ze nog... met háár tijd.'

Ik liep met Zoë naar Susa – mooie uitzichten, maar we liepen de hele route over een weg zonder voetpad. Bij de Italiaanse grens kwamen we weer bij elkaar en namen foto's. Gilbert, de wijnman, leek het meest opgetogen over onze prestatie.

'Van de Bourgogne naar Piëmont,' zei hij. 'De Bourgogne is de beste wijnstreek van de wereld, maar niet iedereen op de wereld kan bourgogne drinken. De wijnen van Noord-Italië worden ook als uitstekend beschouwd. We zullen zien. En ik heb de Alpen getrotseerd.' Hij klopte op zijn hart om het te benadrukken.

Binnen een paar kilometer wisten we dat we in een ander land waren. Het was niet alleen de andere taal; het eerste dorp met zijn oude gebouwen, bochtige straten en enorme gevelversieringen in de vorm van vleermuizen was in niets vergelijkbaar met de moderne, op skiën gerichte plaatsen aan de Franse kant.

'Ik ben in Italië,' zei Zoë. 'Ben jij hier al eerder geweest?'

'In Rome en Toscane. Dat is het fijne van in Engeland wonen. Het is allemaal naast de deur.'

'Ik denk dat het eerder een kwestie van mentaliteit is. Ik denk dat ik, als ik naar Engeland zou verhuizen...'

'Met andere ogen zou kijken?' maakte ik de zin voor haar af.

'Zoiets.'

'Een beetje als verliefdheid. Alles ziet er opeens anders uit.' Het was een onhandige overgang, maar Zoë gaf een kneepje in mijn hand.

'Heb je je tickets al geboekt?' vroeg Zoë terwijl ze probeerde de gebruiksaanwijzing van de machines in de wasserette in Susa te vertalen. 'Ik geloof dat deze wasmachine voor dieren is bedoeld.'

Tickets, meervoud. Sarah wilde haar plannen openbaren tijdens het afscheidsdiner dat Gilbert die avond organiseerde, en ik wilde niet dat ze nu doorkruisten wat ik te zeggen had.

'Nee,' zei ik. 'Ik heb van de tocht genoten. Zeker de laatste paar dagen. Ik denk erover om door te gaan. Tot het bittere eind.'

'Tot Rome?'

'Als het van jou mag.'

Toen we terugliepen naar het hotel, hand in hand, zagen we dat de bergen die we hadden doorkruist bedekt waren met een laagje poedersneeuw.

19

Zoë

Terwijl Gilbert ons naar het diner loodste, was ik Martins woorden nog aan het verwerken. Gilbert had een eeuwigheid met de hotelreceptionist overlegd over welk restaurant het meest authentieke eten serveerde. Vanavond maakte het me niet uit of het een Michelinster had. Al had het er vijf.

Ik was voor het eerst in Italië. Ik had vijfhonderd kilometer gelopen, voelde me sterk genoeg voor de duizend die nog voor ons lagen en de man van wie ik hield had er zojuist voor gekozen bij mij te blijven in plaats van met zijn dochter mee naar huis te gaan. Sarah was het grote struikelblok voor ons geweest, en het voelde alsof alles van nu af aan makkelijker zou gaan.

We hadden nog een week of acht, zonder de stress van Sarah, om uit te zoeken hoe we er iets van konden maken. Dat moment in de telefooncel, toen ik besefte dat ik niemand nodig had en niemand mij, met uitzondering van Camille, was er een last van mijn schouders gevallen. Misschien had de Chemin me écht bevrijd. Het voelde alsof ik al een eeuwigheid weg was. Ik had geen heimwee. Ik voelde me al thuis.

Een lieflijk alpenriviertje met grijsblauwe en witte golfkopjes waar het water de gladde stenen raakte, doorsneed Susa; het restaurant lag aan de andere kant, op een klein stukje lopen van ons hotel. Het zat er al vol families die roezemoesden en zich vermaakten. De muren waren versierd met potten en pannen en lepels van het formaat theelepel tot een enorme soeplepel. Het sloot aan bij mijn idee van Italië – en bij mijn stemming.

'Ik moet iets met je bespreken,' zei Martin, alleen tegen mij, toen we gingen zitten.

'Je hebt je toch niet bedacht?'

'Nee, maar je moet weten dat Sarah...'

We werden onderbroken door de bedrijfsleidster, een propperige vrouw van een jaar of vijfenveertig die Frans sprak en in gesprek raakte met Gilbert.

'Wat weet uw vriend veel van wijn!' zei ze na een paar minuten in het Engels. Alsof wij dat nog niet wisten.

Gilbert deed een zwakke poging tot bescheidenheid. 'Wijn is mijn beroep. Maar Italiaanse wijn... daar weet ik maar weinig van, en dan alleen uit boeken. Mijn specialiteit is bourgogne.'

'In dat geval heb ik de perfecte aanbevelingen, Monsieur,' zei de bedrijfsleidster, die een hand op Gilberts arm legde en hem meetroonde de kelder in. Wij gingen staan en keken door een raampje in de trap hoe ze zoekend langs de wijnrekken gingen.

'Ze flirt met hem,' zei ik tegen Camille.

'Dat merkt hij toch niet.'

'Denk je?'

'Ik weet het wel zeker. Flirtte hij maar terug.'

'Echt?'

'Hij is te... isolerend.'

'Geïsoleerd?'

'Wat ik zei.'

Gilbert kwam terug en bewees Camilles gelijk. 'We drinken wijn van de nebbiolo, die niet tot de zes nobele druivensoorten behoort...'

'Die vast allemaal Frans zijn,' zei Martin.

'Riesling is Duits,' zei Gilbert, die naar Bernhard glimlachte, maar zich net zomin bewust was van Martins plaagstootje als van de aandacht van de bedrijfsleidster.

'Deze wijnen zullen heel anders zijn dan een bordeaux of een bourgogne, of zelfs een wijn uit het zuiden. We beginnen met een barbaresco...'

'Niet vooringenomen zijn, mensen,' zei Martin. 'We kunnen dit.'

Het menu was als een frisse wind. De maaltijden van de Haute-Savoie waren een beetje voorspelbaar geworden; ik kon geen tartiflette meer zien. Martin bestelde inktvis, hert en pasta met wildsaus; ik nam de pasta met artisjok en de salade met mais, tomaat en ei. Het beste restauranteten van de hele wandeltocht.

Gilbert was niet onder de indruk van de wijnen, hoewel de tweede met veel omhaal werd gedecanteerd.

'Dan nu een toost,' zei hij voordat we aan onze *secundi* begonnen, 'op iedereen, met dank dat jullie Camille en mij over de Alpen hebben gekregen.'

'Op ons allemaal, omdat we het hebben gered,' zei Martin.

'Maar nu moeten we jammer genoeg ook drinken op degenen die naar huis terugkeren,' zei Gilbert.

Martin schraapte zijn keel. 'Ik heb een mededeling. Ik loop door. Als iedereen het goed vindt.' Hij keek naar mij en gaf een kneepje in mijn hand. Ik moest mijn tranen wegknipperen. En zorgen dat ik niet té blij keek. Sarah keek toe; ik wilde het haar niet inpeperen.

Gilbert glimlachte breed. Hij zette zijn glas neer en omhelsde Martin, en misschien had hij ook tranen in zijn ogen. 'Mijn vriend, dit is geweldig nieuws, natuurlijk ben je welkom.'

Camille keek naar mij. Was ze teleurgesteld? Ze moest ervan uit zijn gegaan dat ze me niet meer met Martin hoefde te delen. Maar nu ik eraan dacht hoe dat zou zijn geweest, was ik blij dat de groep niet te klein was geworden. Zonder het buffereffect van andere pelgrims om mee om te gaan, zoals tijdens de Camino de Santiago; hoe meer zielen, hoe meer vreugd.

'Nog een mededeling,' zei Sarah. Ze keek naar Bernhard en toen naar Camille, en Martin kneep hard in mijn hand. 'Wij willen ook met jullie mee naar Rome. Als het mag.' Martins gezichtsuitdrukking zei: *Ik heb geprobeerd het je te vertellen.* Ja, vast.

Camille ging staan en omhelsde Sarah.

Als ik deze keer tranen in mijn ogen had, was het om een andere reden.

20

Martin

Op de terugweg stelde Sarah twee goede, maar pijnlijke vragen: waarom liep ik door, en moest ik niet terug naar mijn werk?

Zoë stelde ze nog eens toen we in onze kamer waren, en ik antwoordde zo goed mogelijk: 'Het is ingewikkeld en ik heb te veel gedronken om nog iets zinnigs te zeggen.'

Zoë was ook over haar taks gegaan, maar bij haar had het het tegenovergestelde effect: ze wilde nú antwoorden. 'Zo lang hoeft dat niet te duren.'

'Tweede vraag eerst. Ik heb verlof aangevraagd. Vanaf de bergtop. Het hangt van het faculteitshoofd en personeelszaken af of ik het krijg.'

'Jezusmina, je hebt je baan op het spel gezet. Hoe...'

'Hoe groot is de kans dat het wordt toegewezen? En wat doe ik als ik het niet krijg? En hoe makkelijk kan een academicus van midden vijftig met nog maar drie jaar werkervaring in zijn nieuwe vakgebied een andere baan vinden? Het is ingewikkeld, zoals ik al zei.'

'En waarom loop je door? Je liet mij in de waan dat je bij mij wilde zijn, maar nu kom ik erachter dat je achter Sarah aanloopt.'

'Vergeet de derde mogelijkheid niet. Het afmaken. Misschien is het d): alle drie de antwoorden. We kunnen het er morgen over hebben, wat we niet hadden gekund als ik de trein had genomen.'

'In dat geval had ik niet met die vragen gezeten.'

'Had je dat liever gehad?'

'Nee, maar...'
'Laten we gaan slapen. Tenzij...'
'Welterusten.'

Bij het ontbijt kregen we niet alleen fruit en muesli, maar ook de lekkerste croissants die ik ooit had gegeten – in *Italië*. Gilbert was het er niet mee eens en maakte me voor een cultuurbarbaar uit: 'Ze zitten vol jam!' Dat zaten ze. Abrikozen – *albicocca*. Ik prentte het woord in mijn geheugen in de hoop dat ik het nog eens nodig zou hebben.

'Ik kan ook niet over de koffie klagen.' De espresso was beter dan de cafetièrekoffie in onze Franse B&B's. Ik bestelde nog een dubbele in afwachting van Zoë's kruisverhoor.

Het was een spectaculair mooie zomerdag, en we begonnen op een stille weg langs tuinen vol tomaten, paprika's, peren, appels, tamarillo's en vijgen.

Toen we ons door een doolhof tussen de huizen van een middelgrote plaats werkten, onderbrak Zoë mijn routeaanwijzingen.

'Als je even kunt opkijken van je telefoon...' Ik had de route van de dag gedownload, in het Frans, en vertaalde die in bocht-voor-bochtinstructies.

'Je kunt mij ook gewoon volgen,' zei ze wijzend naar een bord met een duif. 'Ze zijn er de hele weg al.'

'Het zal wel een metafoor zijn,' zei ik. 'Iets met vertrouwen of zo.'

'Soms zijn metaforen goed. Soms kun je beter gewoon zeggen wat je bedoelt.'

'Wil je dat ik concreter en feitelijker ben?'

'Ik dacht meer aan openheid. Niet mensen halverwege het diner met verrassingen overvallen.' Ze zweeg even, waarschijnlijk om te bepalen of ze het op de spits wilde drijven of liever op verzoening wilde aansturen. Mijn levenslange ervaring met relaties zei me dat ze het op de spits ging drijven.

'We zijn allebei veranderd,' zei ze. 'Nee, echt. Ik had nooit gedacht dat jij in therapie zou gaan.'

'Of dat ik zou mediteren?'

'Mediteer je?'

Ik knikte en ze vervolgde: 'Misschien zie je het niet, maar ik ben ook veranderd; ik bedoel, sinds ik ben teruggekomen van de Camino, doe ik mijn best om alle praktische zaken bij te houden.'

'Misschien kunnen we elkaar halverwege treffen.'

'Misschien hebben we dat al gedaan. Maar het betekent dat ik wil weten wat er aan de hand is, zodat ik goede beslissingen kan nemen in plaats van maar af te wachten hoe het gaat.'

'Sorry, ik had je eerder moeten vertellen over Sarah, maar dit is wat er aan de hand is: als ik dat verlof niet krijg, moet ik ander werk zoeken. Dat zou een nieuwe deur kunnen openen, maar het hoeft niet. Maar ik zou mijn carrière niet op het spel hebben gezet als dat me niet de kans gaf bij jou te zijn. Is dat een antwoord op je twee vragen?'

'Oké dan...' Ze liep een stukje, draaide zich om en zoende me. 'Ik zei toch dat het simpele vragen waren?'

Wat ik had gezegd was waar. Als Zoë er niet ook was geweest, had ik mijn baan niet op het spel gezet om door te lopen met Sarah en Bernhard. Het was niet waarschijnlijk dat ik van doorslaggevend belang was voor de vraag of Camille Rome haalde of niet.

'Als je blijft lopen...' zei Zoë.

'Er is geen als.'

'Dan kun je je misschien wat meer inzetten voor je relatie met Bernhard. Dat zou het makkelijker kunnen maken met Sarah. Je wilt ze niet het gevoel geven dat het zij tegen ons is.'

'Ik heb geen probleem met Bernhard. Hij werkt me op mijn zenuwen, maar ik moet mezelf gewoon blijven voorhouden dat hij nog maar een knulletje is, en dat hij de weg een beetje kwijt is. Mijn probleem is dat Sarah dat risico ook loopt. Ik wil niet dat hij haar mee de afgrond in sleurt.'

'Veel succes als je denkt dat je die twee uit elkaar kunt krijgen.'

'Zo stom ben ik niet, maar ik zou het niet erg vinden als het gebeurt.'

Gilbert was nog fris aan het eind van de dag. Ik denk niet dat een fatsoenlijke personal trainer zou willen beloven dat hij iemand in drie weken fit kon krijgen, maar we hadden allemaal een aanzienlijk betere conditie dan aan het begin. En na de zware dagen door de Alpen was het terrein nu bijna saai vlak.

Gilbert had het moeilijker gehad dan de anderen, maar hij was onverminderd positief gebleven. Daar bedankte ik hem voor, niet voor het eerst, toen we op het terras van onze B&B een aperitiefje dronken.

'Voor iemand van mijn leeftijd, met mijn gezondheid, is het goed om nog iets te kunnen doen wat ik niet voor mogelijk had gehouden.' Hij liet de wijn in zijn glas walsen, eerder peinzend dan beroepsmatig. 'Zoals je weet leefden Camille en ik gescheiden voordat ze ziek werd. Het ging niet goed tussen ons en het was mijn beslissing om weg te gaan. Ik bleef eraan twijfelen of het wel wijs was geweest... of eerzaam. Toen, door de diagnose, werd alles duidelijk. Het was mijn plicht naar haar terug te gaan en haar te helpen en ik klaag er niet over. Nu heb ik een duidelijk doel.'

'Camilles behoefte aan steun heeft jouw leven zin gegeven?'

'Precies.'

Als ik Bernhard en Sarah en Zoë had gevraagd waarom ze liepen, zouden ze alle drie Camille hebben genoemd. En misschien hadden ze, net als Gilbert, beweerd dat haar ziekte een leegte had gevuld. Het kwam op mij een beetje pervers over.

Gilbert en ik richtten ons op onze dagelijkse taak drie dagen van tevoren slaapplaatsen te reserveren. Het was een aanpak die me tijdens mijn vorige camino goed was bevallen: ver genoeg in de toekomst om iets te wijzigen aan eerdere tussenstops als we niets konden vinden, maar niet zo ver dat we veel moesten afzeggen als de plannen veranderden. Veel B&B's waren nu te vinden op online reserveringssites, waardoor het niet meer zo'n probleem was dat we amper Italiaans spraken.

Voor het geval het toch moest, had Gilbert de belangrijkste vragen in een vorm gegoten waarop met *sì* of *no* geantwoord kon worden. Niet dat onze gastheren het spel altijd meespeelden: vanavond waren we verder van het centrum van Sant'Antonino di Susa terechtgekomen dan we hadden verwacht. We keken er geen van beiden naar uit de anderen te vertellen dat het restaurant drie kilometer op en neer lopen was, en dat we de volgende ochtend nog eens een stuk terug zouden moeten lopen.

'We zeggen dat het niet anders kon,' zei Gilbert.

'Laten we maar hopen dat er geen *albergo* naast het restaurant zit met een bordje "kamers vrij",' zei ik.

Hij lachte. 'Als de wijn goed is, merken we niets van de wandeling naar huis, maar ik zie het somber in.'

21

Zoë

'Waarom zou iemand naar Trana willen?' Onze B&B-gastheer was verbaasd dat alle wandelaars op doorreis naar een plaats gingen waar niets te zien was.

Dat had je met lange tochten: je kwam in plaatsen waar gewone toeristen niets om gaven. En je kon de weg ernaartoe verkennen: het pad naar Trana was prachtig. Na een rustige start door de vallei kwamen we op een smal, met platte stenen geplaveid pad dat ons zeshonderd meter door kastanjewouden omhoogslingerde naar de abdij, de Sacra di San Michele. We lazen op borden dat de plaatselijke bevolking in de dertiende eeuw de monniken twaalf kippen had moeten betalen om kastanjes te mogen rapen.

Nu betaalden bezoekers de touroperators: ze werden met busladingen naar de top gebracht. Maar onze klim was het waard; de abdij was schitterend en de panorama's rondom waren adembenemend. En er was een stalletje met ijs.

Het was een lange dag en ik besloot de volgende etappe met Camille te wandelen. Ik had me voorgenomen meer tijd met haar door te brengen als Martin naar huis was gegaan. Nu zou ik mijn best moeten doen. Ze had gezegd dat ze met mij alleen naar Rome had willen wandelen, maar ik voelde me verder van haar verwijderd dan toen we nog door een oceaan van elkaar werden gescheiden.

Ze zat naar de stenen muren van het klooster te kijken en ik ging naast haar op een richel zitten. Het duurde even voordat ze de stilte verbrak.

'De heuvels zijn niet makkelijk. Ook al hebben we de Alpen al bedwongen.'

'Maar je kunt het. Voel je je niet sterker dan toen je begon? Ik in elk geval wel.'

'Ik voel me onoverwinnelijk.'

'Echt? Ik bedoel, wat goed.'

'Hiervoor... Ik zou nooit hebben gedacht dat ik dit kon.' Ze lachte. 'Of dat ik het zou willen.'

'Wat is er dan veranderd?'

'Dat weet je wel. Ik heb MS.'

Ik slikte en wachtte.

'Er werden scans gemaakt en er zaten witte vlekjes in mijn hersenen die er niet hoorden.' Camille haalde haar schouders op. 'Die maakten dat ik moe was en dingen vergat.'

'Moe?'

'Nu niet meer zo. De pillen helpen. Het wandelen misschien ook.'

'Wat fijn.'

'Maar ik word er niet beter van. Ooit zal ik Martins karretje nodig hebben.'

'Maar... dat kan nog jaren duren, toch?'

'Het is een onvoorspelbare ziekte. Soms staat het stil, soms wordt het opeens erger. Ik loop nu omdat ik het kan.'

Ik gaf haar een knuffel. Net zo goed voor mezelf als voor haar.

'Ik loop om boete te doen voor mijn zonden.'

'Daarom brand je die kaarsen ook, hè?'

'Die zijn voor de pekelzonden.' Ik zag iets over Camilles gezicht trekken en voelde een diepe angst. Kon deze hele tocht draaien om wat er een kwart eeuw geleden was gebeurd? Ik wist niet of ik het antwoord wilde horen, maar het idee knaagde al een tijdje aan me.

'Je bent toch niet... Dit gaat toch niet om vergiffenis voor de abortus, hè? Want...' Ik voelde mijn stem omhooggaan en zweeg.

Camille keek weer naar de abdij en naar het woud onder ons voordat ze zich weer tot mij wendde en een kneepje in mijn hand gaf. 'Nee, dat is het niet.'

'Wat is het dan, Camille? Je loopt duizend mijl. Zo vroom was je nooit.'

'Hoe weet je dat? En hoe zit het met jou? Hoeveel mijl heb jij gelopen om boete te doen voor je schuldgevoel omdat je man zelfmoord heeft gepleegd?'

Ik kromp in elkaar.

'Toen ben je naar me toe gekomen,' zei Camille. 'Waarom?'

Ik schoof iets achteruit; de oneffen stenen waren niet bedoeld om lekker op te zitten. Waar doelde ze op? 'We zijn er altijd voor elkaar geweest. Als jij me dat geld niet had geleend op de Camino...'

Camille wuifde de rest weg. 'Ik vond het rot dat ik jou bij mijn problemen had betrokken.'

Ik legde een hand op haar arm. 'Het werd alleen een probleem voor me doordat ik het aan mijn moeder vertelde. Mijn fout. En dat heb ik verwerkt tijdens mijn eerste camino.'

'Dus je camino ging niet alleen om verliefd worden.'

'Nee. Het ging om mezelf vergeven voor Keith en mijn moeder... en mezelf terugvinden. Zoals ik was toen ik jou destijds naar Los Angeles bracht.'

Camille trok haar arm weg en keek me aan. 'En nu ben je er weer.'

Ik had bijna 'voor jou' gezegd, maar iets in haar ogen legde me het zwijgen op. Een snelle flits van iets pijnlijks.

'Mijn pastoor zegt dat ik moet bidden om vergeving voor mijn zonden,' zei Camille. 'Mijn dokter zegt dat ik lichaamsbeweging nodig heb. De pelgrimage biedt me allebei. En de ziekte heeft me aan het denken gezet over wat echt belangrijk is.'

Ze ging staan en liep naar het pad dat zich rond de berg slingerde. Ik bleef zitten, opgelucht dat Camilles pelgrimage niet om de abortus ging, of om de 'pro-life'-tirade van mijn moeder toen ik zo stom was op de terugweg naar Saint Louis bij haar langs te gaan.

Ik had gelezen dat het redden van een leven je in sommige culturen voor altijd verantwoordelijk maakte voor dat leven. Misschien zat dat ook een beetje in mijn gevoelens voor Camille. Maar Camille had de vraag welke zonde een privéaudiëntie bij de paus nodig maakte ontweken – de zonde waarvoor ze duizend mijl wilde afleggen.

22

Martin

Weer een aangename dag lopen, onder de blauwe Italiaanse hemel. Met zo nu en dan de wens *Buon cammino*. Pelgrims mochten dan zeldzaam zijn op dit pad, ze werden wel herkend.

We bereikten Trana, een mooie plaats aan een rivier, weggestopt tussen de omringende heuvels, waar we werden belaagd door een vrouw van middelbare leeftijd die ons onderdak aanbood, ons alle zes. Kennelijk was zij de plaatselijke pelgrimsontvanger en had ze zich op de route geposteerd om de middagzending welkom te heten. Als we niet al iets hadden geregeld, was ik in de verleiding gekomen haar aanbod aan te nemen: Zoë en ik misten het contact met andere wandelaars en een echt pelgrimsverblijf had dat een beetje goed kunnen maken.

'Trana is best mooi,' zei Zoë, die om de een of andere reden verbaasd klonk.

'Ziet u veel pelgrims?' vroeg ik aan de vrouw, en ik kreeg het antwoord dat we waren gaan verwachten.

'Een of twee per week, soms alleen, soms een stel, in het hoogseizoen. Buiten het seizoen wacht ik ze niet op, maar dan bellen ze me.'

'Hoe komen ze buiten het seizoen door de bergen?' vroeg Gilbert.

'Niet. Ze lopen de tocht gefaseerd, dus beginnen ze bijvoorbeeld in Susa, aan de grens.'

We werden een bijgebouwtje van de kerk in geloodst, waar onze pelgrimspaspoorten werden afgestempeld. Camille en Zoë brandden een kaarsje.

'Waar slapen we?' vroeg Sarah. Ik gaf haar de naam van het hotel en ze toetste hem in in haar navigatieapp. 'Wie er het eerst is,' zei ze tegen Bernhard.

Ze renden weg, belemmerd door het gewicht van hun rugzak, en voordat ik nog iets kon zeggen, waren ze al over een gammele houten brug verdwenen.

'We zijn er bijna,' zei Zoë tegen Camille, en Gilbert en ik wisselden een blik.

'Nog maar een kilometer of drie,' zei ik.

'Wát?'

'We hebben de route iets opgerekt... dat spaart morgen weer.' Het hotel was ons aanbevolen door de vorige B&B-gastheer. 'Het ligt op de route, min of meer, en het schijnt er veel mooier te zijn dan in Trana.'

Toen we een uur later aankwamen, bleek 'het' in zijn eentje langs de weg te staan en meer voor seizoenarbeiders dan voor toeristen bedoeld te zijn. Gilbert ontdekte dat de eigenares van het hotel dezelfde achternaam had als onze gastheer van de afgelopen nacht, en we stelden vast dat ze zijn schoonzus was.

Maar er was een restaurant, al leek het op een kantine, en een zwembad. Dat laatste was een goed argument geweest. De eeuwig opgewekte Gilbert stelde voor dat we elkaar daar zouden treffen voor het aperitief.

Het was mooi weer en hij had een fles Italiaanse witte wijn bemachtigd, maar verder paste er weinig in het plaatje 'drankje doen bij het zwembad in Noord-Italië'. Het zwembad was leeg en we moesten stoelen uit de eetzaal slepen.

Toen doken Sarah en Bernhard op, allebei in korte broek. Ze waren weer op adem gekomen, maar Bernhard hinkte.

'Pap! Het was vier komma drie kilometer. Je zei dat we in Trana zouden overnachten...'

'En hoelang duurde het voordat je doorhad dat je zo ver moest rennen?'

'Een seconde of dertig.'

'Je had er dus mee kunnen stoppen. Maar dat heb je niet gedaan.'

Stiekem was ik in mijn nopjes. Ze mocht dan richtingloos zijn in het leven, ze had wél de motivatie gevonden om vier kilometer met bepakking te rennen.

'Wie heeft er gewonnen?'

Toen Bernhard naar Sarah wees, was ik nog trotser.

Toen ging hij op zijn buik op het grasveldje liggen en begon Sarah zijn kuiten te masseren. En zijn dijen.

Ik richtte me tot Zoë. 'Is dat niet jouw terrein?' Zoë had haar eerste camino gefinancierd door vermoeide wandelaars te masseren.

'Wil je dat ik Bernhard masseer?'

'Tja, als hij een blessure heeft... een spier verrekt... oké... bewaar het maar voor later.'

23

Zoë

De eerste keer dat Martin en ik met elkaar naar bed gingen, in Spanje, toen Martins zere knie in het verband zat, had ik me er druk om gemaakt dat ik zichtbaar geen twintig meer was. Hoe ik ook in innerlijke schoonheid geloofde, ik kon het idee dat een vrouw van boven de veertig onzichtbaar is niet helemaal van me af zetten.

Na de eerste zenuwen accepteerde ik echter dat we allebei geen twintig meer waren, en volwassen genoeg om elkaars innerlijke kwaliteiten op waarde te schatten.

Toen Martin naar San Francisco kwam had ik al een tijdje geen bedpartner meer gehad, en met Keith was het de laatste paar jaar niet geweldig geweest. De heropleving wees me op alles wat ik had gemist; niet alleen de fysieke genoegens van intimiteit, maar ook het vertrouwen en het diepe innerlijke besef dat alles goed was. Tijdens de eerste weken dat we een kamer deelden tijdens deze wandeltocht had ik dat opnieuw gevoeld.

Nu we allebei wisten wat werkte, raakten we in een sleur, misschien doordat we na een dag lopen allebei te moe waren om iets nieuws te verzinnen. Ik vroeg me af of de voorzichtigheid waarmee we allebei weer aan deze relatie waren begonnen, plus de onzekerheid over een gezamenlijke toekomst, een diepere intimiteit in de weg stond. Of meer lol.

Gelukkig reisde ik met een expert, of met iemand die in elk geval veel meer ervaring had dan ik. Ik probeerde te doen alsof het niet over mij ging – of het er niet te dik bovenop te leggen.

‘Wat is je leukste herinnering aan je studietijd?’ vroeg ik.

Camille bleef stokstijf staan, staarde in het niets en liep weer door. 'Ik probeerde mijn gedachten te ordenen. Soms helpt lopen; soms kan ik beter blijven staan. In dit geval helpt het geen van beide. Ik herinner me de studie niet als een tijd vol leuke dingen.'

'Nou, ik zal nooit vergeten dat we dachten dat jij als Française alles wist van mannen en... wat ze lekker vinden... en...'

Camille barstte in lachen uit. 'De studietijd was niet leuk, maar dit is wel komisch. Eerst vraagt Sarah me om advies, nu jij. Hoe moet dat als ik je door de problemen met mijn geest iets idioots aanpraat? Misschien verwond je Martin of jezelf dan wel. Maar waarom vraag je dit aan mij? Als je wilt weten wat mannen lekker vinden, moet je dat aan mannen vragen.'

Voordat ik iets terug kon zeggen, vervolgde ze: 'Grapje, natuurlijk. Je moet eerst nadenken over wat jíj wilt.'

Vervolgens gaf Camille me een college dat me op een paar mogelijkheden wees waar ik nooit op was gekomen en nooit meer aan wilde denken. Toen ze was uitgepraat, lachte ik, een tikje gegeneerd. 'Die Gilbert boft maar.'

'Gilbert? *Horreur.* Als ik die dingen met hem deed, zou ik hem het verkeerde idee geven.'

Het was een lange dag geweest, maar zoals gewoonlijk lagen we vroeg in bed. Martin wilde het licht uitdoen.

Ik legde mijn hand op zijn blote borst. 'Laat het licht aan.'

Hij trok zijn wenkbrauwen op, maar gehoorzaamde terwijl ik contact zocht met mijn innerlijke strenge meesteres.

Wat misschien nog het moeilijkste is met iemand die je goed kent, is niet giechelen. Maar los van de rol die ik speelde, genoot Martin van wat ik wél deed.

Op het juiste moment maakte ik gebruik van het feit dat ik geen nagelvijl had meegebracht en haalde mijn nagels over zijn rug. Ik denk dat ik mijn eigen kracht niet kende, want Martin schreeuwde het uit.

Er werd van weerskanten op de muur gebonsd.

'Niets aan de hand. Ik gleed uit,' gilde Martin, en toen kregen we allebei de slappe lach.

24

Martin

'Daar is een restaurant.'

Het was mijn enige verweer terwijl we door het verkeer naar weer een hotel dat 'iets van de Chemin af lag' sjokten, een anticlimax na een verder leuke dag door de maisvelden navigeren.

In principe moet je een pelgrimstocht met bewegwijzering zonder kaarten of gps kunnen lopen. Het is een romantisch idee, zeker voor de Camino de Santiago, die vertakkingen door heel Europa heeft. Zoek een eerste bord met een jakobsschelp op een lantaarnpaal in Stuttgart, Sarajevo of Stockholm en volg de borden helemaal naar Santiago. In de praktijk, en zeker op de Chemin d'Assise, waren er dan weer te veel borden, dan weer te weinig of ze klopten niet. Op één plek was ik er vrij zeker van dat een grapjas een paar borden had omgedraaid.

In deze tijden van gps-navigatie waren papieren kaarten hun gewicht niet waard. Bernhards navigatieapp koos de kortste route, zonder op het terrein te letten; vandaar dat struikworstel-incident. Dankzij een combinatie van twee apps (die van Bernhard en die van Sarah), een aangeboren gevoel voor richting (van Zoë) en wat arbitrage (door mij) kwamen we de dagen door zonder op onze schreden te hoeven terugkeren, ons een weg te hoeven hakken door het bos of domweg te verdwalen.

We hadden het laatste tau-en-duifbord al een poosje achter ons gelaten en waren op de gps overgeschakeld om onze bestemming te bereiken. Ik hoopte dat we de volgende ochtend verderop een pad zouden vinden dat weer aansluiting bood op de Chemin – twee zijden van een driehoek in plaats van het hele eind teruglopen.

Het restaurant van het hotel was gesloten. Permanent. Het was twee kilometer lopen, terug zoals we waren gekomen, naar het dichtstbijzijnde alternatief, een pizzeria. En het was gaan regenen. Er was geen ontkomen aan, tenzij we een taxi bestelden. Dat zou niemand voorstellen: we hadden al bijna een maand geen auto meer vanbinnen gezien.

De pizzeria zou er zonder mensen vermoedelijk heel sober hebben uitgezien, maar het zat er vol en het was rumoerig, en we mochten blij zijn dat er een tafel voor ons was nadat we onze regenpakken bij de ingang hadden opgehangen. Een groot buffet van antipasti met veel groenten, plus een keur aan warme gerechten, en dat alles voor twaalf euro per persoon, inclusief wijn. Gilbert wilde natuurlijk betere wijn en vroeg om de kaart.

Hij worstelde nog met de Italiaanse wijnen en ik leunde achterover en wachtte af terwijl hij de financiële inzet verhoogde op zoek naar iets wat naar zijn smaak was. Ik was geen kenner, maar als Brit was ik gewend aan wijnsoorten van over de hele wereld.

Ze vonden een fles barolo die niet op de wijnkaart stond en die werd gedecanteerd met een aplomb dat me misplaatst leek in een 'all you can eat'-gelegenheid. Gilbert proefde voor en knikte, maar toen de ober de andere glazen volschonk, zei zijn gezichtsuitdrukking 'teleurstellend'.

'Voor veertig euro...' zei hij. Godallemachtig. Tegen de tijd dat hij de onvermijdelijke tweede fles bestelde, zou hij meer aan wijn hebben gespendeerd dan wij aan ons eten – allemaal samen.

Camille hief haar glas, liet de wijn walsen, snoof eraan, nipte ervan en werkte de wijn door haar mond voordat ze eindelijk slikte. Ze had alleen nog niet op de vloer gespuugd.

'Dit is uitstekende wijn. We hebben er nu veel in deze stijl geproefd en het is geen Franse wijn, maar deze is boeiend, smakelijk en vol. Gilbert doet onredelijk.'

'De Italianen maken de beste Italiaanse wijn van de wereld,' zei ik. Niemand lachte.

De onredelijke wijnhandelaar protesteerde echter niet. Hij herhaalde Camilles proefritueel, dat hijzelf een minuut of twee daarvoor had uitgevoerd, nauwgezet. 'Je hebt gelijk,' zei hij. 'Ik geloof dat ik de stijl begin te begrijpen.' En toen: 'Ze is ongelooflijk. Ze kan beter proeven dan ik.'

Het was een leuk moment, en dat was zo gebleven als Camille hem niet vijf minuten later had gevraagd: 'Wat vind je van de wijn?'

25

Zoë

Ik keek naar Gilbert om te zien hoe hij op Camilles vergeetachtigheid zou reageren.

'Ben je vergeten wat ik over de wijn heb gezegd?' vroeg hij.

'Deze wijn?' Ze keek van de een naar de ander. 'Wie herinnert zich nou alles wat haar man zegt?' Toen, misschien omdat ze wist wat wij moesten denken, voegde ze eraan toe: 'Wie herinnert zich nog alle plekken waar we hebben overnacht?'

Ik in elk geval niet. De dagen liepen in elkaar over: ik had herinneringen aan hotels, landschappen en gebeurtenissen, maar het was moeilijk om ze op de juiste plaats en in de juiste volgorde te zetten, tenzij ik mijn schetsboek erbij pakte. Ik wist van mijn vorige camino dat dit zou gebeuren en had het geaccepteerd als een natuurlijk onderdeel van de eenwording met de wandeling. Het was gewoon een andere manier van ervaren, een holistischer manier.

Martin vond het frustrerend, alsof hij stukjes van zijn leven kwijtraakte, en gaf elke dag een naam: de Dag van de Rotsachtige Klim; de Dag van de Telefooncel; de Dag van Zoë's Nagels.

'Ik denk dat Martin ze allemaal zou kunnen opnoemen,' zei ik, al hoopte ik dat hij die laatste naam voor zich zou houden.

'Hersenen kunnen in het algemeen maar zeven gegevens tegelijk vasthouden,' zei Bernhard.

Camille knikte alsof dat haar rechtvaardiging was voor het vergeten van Gilberts wijncommentaar.

Martin glimlachte. 'Is dat een uitdaging?'

'Pap, doe niet zo vervelend.'

'De eerste nacht, tja, dat was de eerste, dus we herinneren ons allemaal het hotel van Gilberts vriend in Tramayes nog. De tweede nacht was Beaujeu, de nacht van de Beaujolaiskoning. De derde...'

'We geloven je wel,' zei ik. 'Wat vond je de leukste overnachting?'

'Die met de eigenaar die zelf ook wandelde. Met dat kapelletje. In Saint-Maurice-de-Rotherens.'

'Je kiest een kapelletje?' zei ik, maar ik wist waarom.

'Het had iets van de sfeer van de Camino de Santiago. Het leek op een hostel. De meeste plaatsen waar we overnachten zijn niet specifiek voor pelgrims.'

'Gilbert en jij zijn degenen die ze reserveren.'

'Je mag het best proberen als je wilt. Er is weinig keus.'

'Ik weet het. Maar het was op die heuvel, weet je nog? Het perfecte hostel zou pal aan het pad staan.'

'Je vroeg naar de leukste plek, niet de meest ideale. En jij?'

Ik wilde de eco-gîte noemen, waar de cellisten ons een serenade hadden gebracht toen we eindelijk een kamer en de rest deelden, maar dat was ook de plek waar Sarah tekeer was gegaan over de vruchtenyoghurt. Het was beter daar niet over te beginnen en haar er niet aan te herinneren waarom die plek speciaal voor me was. 'Ik vond het château na het pad van de postbode fijn,' zei ik. De eigenaar had een heerlijke maaltijd voor ons bereid en verhalen over de geschiedenis van het château verteld; het was een huwelijkscadeau van een ridder aan zijn page geweest.

'Waar wij in de tent moesten slapen omdat er maar twee kamers waren,' zei Sarah.

'En wat kies jij?' vroeg Martin aan Sarah.

'Ik denk die plek in Frankrijk waar we paddenstoelen hebben klaargemaakt.'

'Waar jullie in een apart bijgebouw sliepen.'

Bloosde Sarah nu? Kennelijk had ze dezelfde reden als ik om zich een bepaald adres te herinneren.

Bernhard bevestigde mijn vermoeden door het van haar over te nemen. 'We hebben het perfecte hostel waarschijnlijk niet gevonden omdat het niet bestaat, maar het zou er wel moeten zijn. Goedkoop, met slaapzalen, eenvoudig eten, een keuken met pasta, rijst, olie, blikken tomaat en muesli. Dat zijn goedkope dingen om aan te bieden.'

'Een espressomachine,' zei Martin.

'Met melkschuim,' zei ik.

'Een zwembad, met water erin,' zei Sarah. Ik wist niet of ze een grapje maakte of niet.

'Een moestuin en een kruidentuin,' zei Camille.

'Als je het perfecte hostel wilt,' zei Bernhard, 'moet je het zelf beginnen. Martin zou de *bricoleur* kunnen zijn; de klusjesman.'

'Dat lijkt me niet. Maak mij dan maar ontwerper. Ik zou in elk geval uit eigen ervaring weten waar pelgrims behoefte aan hebben.'

'En ik zou de kok zijn,' zei Camille.

Ik herinnerde me hoe moeilijk Sarah het de eigenaren van de eco-gîte had gemaakt. 'Ik heb een tijdje in een vegetarisch restaurant gewerkt,' zei ik. 'Het valt niet mee om dat werk elke dag te doen.'

Camille opende haar mond, deed hem weer dicht en vroeg: 'Denk je dat ik het niet zou kunnen?'

'Dat is het niet... Ik bedoelde gewoon dat het zwaar werk is en...'

'Denk je dat ik dingen zou vergeten?'

Shit. Hoe had ik mezelf in deze benarde positie gemanoeuvreerd?

'Camille is een fantastische kok,' zei Sarah.

26

Martin

Dat Zoë, Camille en Sarah zich niet nog dieper in de nesten werkten, was te danken aan een andere vrouw die zich aan onze tafel meldde. Ik schatte haar tussen de vijfenzestig en zeventig, door het leven getekend en overduidelijk ook een wandelaar. Na meer dan tweeënhalfduizend kilometer op camino's had ik er een zesde zintuig voor, hoewel de tech broek en het fleecejack ook goede aanwijzingen waren. Ze had een fles in haar hand.

'Neem me niet kwalijk, maar ik hoorde jullie Engels spreken en ik wil graag deze wijn met jullie samen opdrinken.'

We kwamen aan de weet dat ze Grietje heette, uit België kwam en in haar eentje van Brussel of daar in de buurt naar Rome liep. Ze was bij de bron, Vézelay, aan de Chemin d'Assise begonnen en had iets sneller gelopen dan wij om de sneeuw in de Alpen vóór te zijn, maar sinds ze in Italië was, worstelde ze met praktische problemen.

'Ik spreek alleen Vlaams, Frans en een beetje Engels. Geen woord Italiaans. Ik heb geen talenknobbel.'

Zoë, onze Amerikaanse, lachte vol zelfspot, maar zij sprak nog een beetje Spaans, wat hielp bij het Italiaans, en ze had vrij veel Frans opgepikt. Sarah was voor zover ik wist strikt eentalig.

Camille en Gilbert schakelden over op het Frans en wij deden mee, zo goed en zo kwaad als het ging. Grietjes grootste probleem was eenzaamheid, zo werd duidelijk, en nu ze helemaal hier was gekomen, stond ze op het punt de handdoek in de ring te gooien. Toen bekende ze – door haar lichte gêne werd het een bekentenis – dat ze de tocht om godsdienstige redenen maakte.

Op dat punt pakte Camille haar hand en trok haar mee naar een lege tafel. Haar lichaamstaal liet er geen twijfel over bestaan dat het een gesprek onder vier ogen moest zijn.

'Shit,' zei Zoë. Ze hoefde er niet aan toe te voegen: 'Daar gaat mijn cartoon.' En voor de rest van ons de kans om te genieten van de kameraadschap met een zeldzame medepelgrim.

'Ze komen wel terug,' zei ik.

'Denk je?' zei Zoë.

Na drie kwartier kwamen Camille en Grietje terug, maar Grietje zei alleen nog welterusten. Ze zag er opgevrolijkt uit, maar Camille was stil. Ze pakte haar fleecejack van de rug van haar stoel en liep naar de deur. Zoë hield Gilbert gezelschap bij het afrekenen en ik rende achter Camille aan.

'Alles goed?'

'Ja. Maar ik wil niet praten.'

Na de eerdere regenbui miezerde het nu alleen nog maar en het was al donker. Ik deed de zaklamp van mijn telefoon aan en we liepen zwijgend door. Toen we bijna bij het hotel waren, legde Camille een hand op mijn arm.

'Nu kan ik wel praten. Ik had een sterke ervaring en die wilde ik niet vergeten... niet kwijtraken. Maar nu kunnen we het weer over eten, wijn en hotels hebben.'

'Had Grietje een boeiend verhaal?'

'Iedereen heeft een boeiend verhaal. Zij loopt ook om boete te doen voor een zonde. Een zonde die niet zo anders is dan de mijne.'

'Ze leek het bijna te willen opgeven.'

'Dat is waar, maar nu gaat ze door. Ik wil niet... opscheppen... maar ze is een beetje geïnspireerd door mijn verhaal.'

'Je ziekte?'

'Natuurlijk. En dat ik Gilbert heb vergeven en hem met me mee laat lopen. Ik heb haar de feiten verteld en zij denkt dat ik al boete heb gedaan.'

Ik besloot er nu niet op in te gaan. 'Heb je haar niet gevraagd of ze zich bij ons wilde aansluiten?'

'Natuurlijk niet. Dat recht heb ik niet, niet zonder het met mijn vrienden te overleggen. En met Gilbert. Trouwens, ze loopt liever alleen, net als ik zou doen als ik de keus had.'

'Goh, dank je wel. Ik vind het ook heel leuk om met jou te lopen.'

'Het is geen grapje. Dit is een spirituele reis en die moet je óf alleen maken, óf met anderen die jouw overtuigingen delen. Het is niet als kritiek bedoeld, maar Grietje loopt om dezelfde redenen als ik, dus vanavond was... Ik kan er het goede woord niet voor vinden.'

'Misschien omdat je nog niet weet wat voor uitwerking het op je zal hebben.'

'Precies. Maar ik denk dat die uitwerking sterk zal zijn.'

27

Zoë

De volgende dag liepen we, onder weer een heldere hemel en met de besneeuwde Alpen achter ons, afwisselend over kleine weggetjes die tussen maisvelden en akkers met bonen door kronkelden, en over rommelige hoofdwegen met drukke kruispunten waar we hoopten dat de god van Camille over ons waakte.

We hoorden een paar keer de roep *Buon cammino* en in een dorp gaf een fruitverkoper ons een grote tros druiven. Later die dag deed zich een ontregelend moment voor toen we twee vrouwen passeerden die, ver van de bewoonde wereld, op klapstoelen langs de weg zaten, dik opgemaakt en in heel korte jurken. Ze waren allebei van kleur – vluchtelingen? Ze knikten naar ons toen we langsliepen, maar aangezien we geen van allen goed Italiaans spraken, liepen we door.

Terwijl we ons door het drukke verkeer een weg Carmagnola in baanden, haalden we Gilbert en Camille in. Gilbert wilde zoals altijd met alle plezier over eten praten.

'De Italiaanse keuken... Clichés berusten op waarheid.'

'Hé, het eten is fantastisch. Wat dacht je van dat chique restaurant met die wijndame? En van de zeevruchten in Sant'Antonino di Susa?'

'Allemaal op zijn Italiaans. Olijfolie, tomaten, pasta...'

'Jij hebt Sarahs croissant vanochtend opgegeten,' zei Camille.

'Je proeft alleen de jam, niet de croissant.'

'Het ideale wandelontbijt,' zei Martin. 'Cafeïne voor de snelle kick, suiker in de jam voor de eerste tijd erna en het vet in de croissant voor de lange afstand.'

Ik hoopte dat hij een grapje maakte. Zou hij in Sheffield worstjes bij het ontbijt willen? Was er een Whole Foods in de buurt van zijn appartement? Had Whole Foods wel filialen in Engeland? Ik moest meer te weten komen over de buurt waar hij woonde. En uitzoeken wat mijn plaats daarin zou zijn. Maar nu was ik op de Chemin en gefocust op het moment; het echte leven en de toekomst leken onwezenlijk.

Ik had me erbij neergelegd dat ik Grietjes verhaal uit de tweede hand zou moeten horen en vroeg ernaar zodra ik naast Camille liep. Het bleek geen goede zet te zijn.

'Ik kan niets zeggen over wat mij strikt vertrouwelijk is verteld. Daarom gingen we aan een andere tafel zitten. Zodat haar beproevingen niet gebruikt zouden worden voor een cartoon waar Amerikanen om kunnen lachen.'

'Camille... geen mens zou weten dat zij het was. Ik bedoel... cartoons zijn niet alleen om te lachen. Soms is een cartoon de beste manier om iets echt belangrijks over te brengen. Misschien kan haar verhaal een ander helpen...' Ik drong niet tot haar door en ik had het de avond tevoren al verbruid door haar als vergeetachtige kok in een denkbeeldige gîte af te schilderen, dus gaf ik het op. 'Sorry, Camille, we zitten nu niet op dezelfde golflengte.'

Camille liep een stukje door zodat de weg ons allebei de ruimte gaf. 'Jij kunt er ook niets aan doen. Ik wist niet hoe je naar deze chemin zou komen, welke... houding je mee zou brengen, maar ik zie nu wel in dat het voor jou een avontuur is. Een romantisch avontuur. Voor Martin, Sarah en Bernhard ook. Ik ben je dankbaar, maar je moet begrijpen dat het voor mij anders is. Dit is mijn enige hoop.'

Wat moest ik daarmee? 'Doel je op de paus? Moet je iets biechten?'

Het bleef heel lang stil. Toen knikte ze. 'Ik heb het Grietje gisteravond verteld.'

Ik had wel geweten dat er *iets* was, maar waarom had Camille het wel aan Grietje verteld en niet aan mij? Had ik haar teleurgesteld door Martin tussen ons te laten komen?

'Kun je het me vertellen?'

Camille haalde haar schouders op. 'Het is... een leugen. Ik heb een verschrikkelijke leugen verteld.'

Ze wilde me duidelijk niet vertellen waarover ze had gelogen. Was ze bang dat ik haar zou veroordelen? 'Heeft het geholpen het aan Grietje vertellen?'

'Ja. Ik denk dat ik haar ook heb geholpen. Dit is de geest van de Chemin die ik zocht.'

28

Martin

'Pap!'

Het afgrijzen in Sarahs stem was niet mis te verstaan. Jezus. Ik had gedoucht en mijn schone kleren in mijn kamer klaargelegd omdat ze anders nat zouden worden in de badkamer die al door vijf mensen was gebruikt. Ik liep met een handdoek om mijn middel door de gang. Doordat we zo dicht op elkaar leefden, respecteerden we intuïtief elkaars grenzen, maar ik was zediger gekleed dan aan het strand, ze was mijn dochter en, althans tot voor kort, student geneeskunde.

Toen lachte Camille vanuit haar deuropening. Het was meer een gniffel. Een botte gniffel.

'Pap, je rug!' zei Sarah.

Toen begreep ik het. Zoë deed iets met haar nagels. Heel doeltreffend, in die zin dat het bereikte wat ik aanneem dat het moest bereiken, al was het evenwicht tussen pijn en genot precair, zeker de tweede keer. Camilles reactie maakte duidelijk dat ze haarfijn wist wat die krassen betekenden, en Sarah zal het ook wel geweten hebben. Ik neem aan dat ik ook gechoqueerd was geweest als ik ze op Bernhards rug had gezien.

Wat kon ik zeggen? Ik koos voor: 'Geen geheimen op de Chemin,' en droop af naar onze kamer. Zoë vond het grappig.

Na een paar kilometer op het pad naar Carmagnola haalde Gilbert, die samen met Camille de achterhoede had gevormd, Zoë en mij in, zonder zijn rugzak en buiten adem.

'Is er iets met Camille?' vroeg Zoë.

'Ik ben iets vergeten,' zei Gilbert. 'Ik moet terug.'

Ik had een lijstje dat ik elke dag voor vertrek afwerkte; het was te makkelijk om je paspoort, telefoonoplader of zelfs wandelstokken te laten liggen of te vergeten de kamersleutels af te geven. Maar ik had gedacht dat Gilbert nog secuurder was dan ik.

'Heb je het echt nodig?'

'Medicijnen. Ik wilde niet teruggaan zonder het tegen jullie te zeggen. En ik wilde Camille niet alleen laten.'

Uiteindelijk liepen we alle drie terug naar Camille, waarna Gilbert en ik onze rugzakken bij Zoë en haar achterlieten en samen de medicijnen gingen halen. We moesten niet alleen terug naar het dorp, maar ook naar de B&B twee kilometer verder; tegen de tijd dat we terugkwamen, zouden we de route tussen het dorp en ons verblijf zes keer hebben gelopen: bij aankomst, van en naar het restaurant, bij ons vertrek en vandaag nog eens op en neer. Die paar kilometer waren er twaalf geworden.

Gilbert en ik brachten elke dag tijd samen door bij het reserveren, maar we voerden nooit echt een gesprek, gefocust als we allebei waren op onze taak, waarna we zo snel mogelijk terug wilden naar onze partner en het avondeten. Tijdens de maaltijden en onderweg ging het nooit over hem; hij had ons meer over wijn verteld dan over zijn verleden. Hij was een beetje pietluttig, maar nooit echt lastig; hij was een fijne vent om erbij te hebben.

De vorige avond had Zoë het op haar heupen gekregen vanwege Camilles reden voor de tocht, die een niet nader genoemde zonde scheen te zijn. Ik was ervan uitgegaan dat het de abortus was, want ik kon me moeilijk voorstellen dat Camille iets had gedaan wat de katholieke kerk nog sterker zou afkeuren. Maar volgens Zoë ging het om bedrog: niet *Gij zult niet doden*, maar *Gij zult geen valse getuigenis spreken*. Volgens mij was Gilbert het slachtoffer.

Ik pakte het omzichtig aan. 'Al vorderingen geboekt bij de paus?'

'Ik denk niet dat het gaat lukken. En als ik geen audiëntie kan regelen... Ik kan beter zeggen dat als het me wél lukt, Camille heel dankbaar zal zijn, en dat het verschil voor ons zou kunnen maken. Als je suggesties hebt...'

'Helaas, het is mijn wereld niet. Tenzij je haar tot president kunt laten verkiezen of een filmster van haar kunt maken... Ik denk niet dat nederige christenen veel kans hebben. Als je hebt uitgelegd dat ze ziek is en een heldhaftige pelgrimstocht maakt, heb je denk ik al het mogelijke gedaan.' Gilbert knikte. 'Maar is het echt zo belangrijk dat ze de paus te spreken krijgt? Tegen die tijd heeft ze duizend mijl gelopen en honderd kaarsjes gebrand, is dat niet genoeg boetedoening? Ik bedoel, we zijn allemaal zondaars.'

'Ja, maar zoals je weet heeft Camille een bepaalde... fout begaan.'

'Eerlijk gezegd weet ik dat niet.'

'Heeft Zoë het je niet verteld?'

'Zoë weet het ook niet.'

Gilbert keek ervan op, en hij dacht even na. 'Als Camille het niet aan Zoë heeft verteld, kan ik het ook niet aan jou vertellen, sorry.'

'Duidelijk. Maar weet jij wel wat het is?'

'Ik ben haar man. Ik weet alles, ook dingen die ik liever niet had geweten en dingen die Camille door haar ziekte niet meer weet.'

Ik had geen reden om Gilbert niet te geloven. Ik kon alleen maar aannemen dat de leugen óf zo verschrikkelijk was dat Camille Zoë er niet over kon vertellen, of – maak daar *en/of* van – dat Zoë er zelf bij betrokken was. Wat was er destijds voorgevallen, afgezien van die legendarische roadtrip? Waarom zou iemand er nog iets om geven?

We kwamen terug bij de B&B. Het bed was al afgehaald en de lakens lagen op een hoopje op de vloer. De tabletten – een flinke voorraad – waren achter het hoofdeind getapet.

‘Ik verstop ze altijd, anders vergeet Camille dat ze ze heeft ingenomen en neemt ze ze nog een keer.’

Hij drukte twee tabletten uit een blisterverpakking en slikte ze zonder water door. Toen nog twee uit een plastic potje. ‘Dit zijn de mijne. Italiaans eten is slecht voor de spijsvertering.’

‘Hoe kon je ze vergeten?’

‘Camille had... Het doet er niet toe. De ene dag is net als de andere, ik dacht dat ik ze al had afgevinkt. Vervolgens had ik de telefoon moeten gebruiken in plaats van mijn gezondheid te riskeren door achter Zoë en jou aan te hollen.’ Hij lachte. ‘Camille is niet de enige die zwakker van lichaam en geest wordt. We worden allemaal een dagje ouder. Camille laat ons ons voorland zien.’

29

Zoë

Gilberts ‘eindpuntrestaurant’ stond in het hart van het dorp, maar ons hotel niet. Weer niet. Martin schoot in de verdediging toen ik erover begon tijdens de anderhalve kilometer teruglopen zoals we waren gekomen.

‘Ze zullen je niet bepaald uit zichzelf vertellen dat een B&B een kilometer buiten het centrum ligt. Trouwens, de meeste toeristen hebben een auto.’

‘Het is mogelijk dat er een communicatieprobleem was,’ gaf Gilbert toe.

‘Jullie doen het beter dan wie van ons ook maar had gekund,’ zei ik. Ik maakte me meer zorgen om Camille dan om mezelf, en het leek goed met haar te gaan. Ze leek kalmer en evenwichtiger sinds haar bekentenis aan Grietje.

Nu we de Alpen achter ons hadden gelaten, waren de avonden warmer, en we kregen een tafel buiten, op het terras in een smal klinkerlaantje opzij van de hoofdstraat. Het dorp waarin we niet overnachtten was mooi: kerken, winkels onder stenen zuilengalerijen en vervaagde wandschilderingen. Camille was in gesprek geraakt met een Japans stel aan de tafel naast ons. Ze had talen gestudeerd en voordat ze naar de VS kwam, had ze een tijdje in Tokio gewoond, waar haar vader een diplomatieke functie had gehad.

Mijn restaurant-Italiaans was niet goed genoeg om de kaart te ontcijferen. De Signora gaf uitleg, maar in een mengelmoesje van Frans en Italiaans en te rad voor mij, en Martin leek het ook niet te kunnen volgen. Het is moeilijk te zeggen of Gilbert het wel had begrepen, maar toen er een schaal werd opgediend met plaatselijke worst voor ons allemaal, was hij de enige die ervan at. Het was rauw. Was het varkensvlees? Rauwe varkensworst?

'Voordat we ook maar iets anders bestellen, moeten we dit googelen,' zei ik, en Bernhard pakte zijn telefoon erbij. Degene die de kaart had opgesteld, had beschrijvingen genoteerd als *wild zwijn op een bedje van late Red Delicious* in plaats van *varken met appel*. Poëtisch, maar niet zo handig als de twee woorden die je wél kende er niet in voorkwamen.

We waren misschien op een kwart van de eerste bladzij toen ik opmerkte dat Camille samen met het Japanse stel de kaart doornam. Toen zei een groep van vier achter hen iets en richtte ze haar aandacht op hen. Wat voor taal ze ook sprak, het was geen Frans of Japans.

Ze richtte zich weer even tot ons om het uit te leggen. 'Pools. Hun Italiaans is ook niet best.'

Ik zei hardop wat iedereen nu zelf kon zien.

'Kan Camille Italiaans lezen?' zei Martin.

'Kennelijk.' We waren nu vijf dagen in Italië, maar hadden het niet gemerkt, en ze had er zelf ook niets over gezegd.

'En ze spreekt Japans en Pools?' zei Bernhard.

'Dat kun je net zo goed zien als ik. Of horen.'

Ik keek naar Gilbert. Hij moest het wel weten. Sarah knikte alsof ze het wist.

Camille was klaar met tolken en vertalen en kwam terug naar onze tafel.

Bernhard zei iets tegen haar in rad Duits, en ze kaatste meteen iets terug. Ik begreep er niets van, alleen dat ze was geslaagd voor de test.

Camille haalde haar schouders op. 'Ik heb Engels, Japans en Spaans gestudeerd. Gisteren heb ik Nederlands gesproken met Grietje. Ik spreek het maar zozo, maar voor haar was het prettiger om privézaken in haar eigen taal te bespreken. Ik werk vele jaren op een taleninstituut, dus ik pik ook andere talen op.'

Een van de Polen leunde naar ons toe en zei: 'De uitspraak van jullie vriendin is erg goed.'

'Een paar woordjes in een andere taal spreken is niets bijzonders,' zei Camille. 'Elk kind in de medina van Fez dat je gids wil zijn kan het.'

'De medina van Fez?' zei Martin veelbetekenend, en Camille wendde zich weer tot het Poolse stel alsof hij een zenuw had geraakt. Martin deed zijn best om niet hardop te lachen en Gilbert keek hem vreemd aan. Ik had geen idee wat er gaande was.

Ik dacht nog na over Camille. Na haar abortus was ze gestopt met haar studie. Net als ik toen ik zwanger raakte en met Manny trouwde, mijn eerste man en de vader van mijn twee meiden. Ze had me wel over haar werk geschreven, maar ik had de indruk gekregen dat ze iets administratiefs deed.

Camille nam de kaart voor ons door en ik bepeinsde hoe weinig ik van haar leven wist. Van háár. Als ik aan haar dacht, zag ik meestal die eenentwintigjarige Camille voor me: die kleine flirt met haar overdreven Franse accent en zinsconstructies. *Ik werk vele jaren op een taleninstituut, dus ik pik ook andere talen op.* Ja, vast.

'Camille,' zei ik, 'als je zo goed Pools spreekt, terwijl je dat niet eens hebt gestudeerd, hoe kan het dan dat je Engels...'

Camille keek me aan alsof ik haar had beledigd. Weer. Toen lachte ze. 'Wil je dat ik zo praat: *Have a nice day, shoot the breeze, buddy? Be one with the universe?*'

Ik gaapte haar aan. Accentloos Amerikaans-Engels.

Sarah schoot in de lach. 'Het is alsof ik Zoë hoor.'

Dat klopte. Ze had nooit in Californië gewoond. En wat bedoelde ze met dat zinnetje over de kosmos?

'Omdat het van Amerikanen is dat ik *dze* Engels leer.' Het Franse accent was nu weer zwaarder dan dat van Pepé Le Pew. 'En als je kunt kiezen tussen *dze* sexy Frans accent of klinken als een Amerikaan, wat kies je dan?'

30

Martin

Na een dag wandelen door hazelnootboomgaarden en langs kassen vol rode en gele paprika's reserveerde ik voor het eerst samen met Camille. Gilbert was zichtbaar vermoeid, dus stelde ik voor dat zijn veeltalige echtgenote me in zijn plaats zou kunnen helpen. Naarmate we de grensplaatsen verder achter ons lieten, zouden de taalproblemen waarschijnlijk toenemen.

'Natuurlijk. Weet je, ik was me er niet eens van bewust dat ze zoveel talen sprak, en zo goed.'

'En jij? Waar heb jij Engels geleerd?'

'Ik heb voor een productiebedrijf gewerkt, op de administratie, maar op mijn vijftigste werd mijn functie opgeheven en betaalde het bedrijf mijn omscholingstraject.'

'In de wijnbranche?'

'In ondernemerschap voor het MKB. Om te voldoen aan de Franse regelgeving. Zo kon ik met mijn wijnhandel mijn passie en opleiding combineren.'

'Leidt iemand het bedrijf nu voor je?'

'Ik heb het van de hand gedaan. Drie maanden geleden, toen ik wist dat Camille me thuis nodig zou hebben om voor haar te zorgen. Voorgoed.'

We zaten op een *agriturismo*, bij een boer dus, met een barbecue en, ervan uitgaande dat Gilbert en ik ons verzoek goed hadden overgebracht, genoeg vlees en groenten om op die barbecue te bereiden.

Camille was een heel ander reserveringsmaatje dan Gilbert: ongehaast, praatgraag en met een bijna kokette waardering voor mijn kennis van de route; zo ongeveer het tegendeel van Gilbert. De enige overeenkomst was dat ze allebei zo snel mogelijk op de drank aanvielen.

Ik had nog maar weinig tijd alleen met Camille doorgebracht; de wandeling van het restaurant naar ons verblijf na de ontmoeting met Grietje was iets uitzonderlijks geweest. Het was al moeilijk genoeg voor me om Zoë en Sarah allebei genoeg aandacht te geven. Ik was eraan gewend dat ze dingen vergat en de gaten af en toe dichtte met verzinsels die soms aannemelijk waren, soms niet. Het was zelden een echt probleem.

'Denk je dat we iets kunnen vinden waar we zelf kunnen koken? Of bevalt mijn kookkunst je niet?'

'Ik ben gek op je kookkunst. Zoë ook, trouwens.'

'Dat zeg je alleen maar uit beleefdheid. Eerlijk zeggen. Dit is belangrijk voor me.'

'Je bent een fantastische kok. Ik geloof dat Zoë laatst alleen maar zei dat koken voor een grotere groep, zoals in een restaurant of hostel, iets anders is.'

'We zijn met z'n zessen en ik denk dat er op deze chemin waarschijnlijk nooit meer dan zes gasten in een hostel zullen zijn.'

'Daar zeg je iets. Het probleem is niet jouw kookkunst, maar de plaatsen waar we overnachten. Die zijn niet ingericht op wandelaars of mensen die zelf koken. De hotels zijn voor zakenmensen, en toeristen gaan graag uit eten.'

Ze drukte met een vinger op mijn touchscreen. 'Laten we het hier proberen. Ik denk dat ze me daar wel laten koken.'

En dat leek, na een lang gesprek in het Italiaans, het resultaat te zijn.

'Goed gedaan. Zorg nu maar dat het een lekkere maaltijd wordt.'

'*Marteng*. Je maakt altijd grapjes.' Haar hand op mijn schouder. Ik wees mezelf erop dat het accent opzettelijk was, of minstens een aanwensel. Het was vreemder geweest als ze net als Zoë had geklonken. Met haar vrije hand reikte ze naar de wijnfles.

'Kun je de wijn niet beter laten staan? Ik bedoel...'

'Misschien wel, maar ik vind het lekker en ik wil nog een beetje vreugde in het leven scheppen.'

Ik pakte de fles en schonk haar glas vol.

'Je bent een slecht mens, *Marteng*,' zei ze, met haar hand nog op mijn schouder, net toen Zoë in de deuropening opdook.

31

Zoë

Misschien had ik tegen Camille moeten zeggen hoe haar geflirt met Martin voor mij voelde, maar ik wilde de kloof tussen ons overbruggen, niet verwijden. Als Camille zich onzeker voelde, sprong ze in de flirtstand. En anders ook. Ze had zelfs met Manny geflirt, mijn vriendje van destijds, en die was totaal niet haar type geweest. Was dat het gewoon, of maakten die witte stukjes in haar brein het erger?

Toen Camille en Martin hadden gereserveerd, ging Martin de barbecue checken. Wij gingen op de tuinstoelen op het gazon zitten en keken naar de ondergaande zon die schaduwen over de glooiende hazelnootboomgaarden van Piëmont wierp.

‘Heeft Gilbert eerder zoiets als deze wandeltocht ondernomen? Zo’n lichamelijke inspanning, bedoel ik?’ vroeg ik aan Camille.

‘Ziet hij er zo uit?’

‘Hij lijkt erg zijn best te doen.’ *Voor jou*, wilde ik eraan toevoegen, maar Camille had haar onberispelijk geëpileerde wenkbrauwen al opgetrokken.

‘Wil je van me horen wat voor een goed mens Gilbert is?’

‘Hij steunt je enorm.’

‘Ik heb hem er niet om gevraagd. Toch moet ik me dankbaar voelen. En schuldig.’

Ze besefte niet hoe goed ze het had getroffen. Een positieve, fatsoenlijke man die van haar hield en bereid was voor haar te zorgen wanneer ze dat zelf niet langer kon. Misschien zou ze het tegen de tijd dat hij haar naar Rome had geholpen zelf ook inzien. Ook zonder dat de paus het haar vertelde.

'Als ik niet meer zo lang te leven heb, waarom zou ik dan compromissen sluiten?' onderbrak ze mijn gedachten.

'Heb je overwogen een specialist te raadplegen? In de VS misschien?'

Camille richtte zich tot Bernhard en Sarah, die hun eigen gesprek voerden. 'Zoë vindt dat ik naar een Amerikaanse arts moet. Wat vinden jullie?'

'Als ik kon kiezen tussen medische zorg in Amerika of in Frankrijk,' zei Sarah, 'zou ik voor Frankrijk gaan.' Om het me extra in te wrijven voegde ze eraan toe: 'Ik zou elk ontwikkeld land verkiezen boven Amerika.'

Bernhard knikte. 'Het Amerikaanse zorgstelsel... Wat zou het wel niet kosten om de beste zorg te krijgen voor MS, thuiszorg, medicijnen, ziekenhuisbehandelingen?'

'Iemand die aan het eind voor me zorgt, als al het andere heeft gefaald?' voegde Camille eraan toe.

Ze hadden gelijk. Ik had het geld niet om specialistische medische hulp in Amerika voor Camille te betalen. Mijn eigen situatie was niet bepaald fantastisch.

'Hebben jullie een goede zorgverzekering? In Frankrijk?' vroeg ik aan Camille.

Ze haalde haar schouders op. 'Het maakt niet uit. Er wordt voor me gezorgd, zoals Bernhard al zei. We zijn een beschaafd volk.'

Martin kon de barbecue niet aan de praat krijgen. Het was een zelfgemaakt geval dat op echt hout werkte.

Bernhard stopte zijn telefoon in zijn zak en drentelde erheen. Dit kon interessant worden.

'Je moet er meer lucht bij laten komen,' zei hij.

'Hebben jullie zulke dingen in Stuttgart?' zei Martin. Bernhard draaide zich om en ging naar binnen.

'Het ligt aan het hout,' zei Martin tegen niemand in het bijzonder, terwijl de rook in zijn gezicht waaide. 'Het is nat.'

'Wij hadden een kogelbarbecue in Los Angeles,' zei ik. 'Moet je geen zak houtskool hebben?'

'Ik héb houtskool,' zei Martin. 'Ik moet het hout eerst op gang krijgen. Bedankt voor de hulp, mensen.'

Bernhard kwam terug met een zakje. Aanmaakblokjes. Hij grinnikte. 'Biologisch.'

Sarah keek naar hen beiden. Het deed me denken aan zenverhalen over oude en jonge mannen – of misschien waren het stieren. Het zal wel vrij gangbaar zijn om iemand te kiezen die op je vader lijkt, zoals Sarah had gedaan, maar ik kon me er weinig bij voorstellen. Ik had nooit een man gewild die ook maar íéts van mijn vader had.

Deze keer won de jonge stier. Martin keek met knarsetandend respect – of in elk geval knarsetandend – toe hoe Bernhard de barbecue aan de praat kreeg en hielp hem toen houtskool op het vuur te leggen.

Ik keek nog steeds naar Sarah: begon haar loyaliteit subtiel te verschuiven? En Camille weigerde alle aangeboden hulp bij het koken, alsof de geldingsdrang van de mannen op haar was overgeslagen. Ze gaf mij mijn bord met gegrilde groenten – courgette, aubergine, paprika en rode bietjes, besprenkeld met olijfolie – met een blik die zei: *En denk je nú dat ik vegetarisch kan koken?*

Het terrein veranderde weer. Het was onze eerste dagen in Italië vlak en hier en daar industrieel geweest, maar nu liepen we over glooiende heuvels door boom- en wijngaarden. Weelderig groene, tot aan het middel reikende ranken waren beladen met druiven die met de hand werden geplukt. Gilbert had ons verteld dat Piëmont een wijnstreek was, maar het had even geduurd om dat deel van de provincie te bereiken.

Ik betrapte Martin op het stelen van een tros druiven. In de VS had ik erom gelachen en zelf een paar druiven van zijn tros geplukt, maar hier was het anders. De wijngaarden waren niet van grote corporaties. 'Als elke pelgrim een tros pakte...' zei ik.

'Zou je wel twee trossen per week kwijt zijn,' zei Martin.

'Dat zou in de Bourgogne of de Champagne een groot verlies zijn,' zei Gilbert, 'maar we zijn hier in Italië en dit zijn geen prestigieuze wijngaarden.'

Misschien niet, maar de grond moest hier vruchtbaar zijn. De tuinen van de huizen langs de weg leken vol te staan met zwaarbeladen bomen – uit takken die over schuttingen hingen, vielen hoopjes rijpe vruchten met de zoete geur van beginnende gisting.

'En,' zei Martin, 'ik geloof dat overhangend fruit volgens het oude Romeinse recht voor iedereen is. Dat geldt tenminste in Engeland, dus ga ik ervan uit dat het hier ook zo is. Het *Romeinse* recht.' Hij plukte twee rijpe perziken van een boom en gaf mij er een.

Toen we de rivier overstaken voor de klim naar Neive, een bergdorp waar we de nacht zouden doorbrengen, kondigde Bernhard aan dat Sarah en hij niet met ons mee zouden eten.

'Noedels?' vroeg Camille.

'Nee, dit,' zei Sarah met een lach. Ze maakte haar rugzak open en liet een overvloed aan perziken, vijgen, druiven, appels en peren zien.

Het stak dat zij een simpele ervaring deelden die wij moesten missen, maar het gevoel zakte voordat ik het kon grijpen, en ik wist niet of het heimwee was naar mijn verloren jeugd of de vorige camino, of het verlangen naar iets waar ik nu behoefte aan had in mijn leven. Misschien was het ook de knagende angst: hoe zou mijn leven met Martin eruitzien in Sheffield, zonder de Chemin om op terug te vallen?

32

Martin

Misschien kwam het door de 'één dag tegelijk'-mentaliteit van de camino, maar ik had er niet echt over nagedacht hoe het leven met Zoë thuis eruit zou zien. Enerzijds was het vooruitzicht haar altijd bij me te hebben opwindend; anderzijds was een driekamerflatje op een paar kilometer van het centrum van een stad die bekender was om het staal dan om de vergezichten niet te vergelijken met een hotel met uitzicht op de wijngaarden van Piëmont. Ik wees mezelf erop dat dit een vakantie was, en dat vakanties een ontsnapping uit het leven van alledag zijn. Alleen had ik bijna al mijn tijd met Zoë doorgebracht in zo'n kunstmatige setting. *De Camino is het leven niet*, had ze gezegd.

In Neive overnachtten we midden in het centrum. Ik had Camilles Italiaans niet nodig gehad om te reserveren: in deze wijnstreek waren er genoeg aanbiedingen online te vinden in het naseizoen. Het hotel was het tegendeel van een hostel voor wandelaars, of van de kleurloze arbeidershotels van de afgelopen dagen. Goedgeklede toeristen die Frans en Engels spraken stonden in de lobby de folders met uitstapjes te bekijken.

We hadden een warme dag achter de rug, en de receptionist raadde ons aan eerst een drankje te nemen in de binnentuin voordat we naar onze kamers gingen. Gilbert ging er namens ons allemaal gretig op in.

'Welke arneis kunt u aanbevelen?' vroeg hij, wat leidde tot zes verschillende glazen witte wijn. We gaven ze aan elkaar door en Gilbert maakte aantekeningen die hij besprak met onze ober, een man van een jaar of veertig.

'Bent u geïnteresseerd in wijn?'

'Ik ben wijnhandelaar geweest in Frankrijk.'

'Dus u en ik staan voor de twee grote wijnproducerende landen van de wereld.'

'Waar ik vandaan kom, maken we ook wijn, hoor. Californië,' mengde Zoë zich in het gesprek.

Onze ober nam geen notitie van haar. 'Als u meer wijn wilt proeven...' zei hij tegen Gilbert.

We gingen allemaal naar onze kamer, behalve Gilbert. Onze bagage was op een hoop gelegd, en Bernhard tilde Gilberts rugzak op om bij de zijne te kunnen.

'Hou even vast,' zei hij tegen mij, en hij schoot in de lach toen ik de rugzak bijna liet vallen. Als er één regel is voor langeafstandswandelingen, is het wel dat je bepakking licht moet zijn. Zoë had me al een standje gegeven voor mijn zware slaapzak, laptop en gereedschapsset, maar zelfs daarmee, plus een volle waterfles, kwam ik maar aan twaalf kilo. Gilberts rugzak moest zeker vijftien kilo wegen. Geen wonder dat hij het zwaar had.

Zoë en ik zeulden onze eigen bagage naar boven, douchten, wasten onze kleren en hingen ze in de badkamer op; het vaste ritueel aan het eind van de dag. Het maakte de ambiance iets minder chic.

'Als ik een hostel mocht ontwerpen,' zei Zoë, 'zou ik voor een wasserette zorgen. Al was het maar één wasmachine en een plek om de kleren te drogen.'

Ze had gelijk: pelgrims zochten altijd naar een gelegenheid om hun fleecetruien, broeken en jacks te wassen, zodat ze zich elke dag fatsoenlijk konden verschonen. Het punt kon toegevoegd worden aan de specificaties van het perfecte hostel. Ik nam me voor mijn studenten deze ontwerpopdracht nog eens te geven en daarna mijn lijst naast de hunne te leggen.

'Zullen we de kerk gaan bekijken?' stelde ik aan Zoë voor. 'Die schijnt best indrukwekkend te zijn. Misschien moeten we Camille ook vragen, zien of ze nog een kaarsje wil branden.'

Ik lette op haar reactie. Bingo. Ze had de vorige avond inderdaad gemerkt dat Camille met me flirtte. Als ze het zo opzichtig had gedaan dat zelfs ik het merkte, kon het Zoë met geen mogelijkheid zijn ontgaan, veronderstelde ik.

'Wil je haar vragen?' vroeg Zoë.

'Alleen als jij het ook wilt. Camille kan ook te veel van het goede zijn.'

Het juiste antwoord. Zoë lachte en ik vervolgde: 'Wat is dat toch met die kaarsen? Ik dacht dat je er eentje opstak voor een overledene, niet elke dag.'

'Boetedoening. En ik... Nou ja, mijn kaarsen zijn meer spiritueel. Een gelegenheid om na te denken over mijn plaats in de kosmos.'

We liepen naar de Chiesa di San Pietro Apostolo en de nabijgelegen kapel. Toeristische bezigheden leken niet goed te passen bij trektochten, maar kerken zijn een integraal onderdeel van de Chemin en ze bekijken voelde anders dan bij een galerie of museum naar binnen wandelen. Dit was een architectonisch boeiend gebouw, en Zoë vond een uitstalling van iconen. Er stond een beeldje van de paus om ons eraan te herinneren waar we naartoe gingen.

'Wat was jouw beste moment van de Camino?' vroeg Zoë.

'Afgezien van de seks?'

'Ha. Seks kan altijd.'

'Is dat een belofte?'

'Je bent een stoute man, *Marteng*.'

Niet op ingaan. Maar ik begreep waar Zoë's vraag vandaan kwam. 'Ik denk het rondleiden van die toeristen in de kerk. Toen jij ze over de schilderingen vertelde en ik een minicollege architectuur gaf.'

'Dat was leuk. Dat kun je nu zeker de hele tijd doen? Heb je al iets van je werk gehoord?'

'Nee en nee. Ik praat niet over architectuurgeschiedenis. Ik doceer min of meer hetzelfde als toen ik nog ingenieur was. Ontwerptheorie. Zo heb ik de baan gekregen; ik kan het ze niet kwalijk nemen dat ze willen dat ik het blijf doen.'

'Niet tevreden?'

'Het was een van de veranderingen die ik doorvoerde toen ik terugkwam van de Camino. Het leek toen een goed idee. Als ik het mis had, is dat mijn eigen schuld. Je kunt niet van koers blijven veranderen, niet op mijn leeftijd.'

'Waarom niet?'

'Zou jij een stuurloos iemand willen?'

'Liever dan iemand die denkt dat hij op het verkeerde spoor zit.'

We liepen rond. We brachten veel tijd door met lopen.

'Als je er iets aan hebt,' zei Zoë. 'Ik geloof dat ik er net zo aan toe ben. Het cartoontekenen is verwaterd, zoals ik al zei.'

'Misschien moeten we museumrondleidingen gaan geven.'

Zoë lachte. 'Ik denk dat we beter een hostel zouden kunnen runnen.' Ze zweeg even. 'En voor het geval je ideeën in die richting had: nee.'

'Waarom niet? Zou je niet graag het perfecte hostel willen runnen?'

'Dat vraag *jíj* aan *míj*? Meneertje "wat is er nou niet leuk aan Sheffield"?'

Toen we terugkwamen, zat Gilbert, nu in gezelschap van Camille, naar een privécollege Italiaanse wijn van onze ober te luisteren.

'Kom erbij,' zei Gilbert, en Zoë en ik werden getrakteerd op een glas barbaresco voordat hij mededeelde dat we hier zouden eten.

'De kinderen eten hun zelfgeplukte fruit,' zei Camille. 'Dus we kunnen over ze praten.'

Zoë lachte. 'Is er iets wat ik niet weet?'

'Dat ze met elkaar slapen, natuurlijk. Maar dat wist je al, toch?' Ze keek naar mij en ik knikte.

'Dus nu heeft iedereen seks, behalve Gilbert en ik,' zei Camille.

Ik keek naar Gilbert, en zijn gezicht stond ongeveer zoals het mijne onder die omstandigheden zou hebben gestaan. Hij stond op, ik denk om zijn gêne te maskeren, maar wees toen naar de wc. Hij was er het type niet naar om een scène te schoppen. Camille kennelijk wel: waarom zou je zoiets in het openbaar ter sprake brengen? Tenzij ze erover wilde praten.

Zoë pikte de hint op. 'Komt het door de MS?' vroeg ze aan Camille.

Die schudde haar hoofd. 'Nee. Dat deel van me werkt nog. Denk ik. Gilbert doet het uitstekend als het erop aankomt me naar Rome te krijgen, maar...' Een Gallisch schouderophalen had nog nooit zoveel betekend.

33

Zoë

Om halfacht 's ochtends klopte Sarah op onze deur. Ze had haar wandeluitrusting al aan, maar liep op blote voeten.

'Een blaar,' zei ze tegen haar vader. 'Heb je daar iets voor?'

Ze liet ons de grote, roodomrande witte blaas op haar hiel zien. Ze had er eerder iets aan moeten doen.

Martin bood haar de behandeling aan die ik de eerste keer had toegepast. 'Ik heb een naald. Je rijgt er een draad door en laat die zitten om de blaar te draineren.'

Sarah keek niet enthousiast.

'Echt niet,' zei ik. Ik had op aanraden van de caminowebsites een flinke voorraad Compeed-producten ingeslagen. Ik prikte de blaar door met een ontsmette naald en plakte er toen een superdunne pleister op die één leek te worden met haar huid.

'Laat zitten – hij valt er vanzelf af.'

'Oké,' zei Sarah. 'Een stuk beter. Bedankt. Misschien moet je ook even naar Gilbert kijken. Hij zei iets, een paar dagen geleden.'

Sarah en ik troffen Gilbert beneden en lieten hem zijn wandelschoenen en sokken uittrekken. Zijn voeten zaten onder de blaren.

'Crepeer je niet van de pijn?' vroeg ik.

Gilbert haalde zijn schouders op, maar ik zou er wel voor zorgen dat Camille hoorde hoe erg het was.

Sarah knikte goedkeurend, maar kon de verleiding niet weerstaan om eraan toe te voegen, al moet ik toegeven dat ze erbij lachte: 'Ik had gedacht dat je kruiden zou aanbevelen. Of meditatie.'

Misschien verwachtte ze een tirade over Big Pharma. In plaats daarvan zei ik terwijl ik de EHBO-doos pakte: 'Meditatie zou de blaren niet genezen, maar het zou wel de pijn kunnen verzachten. Je weet vast wel hoe waardevol yoga en meditatie kunnen zijn als onderdeel van een holistische behandeling van allerlei ziekten, of gewoon, als je wilt relaxen. Probeer het maar eens.'

We liepen die dag maar vijftien mijl, maar het voelde als langer. Nadat we vanaf ons hotel via stenen straten en onder een boog door waren afgedaald, raakten we door een combinatie van ontbrekende taus en misleidende gps-informatie aan het dolen over de paden tussen de wijngaarden op de steile heuvel. Het was echt heet: als er schaduw was, gingen we op een rij achter elkaar lopen om ervan te profiteren.

Ik had genoeg water bij me, maar we hadden nergens de mogelijkheid om bij te tanken, dus deed ik er zuinig mee, wat heel verstandig bleek te zijn.

We merkten pas dat er iets aan de hand was toen Camille op de grond viel. Gilbert knielde bij haar en Sarah liet haar rugzak van haar schouders glijden en liep naar haar toe. 'Wat is er met je?'

'Ik ben duizelig en spieren niet zo sterk.'

Ik gooide mijn rugzak af. Martin keek op zijn telefoon, vermoedelijk om de dichtstbijzijnde weg te zoeken, voor het geval we een ambulance moesten laten komen.

'Last van je evenwicht?' vroeg Sarah, die een hand op Camilles gezicht legde, dat er droog en rood uitzag. 'Hoofdpijn?' Haar hand ging naar Camilles pols. 'Jongens, ze moet water hebben.'

'Ik heb geen dorst,' zei Camille.

'Nou, drink toch maar wat,' zei Sarah, die mijn waterfles aannam. 'Maar dit gaat over je heen.'

Camille snakte naar adem toen Sarah eerst water over haar hoofd goot en toen in de hals- en rugopening van haar shirt.

We keken allemaal toe terwijl Camille een slokje uit haar eigen waterfles nam. Even later ademde ze lang uit en glimlachte. 'Ik voel me nu al beter.'

'Blijf nog even in de schaduw,' zei Sarah. 'Ik denk dat het de eerste tekenen van een zonnesteek waren.' Ze keek naar ons. 'Het wordt problematisch als we de rest van de weg ook zo weinig schaduw hebben. Is er genoeg water?'

Ze richtte zich weer tot Camille. 'Denk je dat je verder kunt lopen? We kunnen een taxi nemen.'

Maar Camille stond al, met Gilbert aan haar zij.

We bleven allemaal bij Camille in de buurt en in de volgende plaats, Santo Stefano Belbo, kochten we gekoelde frisdrank en ijsjes. Camille leek ontspannen en haar gezicht had weer een normale kleur.

Voordat we het dorp uit waren, liep ze de grote, weinig bijzondere kerk in om een kaarsje te branden en zoals gewoonlijk ging ik met haar mee. Tijdens dit ritueel voelde ik dat er nog steeds iets was tussen ons, al deed Camille op andere momenten nog zo haar best om zich ervoor af te sluiten.

Ik wist niet voor wie haar kaarsje was, maar kijkend naar het flakkerende vlammetje bepeinsde ik dat ze vastbesloten was geweest om te voet naar Rome te gaan omdat ze het nu nog kon. Dat ze was ingestort, herinnerde ons eraan dat er geen garanties waren; we konden allemaal tot staan worden gebracht door blessures of ziekte.

En waarom zou ik haar geloof in twijfel trekken terwijl ik me tot de kosmos had gewend, die me, in de vorm van de Camino, had geholpen mijn verdriet om Keith te boven te komen en mijn zelfvertrouwen te vergroten en die me ook nog eens de liefde van mijn leven had geschonken?

Ik maakte me druk om haar verlangen de paus te zien... maar hoe zat het met de tocht zélf? Misschien kon de Chemin haar wonder zijn, en waren we daarom allemaal bij haar, om de koers uit te zetten, gezelschap te bieden en extra water te dragen. En daarom moest Martins dochter er ook bij zijn, al ergerde ik me nog zo aan haar. Toen ik mijn kaars opstak, dacht ik aan Sarah.

Maar ik besefte dat ik ook iets kon doen om Camille te helpen. Nadat we hadden ingecheckt in ons pension in Canelli, kondigde ik aan dat ik een les ging geven.

Martin lachte. 'Hebben we wel genoeg potloden?'

'Geen tekenles, meditatie. Ik heb er vaker les in gegeven. Ik weet niet of het tegen MS helpt, Camille, maar het helpt wel tegen andere dingen, ook tegen stress, iets wat veel ziekten verergert. Ik kan wel garanderen dat het er niet erger door wordt.'

'Goed idee,' zei Sarah. 'Ik doe zeker mee, als het mag.'

Ik gaf de les voor het eten op de veranda. De conciërge had zelfs matjes voor ons gevonden. Alleen Gilbert vertoonde zich niet; hij had ontdekt dat er hier dertien kilometer aan ondergrondse wijnkelders lag, de 'ondergrondse kathedralen', die in de Werelderfgoedlijst van UNESCO waren opgenomen.

Ik gaf yogameditatie in eclectische stijl, met elementen uit de hathayoga, mindfulness en chakradans. Alle emoties die we niet begrijpen en geen plek hebben gegeven, zoals schuldgevoel, angst, schaamte en verdriet, raken opgesloten in ons lichaam en verstoren onze positieve energie. Misschien zou ik er in Sheffield ook les in kunnen geven. Deze groep zou een goede oefening kunnen zijn voor een les aan een stel werkloze fabrieksarbeiders. Ik begon dus simpel, met eenpuntsmeditatie. Het ging om kalmte en concentratie, het buitensluiten van de wereld die altijd eisen aan ons lijkt te stellen.

Ik was dit gewend, dus ondanks mijn bedenkingen tegen Sarah in mijn groep kon ik diep in mezelf gaan, de stem en de woorden vinden die zelfs de meest geagiteerde mensen in mijn lessen thuis kalm en stil konden maken. Ik voelde de spanning om me heen wegvloeien, het loslaten van negatieve energie. Toen we klaar waren, had Camilles glimlach iets kwetsbaars en een tederheid die ik beslist nooit eerder bij haar had gezien. En toen ik een mindfulnessapp voorstelde, gaf Sarah geen bijtend commentaar.

34

Martin

'Ik geloof dat Sarah het op prijs stelde,' zei ik tegen Zoë toen we weer in onze kamer waren.

'Echt?'

'Je geeft haar de kans om aardig te zijn en die neemt ze graag aan.'

Ik had wel door dat Zoë niet overtuigd was, en dat begreep ik. Sarah had weinig van die kant laten zien tijdens de wandeling. Al een tijd niet meer, om eerlijk te zijn. Maar Zoë moest toch blij zijn om wat Sarah voor Camille had gedaan, twee keer al, voor zover we wisten: ze had Camille zo'n beetje eigenhandig het pad van de postbode over gekregen. Met dank aan de Chemin en de levensveranderende magie. En misschien met een beetje hulp van Bernhard.

De volgende ochtend zorgde Sarah dat ze naast mij kwam te lopen. 'Ik moet je spreken over Camille.'

'Is er nog steeds een probleem?'

'Ze heeft MS, dus er is altijd een probleem. Het tast je vermogen aan om hitte uit je lichaam af te voeren. En de hitte kan de symptomen van MS verergeren.'

'Je zegt dus dat de tocht slecht voor haar kan zijn.'

'Dat kán. Volgens mij is het al met al goed voor haar, maar als ze een zonnesteek krijgt niet meer.' Ze zweeg een paar passen. 'Pap, ik ben geen arts en al was ik dat wel... MS is een heel complexe ziekte die zich op allerlei manieren kan uiten. Ik heb dat van die hitte gisteravond moeten opzoeken; het was me ontgaan. En je moet weten dat Gilbert erg veel doet; Camille vraagt me van alles en... Laten we het erop houden dat er veel dingen zijn die we niet zien.'

Camilles crisis had ons allemaal wakker geschud. We waren gewend geraakt aan haar geheugenproblemen en soms vreemde gedrag, maar dit dreigde haar te verhinderen haar doel te bereiken, zo niet erger. Ze leek net op tijd aan de tocht te zijn begonnen, maar het was nu wel erg warm. Ik hoopte dat het eind van de zomer en de aankomende klim in de Apennijnen koeler weer zouden brengen, al liepen we wel in zuidelijke richting.

'Gilbert vindt wel een manier om haar daar te krijgen,' zei ik. 'Dit is wat ze wil.'

'Weet ik, maar...'

'En je moet je niet verantwoordelijk voelen. Je hebt ons gewaarschuwd, en ik zal tegen Camille zeggen...'

'Dat heb ik al gedaan. Ze lijkt te weten wat ze doet, maar... bij mensen met MS kan iets optreden wat *la belle indifférence* wordt genoemd. Ze lijken minder te geven om hun afgenomen vermogens dan je zou verwachten.'

'Dat is het *belle* eraan?'

'Ja, maar als ze roekeloze besluiten nemen, is het niet meer zo *belle*. Dat bedoel ik als ik zeg dat ze *líjkt* te weten wat ze doet. Wanneer grijp je in en zeg je: "Nee, wat jij vraagt is niet in je eigen belang"?'

'Zoals je bij kinderen doet?'

'Pap, kop dicht.'

Zoë voegde zich weer bij me en ik vertelde haar wat Sarah had gezegd, met de toevoeging dat ik dacht dat Gilbert op doktersadvies wel bereid zou zijn te zorgen dat het project werd afgebroken.

'Dat betwijfel ik,' zei Zoë. 'Camille staat met beide benen op de grond, meestal, en dit is wat ze wil. We maken allemaal keuzes vanuit onze positie, en als die positie anders was, zouden we misschien andere keuzes maken.' Ze zweeg even. 'Je begrijpt toch wel dat ik met "positie" op je geestestoestand doel, niet op...'

'Nee, ik dacht dat je het over de vs versus Frankrijk had.'

'Ha-ha. Maar dat ook. Ergens vraag ik me af waarom Gilbert dit doet. Jij hebt zeker ook wel opgepikt dat Camille haar twijfels heeft over de relatie?'

'Helemaal geen twijfels, zou ik zeggen. Geen seks, en ze vond het nodig ons dat te vertellen. Weet je zeker dat er geen fysiek beletsel is?'

'Ik denk dat ze gewoon niet van hem houdt.'

'Hij doet wel alles voor haar. Ik bedoel, ik wil niet cru zijn, maar hij is een goede optie. In aanmerking genomen...'

'Ik snap het. Ik probeer haar niet die kant op te duwen. Ik begrijp dat liefde op onze leeftijd meer om praktische zaken draait dan voor Sarah en Bernhard.'

Het was weer een warme dag, en Gilbert had een extra literfles water bij zich, 's nachts ingevroren. We maakten ons allemaal zorgen om Camille, maar ze leek zich wel te redden.

Het laatste stuk naar Acqui Terme was niet leuk: in ganzenpas langs een drukke weg. Een paar kilometer voor het eind pakte Bernhard zijn eigen fles ijswater en kieperde het over Sarah heen, die het uitschreeuwde, Bernhard een stomp gaf en lachte. Ik had haar al een tijd niet meer zo vrolijk gezien, en ik besefte dat het niet alleen dit opzichzelfstaande incident was. Maar moest het nou uitgerekend Bernhard zijn?

35

Zoë

Acqui Terme bleek een gevalletje *beoordeel een stad niet op de weg ernaartoe* te zijn – door de buitenwijken. Er waren niet alleen de gebruikelijke adembenemende kerken, maar ook eeuwenoude baden en zwavelbronnen midden op het stadsplein. Toen we de stad de volgende dag door de levendige straten verlieten, zag ik Caesar voor me, die zich zittend op de muur – met duiven om ruimte wedijverend – druiven liet voeren. We liepen in de schaduw, waardoor ik me iets minder bezorgd maakte om Camille.

Tijdens de eerste klim, op asfalt, leek Gilbert al iets dwars te zitten. Hij liep alleen en had het moeilijk, wat we wel gewend waren, maar nu leek het hem ook gefrustreerd en boos te maken.

We kwamen langs een parkeerterrein en hij stopte bij een afvalbak. Hij leunde er even tegenaan, keek naar de heuvel voor ons, een smal pad dat zich bijna loodrecht omhoogkronkelde tussen de dichte bebossing door, en liet zijn rugzak vallen. Wij keken allemaal toe, ook Camille.

Er kwamen een grote toilettas en een föhn uit de rugzak. Hij gooide ze allebei in de afvalbak, deed zijn rugzak weer om en liep door.

Niemand zei iets. Ik wist niet of Gilbert een heilige of een dwaas was. Of wat dit ons maakte: ik had Camilles rugzak gecheckt toen we begonnen, maar niets tegen Gilbert gezegd over de zijne, waarvan we allemaal wisten dat die te zwaar was.

Ik verwachtte een uitbarsting van Camille, maar ze haalde alleen haar schouders op en liep naar de afvalbak. Ze liet de föhn liggen, maar redde twee dingen uit de toilettas.

Als om ons ervan te doordringen wat Gilbert nog wél met zich meetorste, werden we een uur later in een donker, vochtig deel van het bos omzwermd door insecten. Gilbert toverde een spuitbus insectenwerend middel tevoorschijn en bespoot ons allemaal. Hij leek iets opgewekter, en toen het gebladerte minder dicht werd, nam hij de tijd om te rusten en het uitzicht in zich op te nemen.

De klim leverde zoals gewoonlijk inspirerende vergezichten op – bijna genoeg om het jammer te vinden dat ik geen waterverf bij me had.

In het bos liepen veel voornamelijk oudere mannen manden te vullen, en Gilbert begon een gesprek in gebarentaal met een paar van hen.

'*Porcini*,' zei Camille. 'Italiaans voor *cèpes*. Eekhoorntjesbrood.'

Toen we door Grognardo liepen, een gehucht met nauwelijks meer dan een *gelateria*, bleef Camille bij de eerste de beste kapel staan. Die was afgesloten.

'Waar we vannacht logeren is heel klein – misschien geen kerk,' zei ze.

Ik keek voor ons uit en zag een torentje. 'Er lijkt er hier nog een te zijn.'

Er bleek nog een kapel te zijn, en er waren twee kerken, waarvan er een open was. Camille doneerde haar euro en pakte een kaars, maar leek te verstijven voor het beeld van de Maagd Maria, waarvoor andere kaarsen stonden, flakkerend of gedoofd. Er gingen minuten voorbij. Ging het wel goed met haar? Uiteindelijk ging ik naar haar toe. We waren alleen, maar toch voelde ik me verplicht te fluisteren.

'Gaat het wel?'

'Ik heb een probleem,' zei Camille.

Zonnesteek? Uitdroging? Op hol geslagen witte plekjes in haar hersenen?

‘Weet je hoeveel dagen we nog hebben te gaan? Tot aan Rome?’

‘Hoezo? Vijftig? Zestig misschien?’

‘Ik raak er sneller doorheen dan ik dacht. Misschien ligt het aan mijn geheugen.’

‘Waar raak je doorheen?’

‘Mijn zonden,’ zei Camille.

Ik schoot in de lach. ‘Misschien heb je niet genoeg gezondigd.’ Het drong niet door, dus voegde ik eraan toe: ‘Of het komt doordat je soms wel twee of drie kerken op een dag aandoet.’

‘Dat zal het zijn. Misschien kun jij een zonde voor me bedenken? Uit onze studietijd?’

‘Eh... blowen?’

‘Heb ik daar iemand kwaad mee gedaan?’

‘Ik denk het niet,’ zei ik met een lach, en deze keer lachte Camille mee. Wiet was een afrodisiacum voor haar geweest.

‘Misschien kan ik er een voor je moeder branden.’

Ik had al een kaars voor haar gebrand in Conques, tijdens mijn eerste camino, en haar en mezelf vergeven, maar dat ging om ons, niet om wat ze Camille had aangedaan. ‘Mijn moeder? Als ze nog leefde, zou zij jou haar excuses moeten aanbieden. Ze had het recht niet...’

‘Je moeder sprak haar overtuigingen uit, ook al kostte het haar de liefde van haar dochter. Jouw liefde. Mag ik een kaars voor haar branden?’

Toen ik mijn eigen kaars opstak voor mijn moeder, voelde ik weer een echo van haar beschuldiging: *moordenares*. Haar waarheid was de mijne niet, maar dat was die van Camille evenmin.

De B&B werd gedreven door een gepensioneerd echtpaar dat een oud huis had opgeknapt, speciaal voor pelgrims, *pellegrini*. Uit kleine dingen bleek met hoeveel zorg: bij wijze van uitzondering klopte bijna alles en waren er ook nog aardigheidjes voor de gasten, zoals bodymilk in de badkamers. Het echtpaar bood ons aan onze kleren te wassen en te drogen. Bernhard ging er prompt op in, en ik herinnerde me Monsieur Chevaliers advies elk aanbod aan te nemen.

De eigenaren trokken een fles zoete witte wijn open, praatten over hun nu verwezenlijkte droom en gaven me toestemming hun verhaal te gebruiken in de 'Pelgrimstocht'-serie die de *Chronicle* eventueel zou willen plaatsen. Ik had gedacht dat de serie vol pelgrims zou komen, net als mijn Camino-cartoons, maar het was duidelijk dat ik het over een andere boeg zou moeten gooien. Mijn Californische lezers zouden zich misschien kunnen identificeren met oudere mensen die een manier van leven zochten die voor hen werkte.

Ik dacht dat het koken voor gasten het meeste gedoe zou zijn.

'Wij koken niet,' zei onze gastheer.

'Is er een restaurant in de buurt?'

'Er zijn hier geen restaurants of winkels. De gasten mogen de keuken gebruiken.'

Wat prima zou zijn als we boodschappen hadden gedaan.

36

Martin

‘Verrassing!’ Sarah haalde een papieren zak uit haar rugzak en leegde hem op de keukenbank. Eekhoorntjesbrood.

Voor mij school de verrassing niet zozeer in het eekhoorntjesbrood als wel in het speelse dat Sarah eerder had laten zien toen ze Zoë fopte met de vegetarische maaltijd. Ze had gewoon kunnen aanbieden te koken – wat op zich al een verrassing was geweest – maar ze was erin geslaagd stiekem eekhoorntjesbrood te plukken en ze moest Camille hebben laten weten dat er voor het avondeten werd gezorgd. Het herinnerde me er weer aan hoe ze was geweest voor ze psychische problemen kreeg.

Bernhard pakte meer levensmiddelen uit.

‘Waar heb je die vandaan?’ vroeg ik.

‘Geheim,’ zei Sarah.

‘Er was een kraam,’ zei Bernhard, ‘in een van de dorpen. De plukkers mogen de paddenstoelen die ze vinden niet verkopen. Het is natuurlijk mogelijk dat die van de kraam ook clandestien waren.’

‘En dodelijk giftig,’ zei Sarah. ‘We kunnen er hier geen apotheker naar laten kijken.’ Ze glimlachte erbij.

‘Ook geen wijn, helaas,’ zei Bernhard. ‘Te zwaar om te dragen.’

Gilbert kon zijn teleurstelling niet verbergen, maar Sarah kon haar gezicht nog slechter in de plooi houden. Onze gastheer en -vrouw kwamen met de twee flessen op de proppen die Camille moest hebben besteld.

Antipasti, pasta porcini, brood en salade. Verzorgd door Sarah en Bernhard, die het duidelijk leuk vonden om voor ons te koken, met wat advies van Camille, die de afgelopen paar dagen opvallend stil was geweest.

'Zo,' zei ik tegen iedereen, maar Zoë in het bijzonder, 'het is dus echt mogelijk. Alles opgeven en opnieuw beginnen.' Het was een opmerking in het algemeen, maar Bernhard dacht dat ik op 'een hostel runnen' doelde.

'Als je geld wilt verliezen.'

Ik besloot deze aan Gilbert over te laten. Zoë mocht dan denken dat er dingen waren die belangrijker waren dan geld, maar zij was een Amerikaanse. Haar ontkenning van materialisme was rebels, terwijl het voor Gilbert iets cultureels was.

Hij hapte meteen. 'Misschien hadden ze al geld genoeg. Of ze vinden dit werk waardevoller dan geld.'

'Het zou interessant zijn om alternatieven voor de investering te bedenken,' zei Bernhard. 'Ze zouden kunnen reizen, of...'

'Het is leuk om dit soort werk voor vrienden te doen,' vervolgde Gilbert, 'maar het is vervelend als gasten met hun vingers knippen voor een speciale koffie of klagen dat er iets aan de kamer mankeert.'

'Inderdaad,' zei Zoë. 'In het vegetarische restaurant in San Francisco waren de klanten alternatievelingen, tegen uitbuiting, liefdevol... maar ze konden ongelooflijk veeleisend en neerbuigend doen. Je slaat de spijker op de kop met die koffie.'

'Maar je hebt het over Amerikanen,' zei Sarah. 'Die staan erom bekend dat ze veeleisend zijn.'

'Wij hebben een servicecultuur...' zei Zoë effen.

'Vanwege de fooien,' zei Bernhard. 'Bedienend personeel is onderdanig omdat hun inkomen ervan afhankelijk is. Zo werkt dat in Europa niet.'

'Wat betekent,' zei ik, 'dat pelgrims misschien niet zulke lastige klanten zijn.'

'Tenzij de Amerikanen de tocht ontdekken,' zei Bernhard. 'Dan wordt het net de Camino de Santiago.' Hij knipte met zijn vingers en zei met een luide Amerikaanse stem: 'Breng me een grappa. *Presto.*'

Hij kon onze gastheer en -vrouw niet hebben gezien. Ze stonden bij de deur, vermoedelijk om te zien of we nog iets nodig hadden. Ze haastten zich weg om digestieven te regelen terwijl wij allemaal in lachen uitbarstten.

37

Zoë

Cartoon:
Een echtpaar van middelbare leeftijd staat in de deuropening van hun hostel glimlachend gasten te verwelkomen. Zes gasten wachten om binnengelaten te worden. Er praten er twee met de eigenaren: de man heeft hun rugzakken en de vrouw biedt hun wijn aan. Deze twee pelgrims lijken blij en opgelucht. Een andere lijkt het niet meer te weten en kijkt met een kruis in haar hand voor zich uit, zoekend naar antwoorden. Een stel houdt elkaars hand vast, aarzelend en verlegen, alsof ze veel jonger zijn dan ze lijken. De laatste, een oudere man, lijkt uitgeput, maar niet verslagen.

Verhaal:
Andrea en Gianna zijn dertig jaar getrouwd. Ze hebben hard gewerkt in de meubelbranche en drie kinderen grootgebracht. Toen de kleinkinderen begonnen te komen, beseften ze dat hun huis niet groot genoeg was om iedereen tijdens vakanties en feestdagen te ontvangen, dus kochten ze een oude school in hun dorp die ze van hun spaargeld opknapten. Ze wisten wel dat ze de investering er niet uit zouden halen en dat ze misschien geen geld meer zouden hebben voor vakanties, maar ze vonden het familiebezoek belangrijker. Alleen kwam dat niet. De kinderen waren verhuisd; ze hadden andere dingen te doen.

Dus stelden ze hun huis open voor pelgrims, en nu hebben ze het leuker dan ooit. Ze hebben een goed leven; ze zorgen voor hun huis en tuin en delen de wijsheid van een heel leven. Misschien dat hun kinderen die wijsheid op den duur ook zullen kunnen appreciëren.

Na het fiasco met Grietje had ik besloten dat ik, in plaats van pelgrims te interviewen, de verhalen kon vertellen van degenen die ons onderweg onderdak boden. In tegenstelling tot die langs de Camino de Santiago konden de meesten niet genoeg verdienen aan de wandelaars alleen. Mijn pelgrimspaspoort van de Camino stond vol schelpen en religieuze symbolen, terwijl de stempels van de Chemin meer met het betreffende hotel of de gemeente te maken hadden dan met de pelgrimstocht zelf.

Ik moest een hoger doel hebben dan de Pelgrimstocht-serie. Dat gaf de tocht me nu nog, maar daarna? In San Francisco was ik al ongedurig genoeg geweest; ik wilde me in Sheffield niet de hele dag in mijn eentje zitten te vervelen.

Ik had er nog niet met Martin over gepraat omdat die gesprekken altijd teleurstellend uitpakten. Wat geen goed teken was. Als hij mijn levenspartner werd, moesten we wel in staat zijn om samen dingen uit te praten. Keith en ik hadden het op dat gebied lelijk verprutst: destijds was hij degene geweest met de grote problemen, en hij had ze niet met mij kunnen delen. Met desastreuze gevolgen.

Dus tijdens een lange dag langs de grens van Piëmont en Ligurië, over een geplaveide weg, maar door een spectaculair landschap, zowel natuurlijk als aangelegd, nam ik hem in vertrouwen. Ik vertelde hem wat me dwarszat met betrekking tot Camille en Sarah, en ons.

'Het is niet dat ik niet van je hou, maar ik heb het echt heel moeilijk met de praktische kanten van onze toekomstige relatie.'

Hij lachte. 'Nou, dan ben je bij mij aan het juiste adres. Als je emotionele steun wilt, nou ja, ik doe mijn best. Maar praktische oplossingen bedenken is mijn vak.'

'Dus, wat gaan we doen? Jij en ik?'

'Nou, om te beginnen moeten we er samen uit zien te komen in plaats van dat jij probeert de oplossingen in je eentje te bedenken. *Betrek alle belanghebbenden bij de kwestie. Bepaal hun individuele doelen.*'

'In Sheffield wonen, bijvoorbeeld?'

'Misschien, maar dat heb ík gezegd: dat moet jij bevragen. Waarom wil ik in Sheffield wonen? Probeer ik een onderliggend doel te dienen? En waarom dát doel? Helemaal tot in de krochten van mijn ziel.' Martin maakte er een grapje van, maar hij klonk ook verstandig. Het was al fijn dát we met elkaar praatten.

'Goed dan, waarom wil je in Sheffield wonen? Waarom wil je dat wíj in Sheffield gaan wonen?'

'Nou, het weer, om te beginnen.' Hij wees naar de lucht, die betrokken was. 'Ik bedoel, dit is zoveel prettiger dan al die hitte van vorige week.'

'Vind je echt...'

'Nee, niet echt. Er zijn geweldige cafés. En parken. We kunnen in de weekends over de hei lopen.' Hij leek er even terug te zijn. 'Doar kom 'k weg.' Hij zei het met een zwaar accent. 'De paarse hei op de heuvels, dat is een aanblik die je niet mag missen. Een goed glas donker bier? Korhoen met de hagelkorrels er nog in?'

'Wat heeft korhoen... Hou op.'

Het leed geen twijfel dat Martin verknocht was aan Yorkshire, wat aandoenlijk was, maar veel van wat hij noemde had betrekking op het platteland, niet op Sheffield zelf. Ik zou werk moeten hebben – cartoons tekenen, yogalessen geven en misschien meer. Ik was nog geen vijftig, en ik kon me niet door Martin laten onderhouden.

'Moesten we niet dieper graven? Wat je daar zei was niet bepaald diep.'

Martin lachte. 'Degene die ik wel eens wat diepgaander zou willen ondervragen is Gilbert. Waarom heeft hij Camilles ziekte nodig om zijn leven zin te geven? Trouwens, ik weet een geheimpje over wat er met Camille gebeurt.'

'Iets wat ze je tijdens een van jullie avondlijke tête-à-têtes heeft verteld?'

'Hou op, zeg. Het is jouw vriendin. Nu ik weet dat ze haar accent expres dik aanzet, word ik er gek van. Maar naar het schijnt heb jij haar dichter bij God gebracht.'

'Ik?'

'Meditatie. Ze had moeite met bidden, maar nu heeft ze een soort klaarheid gevonden. Je weet wat ik zou zeggen: het is allemaal één pot nat, want er is niemand aan de andere kant van de lijn.'

'Tja, je weet dat ik er ergens tussenin sta. Maar als ik heb geholpen, is dat mooi.'

'Ik denk dat ze met iets worstelt, en dat die... preoccupatie die we zien erop duidt dat ze dichter bij een antwoord komt. Bij het creatieve proces komt vaak een periode van spanning kijken, angst zelfs, vlak voor de oplossing zich aandient. Net een bevalling.'

'En hoe weet jij dat?'

'Slechte vergelijking. Maar creativiteit: dat heb ik je verteld. Het is wat ik doe; het is wat ik onderzoek en doceer. Gek, maar partners begrijpen vaak niet echt wat de ander het grootste deel van de dag doet. Julia deed hr-management en ze had het wel over het gekonkel dat erbij komt kijken, maar nooit over het vak zelf. Ik weet geen moer van het managen van mensen. Zoals je vast wel kunt zien.'

'Ik heb nooit veel over schoenen geleerd. Dat deed Keith. Hij had een schoenwinkel. Ik zal wel nooit echt hebben begrepen wat er de hele dag in hem omging – wat hem tot waanzin dreef.'

'We hebben allemaal iets geleerd van jouw meditatieles. Respect, bijvoorbeeld. Ik heb het nu over Sarah in het bijzonder. Als je deelt waar je goed in bent, gaan mensen je anders zien.'

'Dus jij gaat ons allemaal een college geven over... ontwerptheorie?'

38

Martin

Ik was niet van plan een college ontwerptheorie te geven, maar Zoë was eerder dan ik naar beneden gegaan om de eigenaar het hemd van het lijf te vragen voor haar cartoonproject, en toen ik me bij haar en de anderen voegde voor het aperitief, bleek dat het al was geregeld.

Gilbert haalde een karaf en glazen bij de bar en ging ons door de gang voor naar een vergaderzaaltje – basaal maar voorzien van een whiteboard, een grote tafel en wat aftands ogende stoelen. Toch deed de ruimte minder kil aan dan de lege bar met de formicatafels en de tot op de draad versleten banken.

'De viltstiften zijn ingedroogd,' zei Bernhard. 'Kun je ook zonder het bord lesgeven?' Nam hij me in de maling?

'Ik was helemaal niet van plan les te gaan geven.'

'Je moet,' zei Camille. 'Zoë heeft ons meditatieles gegeven, Gilbert leert ons van alles over wijn en Sarah helpt iedereen mijn ziekte te begrijpen. Trouwens, er is niets anders te doen.'

Bernhard knikte. 'Het zou gênant zijn als ik na twee maanden optrekken met een expert in ontwerptheorie niets van hem had opgestoken.'

'Ik dacht dat je het ontwerpen eraan had gegeven.'

'Laat hem met rust,' zei Zoë. 'Wat je me vandaag hebt uitgelegd was goed – vertel er gewoon nog wat meer over.'

'Dit zal helpen,' zei Gilbert, die een glas volschonk uit de karaf. 'Negroni, een traditioneel Italiaans mixdrankje. Het wijnassortiment is helaas beperkt.'

'Maar je hebt een creatieve oplossing gevonden,' zei ik. 'We zijn continu creatief bezig: telkens wanneer we beslissen waar we gaan overnachten, wat we gaan eten en wat we gaan zeggen als het onze beurt is om te praten. Je zou kunnen beweren dat het de meest kenmerkende eigenschap van de mens is.'

Ik had me opgelaten kunnen voelen, maar dat deed ik niet, en ik stelde me voor dat Gilbert zich er ook niet voor geneerde om over wijn te vertellen. Ik had dit al duizend keer gedaan, voor duizend verschillende groepen.

'En toevallig is een van de meest aanbevolen technieken om de creativiteit te bevorderen repetitieve fysieke activiteit, zoals...'

Camille lachte. 'Wandelen. We zouden zo langzamerhand al onze problemen opgelost moeten hebben.'

'Wandelen, absoluut. Kan iemand bezigheden noemen die ook zouden kunnen werken?'

'Pap! Niet doen.' Ik was aan het schmieren, en Sarah lachte.

Gilbert schonk zich nog eens bij. 'We moeten allemaal problemen oplossen, dus wat zou jouw beste advies aan een groentje zijn? De grootste valkuil die je moet mijden. In het geval van wijn zou ik zeggen dat als je veel wijnen proeft, je verhemelte behoefte zal krijgen aan zoet, waardoor je zoete wijnen hoger zult waarderen en dan krijg je later spijt van je aankoop.'

'Dat is de toegangsprijs wel waard,' zei ik. 'Goed, de meest gangbare valkuil is dat mensen niet weten – niet door en door – wat ze willen bereiken. Ze benoemen hun doel niet duidelijk genoeg, en bevragen het niet voldoende, en vervolgens zoeken ze in het wilde weg naar een oplossing zonder te weten wat die oplossing moet doen. Camille had het over het oplossen van onze problemen, maar eerst moeten we onze doelstelling begrijpen.'

Ik keek om me heen. 'Als iemand iets wil noemen... Ik begin wel. Ik vraag me af wat ik na deze tocht moet gaan doen. Het kostte me een tijdje om duidelijk te krijgen dat bij Zoë zijn mijn belangrijkste doel is, en nu ik dat heb opgehelderd, lijkt het vinden van een manier om dat te bereiken niet meer zo lastig.'

Gilbert nam het van me over. 'Voor mij is het makkelijk. Mijn doel is Camille steunen. En sinds ik dat begrijp...' – hij tikte tegen zijn hoofd – 'is alles duidelijk.'

'Ik pas,' zei Sarah. Ik had ook niet verwacht dat ze me in haar ziel zou laten kijken.

'Ik moet een beslissing over mijn toekomst nemen,' zei Bernhard. 'Je hebt gelijk, het doel is belangrijk, maar je moet creatief zijn om vast te stellen wat dat doel is.'

'Juist,' zei ik. 'Jij moet naar de cursus voor gevorderden.'

'En voor mij,' zei Camille, 'is dit allemaal waar. Ik begon aan deze wandeling omdat ik wilde boeten voor mijn zonden – voor één zonde die ik niet zal noemen. Dit was mijn doel. Ik hoopte niet op genezing, want ik geloof dat alles, zelfs ziekte, ons om een reden wordt gegeven. Maar nadat ik mijn doel heb bereikt, hoop ik door te leven. Dus stel ik God ook een vraag, namelijk wat Hij wil dat ik met de rest van mijn leven ga doen.'

'En heb je het gevoel dat je dicht bij het antwoord bent?'

'Heel dichtbij.'

39

Zoë

Cartoon:
Op de achtergrond een reusachtig hotel; ooit was het schitterend, een plek waar gezinnen in de jaren vijftig van de vorige eeuw vakantie vierden. Nu is het verval overal zichtbaar: een scheefhangend luik, de tuin verwilderd. Op het gras staat een tafel, gedekt voor de lunch. De eigenaar en zijn gezin bedienen een stel dat met de rug naar ons toe zit, maar hun Mercedes lijkt hier niet thuis te horen. We kijken naar het gezin: de eigenaar, in de zestig, dik, vermoeid en met een geforceerde glimlach; je ziet dat het hem moeite kost om een lastige klant ter wille te zijn. Zijn vrouw lijkt ook een zwaar leven te hebben. De aderen in haar handen, die een dienblad met eten vasthouden, zijn opgezet en de pezen staan strak. Twee tienerkinderen helpen een handje: het meisje ziet eruit alsof het leven aan haar voorbijgaat en de jongen kijkt met ingehouden woede naar de oprit. Op zoek naar een ontsnappingsroute.

Verhaal:
Het hotel was ooit een bruisende weekend- en vakantiebestemming, populair bij de inwoners van het nabije Genua. Er werd een nieuwe weg aangelegd voor het vakantieseizoen, twee bruggen over kloven die eruitzien als Grand Canyons in het klein, ravijnen naar een rivier die over rotsen en keien jaagt, overschaduwd door rotsachtige kliffen en aardverschuivingen. De balustrades van de brug zijn nu roestig, het puin is naar de kant van de weg geschoven en het verwoeste asfalt ligt er verwaarloosd bij. Een spookweg naar een spookhotel.

Antonio erfde het hotel, dat oorspronkelijk van zijn overgrootmoeder was. Hij werkt er al zijn hele leven, zoals zijn vader er voor hem werkte. Zijn vrouw werkte ooit aan een universiteit, maar het was te ver reizen, en toen Europa zich opende en de *Genovesi* hun plaatselijke vakanties eraan gaven om internationale centra van kunst en historie te bezoeken, moest zij ook hier komen werken. Ze zijn de eigenaren van het hotel, maar niemand wil het kopen en er komen maar weinig gasten. Ze kunnen het hoofd alleen boven water houden door hun eigen inspanningen. Het verleden heeft hen allemaal in de greep.

Ik was naar de tuin teruggegaan om de cartoon af te maken. Er was nog wat licht, en hoewel de maaltijd binnen was opgediend – een maaltijd die ermee door kon, maar die de problemen uit mijn verhaal verried – had ik ervoor gekozen het tafereel buiten te situeren omdat het hotel een hoofdrol speelde in wat ik had geschreven. De wandeltocht en het landschap waren allebei hoogtepunten van de Chemin, maar dreigden overschaduwd te worden door de neerslachtigheid van de mensen.

Sarah kwam naar buiten, bleef achter me staan en las over mijn schouder. Wat vond zij van haar vaders openbare verklaring dat ik op de eerste plaats kwam in zijn leven? Hij had het nooit onder vier ogen tegen me gezegd en ik vroeg me af of het niet meer een boodschap aan Sarah was geweest.

'Ga je nog meer meditatiesessies doen?' vroeg ze.

Ik hield op met tekenen. 'Camille wilde er later vanavond een doen. Doe je met ons mee?'

'Ik gebruik de app,' zei Sarah. 'Voor mindfulness, niet voor meditatie. Maar ik denk dat juist de meditatie helpt.' Ze haalde adem. 'Ik slaap beter. En ik maak me minder druk om shit. Tentamens en zo.' Ze lachte. 'Die ik niet meer heb.'

'Dat is super, maar misschien komt het niet alleen door de meditatie. Helder krijgen wat je zoekt helpt ook. Dat was de boodschap van je vader, denk ik. En de Chemin heeft zijn eigen magie: veel mensen die de tocht lopen, zoeken naar antwoorden.'

'Nou, het kan een beetje van alles zijn, maar ik denk echt dat de meditatie heeft geholpen. Ik wilde je gewoon even bedanken.' Ze boog zich over mijn schets. 'Mag ik eens kijken?'

Alsof ze dat niet al deed. Ik gaf haar het vel papier.

Sarah keek er lang naar. Tot mijn verbazing had ze tranen in haar ogen toen ze het teruggaf.

'Dit is... ongelooflijk. Ik leef met ze mee,' zei ze. 'Het is allemaal aan gort en het enige wat ze kunnen doen is... zich vastklampen aan de wrakstukken.'

Totdat er een reddingsboot komt, dacht ik. En dan moet je loslaten, zelfs als de boot je naar een andere plek brengt waar je opnieuw moet beginnen.

Terwijl ik mijn spullen pakte, viel me iets op. Mijn schets van Signor Antonio's vrouw, gevangen in het verleden, had Camilles ogen.

40

Martin

Onze navigatiegids verdeelde de Chemin in regio's. We hadden Beaujolais en de Franse Alpen gehad, en nu Piëmont. Het volgende gebied was Ligurië, al volgden we de grens tussen Piëmont en Ligurië al een paar dagen en rees het vermoeden, vooral sinds het hotel van de afgelopen nacht, dat we ons niet meer in de welvarende wijnstreek bevonden.

Camille en ik kregen een kijkje in de toekomst, want we reserveerden voor drie dagen vooruit. Het leek erop dat we het eind van de bergen te vroeg hadden gevierd; hoewel de absolute hoogten in de Apennijnen lager waren dan die van de Alpen, wachtten ons nog aanzienlijke klimtochten en afdalingen, die gepaard gingen met de bekende waarschuwingen: dit was bergachtig gebied; het weer kon opeens omslaan; wandelaars moesten voorbereid zijn. Wie tussen de Franse regels door las, kreeg de boodschap: *terrein niet zo zwaar, isolement des te erger.*

Na Camilles bijna-zonnesteek moest ik rekening houden met de mogelijkheid van een crisis in een afgelegen deel van de bergen, bij slecht weer en zonder bereik. Maar we waren wel met zes man, onder wie twee fitte jonge mensen, met goede navigatieondersteuning, in een ontwikkeld land, en nooit verder dan vijftien kilometer – meestal minder – verwijderd van bewoond gebied. Het was het Tibetaans Hoogland niet, maar het was wel echt een trektocht, en ik keek ernaar uit.

De eerste dag door Ligurië was een eitje: maar iets meer dan zestien kilometer klimmen in boerengebied. We liepen over bergkammen met uitzicht rondom op glooiende, rotsachtige heuvels, en tijdens de laatste afdaling, door een bos en onder de snelweg door, werden we begroet door klokgelui van de kerk in het dorp onder ons. Campo Ligure was het laatste echte dorp voordat we de meer afgelegen heuvels in trokken.

Onze B&B-gastheer bracht elk tweetal – accepteer het nou maar: elk *stel* – naar een appartement in een ander gebouw. Zoë was het dorp gaan verkennen en ik had mijn gereedschap gepakt om mijn karmische bijdrage te leveren toen Bernhard naar me toe kwam.

'We weten niet waar we gaan eten. Sarah dacht dat ik het wist, en ik dacht dat Sarah het wist...'

'En jij verloor de strijd om wie het moest uitzoeken. Wen er maar aan als je met Sarah blijft omgaan. Het is de pizzeria, om zeven uur. Ik denk dat het de enige optie is, dus je had ons wel gevonden.'

Ik liep terug naar mijn klusproject in de badkamer, maar in plaats van weg te gaan, kwam Bernhard achter me aan.

'Wat doe je?'

'Ik probeer die douchekop zo gek te krijgen dat hij blijft staan.'

'Je moet een pijptang hebben om dit stuk vast te houden.'

'Dat weet ik. Die was alleen een beetje te zwaar om mee te nemen.'

'Mag ik deze gebruiken?' Hij pakte een dunne vijl.

'Als je het daarmee kunt oplossen, ben je een betere techneut dan ik.'

In plaats van het probleem aan te pakken, liep hij weg. Een paar minuten later kwam hij terug met een griptang. 'Hier lukt het wel mee, denk ik.'

'Waar heb je die vandaan?'

'Er was een bergruimte voor de huismeester. Ik heb het slot opengepeuterd met die vijl.'

Het gereedschap werkte en we deelden een moment van voldoening toen we de reparatie testten.

'Je had het mis,' zei Bernhard.

'Oké,' zei ik, 'maar je hebt die vijl niet bepaald gebruikt...'

'Ik bedoel toen je zei dat ik een betere techneut was dan jij. Duidelijk niet. En nu ziet het ernaar uit dat ik het nooit meer zal worden.'

'Je hebt nog tijd genoeg. Als je zo oud bent als ik mag je pas zeggen dat het te laat is.'

Bernhard knikte. 'En... dank je wel dat je zo... tolerant bent... wat mijn vriendschap met je dochter betreft. Ik vind haar erg leuk.'

41

Zoë

'Geniet van de pizza,' zei Martin. 'Hierna is er niets meer.' Campo Ligure was een echt dorp, met een paar restaurants, al was deze avond alleen de pizzeria open – vol en rumoerig. Het was moeilijk te geloven dat we op de rand van de wildernis waren.

Ik had Italië altijd gezien als... nou ja, Italië, maar nu kwam ik erachter dat de afzonderlijke streken zo verschillend van elkaar waren als Texas en Maine. Ik vroeg me af of de anderen zich net zo sterk bewust waren van de overgang naar een andere plek als ik. Tijdens Martins groepstherapiesessie onder het mom van een college ontwerptheorie had ik de collectieve bereidheid gevoeld om meer te delen dan voorheen.

'Hoe voelen jullie je?' vroeg ik.

'Goed. Makkelijke dag,' zei Gilbert. 'En dit is mogelijk mijn laatste kans om van de wijnen van Piëmont te genieten. Net nu ik gewend ben geraakt aan de nebbiolo-druif, gaan we naar een andere streek. Ligurië is beroemd om de olijven, niet om de wijn.'

'Honger,' zei Sarah. 'Waarom komt de wijn zo snel en duurt de pizza een eeuwigheid?'

'Omdat we dan meer wijn drinken,' zei Bernhard. 'Het is opzet.'

Diepe gesprekken. Dus niet.

Ik deed nog een poging. 'We zijn zo'n beetje op de helft, hè?'

'Dag vierendertig,' zei Martin. 'Als we ons aan het schema houden, hebben we nog iets meer dan veertig dagen voor de boeg.'

'Maar misschien wordt het tijd om de voorspellingen van Monsieur Chevalier te delen?'

'Is dat niet net zoiets als, zeg maar, een wens bij een vallende ster?' zei Sarah. 'Als je het hardop zegt, komt het niet meer uit?'

'We hebben er tijdens de eerste camino de hele tijd over gepraat,' zei ik. 'Halverwege wist ik zeker dat de voorspellingen niet zouden uitkomen. Hij heeft tegen mij gezegd dat ik blaren zou krijgen, dat ik zou huilen en dat ik zou veranderen. Heeft hij dat ook tegen jou gezegd?'

'Ik pas,' zei Sarah. Uiteraard.

Bernhard volgde haar voorbeeld en schudde glimlachend zijn hoofd.

Gilbert fronste zijn voorhoofd. 'Dat zou hij gezegd kunnen hebben, maar wat ik me herinner is dat hij zei dat ik bevrijd zou worden. Mijn arts zou hopen dat ik bevrijd zou worden van het overmatig eten en drinken... en de gevolgen daarvan.'

Martin lachte, en ik vermoedde niet zozeer om Gilberts milde zelfspot als om het feit dat hij dezelfde boodschap had gekregen als wij.

'Jij, Zoë,' zei Camille. 'Waar word jij van bevrijd?'

Ik haalde mijn schouders op. 'De politieke cartoons, misschien. Ik vind het veel leuker om pelgrims en hosteleigenaren te tekenen. Alleen had ik er graag wat meer gehad om mee te praten.' Shit. Dat had ik niet moeten zeggen.

'En Martin?' Als ze mijn verwijzing naar Grietje al had opgepikt, ging ze er niet op in.

'Als hij voorspelde dat ik mijn baan zou verliezen... Ik weet nog niet of ik dat wel een bevrijding zou vinden.'

'Monsieur Chevalier heeft tegen mij ook gezegd dat ik bevrijd zou worden,' zei Camille. 'Misschien deed hij er goed aan om ons allemaal dezelfde voorspelling te doen, aangezien we er allemaal iets anders uit hebben gehaald.'

'Waar denk jij van bevrijd te worden, Camille?' Ik had het nog niet gezegd of ik had er al spijt van. Ze had gezegd dat ze geen hoop koesterde om bevrijd te worden van de ziekte en ze had ons al iets diepers aangeboden. Toen besefte ik dat dat toch niet haar antwoord zou zijn. Iedereen keek naar Gilbert. Shit, shit, shit. Ze had zich niet ingehouden over hun seksleven.

Ik greep in. 'Stomme vraag. We zullen allemaal wel hopen...'

Camille stak een hand op om me tot zwijgen te brengen. Ze zat naast Gilbert en pakte zijn hand. 'Gilbert zal me naar Rome brengen. En een man die nog spiritueler is dan jullie Monsieur Chevalier zal me zijn zegen geven. En goede raad. En mogelijk vergiffenis.'

42

Martin

'Maar tien kilometer,' zei ik tegen wie het maar wilde horen, 'maar wel vijfhonderd meter klimmen, dus een gemiddelde hellingshoek van vijf graden. We zullen voelen dat we lopen.'

Elke dag deed ik voordat we op pad gingen wat onderzoek. De gids die ik van de Vereniging Pelgrimswegen had gedownload gaf me de afstand, de netto hoogtewinst en de totale klim (die altijd meer was omdat je telkens afdaalt en opnieuw moet klimmen), het verwachte aantal uren (dat, gecombineerd met de afstand, een indruk gaf van hoe zwaar het zou worden), en een beschrijving van de route en de voorzieningen onderweg. De navigatie-informatie was soms gebrekkig en de gps-kaarten waren in Italië niet altijd zo volledig en gedetailleerd als ze in Frankrijk waren geweest, maar de rest klopte meestal wel. En natuurlijk checkte ik het weerbericht.

Die informatie was onontbeerlijk voor het plannen en uitvoeren van de tocht van de dag, tot en met vragen als of we eten en water moesten meebrengen, of we konden pauzeren of de regen voor moesten blijven en waar we, als het erop aankwam, hulp konden vinden.

Met uitzondering van Bernhard, die zijn telefoon zo nodig gebruikte voor realtime-informatie, lieten de anderen zich grotendeels door mij leiden, en ik was geneigd dingen pas te vertellen als ze echt nodig waren: 'Nog maar een paar kilometer'; 'De klim zit er bijna op'; 'We gaan iets drinken in het dorp op de heuvel.'

'Controlfreak,' had Zoë een keer gezegd.

'Ik vertel iedereen alles als het me wordt gevraagd, maar niemand vraagt iets. Ik denk dat dit voor iedereen werkt.'

Het maakte mij de onofficiële aanvoerder, en ik vond het ook echt mijn verantwoordelijkheid om iedereen elke dag veilig thuis te krijgen. Als dat me elke dag lukte, zouden we Rome halen.

Met tien kilometer was dit onze kortste dag tot nu toe, maar niet de makkelijkste: het begin van onze klim in de Apennijnen. We liepen door een dichte mist die geen aanstalten leek te maken op te trekken; het voelde alsof we al in de wolken waren.

Misschien was het de combinatie van de korte afstand en het nieuwe gebied dat we betraden, maar iedereen leek een goed humeur te hebben. Bij het ontbijt hadden we een stel ontmoet dat we herkenden van de pizzeria de vorige avond, en zij hadden net een wandeltocht afgesloten over de Alta Via dei Monti Liguri, een wandelpad van vierhonderdveertig kilometer zonder religieuze aspecten. De Chemin viel grotendeels met dat pad samen in Ligurië, al ontweek die een paar van de hogere pieken, iets waar vooral Gilbert blij om was.

Toen we bijna op onze bestemming waren, zagen we een vrij groot oratorium – *oratorio* – naast ons pad. Die bidkapellen zag je veel in Italië, zoals er veel kruisbeelden waren geweest op het Franse deel van de route, en mijn gids gaf ze vaak aan als oriëntatiepunten. Camille voelde aan het metalen hek van een meter hoog, dat afgesloten bleek.

'Is er een kerk in het dorp?' vroeg ze.

'Je hebt samen met mij gereserveerd. Er is geen dorp.'

'Dat weet ik wel. Daarom brand ik mijn kaars hier.'

Ze deed haar rugzak af en haalde er een kaars uit. 'Ik zal hem buiten moeten zetten.'

Zonder iets te vragen tilde Bernhard Camille op, zette haar over het hek en hield haar vast tot ze veilig aan de andere kant stond, gillend van het lachen.

Gilbert reikte haar een aansteker aan en ze stak de kaars aan.

Alleen had Bernhard er natuurlijk weer niet aan gedacht hoe ze terug moest komen.

Het was geen simpel probleem om op te lossen. Uiteindelijk stak ik beide handen tussen de spijlen door bij wijze van stijgbeugel, rustend op mijn ellebogen, Bernhard en Sarah trokken haar armen omhoog en zo konden we haar eruit tillen. De kaars brandde nog, en Camille lachte nog.

'Kon je wel een zonde bedenken?' vroeg Zoë.

'Ik was alles vergeten. Dus heb ik de kaars voor Sarah opgestoken. Voor het inpikken van haar vent.'

Bernhard keek naar Zoë. 'Jouw beurt.'

Zoë keek naar Sarah. 'Ik pas.'

Ons onderkomen leek op een poppenhuis, en op het stempel in ons pelgrimspaspoort nog meer. Het stond in een moestuin waar kippen in scharrelden die tegen het glas in onze deur pikten. Naast het huis van onze gastheer en -vrouw leek het petieterig. Bernhard en ik moesten bukken om erin te komen en vervolgens om de lampen te ontwijken. Langs de wanden stonden drie stapelbedden, waarvan de onderste ook als bank fungeerden.

'Charmant,' zei Zoë, en eerlijk is eerlijk, dat was het. Bloemen in de vensterbank, manden die te laag van het plafond hingen en overal waar maar plaats was snuisterijen. Het was alleen iets te zoetig.

'En straks ook warm,' zei Bernhard, die de potkachel aanstak.

Zoë glimlachte en ik besloot met de stroom mee te drijven. 'Het perfecte hostel? Hier op de Chemin, een keukentje, kameraadschap of je wilt of niet.'

'Op één ding na,' zei Gilbert, die met drie flessen wijn binnenkwam en zoekend om zich heen keek naar een plek om te zitten. 'De Signora zegt dat we alleen wijn hadden besteld, geen eten. Ze spreekt een beetje Frans, dus ik weet het zeker.'

Ik keek naar Sarahs gezicht om te zien of het weer een grap was. Nee. Het was drie uur terug naar Campo Ligure. En we waren allemaal uitgehongerd na een dag door de mist lopen.

Camille barstte in tranen uit. Gilbert sloeg een arm om haar heen, maar ze liet zich niet troosten. 'Het is mijn schuld. Ik heb haar aan de lijn gehad. Ik vergeet altijd van alles.'

'Niets in de kast,' zei Bernhard. 'Alleen olijfolie, zout en azijn.'

'Het is dus niet de perfecte gîte,' zei Zoë, waarmee ze waarschijnlijk bedoelde dat daar wel een voorraadje in de kast zou liggen, maar Camille maakte de gedachtesprong die nodig was om het verkeerd op te vatten.

'Ik zou de kok niet kunnen zijn. Ik zou er niets van kunnen, want ik vergeet alles.'

'Niet alles,' zei Gilbert. 'We hebben wijn. Als je iets vergeet, dan liever het eten. Heb jij noedels, Bernhard?'

'Altijd, twee pakjes.'

Gilbert stak zijn duim naar hem op. 'Als wij de perfecte gîte hadden, zou Bernhard de inkopen doen. Hij is de handelsman. We zouden hem dus de schuld geven van dit probleem.'

'Ik heb drie perziken,' zei ik. Het betekende dat we ze morgen niet meer tijdens de ochtendpauze konden opeten.

Op dat moment klopte onze gastheer op de deur en begon rad Italiaans te praten. Camille tolkte.

'De boerderij hiernaast verkoopt kaas. Het is tweehonderd meter lopen.'

Meer Italiaans.

'We mogen tomaten, paprika's en kruiden uit de moestuin plukken. En we mogen eieren van de kippen rapen.'

'Een gebraden kippetje zou er wel ingaan,' zei ik, en ik genoot van het afgrijzen op Zoë's gezicht.

Camille huilde niet meer, maar ik zag wel dat haar fout haar van haar stuk had gebracht. Het was alsof ze zich nu pas realiseerde wat haar ziekte zou gaan betekenen.

43

Zoë

Bernhard en Sarah gingen kaas kopen, en de verse mozzarella met tomaten en basilicum uit de moestuin was de lekkerste die ik ooit had gegeten. Camille maakte een Spaanse omelet en we besloten de maaltijd met meringue, verse perziken en room van de boer.

'Een dronk op de chef-kok,' zei ik, en ik moest bijna huilen om de kwetsbaarheid die Camille toonde toen ze haar tranen wegknipperde. Gilbert gaf ons allebei een knuffel.

Bernhard straalde. 'Dit is allemaal normaal.'

'Hoezo?' vroeg Martin.

'Teams ontstaan niet vanzelf: er zijn voorspelbare stadia. Het begint met de *forming* van ons team: Camille komt op het idee van de tocht; Gilbert schakelt Zoë in; Zoë betrekt Martin en mij erbij, en Martin neemt Sarah mee. Dan volgt de fase van *storming*, de conflictfase.'

'Dan stormt het ook echt, hè?' merkte Martin op.

'We blazen hard in verschillende richtingen.'

Martin lachte. Gelukkig, want ik had verwacht dat hij Bernhard op zijn nummer zou zetten.

'Als we daaruit zijn gekomen, volgt de fase van *norming*: we zijn een hecht, maar naar binnen gekeerd team. En nu beginnen we met *performing*,' besloot Bernhard.

Hij leunde achterover. Ik vermoedde dat hij het na Martins praatje over creativiteit nodig had om ook even in de schijnwerpers te staan. Mannen en hun aanhoudende behoefte aan bevestiging.

'Was je tevreden over het koken?' vroeg Camille.
'Altijd,' zei Sarah.
'Mooi zo,' zei ze. 'Want ik heb een besluit genomen. Over wat ik met mijn leven wil doen. Wat er nog van over is.'
'Ik dacht dat je wilde wachten tot je de paus had gezien,' zei ik.
'Jullie hebben je Monsieur Chevalier, en ik krijg de paus, maar er is een hogere macht. Vandaag, in de kapel, heb ik ontdekt wat me te doen staat.'
'In de kapél?' flapte ik eruit. Ik dacht aan Bernhard die haar had opgetild, haar geflirt en gelach, en dat ze zelfs was vergeten voor wie ze haar kaars wilde branden. Ik had niet de indruk dat ze een goddelijke openbaring had gekregen.
'Vanochtend, voordat we begonnen.'
'Sorry, ik dacht aan de bidkapel.'
Camille lachte. 'Ik was zo blij omdat ik mijn antwoord had.'
Ik keek naar Gilbert. Hij hoorde dit ook voor het eerst. We wachtten.
'Ik kreeg het idee na mijn gesprek met Grietje. Grietje uit België, weten jullie nog?'
'Natuurlijk,' zei Bernhard.
'En jullie hebben me ook allemaal geholpen. Sarah heeft me gezond gehouden, meditatie heeft me geholpen na te denken, Martin heeft me duidelijk gemaakt wat belangrijk is en iedereen had het erover... Ik ga het perfecte hostel openen. Ik ga koken en ik zal er zijn voor pelgrims zoals Grietje, die een spirituele reis maken – om ze te begeleiden.'

44

Martin

We waren op een andere plek. Toen we de dam overstaken om bij Capanne di Marcarolo uit te komen, was er al een gevoel van afzondering: geen mens te bekennen. Er volgden smalle paden en panoramische vergezichten die kwamen en gingen terwijl het pad zich een weg door de heuvels slingerde en, voor de tweede dag op rij, mist. Boven op een heuvel, de Monte Tobbio, vonden we een gedenkteken voor de partizanen die er in 1944 gevangen werden genomen en later geëxecuteerd. Heel anders dan de opvallende monumenten voor *les morts* in het centrum van elk Frans dorp.

Iets voorbij de top, beschut tegen de wind, hield ik halt en reikte naar Zoë's hand. We bleven een paar minuten zwijgend staan luisteren en lieten het bos op ons inwerken.

We waren de dag begonnen vanuit ons hutje in de wildernis, waardoor ik me nog verder verwijderd voelde van de bewoonde wereld, en ik was blij dat we even respijt kregen van de hitte. Het ging beter met Sarah, ik genoot meer dan ooit van het samenzijn met Zoë en we leken op weg te zijn naar een soort overeenkomst. Dan bleven Gilbert en Camille nog over.

Dat Camille zich plotseling had voorgenomen zich te onderwerpen aan de nukken van minvermogende reizigers, hun rommel op te ruimen en hun bedden te verschonen, was haar niet door God ingegeven, maar door ons, met ons geklets over perfecte hostels, waarvoor ze zich eerst als kokkin had opgeworpen en nu kennelijk ook als eigenares en geestelijk verzorgende. Mijn praatje over doelstellingen en Zoë's meditatiesessies hadden haar weer in contact met God gebracht.

'Denk je dat ze het echt meent?' vroeg ik aan Zoë, al vermoedde ik dat ik het antwoord al wist. Camille was schijnbaar in een opwelling aan de Chemin begonnen en Zoë had gedacht dat ze het maar drie dagen zou volhouden, maar we waren nu vijf weken verder en nog steeds op weg naar Rome.

'Ergens ben ik wel jaloers. Eerlijk gezegd vind ik het leuk om er zelf ook over te dagdromen onder het lopen, en als we op een plek overnachten die volgens mij wel wat liefde kan gebruiken, denk ik: ik zou hier iets van kunnen maken. Dat deed ik vaak tijdens de eerste camino, toen er meer echte hostels waren.'

'Ik denk dat iedereen dat doet. Als ik iets repareer, en ik zie dat het is verwaarloosd... net zo.'

'Maar serieus,' zei Zoë, 'toen Camille ermee kwam, dacht ik voor het eerst aan de praktische kanten, en niet alleen aan haar gezondheidsproblemen.'

'Kom op, jij moedigde haar gisteravond het hardst aan.'

'Ik vond dat ik positief moest zijn, maar Bernhard heeft gelijk. Financieel gezien slaat het nergens op.'

'Heeft hij dat gezegd?'

'Ja. Je hebt hem gehoord. Niet genoeg pelgrims; je moet een groot gebouw hebben, en dat gaat veel kosten, zowel in aanschaf als aan onderhoud...'

'Maar het wordt gedaan.' Het was een voor de hand liggend tegenargument. 'En als je creatievere oplossingen zoekt, zou je om te beginnen kamers per nacht kunnen onderverhuren, wat die man in Campo Ligure volgens mij deed. Of je zou iets voor de lange termijn kunnen huren, zoals dat grote oude château...'

'Ik snap het,' zei Zoë, 'maar kamers per nacht onderverhuren... Ik denk niet dat Camille dat van plan is.'

'Die wil liever met pelgrims om een grote tafel over het leven praten.'

'Zoals ze nooit met ons heeft gedaan.'

'Dat is niet eerlijk. Ze weet dat we een stel heidenen zijn, en jij bent zelfs nog erger.'

'Wat bedoel je daarmee?' vroeg Zoë.

'Jij bent antigodsdienstig. Wij laten het geloof gewoon links liggen of pikken eruit wat ons van pas komt.'

'Serieus, zo ben ik sinds de vorige keer niet meer. Je hebt me toch kaarsen zien branden in kerken? Ik kan me vinden in de historie en de spiritualiteit. Zolang ik niets met de doctrine te maken hoef te hebben...'

'Wat ik wil zeggen is dat ze weinig over haar geloof kwijt wil, en ik denk niet dat iemand zich daarover beklaagt.'

'Ik snap het,' zei Zoë. 'Trouwens, er is een groter probleem.'

'Gilbert.'

Toen Zoë het glas had geheven op Camilles succes, had ik naar onze gebruikelijke uitbrenger van heildronken gekeken, die duidelijk niet was geraadpleegd. De eeuwig toegewijde echtgenoot, voor wie niets te veel was om zijn levenspartner van dienst te zijn, had een gezicht getrokken dat zei: *Dit zou een brug te ver kunnen zijn.*

'Ik ben een beetje verrast,' zei Zoë. 'Ik bedoel, als je er eenmaal overheen bent hoe... onverwacht het is, het wórdt gedaan, zoals je al zei. Ze kan koken, ze kan een huishouden bestieren, ze spreekt veel talen. Gilbert heeft een bedrijf gehad, hij is bekend met klantenservice, geldzaken en regelgeving. Het hoeft niet in Italië te zijn, het zou ook in Frankrijk kunnen... Het is niet zo krankzinnig als het klinkt.'

'Zonder Gilbert wel. Dan heb je een alleenstaande vrouw met onvoorspelbare lichamelijke en cognitieve problemen over. Ik heb van Sarah begrepen dat ze misschien nu al niet meer zelfstandig zou kunnen wonen omdat ze zou kunnen vergeten het gas uit te doen of per ongeluk een overdosis medicijnen zou kunnen nemen.' Ik dacht terug aan de tocht die Gilbert en ik hadden ondernomen om de pillen op te halen die hij was vergeten. 'Ik denk dat

Gilbert nu al veel van die problemen voor ons verborgen houdt.'

Terwijl wij bepeinsden hoe ze de rest van hun leven moesten doorbrengen, haalden Gilbert en Camille ons in.

'Is er een probleem?' vroeg Gilbert.

'Nee,' zei ik, en ik schakelde terug naar vóórdat we op het probleem waren gekomen. 'We pauzeren gewoon even om van de omgeving te genieten. Soms hebben we het zo druk met de navigatie, of hoe ver het is tot de volgende rustplaats of piekeren over wat we met het eten moeten doen dat we vergeten om de rozen te ruiken, zoals we in Engeland zeggen.'

'Niet soms,' zei Camille. 'Meestal. Je bent een wijs man.'

'Nou, het lijkt misschien logisch, maar de eerste keer dat ik liep, was ik gefocust op de eindstreep, of in elk geval op het halen van de dagbestemming, en piekeren over wat ik na de Camino zou gaan doen. Ik mag Zoë wel bedanken dat ze me de ogen heeft geopend.'

Zoë gaf een kneepje in mijn hand en ik rook nadrukkelijk aan de overdrachtelijke rozen. Toen liet ik haar doorlopen met Camille en zette me schrap om een man over te halen zijn hele leven om te gooien omdat zijn vrouw een boodschap van God had gekregen.

45

Zoë

Cartoon:
Een man van middelbare leeftijd: groot, een te krap overhemd waar borstharen en gouden kettingen uitpiepen, zijn haar over een kale plek geplakt, een knol van een horloge, voeten in Gucci-instappers – een karikatuur van een Amerikaan van Italiaanse afkomst. Hij staat op de binnenplaats van een huis met twee verdiepingen met hoge stenen muren en beveiligingscamera's, detonerend in de landelijke omgeving, met in elke hand een fles wijn.

De *pellegrini*, zijn gasten, voelen zich opgelaten, niet op hun gemak in de accommodatie of met de gastvrijheid. Een man met overgewicht gaat zijn blaren te lijf; een vrouw, los van de groep, met pen en papier, maakt een verdoolde indruk; een jongere man kijkt met onverholen afkeer naar de Signor. Een vrouw die alleen op de rug zichtbaar is, maakt een foto van de Madonna aan de muur – het gelaat van de Madonna baadt in het licht. Een jongere vrouw houdt haar hand vast. In de buurt van de vrouw staat een man met een baard die naar de jonge vrouw kijkt en zich zo te zien zorgen om haar maakt.

Verhaal:
Roberto is in de VS geboren, maar teruggekeerd naar zijn wortels in Italië, waar zijn oude dag gefinancierd zal worden door toeristen die zijn vastgoed huren. Zijn huis is groot, opzichtig en versierd met posters van scènes uit *The Godfather*.

De *pellegrini* zijn al meer dan een maand onderweg. Ze zijn om verschillende redenen gekomen en hoewel de Chemin hen elke dag samenbrengt, zijn ze verder van elkaar verwijderd dan ooit. Ze zoeken naar liefde en zingeving, maar merken dat hun levens voor obstakels zorgen: verantwoordelijkheden, schuldgevoel en het verleden kleven aan hen.

De Chemin moet hun nog een antwoord verschaffen en de accommodatie en de gastheer herinneren hen aan de commerciële wereld die ze achter zich hebben gelaten. Hoe kunnen ze die wereld verenigen met de rust die ze voelen in kloosterhostels en in huizen waar ze als pelgrims worden verwelkomd?

Als een dorp voorsteden kon hebben, stond Roberto's B&B in een voorstad, of een zelfgecreëerde buitenwijk, aan de rand van de wildernis. Hoge hekken, camera's, een bordje dat waarschuwt voor een waakhond. Ik voerde de code van het alarm in die we hadden gekregen, deed mijn rugzak af en liep volgens de instructies in de gezamenlijke keuken naar de winkelstraat op achthonderd meter lopen. Geen waakhond.

Ik had aangeboden voor het eten te zorgen, en het dorp had groot genoeg geleken om een supermarkt te hebben. Die was er niet. Alleen een kleine kruidenierszaak met de noodzakelijkste basisingrediënten en weinig vers eten. Ik had de verkeerde avond uitgekozen om met mijn kookkunsten te pronken.

'Antipasti,' zei ik toen ik terug was en potten met ingemaakte groenten opendraaide. 'Salami voor de carnivoren en daarna pasta met pesto. Meer hadden ze niet. Bananen toe, hetzelfde verhaal. En geen wijn.'

Het was niet helemaal waar. De winkel had wel wijn gehad, maar ik had niet geweten wat Gilbert ervan zou denken en hij zou geen avond overslaan tenzij het niet anders kon. Thuis dronk ik maar één of twee keer per week alcohol, maar sinds we waren begonnen met lopen hadden we elke avond gedronken.

'Na het eten een meditatieles om ons te helpen in slaap te komen,' voegde ik eraan toe.

Ik had de hapjes nog niet eens opgediend toen Roberto kwam opdagen. Met drie flessen wijn.

'Altijd wijn,' zei Gilbert. 'We zullen het nodig hebben om de bergen de komende dagen door te komen.'

'En om te slapen,' zei Camille.

Het was een slag die ik niet kon winnen.

'Drie logeerkamers,' zei Camille. 'Italianen hebben grote families, dus moeten ze grote huizen hebben. Niet te veel om schoon te houden, maar ik had liever een eetkamer met een afzonderlijke keuken gezien. Dicht bij het dorp...'

'Misschien wil je het ook anders inrichten,' zei Martin. Boven zijn hoofd hing Marlon Brando met het citaat: *Revenge is a dish best served cold.*

'Uiteraard. Ik kan Roberto vast wel overhalen.'

Wat zei Camille daar? Bij Roberto intrekken was misschien een manier om in de hostelbranche te komen. Maar ze glimlachte al. Grapje. Ze was vrolijker sinds ze haar besluit kenbaar had gemaakt. En ze was het idee beslist niet vergeten.

'Overweeg je je hostel in Italië te beginnen?' vroeg ik.

'Zeker. Of in Spanje.'

'Alleen als er niets geschikts in Frankrijk te vinden is,' zei Gilbert. Hij glimlachte. Zuinig.

Ik deed mijn best om Martin telepathisch een boodschap te sturen: *Je bent een genie.*

46

Martin

Gilbert overhalen zich naar Camilles hostelplannen te schikken was niet moeilijk geweest en dat had ik ook niet verwacht, al wilde ik graag met de eer strijken. Hij was overdonderd geweest door Camilles mededeling, en het lag niet in zijn aard zich op iets vast te leggen voordat hij er goed over na had gedacht, maar zijn toewijding aan zijn vrouw zou altijd de doorslag geven.

We hadden het over de positieve kanten gehad: zijn zakelijke ervaring, zijn financiële positie, die kennelijk sterk genoeg was om het project te kunnen dragen; het feit dat Camille iets zou doen in plaats van passief het voortschrijden van de ziekte te ondergaan. Ik voelde aan dat het maar details waren: dat Camille hem nodig zou hebben, was afdoende. Toch kreeg ik de indruk dat hij hoopte dat het vooruitzicht van een gîte geen werkelijkheid zou worden.

Roberto's B&B was voorzien van een wasmachine en we wasten alles wat we konden. Toen Camille en ik na het eten op de binnenplaats gingen zitten voor een hernieuwde poging om accommodatie te vinden voor over drie dagen, werden we omringd door drogende kleren. Ze onthulden allerlei opvattingen van wat geschikt wandelondergoed was. Camille had zich in een badhanddoek gewikkeld. Het was moeilijk te zeggen wat meer afleidde.

Ik zag een e-mail in de ether verdwijnen, vergezeld van een schietgebedje dat het hotel, dat niet op een bookingsite te vinden was, nog bestond.

Gilbert kwam wijn brengen.

‘We hebben vannacht seks gehad,’ zei Camille toen hij weer binnen was.

‘Gilbert en jij?’ Ik wilde zeker weten dat mijn in een handdoek gehulde gezelschap geen verhaal had geconfabuleerd dat me veel ellende zou bezorgen.

‘Natuurlijk! Jij maakt altijd grapjes.’

‘In dat hutje?’

‘O… nee, de nacht ervoor. In Campo Ligure. Toen we een appartement voor onszelf hadden.’

‘Als het in dat hutje was geweest, had je het me niet hoeven te vertellen.’

‘Geen grapjes meer. Ik wilde weten of je het een goed idee vindt.’

‘Ik denk dat Gilbert het me nooit zou vergeven als ik het je uit het hoofd praatte, maar… het zijn mijn zaken niet. En jullie zijn getrouwd. In tegenstelling tot de rest van ons.’

‘Het gaat me niet om de zonde. Niet die zonde. Maar ik wil hem niet te veel hoop geven. Ik weet niet of we wel bij elkaar blijven.’

Ik maakte geen goedkope opmerking over de katholieke opvattingen ten aanzien van echtscheiding. Het was netjes van Camille dat ze probeerde Gilbert goed te behandelen. Maar…

‘Ik zou denken dat als je een hostel wilt beginnen, Gilbert een goede zou zijn om in je team te hebben.’

‘Vast wel, maar hij wil het alleen om bij me te kunnen blijven.’

‘Dat is toch wat je van een partner wilt? Dat hij bij je blijft en je helpt je dromen te verwezenlijken?’

We werden onderbroken door een melding op mijn iPad: de e-mail kon niet afgeleverd worden. Ik zocht nog eens naar een telefoonnummer en vond het in een B&B-gids van onbekende herkomst.

Ik toetste het nummer in en gaf mijn telefoon aan Camille. Ze glimlachte: het nummer bestond nog. Er volgde een gesprek waarin geen namen of data genoemd leken te worden.

'Geen succes?'

Camille tikte tegen haar hoofd. 'Ze leek me niet helemaal goed. Maar ze zei kom maar gewoon, er is een kamer.'

'Eentje maar?'

'Kamers te over. Het is geen probleem. Dus misschien begin ik weer aan seks met Gilbert. Wat vind jij?'

Ik zei haar wat ik ervan vond, opnieuw, en vroeg me af welke versie van de gebeurtenissen ik moest geloven: ze moest zich toch kunnen herinneren of ze óf een paar dagen geleden voor het eerst in weken seks had gehad, óf dat alleen maar overwoog. En ik stelde de belangrijkere vraag die zowel Zoë als mij voor een raadsel stelde, en mogelijk Sarah en Bernhard ook.

'Mag ik vragen wat het probleem is? Met Gilbert?'

'Natuurlijk.' Maar vervolgens aarzelde ze lang voordat ze antwoord gaf. 'Gilbert is te... Frans.'

Ik denk niet dat iemand van ons het zou hebben tegengesproken, maar het verbaasde me dat Camille erover viel. Er school echter ook een boodschap in: *En dát kun je niet veranderen.*

'Ik heb seks met hem gehad omdat hij niet meer over de Italiaanse wijn klaagt.' Nu was het weer een feit. 'En tja, het is niet onaangenaam.' Ze lachte. 'Het leven is kort.'

'Je hebt hem dus nog niet afgeschreven. Als we hem enthousiast kunnen maken voor Australische wijn, misschien...'

'Ah, je maakt weer grapjes.'

Niet helemaal. Hij was zo'n goede vent, zo toegewijd zonder een voetveeg te zijn – of nee, gezien die föhn was hij dat toch wel een beetje, maar toch zichzelf, aimabel, innemend, zonder te klagen... Behalve dan over Italiaanse wijn. En die föhn had hij weggegooid.

Camille was nog niet klaar. 'Als Gilbert er niet was, zou Zoë me dan naar Rome krijgen, denk je?'

'Natuurlijk. Zoë en ik en Bernhard en Sarah. Je overweegt toch niet Gilbert naar huis te sturen?'

'Nee, maar wat ik me blijf afvragen: is Zoë voor jou of voor mij gekomen?'

Het was een variant op de vraag die Zoë me had gesteld toen ik had besloten de tocht voort te zetten. Voor haar of voor Sarah? Ik twijfelde niet aan mijn antwoord, maar nadat ik het had gegeven, zette het me aan het denken.

'Ze dacht niet eens dat ik zou komen. Ze is hier voor jou.'

47

Zoë

Het ontbijt van Casa Roberto bestond uit simpele, in plastic verpakte koeken uit een grootverpakking en pakjes crackers met jam. Bernhards muesli was op.

'We zullen het een tijdje zonder muesli moeten doen,' zei Martin. 'Nu gaan we de wildernis in.'

'Dat zeg je telkens,' zei Sarah. 'Tot nu toe zitten we nog volop in de beschaving.'

Toen Roberto kwam opdagen, nog in zijn pyjama, had ik even gehoopt dat hij warme croissants kwam brengen, maar het was alleen de rekening.

Ik dacht na over wat ik had getekend. Het was duidelijk dat wij die pelgrims waren, maar waarom had ik mezelf apart van de groep getekend, zo verdoold?

De avond tevoren had Martin me bijgepraat over Camilles problemen met Gilbert, niet onder het wakend oog van Jezus maar dat van Dennis Hopper. Ik had mijn gevoelens niet goed kunnen verbergen.

'Vind je het vervelend dat ze het niet met jou, maar met mij heeft besproken?' vroeg hij.

'Ja, om eerlijk te zijn. Ik bedoel...'

'Ik weet het: jij bent de zielsverwant.' Ik zag dat hij nog iets wilde zeggen, maar het inslikte.

'Toe dan. Zeg het maar.'

'Ik wil je er niet van weerhouden met mij te lopen, maar het valt me op dat jullie niet veel tijd samen doorbrengen, voor zielsverwanten.'

Hij had gelijk. Het was mij ook opgevallen.

Martin ging door. 'Hoor eens, praktisch gezien, misschien heeft ze Gilbert nog niet afgeschreven en wil ze hem iets duidelijk maken – en redeneert ze dat ik dichter bij hem sta. Mannen onder elkaar of zoiets. Het is positief dat ze nog steeds samen zijn en dat Gilbert me een drankje verschuldigd is. Als Camille mijn advies opvolgt, gaan ze wippen.'

'Wippen? Noem je dat echt zo? Zeggen Engelse vrouwen echt: "Ik heb wel zin om te wippen"?'

'Misschien: "Een wipje sla ik niet af." Of een beurt. Of je weet wel.'

Ik moest wel lachen. 'Nou, zullen we dan maar even je-weet-wellen?'

Buiten het dorp volgde een lange, steile klim, en we liepen een tijdje achter elkaar over een smalle bergkam. We volgden de rood-met-witte borden van de Alta Via. *Alta* betekende dat we moesten klimmen: zevenhonderd meter, volgens Bernhards smartwatch. Er zaten erg steile stukken bij, en we werden er maar af en toe door een duif aan herinnerd dat we ons ook nog op de Chemin bevonden. Camille leek geen evenwichtsproblemen te hebben en het was een zachte dag. Dokter Sarah liep weer met haar mee.

'Een helling van vijfentwintig procent,' zei Bernhard na een kort, maar zwaar stuk waarbij ik me aan mijn handen had moeten ophijsen. Martin gebruikte zijn stokken voor hetzelfde doel.

's Middags voerde het pad door weiden en bossen en vingen we voor het eerst een glimp op van Genua, een stad tussen bergen die werden doorsneden door toegangswegen. En daarachter: de zee.

We haalden Camille in, die Sarah vooruit moest hebben laten lopen, en Martin liep zonder iets te zeggen door om mij tijd met haar te gunnen.

'*Mon dieu,*' zei ze. 'We zijn naar de Middellandse Zee gelopen. De Italiaanse Rivièra.'

We bleven staan om het uitzicht te bewonderen.

'Weet je wel dat je ongelooflijk bent?' zei ik tegen haar.

'Vanwege de MS?'

'Ook, maar als je me toen we twintig waren had gevraagd of ik dacht dat je dit had gekund, had ik "echt niet" gezegd. Dat had ik ook over mezelf gezegd – maar misschien had ik het me toen al kunnen voorstellen. Sport had geen grote plek in je leven.'

'Dit is geen sport. En die roadtrip is lang geleden. Je kent me niet zoals ik nu ben, Zoë.'

Ik dacht eraan dat het me niet lukte haar te tekenen. Dat Sarah op de een of andere manier tussen ons in was gekomen. Dat er iets aan haar queeste was wat ze voor me achterhield.

'Help me dan.'

We liepen zwijgend door. Ik voelde de spanning, maar kon er niet de vinger op leggen wat het was, waarom ze bang voor me was... of waarom ik zo bang was voor wat ze zou kunnen zeggen.

'Ik had nooit veel belang bij... nooit veel nagedacht over... de Kerk,' zei Camille ten slotte. 'Maar toen ik hoorde dat ik de ziekte had?' Ze haalde haar schouders op. 'Naar de mis gaan gaf me troost. Ik vind nu meer rust bij God dan ik ooit bij een man heb gevoeld.'

'En die rust... Helpt die je met je MS?'

'Ik dacht eerst dat het een straf was. Dat ik het verdiende.' Camille zag dat ik ertegen in wilde gaan en stak haar hand op. 'Maar ik word geholpen. Ik ben maar een heel klein deeltje van de wereld, niet zo belangrijk. Maar ik voel... troost omdat God een plaats voor me heeft.'

'Dus... Hoe past het hostel daarin?'

'Ik dacht niet dat ik mijn antwoorden tijdens de tocht zelf zou krijgen, maar ik heb gebeden en toen heb ik dit idee gekregen.'

'En Gilbert steunt je?' Het was een vraag, maar ik wist het antwoord al. Ik wilde dat ze zou erkennen wat hij voor haar deed.

In plaats daarvan bleef ze plotseling staan. 'Zou jij bij Martin blijven als hij je bedroog?'

Ik bleef ook staan; ik wist wat er ging komen. Camille nam me eindelijk in vertrouwen, maar dit ging niet over haar grote leugen. Ik wilde niet dat ze mijn beeld van Gilbert aan diggelen sloeg. Ik was erg op hem gesteld. En jemig, Camille was zelf ook niet altijd zo trouw geweest. Dat dacht ik niet, tenminste. Shit, ik was er gewoon van uitgegaan.

'Heeft Gilbert je bedrogen?'

'Hij is niet zo'n heilige. Misschien denkt de *femme de ménage* van wel, maar ik niet.'

'Hebben jullie een... *ménage à trois* gehad? Een trio?' Ik herinnerde me dat ze het jammer had gevonden dat hij niet met die wijndame had geflirt.

'*Ménage* is huishoudelijk werk. Hij... heeft overspel gepleegd met de werkster. Iedereen denkt dat de Fransen dat prima vinden, en misschien vinden we het niet zo belangrijk wat onze politici uitspoken, maar de werkster?'

'Camille, waarom heb je me dat niet eerder verteld?'

'Ik betrapte ze. Ze had een rode negligé aan; het ding stond haar niet. Wat voor vrouw trekt zoiets nou aan naar haar werk, vraag ik je? Om schoon te maken. Ze staat met haar vlakke handen tegen de koelkast aan, zo, en Gilbert staat achter haar met zijn broek op zijn...'

'Oké, oké! Te veel informatie.'

'En geen enkele discrétie. In ons huis. Tegen onze kóélkast. Met het vlees en de kaas...'

Ik gaf Camille een knuffel, net zo goed uit solidariteit als om haar te laten ophouden met haar verhaal. Ze liep weer door, dus ze zal wel gedacht hebben dat we klaar waren. Maar als ze niet bij Gilbert bleef, hoe moest ze dan een hostel runnen?

'Kun je hem vergeven?' vroeg ik. 'Ik bedoel, hij flirt nu niet meer met andere vrouwen, zoals je al zei. Ik weet niet of ik dat in jouw plaats zou kunnen, maar het is een heel christelijk...'

'Hij mag nu wel flirten,' zei Camille met een onverschillig gebaar. 'Het maakt niet uit. Ik heb geprobeerd hem te vergeven. Als de paus zegt dat het moet, vergeef ik hem.'

Shit. 'Stel dat de paus je niet kan ontvangen, Camille?'

Ze glimlachte sereen naar me. 'Hij ontvangt me wel. Ik vertrouw erop.'

48

Martin

Na een regenachtige dag in de bergen had een accommodatie al snel gastvrij moeten lijken, maar er was maar één woord voor het hotel: akelig. We waren duidelijk de enige gasten in een grote bouwval met bladderende verf die in verschillende tinten was opgelapt, als pleisters. Ik had er een jaar kunnen klussen zonder dat het er echt beter op werd.

Ik beperkte me tot het opnieuw vastmaken van een gordijnroede zodat we niet door de ochtendzon gewekt zouden worden. Nu het koeler werd, hoefden we niet meer per se zo vroeg op pad te gaan.

Het was niet voor het eerst dat we in de Apennijnen een ooit voornaam, in verval geraakt hotel tegenkwamen. Een paar dagen eerder had ik een praatje gemaakt met de eigenaar van een hotel met dertig kamers dat al vier generaties in de familie was terwijl Zoë hem tekende.

Het bedrijfsmodel was simpel, zoals Bernhard opmerkte: geen personeel van buiten de familie, een vaststaand menu waar weinig verse ingrediënten voor nodig waren en alleen het hoogstnoodzakelijke onderhoud: als een kraan of de elektriciteit in een kamer het begaf, sloot je die af. Permanent.

Ik merkte dat ik het hotel bekeek met Camilles aspiraties in mijn achterhoofd. Er was veel van het gebouw te maken. Waarschijnlijk was het voor een schijntje te koop, maar wie moesten de kamers vullen? We waren nog steeds maar drie andere pelgrims tegengekomen die de Chemin d'Assise liepen: twee nog in Frankrijk en de derde was Grietje.

De afgetobde vrouw die zowel schoonmaakster als receptioniste was – en die zich naar ik vermoedde ook nog als kokkin en serveerster zou ontpoppen – sprak geen Engels of Frans, maar ze verzekerde Camille dat ons verzoek om diner en ontbijt, met één vegetariër, was doorgekomen.

Dat ik er zo goed in was geslaagd Gilbert over te halen bij Camille te blijven, leek Zoë hoop te hebben gegeven dat ik de andere helft van het probleem ook zou kunnen oplossen.

'Mannen denken altijd dat ontrouw geen halszaak is. Het enige wat je hoeft te doen, is Camille daarvan overtuigen.'

'En vervolgens word ik rijk met seminars over hoe ik dat voor elkaar heb gekregen.'

'Goh, fijn dat je over de toekomst nadenkt.'

Het bleek lastig om in dit deel van de wereld van tevoren te boeken: als het pad de kust had gevolgd, door de Cinque Terre, hadden we het voor het kiezen gehad, maar deze route was soberder en bood weinig opties. De anderen waren eraan gewend geraakt dat Camille en ik ons lang afzonderden. Op een gegeven moment zou ik wel zien of ze over Gilberts overspel wilde praten; dat 'gegeven moment' bleek die avond te zijn.

'Heeft Zoë je verteld wat Gilbert heeft gedaan?'

'Zo'n beetje. Ze zinspeelde erop dat...'

'Dat hij seks heeft gehad met de *femme de ménage*. Tegen de koelkast. Met het vlees en de *fromage*. In een bespottelijke, minuscule rode...'

'Ja, Zoë heeft het verteld. Je zult wel boos zijn geweest.'

'Natuurlijk. Wie zou er niet boos zijn? Wat voor vrouw...'

Ze had me een opening geboden, al was ik er niet trots op dat ik er gebruik van maakte. 'Als ze zó naar haar werk kwam, zal ze er wel op uit zijn geweest om Gilbert te verleiden.'

'Sarah zou het geen goed argument vinden, maar ik begrijp het wel. Mannen laten zich makkelijk manipuleren. Maar ze zouden discréét moeten zijn. En als ze worden betrapt, moeten ze spijt hebben.'

'Ik weet zeker dat Gilbert er ontzettend veel spijt van heeft.' Al was het maar omdat hij betrapt was.

'Dat is het probleem. Hij weigert te zeggen dat het hem spijt.'

'Gilbert, *mon ami*. Je moet zeggen dat het je spijt.' Ik stak mijn neus in andermans zaken, maar ik hoopte dat het voor een goed doel was. Ik had het gevoel dat Gilbert en ik elkaar goed genoeg kenden om als vrienden met elkaar te praten, en dat Camille van me verwachtte dat ik de boodschap zou overbrengen.

Ik was bij Gilbert in de bar gaan zitten, waar onze duizendpoot de Signora hem van een fles rode wijn zonder etiket had voorzien. Ik hield hem het probleem, en de eenvoudige oplossing, duidelijk voor, maar ongelooflijk genoeg draaide hij eromheen.

'Dit ligt in het verleden. Sinds kort... Ik kan niet alles vertellen, maar je raadt het wel. Onze relatie is verbeterd en ik ben er nu zeker van dat alles goed zal komen.'

'Misschien wel, maar ik kan je wel zeggen dat ze er nog steeds mee zit. Ze heeft het aan Zoë verteld. Ze heeft het aan mij verteld. Hoe moeilijk is het om gewoon te zeggen dat je iets stoms hebt gedaan en dat het je spijt?'

Ik had Gilbert nog maar één keer eerder kwaad gezien, toen hij die föhn weggooide, en deze keer was het maar een flits waar snel iets verdrietigers voor in de plaats kwam. Hij nam peinzend een lange teug van zijn wijn.

'Het verhaal over de werkster is niet waar. Ik moest haar ontslaan, wat financieel lastig en gênant voor haar was. En het was moreel verkeerd. Het is een goed mens, en als je haar zou zien, zou je weten wat een belachelijk verhaal het is.'

'Heeft Camille het verzonnen?'

'Toen ik tussen de middag thuiskwam, vertelde onze werkster

me dat ze een... kledingstuk van Camille in de koelkast had gevonden.'

Ik moest het wel vragen. 'Iets roods?'

Gilbert knikte. 'Toen Camille thuiskwam, vroeg ik haar om opheldering. Ze beschuldigde Nadine, de werkster, ervan dat ze haar kleding stal. Keer op keer. Daarom had Camille dit in de koelkast verstopt. Wat nergens op slaat, dat snap jij ook wel. Een jas, misschien, of een jurk, geld, maar ondergoed? Ik denk niet dat iemand dat zou stelen. En het is logisch dat onze werkster soms in de koelkast kijkt.'

'Dit was dus een symptoom van de MS? Wat ze had gedaan en het verhaal dat ze verzon?'

'Het waren de eerste tekenen, al wisten we dat toen nog niet. We maakten ruzie en... ik ging weg. Ik liep de deur uit. Toen werd het verhaal wat het nu is. Later hoorden we over de ziekte en toen ben ik teruggekomen, zoals je weet. Het spijt me dat ik ben weggelopen, maar ik kan geen spijt hebben van iets wat ik niet heb gedaan.'

We dronken even zwijgend, en toen vroeg ik: 'Denk je dat ze echt gelooft dat het zo is gegaan als ze aan Zoë heeft verteld?'

'Ik weet het wel zeker. Camille liegt niet.'

'Kun je niet beter gewoon zeggen dat het je spijt, voor de lieve vrede? Je weet wat ze zeggen: het is háár waarheid.'

Nu liet Gilbert een lange stilte vallen. 'Geloof je dat ik alles voor Camille overheb?'

'Nou, tot nu toe ben je een echte held. Ze is zich boven aan het omkleden en ik denk dat jij die avondkleding meezeult.'

Hij knikte. 'En ik ben bereid om zo nodig een gîte te beginnen, maar als ik toegeef dat ik Camille ontrouw ben geweest, dan zou het...' – hij schakelde over op het Frans – 'zoals je zegt, dan zou het de waarheid worden en zou ik niet meer met mezelf kunnen leven.'

Om zeven uur die avond zaten we – allemaal – aan de tafel die voor zes personen was gedekt. Twee andere tafels in de spelonkachtige ruimte waren voor vier gedekt. Een haardvuur zou wat welkome warmte hebben toegevoegd, zowel fysiek als wat de sfeer betreft, maar de schouw was schoon en leeg. Op zaterdagavond.

Onze gastvrouw was nergens te bekennen. Een sjofel gekleed heerschap van een jaar of zestig dwaalde de eetzaal in, zag dat er niemand achter de bar stond en liep naar de keuken.

'Eens zien of er nog iemand komt,' zei ik.

'Waarom zou je anders de tafel dekken?' zei Bernhard.

'Uit hoop.'

'Te vroeg gepiept,' zei Sarah. Een tengere, goedgeklede vrouw van tegen de vijftig haastte zich naar binnen, gooide een paraplu op de vloer en hing haar jas aan een haak.

In plaats van te wachten tot ze naar een tafel werd gebracht, liep ze naar de onze. '*Mi dispiace*, *excusez-moi*, sorry. Engels?'

'*Sì*,' antwoordde Camille verwarrend genoeg.

'Mijn zuster helpt u?' Ze wachtte het antwoord niet af; ik denk dat ze het niet wilde horen. 'We beginnen met prosciutto en dan zal ik pasta voor u maken. Pasta met pesto, *ragù* of paddenstoelen en wat kalfsvlees...'

'Ik ben vegetarisch,' zei Zoë. Zoals ik al had verwacht, was de boodschap niet doorgekomen.

'Dat is geen probleem. Ik zal wat *melanzane* maken – aubergine met mozzarella.'

Zo gezegd, zo gedaan. Het eten werd ons gebracht, onhandig, door de sjofele man. Gilbert haalde hem over een fles rode wijn mét etiket voor ons te zoeken, vast beter dan het aperitief, zei hij.

Pas aan het eind, toen we aan de koffie met cake zaten, kwam onze gastvrouw vragen of alles naar wens was. Ze had ook een fles grappa bij zich, niet uit de bar, maar uit de keuken.

De andere tafels waren onbezet gebleven.

'Het is stil,' zei ik.

‘Het eind van het seizoen.’ Ze zuchtte en gaf toe. ‘Altijd stil, nu. Was de wijn in orde?’

‘Ja, prima,’ zei Gilbert.

‘Het was de laatste fles barbera. Het is te duur om goede wijnen te bewaren voor het geval er mensen zoals u komen. De barolo is al te oud om nog te drinken.’

‘Mogen we hem proeven?’ vroeg Gilbert. ‘We betalen er graag voor, ook als hij... overjarig is.’

Ze kwam terug met een fles, ontkurkte hem en schonk een bodempje in. Zelfs ik kon zien dat het bruin was, en Gilberts gezichtsuitdrukking bevestigde dat ons geen verborgen schat te wachten stond.

Het had iets navrants: die wijn die zo lang had gelegen dat hij niet meer te drinken was, zoals het personeel en het hotel zelf ook langzaam aftakelden.

49

Zoë

Cartoon:
Eerste plaatje: een oude vrouw zit alleen in een lege kamer. Sommige meubelstukken zijn met stoflakens bedekt. Op haar schoot ligt een fotoalbum. Ze heeft tranen in haar ogen en gaat zo op in haar herinneringen dat ze het bonzen op haar deur niet hoort. *Tweede plaatje*: buiten het drie verdiepingen tellende huis regent het pijpenstelen. Er staan *pellegrini* – doordrenkt en rillend. Een jonge man heeft beschermend een arm om zijn vriendin geslagen; ze houden elkaar warm. Een vrouw, op de rug gezien, bonst op de deur. Een oudere man probeert zijn jas als een paraplu boven haar hoofd te houden, maar de wind trekt hem uit zijn handen. Een derde koppel staat dicht bij elkaar. Ze proberen te beslissen of ze niet beter een ander onderkomen kunnen zoeken.

Verhaal:
Alessandra liep met haar man naar Rome om God te bedanken voor het sparen van hun kind, dat leukemie had overleefd. Ze zeiden tegen God dat ze een hotel voor *pellegrini* zouden openen en hun leven als goede christenen zouden leven. Maar nu is Alessandra alleen, haar kind is ver weg en ze heeft alleen nog haar herinneringen – en de onvervulde wensen.

Er was iets veranderd. Het was er misschien al sinds de Passo dei Giovi, ten noorden van Genua: een gevoel van afscheid, het betreden van grimmiger, onbekend terrein. Martin had ons ervoor gewaarschuwd, maar nu voelde ik het verdriet van de zussen en hun slonzige broer in hun troosteloze hotel zwaar op me wegen. Ze deden me denken aan *What Ever Happened to Baby Jane?*

Tijdens mijn eerste camino was ik de lente in gelopen, nu liepen we de herfst in. Vandaag hing er een somberte in de lucht, anders dan het najaar in San Francisco, waar een glimp van de Golden Gate-brug en zelfs San Quentin door de mist meer op iets mysterieus duidde dan op de gure maanden die kwamen. Ik nam aan dat we de laatste lange, zonnige dagen hadden gehad.

Het had geen zware tocht hoeven te zijn: maar tien mijl, en we waren nu fitter.

'Gilbert zegt dat hij het niet heeft gedaan,' zei Martin. 'Geen overspel. Geen spelletjes met de koelkast. Camille had het verzonnen. Zoals ze wel vaker doet.'

'Geloof je hem?'

Martin knikte. 'Jij niet? Ik bedoel, het is een patroon bij Camille. Niet haar schuld...'

'Ik weet het, maar je hoort wel verhalen over mensen die een geestesziekte hebben of op de een of andere manier machteloos staan en die door niemand worden geloofd en dan...'

'Ik wil mijn oordeel met alle plezier opschorten. Wat maakt het uiteindelijk ook uit of het waar is of niet, als zij het gelooft? Maar even aangenomen dat hij het inderdaad heeft gedaan, zoals Camille gelooft... Ik weet niet of ontrouw wel altijd het eind van een relatie moet betekenen.'

Ik piekerde er even over onder het lopen. 'Probeer je me soms iets te vertellen?'

'Ik heb niets op mijn kerfstok. Nog niet. Hopelijk nooit. Maar lijkt het je niet goed om een relatie te hebben waarbij we van tevoren afspreken... als een van ons het verprutst? Jezus, voordat ik me nog dieper in de nesten werk, ik wil alleen maar zeggen dat ik nu denk dat ik meer begrip had moeten tonen voor Julia, voor haar verhouding. Niet dat ik haar terug wil, maar ik heb haar honds behandeld; daarna was er geen redden meer aan.

Misschien zou echte liefde, de hunne, de onze, iets ruimhartiger kunnen zijn.'

Terwijl we liepen, probeerde ik te verwerken wat hij had gezegd. In principe had hij waarschijnlijk gelijk. Ik wist alleen niet of ik dit in mijn hoofd wilde hebben terwijl het water in mijn nek druppelde.

'Laten we het op misschien houden en over iets vrolijkers praten,' zei ik. Ik zette mijn capuchon op om het water tegen te houden. 'Ik word al somber genoeg van dit weer.'

Martin lachte. 'Wacht maar op de winter in Sheffield.' Had hij zijn accent aangedikt?

Op dit moment was de smog waarover ik had gelezen, de vieze, dichte mist die dagen kon aanhouden, niet iets waar ik aan wilde denken, laat staan dat ik erop wachtte. Ik voelde een rilling tot in mijn diepste wezen.

'Weet iemand nog wanneer we voor het laatst een duif hebben gezien?' vroeg Sarah toen we bij haar waren.

'Er was er een toen we aan de klim begonnen.'

Ik tuurde naar de plek waar we vandaan waren gekomen, anderhalve kilometer eerder, maar het pad werd aan het oog onttrokken door de mist.

'Misschien... bij de splitsing?'

'Welke splitsing?'

We stonden allemaal op het pad of ernaast, tussen de koeienvlaaien (hoe kwamen die koeien hierboven, of waren het reuzengeiten?), modder en boomwortels.

Gilbert en Camille kwamen erbij en Bernhard en Sarah pakten allebei hun telefoon.

'Die kant.' Bernhard wees omhoog.

Niemand kwam in beweging. 'Ik wil echt graag een duif zien,' zei ik.

'Dan moeten we die kant op lopen.'

Bernhard had een punt, maar er was niet echt een *pad*. Alleen

een klim door struikgewas. En koeienvlaaien, ongetwijfeld.

'Ik ga terug,' zei Martin. 'Kijken of we een afslag hebben gemist.'

Bernhard liep recht omhoog. Binnen een minuut waren ze allebei uit het zicht verdwenen.

'Ik zie een duif,' riep Bernhard.

'Een duif en een pad,' riep Martin.

We maakten rechtsomkeert, maar voordat we Martin vonden, vonden we de stier. Midden op het pad. Hij was niet van plan opzij te gaan.

We gingen omhoog.

De regen kwam en ging de hele dag, maar net toen we aan de laatste afdaling begonnen, ging het stortregenen. Nu het bos geen bescherming meer bood, hadden we ook last van de wind. Ik verkneukelde me een beetje in de wetenschap dat ik de beste uitrusting had en behaaglijk werd beschermd tegen de elementen nu ik mijn capuchon op had.

Tot mijn schoenen het opgaven. Het sijpelende vocht werd gevolgd door een zompend geluid bij elke stap. Toen raakte mijn plastic regenbroek doorweekt. Niet alleen werden mijn benen nat en koud, ik moest ook bij elke stap extra gewicht met me meedragen. Martin had een korte broek aan, zoals elke dag, en ik vermoedde dat natte blote benen aangenamer waren en niet kouder.

Het water druppelde weer in mijn nek en ik begon te rillen. Ik vroeg me af of Camille dezelfde problemen met kou zou hebben als met hitte. We hadden het allemaal moeilijk met de rotsblokken en de verse modder; het was lastig te zeggen of zij het er beter of slechter van afbracht dan de anderen.

Toen we eindelijk in Scoffera aankwamen, regende het nog steeds hard en hadden we geen idee waar we naartoe moesten. Het was een grotere plaats dan Martin had gedacht, maar het was zondagavond en alles was dicht. Camille raakte overstuur toen Martin haar aanspoorde zich de routebeschrijving naar ons onderkomen te herinneren en ik werd boos op Martin omdat hij die niet had genoteerd.

Er was maar één iemand op straat, of eigenlijk in een deuropening, aan wie we de weg konden vragen, en ik ging met Camille mee. Ze voerde een lang gesprek in het Italiaans met de vrouw en liep toen met haar mee naar binnen.

'Camille, wat...?'

Camille trok haar jas uit, druipend over Signora's vloer – Signora leek het niet leuk te vinden, maar erin te berusten.

'Dit is Signora Alessandra,' zei Camille.

Het duurde even voordat ik het begreep: Signora had naar ons uit staan kijken! Ik wenkte de anderen. Binnen de kortste keren was Signora's vloer één grote plas. We moesten drie trappen op – er was nooit een lift, zelfs niet in de grote hotels – en terwijl ik druipend door de lange, donkere gang liep, was ik in gedachten al aan het tekenen. We hadden de bovenste verdieping van een vleugel voor ons alleen, en zoals we al hadden verwacht waren we de enige gasten.

'Doe de lampen uit als je ze niet nodig hebt,' zei Alessandra tegen ons.

Ze hoefde niet te zeggen dat de verwarming ook uit moest – die was er niet.

Nadat we ons hadden afgedroogd en omgekleed – ik had maar weinig wat niet nat was, en wat ik had was niet warm genoeg, dus pakte ik een deken van het bed – ging ik op mijn wandelschoenen staan. Het water spoot eruit.

'Als je er morgen niet op hoefde te lopen, zou het grappig zijn,' zei Martin.

'Er lag ergens een stapel kranten,' zei ik. Het was de standaardbehandeling voor natte wandelschoenen als er geen bruikbare warmtebron was, en een goed begin als die er wel was. Ik nam aan dat Signora gewend was aan wandelaars die oude kranten nodig hadden, en ze waren goedkoper dan een kachel. Toen er zes paar wandelschoenen waren gevuld, waren bijna alle kranten op.

Camille ging naar beneden om met onze gastvrouw te praten, maar kwam stomverbaasd terug. 'Ze is verdwenen.'

Ik was al gaan staan toen Sarah zei: 'Ik ga wel met je mee.'

Camille glimlachte naar Sarah. 'Dat hoeft niet. Ik doe dit wel samen met Zoë.'

Ik voelde me absurd triomfantelijk, kinderachtig genoeg.

We waren weer in een spookhotel – het zou een prachtige achtergrond zijn voor een griezelfilm. De gangen strekten zich uit, lege kamer na lege kamer. Ten slotte zagen we helemaal beneden licht vanonder een deuropening met een gordijn ervoor schijnen.

Alessandra gaf ons onze proviand. Niet echt royaal. Pasta, een enkel potje saus, brood, sla. Twee kipfilets. En één fles wijn.

'*Mon dieu,*' prevelde Camille op de terugweg. 'Ik denk dat ze niet genoeg geld heeft om meer wijn te kopen.'

'Zei ze dat haar man was overleden? Misschien komen we ongelegen.'

'Ja,' zei Camille. 'Hij is gestorven toen het hostel openging. Op dezelfde dag.'

'Jezus.' Geen wonder dat het zo deprimerend was. 'Hoelang geleden?'

'Zes jaar.'

Toen Camille een schamele maaltijd voor ons bereidde, zag ik een van de kranten die we in onze schoenen hadden gepropt op tafel liggen, minus de voorpagina. Ik herkende ons hostel op bladzij drie en keek nog eens goed. Het was de dag van de opening, en daar stonden Alessandra en haar man. Alle kranten waren van dezelfde datum.

Ik haalde de proppen uit mijn schoenen, maar ze waren niet meer glad te strijken.

50

Martin

Zoë had ons verteld dat we zonder het te beseffen dierbare herinneringen van onze gastvrouw in onze wandelschoenen hadden gepropt. Omdat ik niet wilde dat Signora de proppen in de prullenbak zou vinden, had ik ze in mijn rugzak en zakken gestopt. Bij de eerste de beste afvalbak ontdeed ik me ervan.

'Shit,' zei Zoë. 'Ik heb mijn proppen daar weggegooid. Ik ben degene die het goed wilde doen, maar nu gaat ze mijn krant terugvinden.'

'Hoe moet ze weten dat het de jouwe is?'

'Ik moet terug.'

Terwijl Zoë terugging om haar natte krantenpapier te halen, aten wij een warm taartje van de *panetteria*. Ik voelde me best lekker, al met al. Ik had in mijn thermo-ondergoed geslapen en had het warm genoeg gehad. Een avond niet drinken kon ook geen kwaad. De kurk was sissend uit de fles gekomen en Gilbert had eerst gezegd dat het secundaire gisting was, maar nadat hij het etiket had bekeken, had hij uitgelegd dat het zo hoorde. *Frizzante*, licht sprankelende rode wijn. Je zult er wel aan kunnen wennen als het echt moet. We proefden allemaal een glaasje en lieten de rest aan Gilbert over.

De mokkapot had 's ochtends lekkere, sterke koffie opgeleverd en de taartjes waren een hele verbetering na het oude brood in de *albergo* de vorige avond.

Toen Zoë terugkwam, was ze niet blij. Ze was onder het mom dat ze iets was vergeten weer binnengekomen, en de gastvrouw had argwanend om haar heen gedraaid terwijl ze er – vergeefs –

naar zocht. De natte kranten lagen nog in de prullenbak.

'Zal ik een taartje voor je halen?' bood ik aan.

'Heb je het jouwe al op?'

'Ik had wel iets voor je willen bewaren, maar...'

'... dat heb je niet gedaan.'

'Sorry, het was te lekker,' zei ik. 'Ik haal er wel eentje voor je.'

'Laat maar. Zeg liever waar we vannacht slapen. Dan kan ik vast aan het idee wennen.'

'Zo erg was het vannacht niet. Je had het toch warm genoeg?'

'Ja, toen ik eenmaal in bed lag. De keuken was ijskoud.'

'Dat hardt je tegen de kou in Yorkshire.' Ik had het waarschijnlijk beter niet kunnen zeggen. 'Wat vond jij ervan, Camille? Wil je het kopen?'

Gilbert wierp me een blik toe die ik niet had verdiend. Ik confronteerde Camille met de realiteit om haar vermoedelijke fantasieën over rustieke gastvrijheid te temperen.

'Er moet wel veel aan gedaan worden, maar...' Allemachtig, ze dacht erover na.

'Nee,' onderbrak Zoë haar. 'Gewoon nee.'

'Gaat het?' vroeg ik haar toen de anderen ons niet konden horen.

'Niet echt. Het was daar zo troosteloos. En jullie hebben allemaal droge schoenen, terwijl ik koude voeten heb.'

Het was weer een pittige dag in de bergen, maar er waren beloningen: zonnestralen die ons pad een moment beschenen, de bijzondere zwart-met-gele hagedis waar we bijna op waren gaan staan, zo goed was zijn camouflage, paarse bergbloemen en reusachtige spinnenwebben met dauwdruppels en oranje bewoners.

Terwijl wij wachtten, maakten Zoë en Camille een extra klim naar de kerk in Barbagelata.

'Bijzonder! De kerk was *très moderne*,' zei Camille.

'Gesloten,' voegde Zoë eraan toe.

'Strikt genomen is dit onze zwaarste dag sinds de Alpen. In verbruikte kilojoules,' zei Bernhard met een blik op zijn smartwatch toen we bij onze accommodatie waren.

'Is dit het?' vroeg Zoë, op een toon die me deed vermoeden dat het antwoord waar ze op hoopte luidde: *Nee, dit is maar een verwaarloosd café op weg naar het Hilton om de hoek.*

'Er is verder niets. En het is normaal gesproken op maandag gesloten. Ze gaan alleen voor ons open omdat Camille heeft gezegd dat we *pellegrini* zijn.'

'Waar gaan we eten?'

'Hier,' zei ik met een zwierig gebaar toen een ruig ogende kerel in een gescheurde spijkerbroek en laarzen de deur opendeed en er een bar zichtbaar werd, al waren er maar een paar flessen uitgestald.

Het was weer een miezerige dag geweest en we voelden ons allemaal klam. Zoë was even iets vrolijker geweest, maar nu was ze weer in mineur. Ik hoopte uit alle macht dat er verwarming was, en dat die het zou doen.

Onze man ging ons voor naar boven en mijn wens werd verhoord: er stond een grote houtkachel die al een tijdje moest hebben gebrand, want de hele etage – slaapkamer, badkamer en een kamer met stapelbedden – was warm. Niet opgeruimd – ik kreeg het gevoel dat de kamer door gebrek aan gasten een opslagruimte was geworden en de badkamer was verre van smetteloos – maar beslist warm.

'Dit is beter,' zei Camille, die weer met een kopersblik naar het vastgoed keek. 'Zoë en jij mogen de slaapkamer hebben.'

'Dat hoeft niet,' begon ik, maar ik bedacht me. 'Dank je wel. Je hebt iets van ons tegoed.'

'Vino?' vroeg Gilbert toen we aan tafel gingen. Het was niet bij ons opgekomen dat het bruisen van de vorige avond iets eenmaligs was geweest tot we de kurk verraderlijk hoorden ploppen.

'Hebt u niets zonder prik?' vroeg Gilbert, die handgebaren maakte en toen een poging deed om Italiaans te spreken. '*Non gazzo?*'

'Nee.'

'Het lijkt het Wilde Westen wel,' zei Sarah, en ze sloeg de spijker op zijn kop: het was de combinatie van onze behaarde gastheer in Levi's-jeans, de simpele saloonbar en zijn aantrekkelijke, maar gezette partner in haar boerenjurk die af en toe uit de keuken kwam. En we waren inderdaad in het westen van Italië. Misschien had Gilbert beter whisky kunnen bestellen.

'Het heeft meer van de Appalachen,' zei Zoë. 'Hoelang blijven we nog in Ligurië?'

'Tot Aulla,' zei ik. 'Nog een week ongeveer.'

Het diner bestond uit goede Italiaanse boerenkost. Het smaakte meer dan goed na de zware dag. De haard beneden brandde ook en we hadden het rijk alleen, maar in de smalle bar leek het totaal niet leeg, zoals in de grote oude hotels.

'Het lijkt wel een pub in Yorkshire,' zei ik tegen Zoë, en toen besloot ik op basis van haar reactie voorlopig niet meer aan onze toekomstige thuisbasis te refereren.

We begonnen met een enorme schaal antipasti – oké, niet bepaald vegetariërsvriendelijk – gevolgd door pasta porcini (wel vegetarisch en voldoende als hoofdgerecht voor Zoë), wildzwijn *alla cacciatora*, groene salade en cake.

Tegen het eind van de maaltijd kon ik de sprankelende rode wijn misschien niet waarderen, maar wel verdragen. Camille, Gilbert en ik besloten met een glas vuurwatergrappa.

De anderen waren al voor ons naar boven gegaan en bovenaan de trap bleef Gilbert staan en hield een vinger bij zijn lippen. Er brandde geen licht, en Sarah en Bernhard lagen bij het vuur, in het schijnsel van de vlammen, Sarah met haar hoofd op Bernhards borst.

Het handvat van het deurtje van de houtkachel lag er los naast en nadat de anderen naar bed waren, maakte ik er mijn klusproject van. Het duurde langer dan ik had verwacht, maar het gaf me tijd om na te denken. Ik wist niet hoe handig Gilbert was, maar ik kon wel voor me zien hoe hij achter een bar stond, een vuur aanstak of zelfs de maaltijd opdiende, zoals onze gastheer die avond had gedaan.

Als ik in zijn schoenen zou staan, had ik waarschijnlijk wel oren gehad naar Camilles idee: iets te doen hebben in de moeilijke jaren die zouden komen, naast het inwonend verpleger zijn. Ik was bijna jaloers. Misschien hunkerde ik gewoon naar meer duidelijkheid in de plannen voor Zoë en mij.

Toen ik naar bed ging, sliep ze.

51

Zoë

Cartoon:
Het hotel lijkt op een set van een western uit de jaren vijftig. Buiten loopt Alberto, met stoppels op zijn kin en een breedgerande hoed, met onder zijn ene arm een jachtgeweer en onder de andere houtblokken voor de haard. Door de open deur is een vat zelfgebrouwen bier op de bar zichtbaar. Perlita, die een hoofddoek draagt waar slierten haar uitpiepen, staat in de keuken brooddeeg te kneden terwijl op het fornuis achter haar iets overkookt. Drie katten winden zich om haar enkels, vlassend op een hapje.

Verhaal:
Toen ze het hotel kochten, waren ze nog maar een jaar getrouwd. Ze hadden alles bij elkaar geschraapt wat ze hadden en beide families hadden geholpen. De families verhuisden en stierven en de kinderen over wie ze hadden gedroomd kwamen niet. Het hotel is afbetaald, maar dromen hebben ze niet meer. De jaren rijgen zich aaneen. Dezelfde mensen komen week in, week uit voor een borrel of een maaltijd. Alleen als er een *pellegrino* komt, worden ze herinnerd aan hun jongere zelf en zien ze dat ze zonder het zelf te beseffen oud zijn geworden.

In lijn met mijn Wilde Westen-fantasie had ik half en half verwacht worstjes, eieren met spek en liters koffie bij het ontbijt te krijgen. Die koffie kregen we, maar voor de eiwitten moesten we het doen met een restje cake.

Voordat we vertrokken, besloot ik na een paar minuten tobben de wifi te gebruiken – voor het eerst in tijden – om mijn werk naar de *Chronicle* te sturen. Het was niet helemaal wat ik ze had voorgespiegeld, niet het positieve pelgrimsverhaal dat ik voor me had gezien, maar de verhalen en tekeningen hadden veel ziel – en zielenpijn – in zich. Wat de Chemin verder ook mocht hebben gedaan, ik was er, op mijn achtenveertigste, door geïnspireerd mijn beste werk tot dan toe te produceren. Hier kon ik mee doorgaan in Sheffield. In de smog.

De laatste cartoon bleef me bij terwijl we door de vallei liepen, eerst langs en toen over de rivier die hem doorsneed. Toen Martin de vorige avond naar bed was gekomen, had ik niet echt geslapen, maar ik had geen zin in zijn Engelse monterheid terwijl ik me voelde alsof ik in een Italiaans West Virginia zat. Omstreeks 1950. Ik was niet zonder reden uit die uithoek van Minnesota weggegaan.

Toen de ochtend overging in de middag, verdween de fletse zon en liepen we weer door mistige bossen. De geur van esdoorns deed me denken aan pannenkoeken met stroop en ik kreeg een beetje heimwee. Naar de buurvrouw die me een fijne dag wenste, het gekletter van de kabeltrams en de zilte mist als ik naar de buurtwinkel liep.

De esdoorns weken voor ander lommer en het pad was moeilijk te zien door de dikke laag bruine bladeren, maar we zouden niet verdwalen. De Chemin viel hier samen met een andere wandelroute en we volgden drie superzichtbare gele cirkels op bomen en keien en moesten regelmatig een weg oversteken. Op die plekken zagen we overal geparkeerde auto's staan. Het krioelde in het bos van de mannen van middelbare leeftijd en nog ouder met manden.

'Porcini,' zei Gilbert.

Toen we in het hotel in Prato Mollo (wat 'drassig grasveld' betekent) aankwamen, waren we hoog – in het drassige gras – en ver van de bewoonde wereld. Een rechthoekig gebouw met een schuin dak en uitzicht op... mist. Geen *pellegrini*, zoals gewoonlijk, maar er zaten wel twintig à dertig porciniplukkers aan een late lunch. En jagers. Ik vroeg me af hoe het ze lukte de porciniplukkers niet te raken.

De kamers boven waren sober en zonder verwarming, en als we niet de enige gasten waren geweest, hadden we waarschijnlijk in een zaal moeten slapen. Maar beneden was het warm, met een open vuur, en onze gastheer en -vrouw waren hartelijk.

Het diner bestond uit antipasti (net als de vorige avond, maar dan met alleen vlees, dus *salumi* was een betere benaming geweest), pasta porcini (prima, maar ook hetzelfde als de vorige avond), wildzwijnjachtschotel (idem, geen vegetarische optie) en cake (net als bij het ontbijt, maar wel lekker). Hoe moeilijk kon het zijn om wat ingemaakte groenten en vegetarische *secondi* in de vriezer te bewaren?

'Als Camille haar hostel hier had,' zei Martin, 'zou het porciniseizoen het inkomen aanvullen.'

Camille was gaan douchen, en ik had gezien dat Gilbert met een plastic stoel uit de tuin naar boven ging, naar ik aannam zodat ze kon zitten. Gewoon moe, hoopte ik. Ik keek naar de andere drie.

'Mensen, we moeten de koppen bij elkaar steken. Camille wil een hostel runnen en Gilbert is bereid erin mee te gaan, maar...'

'Ze denkt dat ze wel zonder hem kan en ze wil hem niet,' maakte Sarah de zin af.

'Wat kortzichtig is,' zei Martin. 'Ik betwijfel of ze het in haar eentje zou kunnen, laat staan in de toekomst.'

'Hé,' zei Sarah. 'Als ze niet met hem samen wil zijn, is het niet aan ons om te proberen haar om te praten. Ze mag dan wat cognitieve probleempjes hebben, ze weet heel goed wat ze wil en we moeten haar wensen respecteren. In plaats van er misbruik van te maken om te... bekokstoven wat ons het beste lijkt.'

‘Stel dat haar wens op een waanidee berust?’ zei Martin. ‘Een idee dat vrijwel zeker te wijten is aan die cognitieve probleempjes? Zoë, wil jij het verhaal vertellen?’

Ik vertelde over de rode negligé en de koelkast.

Sarah knikte. ‘Ze moet kunnen verklaren waarom Gilbert en zij uit elkaar zijn gegaan, en ze heeft stukjes en beetjes van wat er in het echt is gebeurd aan elkaar geplakt.’

‘Denk je dat ze het echt gelooft?’ vroeg Martin. ‘Wat ik bedoel is: kunnen we het haar uit haar hoofd praten?’

‘Vraag het aan een neuroloog. Maar ik denk dat Gilbert dat al heeft geprobeerd.’

Martin zette door. ‘Ik begrijp dat ze Gilbert niet gelooft, maar haar ervan overtuigen dat het niet is gebeurd, is de simpelste werkwijze. En de eerlijkste.’

‘Nou, succes ermee.’

‘Ik snap het... Ik wil haar zelfbeschikkingsrecht niet betwisten, maar het lijkt gestoord dat ze hem wil afwijzen, alles in aanmerking genomen. Vooral haar wens een hostel te runnen. Wat is belangrijker?’

Ik was al aangekomen waar iedereen nog naartoe werkte, maar het was boeiend om Martin en Sarah eens als volwassenen te horen praten en niet als vader en dochter. Misschien kwam hier nog iets goeds uit voort.

‘Ik denk,’ zei ik, ‘dat we Camille moeten overhalen hem te vergeven, maar dat kan Gilbert haar niet vragen vanwege... Martin?’

‘Zijn integriteit.’

‘Kolere,’ zei Sarah, en ik moest het met haar eens zijn.

‘Oké, hoe krijgen we haar dán zover dat ze hem vergeeft?’ vroeg Martin.

Bernhard had nog niets gezegd. ‘We kunnen Gilbert helpen een verhaal te verzinnen dat verklaart wat ze denkt te hebben gezien. Zijn broek zakte af en zij was...’ Misschien had hij beter kunnen blijven zwijgen.

Sarah rolde met haar ogen. 'Dat haar verhaal gestoord is, wil niet zeggen dat ze dat van een ander zal geloven.'

Ik bemoeide me ermee. 'Misschien als we iemand anders met hem kunnen laten flirten...'

'Hou het simpel,' zei Martin. 'We schrijven geen comedy en we moeten kunnen leven met wat we doen.'

'Blijf haar wijzen op alle dingen waar ze hulp nodig bij zou hebben in een hostel,' zei Bernhard.

'Dat is wat we in feite steeds al doen. Naast zijn sterke punten benadrukken,' zei Martin.

'Misschien iets subtieler dan jullie tot nog toe hebben gedaan,' zei Sarah. Ze vervolgde: *'Wat is het toch een fantastische kerel.'* Ik neem aan dat ze Martins stem imiteerde.

'Haar eraan herinneren dat God van ons verwacht dat we zondaren vergeven en opnemen?' Dat was mijn bijdrage, maar religieus advies kon niet werken als het uit mijn mond kwam.

Misschien moest het van de paus komen.

52

Martin

Het regende even niet, en we raakten gewend aan de meer spartaanse omstandigheden en zware wandelingen, vaak over de Alta Via. Die stond, net als de Chemin d'Assise, bekend als een belangrijke Europese wandelroute, maar hoewel het september was, een prettige wandelmaand, kwamen we alleen dagjesmensen tegen.

We hadden de gewoonte aangenomen in paren te lopen, maar na een uur of zo van partner te wisselen om ons ervan te verzekeren dat iedereen er nog was. Het telefoonsignaal was in het gunstigste geval wisselend van kwaliteit, de routemarkering liet soms te wensen over en tijdens onze afdaling over rotsachtige bosgrond was het pad vaak moeilijk te zien.

Sarah en Bernhard, die vooruit waren gelopen, wachtten ons op, en toen we er allemaal waren zei Sarah dat we stil moesten zijn.

'Wat horen jullie?' vroeg ze na ongeveer een minuut.

'Ik hoor niets,' zei Camille.

'Dat bedoel ik. Wat hoor je níét?'

'Vogels,' zei ik. Ik was Zoë nét voor. Misschien was ze niet aan het geluid van vogels gewend in San Francisco, maar nu waren we kilometers van de bewoonde wereld, in een dicht bos, en... er was geen vogel te horen.

'Ze zeiden dat de dode lente nooit zou komen,' zei Zoë, 'maar... wauw. Je hebt gelijk, Sarah.' Het was mogelijk voor het eerst dat ik een klik tussen die twee voelde.

We luisterden een tijdje. Ik dacht niet zozeer aan onze verwaarlozing van de planeet als wel aan het meer plaatsgebonden besef van verlorenheid dat Zoë duidelijk had en dat ik had afgeketst met mijn vaste voornemen van de tocht en de gastvrijheid te genieten zoals ze waren. Alleen zouden over een paar jaar, als de oude hotels net als de vogels in de vergetelheid raakten, de enige pelgrims nog die geharde avonturiers zijn die bereid waren tenten en kooksets mee te zeulen.

Bernhard verbrak de stilte. 'Het is geen lente. Het is herfst. Najaar. De vogeltrek is al begonnen en de vogels die hier blijven paren niet, maar verbergen zich voor roofdieren. Vogels zingen niet als er geen reden voor is.'

Misschien. Ik kon me niet herinneren dat ik ooit geen vogels had gehoord in een bos.

Sarah en ik wachtten tot Camille en Gilbert een voorsprong hadden en liepen toen ook door.

'Zo, hoe gaat het tussen Zoë en jou?' vroeg ze.

'Pas. Dat is toch het juiste antwoord?' Om geen negatieve indruk te wekken voegde ik eraan toe: 'Helemaal goed.'

'Serieus, je hoeft geen antwoord te geven, maar... ik wil niet dat jij – iemand – gekwetst wordt.'

'Maak je over ons maar geen zorgen.' Deed ik afwerend? Nou en of. Ik hoefde geen verantwoording af te leggen aan mijn dochter.

Toen, een paar minuten later: 'Heb je haar werk gelezen? De verhalen bij de tekeningen, bedoel ik?'

Ik had ze niet gelezen. Ik keek ervan op dat Zoë ze wel met Sarah deelde en niet met mij.

'Ik heb alleen de cartoons gezien. Ik heb er niet naar gevraagd. Hoezo?'

'Nou, je kunt het ook aan de cartoons zien als je goed kijkt. Ze lijkt ergens mee te zitten. Het gaat niet om jou.'

'Waar dan om, denk je?'

'Ik denk om Camille, maar het is meer dan gewoon een rotgevoel vanwege de MS.'

'De ziekte confronteert ons met onze eigen sterfelijkheid. Voor je het goed en wel beseft, ben je dertig.' Ik zei het met de grootst mogelijke ironie, maar het kwam toch hard aan. Zoals het bij mij ook hard aangekomen zou zijn op die leeftijd.

'Ik weet het. Mijn afstuderen leek altijd heel ver weg. Als ik me wil specialiseren, ben ik dertig tegen de tijd dat ik klaar ben. En nu ben ik ook nog een jaar kwijt.' Shit. Dat had ik niet willen oprakelen.

We hadden Camille en Gilbert sneller ingehaald dan ik had verwacht, en Sarah stak haar arm voor me uit om me tegen te houden. 'Kijk eens naar Camille. Hoe ze loopt.'

Ze had gelijk. We klommen weer, en Camille leunde op een van haar stokken, en zwaar ook, om haar linkerbeen te steunen als ze ermee afzette.

We haalden haar in en Sarah vroeg: 'Heb je een spier verrekt?'

'Hij is gewoon moe,' zei Camille.

Sarah schudde haar hoofd. Ik wist wat ze dacht. Afzonderlijke spieren worden niet 'moe', normaal gesproken niet. Ze kunnen geblesseerd raken, ja, beurs aanvoelen, ja, maar vermoeidheid is doorgaans iets algemener, en het treedt niet alleen aan de rechter- of linkerkant op.

'Zullen we er voor vandaag maar mee ophouden? Laten we de accommodatiegids erbij pakken.'

'Hoeft niet,' zei Camille, maar zonder overtuiging, en ze wilde graag opbellen. Er werd niet opgenomen.

'Het is een kilometer of vijf, voornamelijk over de weg,' zei ik. 'Zullen we proberen een taxi onze kant op te krijgen?'

'Het is alleen het klimmen,' zei Camille, en nu wilde ik haar eventueel wel geloven. En inderdaad, toen we een paar honderd meter verderop de weg bereikten, leek ze zich wel te redden.

Het hotel stond in het gehucht Passo del Bocco en het parkeerterrein was vol. We lieten onze rugzakken buiten en fatsoeneerden ons een beetje voordat we naar binnen gingen.

Het was druk in het restaurant: jagers en plukkers aan de

lunch. Waarschijnlijk hadden ze de telefoon niet eens gehoord.

Ik slaagde erin een serveerster te onderscheppen.

'Nee. Geen kamers,' zei ze, en ze onderstreepte het met een handgebaar.

'Vol? *Completo?*'

Ze gebaarde door de zaal, wat duidelijk betekende: *We hebben al genoeg voor onze kiezen met dit stel zonder dat er ook nog mensen komen binnenlopen die een kamer willen.*

Ik wees naar Camille om aan te geven dat er iemand geblesseerd was. De serveerster haalde haar schouders op.

'*Pellegrini*,' zei Bernhard, en toen veranderde haar gezicht op slag: *Waarom zeg je dat nu pas?*

'Wacht. Drinken.' We werden aan de bar gezet tot de lunchdrukte luwde en toen bracht een man van middelbare leeftijd ons naar onze kamers boven. Camille had het nog steeds moeilijk en trok haar linkerbeen op elke traptree bij, zelfs zonder haar rugzak.

Als dit een nieuw stadium van haar MS inluidde, zat haar wandeltocht erop.

53

Zoë

'Het is niets,' zei Camille. 'Ik moet gewoon uitrusten.'

'Het wordt erger,' zei Gilbert. 'Ik heb haar arts gebeld, en hij zegt dat het de ziekte is. Het kan weer een tijdje beter gaan, of niet. We moeten afwachten.'

'Ik zal je masseren,' zei ik.

Sarahs gezicht betrok.

'Het kan geen kwaad,' zei ik. 'We hebben al bijna duizend kilometer gelopen. We voelen het allemáál in ons lijf.'

Het mijne deed in elk geval raar. Het brandde in mijn linkerdij. En ik had gevoelloze plekken. Ik wilde er niet aan denken. Misschien voelde ik met Camille mee.

'Massage is prettig, ook al lost het het probleem niet op.' Bernhard glimlachte breed naar Sarah. 'Zelfs als er geen probleem is.'

Ik had een massagecursus gevolgd, maar ik had geen ervaring met zwaardere fysieke problemen dan spierpijn en lichte overbelasting. Maar toen ik Camille ontspannen op haar buik had liggen, zag ik dat haar linkerarm dunner leek dan de rechter. En haar linkerhand trilde, al leek ze het zelf niet te merken. Daar kon ik niets tegen doen, maar ze had knopen in haar schouderspieren en ze leek tot rust te komen toen ik met mijn duimen diep tussen haar schouderbladen drukte.

Toen ik klaar was, ging ze staan – en viel meteen weer om. Ik kon haar nog net opvangen voordat ze de vloer raakte. Camille lachte. 'Mijn been, het doet dit. Het valt in slaap en vergeet dat het me overeind moet houden.'

O, Camille toch. Ik dwong mezelf te glimlachen.

'Maar dit is niet het probleem dat ik vandaag had. Ik denk dat dat wel in orde komt.'

'Je weet dat we langzamer kunnen gaan. We kunnen ook ophouden en terugkomen als je sterker bent.' Het klonk zelfs mij niet overtuigend in de oren.

'Ik moet het nu doen, met jou,' zei Camille.

Ik werd overspoeld door emoties, en de meeste kon ik niet duiden, maar dit was een van de weinige keren dat ze me iets liet merken van de band die het trauma van haar abortus, de wreedheid van mijn moeder en de jaren afwezigheid had doorstaan. Opeens was haar vertrouwen in mij een bron van kracht – en overweldigend.

'Camille,' zei ik, 'natuurlijk ben ik er voor je, maar zie je niet dat Gilbert er ook voor je is? Die man is ongelooflijk. En hij is zo gek op je.' Ik voegde er snel aan toe: 'Ook al heeft hij het een keer verprutst.'

Als mijn massage iets had bereikt, was dat nu in één klap ongedaan gemaakt.

'Mannen zijn sneu. Zelfs Martin. Gisteravond wilde hij met me over seks praten.'

Als Camille het gesprek een andere draai had willen geven, was dat gelukt.

'Hè?'

'Ik had hem nooit over Gilberts *liaison* moeten vertellen. Hij wilde alles haarfijn weten. En hoe dat moest. Kun je me volgen? Hoe je het tegen een koelkast moet doen. Ik hoop dat ik geen verrassing voor je bederf.'

'O, shit. Wat naar voor je.' Ik wist precies wat er gebeurd moest zijn. 'Ik denk dat hij gewoon wilde begrijpen...'

'Er valt niets te begrijpen.'

'Je bent wel hardvochtig...'

'Als Keith geen zelfmoord had gepleegd, waren jullie dan nog bij elkaar geweest?'

'Ik mag graag denken dat als ik terug in de tijd kon gaan, ik zijn depressie zou hebben opgemerkt en dat ik hem dan had geholpen.'

'Dat bedoelde ik niet. Stel je voor dat hij honderd zou worden.'

'Ik... ik weet het niet.' Nu begreep ik haar, en dat kon ze zien.

'Dus, als je nog één dag te leven had, zou je die dan met Keith of met Martin doorbrengen?'

'Met Martin.'

'Ik heb geen Martin en die zal ik misschien ook nooit krijgen, maar als ik bij Gilbert blijf, is de kans helemaal verkeken.'

'Zou het kunnen dat jij iets zoekt wat niet bestaat? Ik bedoel, Sarah en Bernhard: prille liefde, verliefdheid – dat is niet waardoor een huwelijk standhoudt.'

'Zoë,' zei Camille hoofdschuddend. 'Misschien ken ik jou ook niet meer. Sinds wanneer ben jij zo praktisch?'

Was dat wat de Camino de Santiago met me had gedaan? Of kwam het door Keiths dood, dat ik hem niet had geholpen, dat ik een muur had opgetrokken en het praktische als schild gebruikte?

'God,' zei Camille, 'heeft me vertrouwen geleerd. Waar vertrouw jij op?'

Ze ging staan en ik liep met haar mee naar beneden, waar de anderen de kaart al zaten te bekijken, alleen in het immense restaurant dat een paar uur eerder nog vol porciniplukkers had gezeten.

'Ik ben een ander mens,' zei Camille, al liep ze nog behoedzaam. 'En zo niet, dan besef ik in elk geval hoe praktisch Zoë is. Als Martin niet met haar trouwt, kan ze iets met Gilbert beginnen na mijn dood.'

54

Martin

'Wat had dat te betekenen?'

'Wat had wát te betekenen?'

'Jij en Gilbert. Iets beginnen.'

We waren in onze kamer. We hadden Camilles opmerking allemaal laten lopen, zoals zo vaak, zelfs Gilbert, maar ik was nieuwsgierig naar de aanleiding.

'Jaloers? Het is een schatje. Een gecultiveerde Fransman die springt als zijn vrouw zegt dat hij moet springen en die haar föhn door half Europa zeult. Wat is er nou niet leuk aan hem?'

'Zijn lever en zijn banksaldo, waarschijnlijk. Hij springt met allebei een beetje achteloos om.'

'Je bent écht jaloers.'

'Nou, we hebben allemaal al vastgesteld dat hij een godsgeschenk aan alle vrouwen en de hele mensheid is, en eerlijk gezegd doen sommigen van ons hetzelfde als hij zonder dat er zo'n drukte om wordt gemaakt.'

'Als ik een hostel wilde beginnen, zou jij dan alles laten vallen – je baan, Sheffield, Engeland – om mij bij te staan? Ik bedoel, echt?'

'Natuurlijk. Als dat was wat je echt wilde. Als het echt je passie was, zou je een beter argument voor me hebben om weg te gaan dan ik heb om te blijven.'

'Oké. Ik wil een hostel beginnen.'

Ze keek me recht aan, maar ik kende haar goed genoeg om te weten dat het bluf was. Ergens was ik een beetje teleurgesteld.

'Italië of Frankrijk?'

'Heb je iets tegen Spanje?'

'Serieus, wat je dromen ook zijn, ik wil er deel van uitmaken. Ik dacht dat ik dat al tegen je had gezegd.'

Zoë ging naar de badkamer om haar tanden te poetsen en ik verwachtte half en half dat ze me bij haar terugkeer over een wilde droom zou vertellen waar ik nog niets van wist.

'Heb je het ooit staand gedaan?' vroeg ze. 'Achterlangs?'

Het voor de hand liggende antwoord was dat ik het graag wilde proberen, maar ik wist waar de vraag vandaan kwam. 'Ik probeerde Camille over te halen me precies te vertellen wat ze had gezien, want volgens mij is wat zij beschreef fysiek onmogelijk.'

'Ik hoop dat je niet van plan was het te demonstreren.' Ze lachte. 'Jij hebt echt een beschut leventje geleid.'

'En...'

Ze wees naar de kleerkast. 'Ik vind dat sprekend een koelkast.'

Na Sarahs opmerking over zingende vogels waren we ons er nu bij elke rustpauze sterk van bewust dat we ze niet hoorden. *Crickets*, noem je een onheilspellende stilte, en krekels vormden inderdaad het overheersende hoorbare leven. We waren in alpenwoud en leken de zwijnenjagers en porciniplukkers achter ons te hebben gelaten. We waren nog steeds op de Alta Via dei Monti Liguri, maar we hadden nog geen *pellegrino* gezien. Nog geen fietser: dit waren geen fietspaden. We waren alleen met de krekels.

Een wandeltocht maakt je altijd bewust van milieuproblemen. Vandaag was een rij windturbines op de heuveltoppen de aanleiding voor een discussie over energie. Sarah en Zoë spraken hun steun uit voor duurzame energie, zoals te verwachten viel. Gilbert, die zoals altijd de confrontatie uit de weg ging, zei dat de grote molens niet esthetisch verantwoord waren en Bernhard, die zoals altijd de confrontatie opzocht, zei dat zijn generatie de prijs zou moeten betalen voor de egoïstische kortzichtigheid van Gilberts generatie.

'Frankrijk en Italië zijn het probleem niet,' zei Gilbert. 'Ontwikkelingslanden eisen het recht om net als wij in het verleden fossiele brandstoffen te gebruiken om onze levensstandaard te bereiken...'

'Waarom fossiele brandstoffen? Als duurzame energie economisch aantrekkelijk wordt gemaakt, mogelijk door subsidies...'

Bernhard gaf een uiteenzetting, een lange, en hoewel hij zich net zo irritant betweterig gedroeg als altijd, was het moeilijk om zijn verhaal inhoudelijk te bekritiseren. Hij had zijn huiswerk gedaan.

Gilbert was in elk geval onder de indruk. 'Je argumenten zijn goed. Je zou ze breder moeten verspreiden.'

'Bernhard zou een goede activist zijn,' zei Zoë.

'Ik geef niet om politiek,' zei Bernhard, 'maar er moet aan gewerkt worden om deze ideeën in praktijk te brengen.'

Ik keek naar Zoë in de verwachting een glimlach te zien, en die zag ik. Ze zou er ongetwijfeld later iets over zeggen tegen me: hoe de Chemin je transformeert. Er was weinig tegen in te brengen.

Onze B&B stond ruim een kilometer van het pad, in een boomgaard. Voor zover we het konden beoordelen was er geen andere keus. Het was er een van de traditionele soort: een groot huis, met een gedeelte voor de eigenaren en een voor de gasten, die laatste gelukkig met drie slaapkamers.

Camille was enthousiast. 'Er is kilometers in de omtrek niets anders te vinden. Ik heb het gastenboek gecheckt. Bijna allemaal pelgrims. De meeste uit Frankrijk. Twee of drie per week. Dat zou genoeg voor mij zijn; ik zou de fut niet hebben om elke dag te koken en raad te bieden.'

'En je zou de boomgaard hebben. Je eigen fruit wecken en jam maken.'

'Natuurlijk, en de tuin voor groenten en kruiden.'

'Misschien zou Gilbert wat druivenranken kunnen planten, zelf wijn maken.'

Camille barstte in lachen uit. 'Nu maak je weer een grapje. Gilbert, Italiáánse wijn maken? Met de frizzante? Over zijn lijk.'

'Hoe vind je het hier?' vroeg ik aan Gilbert toen we samen het houtfornuis aanstaken.

'Het bevalt me wel. We kunnen samen zijn, maar hebben ook privacy. En de eigenaren kijken ons niet op de vingers.'

'Ik zat te denken aan jou als eigenaar. Met Camille.'

'Ik ga niet in Italië wonen. Camille wil niet elke avond pasta maken. Als we een gîte kopen, is het in Frankrijk.'

Voor ik naar bed ging, stuurde ik een e-mail aan Jim, mijn makelaarsvriend in Cluny. Ik had een idee. Twee ideeën, eigenlijk.

55

Zoë

Na het eten met de eigenaren, een echtpaar van in de zestig, gingen we om het vuur zitten, waar we ook onze kleren te drogen hadden gehangen. Martin was Gilbert weer aan het bewerken – wel volgens plan, maar niet erg subtiel.

'Het lijkt me wel een gelukkig stel – een leuk leven. Ik bedoel, je beseft hier amper in welk land je bent.'

Gilbert schudde zijn hoofd. 'Een bord pasta met saus, geen twijfel mogelijk.'

'Alleen omdat deze pasta zo lekker was. Pasta is universeel.'

'Dat is waar. Renato is een uitstekende gastheer, voor een Italiaan.'

Renato had de leuke dingen gedaan, zoals wijn inschenken en met ons mee-eten. Zijn vrouw, die die heerlijke pasta had bereid, hadden we amper gezien. Zij zat in de keuken opgesloten om het zes gasten en haar man naar de zin te maken. Ik zei er iets over, omwille van Camille.

'Hé, hij is degene die vroeg op moet,' zei Martin. We waren verder naar het zuiden, en lager, dus het was weer warmer. We hadden om een vroeg ontbijt gevraagd en toen begrepen dat we het de eigenaren moeilijk maakten, maar Renato wilde ons per se van dienst zijn en had aangeboden om halfzeven 's ochtends een ontbijt te verzorgen.

'Zo, Camille en ik gaan slapen,' zei Gilbert, die ging staan. Sarah en Bernhard volgden, maar Camille kwam niet in beweging.

Martin en ik hadden Camille tot nog toe niet echt van Gilberts sterke punten kunnen overtuigen. Het was tijd voor het laatste idee op de lijst.

‘Denk je dat Gilbert hoopt vergiffenis te krijgen?’ vroeg ik haar.

‘Van mij of van de paus?’

‘Misschien van God? En dan van jou?’

Camilles gezichtsuitdrukking deed vermoeden dat het nog lang niet zover was.

‘Het lukt niet,’ zei ik tegen Martin toen we naar bed gingen.

‘Alle beetjes helpen,’ zei Martin. ‘Misschien moet ze eerst een hostel beginnen en zien dat ze het niet kan voordat ze teruggaat naar Gilbert of zijn hulp inroept.’

‘Dat is niet bepaald eerlijk tegenover Gilbert.’

‘Hij heeft die keus gemaakt. Liefde heeft niets met eerlijkheid te maken.’

En Martin had gezegd dat hij hetzelfde voor mij zou doen. *Wat mijn dromen ook waren, hij wilde er deel van uitmaken.* Niemand had ooit zoveel waarde gehecht aan wat ik wilde. Kon ik maar zorgen dat Camille dat ook apprecieerde.

Wat natuurlijk betekende dat ik naar Sheffield zou gaan. Ik had erover gepiekerd en het was niet het allerbelangrijkste. Al woonde hij naast de fabrieksschoorstenen en had hij geen uitzicht op zee. Al had je door de smog toch geen uitzicht. Nu ik mijn besluit had genomen, voelde ik de spanning uit me vloeien.

Ik had me zorgen gemaakt om Camille, maar Martin had me altijd gesteund, ook al moest hij ook in Sarahs behoeften voorzien, en ik kon met hem praten zoals ik dat nooit met Manny of Keith had gekund. Soms ontweek hij een antwoord, maar alleen om zichzelf de tijd te geven om erover na te denken. Hij zag vaak dingen die mij waren ontgaan. Vaker dan de eerste keer.

Hij was voor en door mij veranderd, ook al had hij niet verwacht dat we een stel zouden worden. Of we nu wandelden, in Sheffield woonden of in San Francisco, dit was degene bij wie ik wilde zijn. Het ging allemaal om de mens. De plek deed er niet toe. Nou ja, minder.

Het was donker toen de wekker van mijn telefoon ging. Het was nog koel buiten, en tegen de tijd dat we allemaal in de ontbijtkamer met uitzicht op de vallei kwamen, was er een gulden gloed aan de horizon. We hoorden geredder in de keuken en we roken verse baksels en sterke koffie. Renato gaf Gilbert het goede voorbeeld.

Toen kwam Renato's vrouw – we hadden haar naam niet eens opgevangen – tevoorschijn met een gezicht dat zei: *Mannen, wat had je dan verwacht?*

'Ik denk dat ze hem niet in haar keuken wil hebben,' zei Camille.

Ik bruiste van de energie: een goede nachtrust, een uitgebalanceerd ontbijt en fruit in mijn rugzak. Mijn been was nog gevoelloos, maar het brandende gevoel was weg. Ik wilde er niet aan denken.

Bernhard en ik liepen voorop. Ik merkte amper dat we op de terugweg naar het pad moesten klimmen. De opkomende zon bespikkelde de bergen met een flets, geel licht en de silhouetten van de windturbines zorgden voor een krachtige, en voor mij harmonieuze, juxtapositie van oud en nieuw. De kapel boven op de heuvel voegde een extra element aan de compositie toe.

Toen we er aankwamen, en de anderen ons hadden ingehaald, gingen Camille en ik naar binnen voor het kaarsritueel.

Sinds het gesprek met Camille over Keith en of ik bij hem zou zijn gebleven, was ik ook gaan nadenken over Manny, mijn eerste echtgenoot en de vader van de meiden, bij wie ik was weggegaan toen duidelijk werd dat hij de verantwoordelijkheid van het vaderschap niet aankon. Hadden we het ooit over onze dromen en ambities gehad? Eventjes, dacht ik, voordat we overweldigd werden door het ouderschap.

Terwijl ik naar de vergezichten met akkers en bossen rondom me keek, hier en daar verhuld door mist, voelde ik iets van wat mijn zwangerschap hem had gekost: de vrijheid die we allebei hadden moeten opgeven. Het was net zo goed zijn schuld als de mijne dat ik zwanger was geraakt en ik zou nooit spijt krijgen van mijn dochters... maar toen ik een kaars voor hem opstak, zei ik sorry voor mijn vijftig procent van de verantwoordelijkheid voor de timing en het gebrek aan overleg en keus.

Camille liep niet makkelijk en ze struikelde bijna toen we de kapel uit kwamen, maar Martin gaf aan dat Sarah, Gilbert en hij het in de hand hadden, dus liepen Bernhard en ik door, de uitzichten tot aan de horizon achter ons latend, want de klim bracht ons weer naar het bos.

De betoverende lichtshow van de dageraad werd gevolgd door exquise groepjes knalrode en oranje paddenstoelen en heksenkringen die mijn meiden in verrukking zouden hebben gebracht toen ze nog klein waren en die dat effect op mij nog steeds hadden. Het was leuk, zelfs op mijn leeftijd, om te denken aan de sprookjesfiguren die het bos bevolkten. Bernhard leek zich te verwonderen over mijn belangstelling. Gilbert zou net zo reageren: de paddenstoelen waren immers niet eetbaar.

'Voor mij gaat het wandelen over eenwording met de kosmos; het voelen van de kracht van de natuur en die gebruiken om nieuwe energie te krijgen,' zei ik.

'Tijd om na te denken,' zei Bernhard. 'Op de universiteit wordt te weinig diep nagedacht.'

'Waar denk je over na?'

'Wat ik met mijn leven wil doen. Een grotere vraag is er niet.'

Sarah en hij hadden alle tijd om dat uit te zoeken, of dat dachten ze tenminste. Waar bleef al die tijd?

'Komt Sarah ook in je gedachten voor?'

'Komt die vraag van jou of van Martin?'

'Van mij. De jeugd is vol vreugde en mogelijkheden, maar kan ook pijn doen. Je bent heel goed in het bevredigen van haar fysieke behoeften... Shit, ik bedoel het ontbijt...'

Bernhard lachte.

'... maar vergeet niet dat zij ook zingeving zoekt. Arts zijn is heel belangrijk voor haar. Ze stond meteen voor Camille klaar toen die een zonnesteek kreeg.'

'Natuurlijk. Maar ik zeg tegen haar dat als ze mensen wil redden, het bouwen van windmolens meer impact heeft. Heeft Sarah je verteld dat ik daarover nadenk?'

'Nee, maar je praatte er gisteren bevlogen over. Wat super is, maar het is geen wedstrijd.'

Bernhard grinnikte. 'Misschien kan ze met me mee naar Afrika. Dan zou ze haar vader niet meer in de buurt hebben. Een goede oplossing voor ons allebei, misschien?'

56

Martin

Na zes weken en één dag op pelgrimstocht naar Rome waren we ruim over de helft, nog steeds in de Apennijnen, nog steeds alleen in de natuur met soms spectaculaire landschappen, en we overnachtten nog steeds in vervallen hotels met wispelturige verwarming, onberekenbare bediening en degelijke Italiaanse kost.

Ons onderkomen van vanavond, iets van de route af, in de buurt van Bergugliara, leek in de eerste plaats een pizzeria. Het had geen zin om te proberen Gilbert over te halen hier een project in te zien; ik betwijfelde ook of Camille zoiets in gedachten had. Misschien zou haar gîte op een dag concurreren met de pizzeria, maar het had zijn voordelen om de enige gelegenheid in het dorp te zijn. En om pizza te serveren.

Camille en ik waren zeker twee uur bezig met het regelen van onderdak voor de komende dagen; het was vooral een kwestie van de weinige beschikbare mogelijkheden aaneenrijgen tot wandeldagen van een redelijke lengte. Meer werk voor mij dan voor Camille, maar ze leek het leuk te vinden om erbij betrokken te zijn en weigerde zich nee te laten verkopen aan de telefoon. Het was gewoon prettig om samen met haar bezig te zijn en ze leek me te hebben vergeven dat ik haar had uitgehoord over de technische aspecten van staande seks. Ik zorgde wel dat Zoë niet het idee kreeg dat ik het té prettig vond.

Deze avond stond er nog iets op mijn agenda, en ik verheugde me er meer op dan netjes was.

'Ben je ooit in Marokko geweest?' vroeg ik.

Haar gezicht zei me alles wat ik wilde weten. Jim had mijn

e-mail beantwoord. Dat Camille en hij ieder afzonderlijk de medina van Fez hadden genoemd, dat hij *chez* Camille had gegeten en dat hij zich herinnerde dat Jezus over het echtelijke bed waakte, was allemaal geen toeval. Goed, dat laatste kon hij in zijn functie als makelaar hebben gezien; uit zijn open, eerlijke antwoord was af te leiden dat hun verhouding beperkt was gebleven tot een onbezonnen weekend in Fez.

'Hoelang weet je dat al?' vroeg Camille.

'Pas sinds vandaag. Ik heb een mailtje van Jim gekregen.'

Ze wist waar ik naartoe wilde. 'Maar ik was discréét, Gilbert niet.'

'Maar ík weet ervan. En...' Ik wees omhoog.

Ze zuchtte diep. 'Ik geef me gewonnen. Ik zal Gilbert vergeven. Ik zal het tegen hem zeggen en hij zal er blij om zijn. Zoë en jij ook.'

Het was het resultaat dat ik had gewild, maar ik was er niet van overtuigd dat we de hele oorlog al hadden gewonnen.

Na de pizza's, waarvan zelfs Zoë als Amerikaanse moest toegeven dat ze onovertreffelijk waren, ging ik het gesprek met Sarah aan. De aanleiding was dat toen we waren aangekomen met Bernhard en Sarah en er om vooruitbetaling werd verzocht, Bernhard meteen een creditcard op de balie had gelegd, zodat ik niet, zoals gewoonlijk, voor beide kamers kon betalen.

'Ik betaal de onze wel,' had hij gezegd.

'Volgens mij hou je de rest van de wandeling meer zakgeld over,' had Zoë gezegd toen we de trap op liepen naar onze kamer. Wanneer hadden we voor het laatst een lift gezien? Het was altijd de laatste klim van de dag.

'Denk je niet dat het eenmalig was?'

Ik hoefde Zoë's antwoord niet af te wachten. Bernhards lichaamstaal had gezegd: *Van nu af aan betaal ik voor Sarah. Jij bent niet langer de belangrijkste man in haar leven. Ik, Bernhard fucking*

Müller, arrogante millennialplurk uit Stuttgart en je eenmalige compagnon, heb me met een zwaai van mijn creditcard de rol toegeëigend die jij twintig jaar hebt gehad. M'n rug op, Martin Eden.

Toen ik die interpretatie aan Zoë voorlegde, schoot ze in de lach. 'Je zou niet patriarchaler kunnen zijn, al deed je nog zo je best. Ze hebben sámen besloten voortaan zelf te betalen. Je twintigjarige dochter begint zich eindelijk van je los te maken. Dat wilde je toch ook?'

Eigenlijk was dat niet zozeer wat ik wilde. Ik wilde dat ze haar hoofd en haar leven op orde kreeg. Onafhankelijkheid was van later zorg. Bernhard had de hele dag lyrisch gepraat over goedkope duurzame energie in Afrika en ze had aan zijn lippen gehangen. Ik had het verband gelegd. 'Zich losmaken' kon erop uitdraaien dat ze de rest van haar vrije jaar als zijn hulpje ging doorbrengen in een derdewereldland... want meer dan zijn hulpje zou ze niet zijn. Bernhard, gediplomeerd of niet, was de ingenieur.

Al zou het waarschijnlijk wel goed op haar cv staan als ze zich aanmeldde om haar studie te vervolgen. Drie maanden iemand met complexe fysieke en mentale problemen ondersteunen, een halfjaar liefdadigheidswerk in een ontwikkelingsland; als ze in de medische wereld nog waarde hechtten aan bevlogenheid en fatsoen, stond ze er goed voor.

Sarah loodste me mee naar de bar, waar we vaststelden dat ik nog wel een drankje voor haar mocht betalen.

'Pap, ik ga niet naar Afrika.'

'Bernhard en jij hebben het de hele dag over niets anders gehad. Ik dacht gewoon...'

'Nee. Maar wat vind je van zijn ideeën?'

Diep ademhalen. *Laat je houding ten opzichte van Bernhard erbuiten.* 'Toevallig vind ik dat het iets is wat gedaan moet worden. Ik denk dat hij, voor een onervaren iemand – niet om hem te beledigen, maar hij is een jongen van tweeëntwintig...'

'Drieëntwintig.'

‘Met een master in bedrijfskunde. Hij zou een goede ingenieur kunnen zijn, en als hij naar Afrika ging met een kwalificatie op dat gebied, misschien een masterspecialisatie in duurzaamheid of de werking van windturbines, zou hij veel meer kunnen doen dan de doorsneevrijwilliger in het buitenland.’

Ik zat hardop te denken, maar wat er in me opkwam beviel me wel. Misschien zou Bernhard me ooit nog eens bedanken.

‘Precies wat wij ook dachten, pap. Ik ook.’

‘Bedoel je dat je het met me eens bent?’

‘Ook, maar wat ik zeg is dat ik ook ingenieur wil worden. Samen met Bernhard. Dat is ons plan.’

‘Godallemachtig.’

‘Ik dacht dat je blij zou zijn. Ik bedoel, ik treed toch min of meer in je voetsporen.’

‘Wil je je studie geneeskunde niet eerst afmaken?’

‘Weet je, dat is wat iedereen altijd tegen je zegt. “Eérst de basis leggen; dan kun je later doen wat je wilt.” Dan zie ik – sorry, pap – mensen zoals jij, in de vijftig, die nog steeds met de voorbereidingen bezig zijn of tot later wachten in plaats van te doen wat ze willen. Alsof ze het eeuwige leven hebben of zo.’

Sarah had een punt, maar het zou een boeiend gesprek met Julia worden.

Op weg naar bed, nadat ik mijn best had gedaan om me met de richting van de levens van alle anderen te bemoeien, dacht ik eens na over mijn eigen leven.

57

Zoë

De wandeling naar de Passo dei Cassoni liep over een brede bosweg tussen dichte varens, hoog langs de bergkam. Het weer paste bij het traditionele bergklimaat, met nu en dan mist en wind, maar we zaten nooit lang zonder uitzicht.

De dag eindigde in weer een jagerswijkplaats, met lange tafels die nog niet waren afgeruimd na de lunch. We hadden allemaal koudweerwandelkleding aan, want de verwarming was uitgeschakeld. Toen we klaar waren en naar boven gingen voor een warme douche, zag Sarah me kennelijk grimassen.

'Gaat het wel?'

'Ja, niets aan de hand.'

'Je bedoelt dat ik me met mijn eigen zaken moet bemoeien, zeker?'

Oké dan. Ik haalde diep adem. 'Het heeft even geduurd, maar ik kan nu oprecht zeggen dat ik blij ben, heel blij, dat je bent meegekomen.'

Sarah liet het even bezinken. 'Weet je, ik vind het prima, pap en jij. Ik was gewoon niet... Nou ja, ik was er niet op voorbereid dat jullie tweeën er nog steeds niet uit waren, zeg maar.'

Ik moest wel glimlachen, deels omdat ik sinds een paar dagen het gevoel had dat we er wél uit waren, ik in elk geval. 'Oude mensen horen te weten wat ze doen, hè?'

Ze lachte. 'Zoiets. Maar vertel eens waar het pijn doet. Ik ben je nog iets schuldig voor de blaren.'

'Het was gewoon een steek... iets geks. Het stelt niet veel voor.'

Ze wachtte. Ze zou waarschijnlijk een goede arts worden.

'Tintelen en gevoelloosheid, en ik had een brandend gevoel in mijn been dat is teruggekomen. Misschien gewoon ischias.' Wat volgens dokter Google vermoedelijk een rughernia betekende. Niet leuk, maar beter dan kanker – of MS.

'Waar?'

Ik wees naar de zijkant van mijn been.

Sarah fronste haar voorhoofd. 'Dat is geen ischias. Sorry... ik weet het niet.'

Het was dus waarschijnlijk iets ergers.

Camille was al in de badkamer toen ik er aankwam, maar er waren twee douchecabines en ik nam de andere.

'Ik heb besloten,' zei Camille boven het geluid van stromend water uit.

O, shit. Wat nu weer?

'Ik zal Gilbert vergeven. En hij wordt de bedrijfsleider van het hostel.'

Als ik niet bloot aan de andere kant van een wand had gestaan, had ik haar omhelsd.

'Wat zal hij blij zijn,' zei ik.

'Er is te veel werk... te veel werk dat ik niet wil doen, dat Gilbert op zich zal nemen.'

Martin had gelijk. We waren tot haar doorgedrongen. Maar haar toon maakte me blij dat ik haar niet had kunnen omhelzen.

'Een relatie is altijd een compromis,' zei ik. 'Ik bedoel... Ik heb besloten dat ik verdomme maar moet zorgen dat het iets wordt in Sheffield, in elk geval zolang Martin daar nog een baan heeft. Wat betekent dat ik een van de beste steden van de wereld achter me moet laten.'

'Ja,' zei Camille, die met een handdoek om haar haar uit de douche kwam. 'Maar jij sluit een compromis voor de liefde. Ik moet het om praktische redenen doen.'

We aten met de familie in hun volle keuken – minder ruimte die verwarmd moest worden – compleet met een echte telefooncel en een papegaai in een kooi. We werden als stellen aan drie verschillende tafels gezet, met een liter wijn op elke tafel.

Aan tafel praten was anders dan onder het lopen. Ik moest moeite doen om het verdriet en de spijt af te schudden waar Camille me mee had opgezadeld. Kon ze maar liefde voor Gilbert voelen.

'Ze put haar vreugde wel uit het redden van pelgrims, in spiritueel opzicht,' zei Martin. 'Een huwelijk is niet alleen maar hartjes en bloemen. Als ze Gilbert heeft vergeven, kunnen ze in elk geval door, en misschien kunnen ze iets vinden wat net zo goed is als, of beter dan wat de meeste mensen hebben.'

'Camille zou zeggen: "Waarom moet ik daar genoegen mee nemen?" Sarah en Bernhard zouden het er ook niet voor doen.'

'Dat zeg je nou wel, maar ik heb Sarah gisteravond gesproken en het was een en al gezamenlijke plannen en elkaar steunen. Het maakte me een beetje nederig.'

'Dat is niets voor jou... Grapje. Ga door.'

'Ik zal je een verhaal vertellen over Jonathan.'

Martins militaire vriend. Een generaal of kolonel die in een 'kast' woonde. Ik begreep pas sinds kort dat het een voorname kast van een huis was. In zijn eentje. Hij zou meteen in zijn element zijn hier in Ligurië.

'Jonathans familie – die waarin hij is opgegroeid – was schatrijk, maar zijn ouders leefden altijd sober,' begon Martin.

'Waren er drankproblemen geweest?'

Martin lachte en legde uit dat ik hem verkeerd begreep. Geldproblemen. Van de rijken.

'En hij wilde heel graag een modelspoorbaan. Je weet wel, zo eentje waar je een hele kamer voor nodig hebt, met wissels en spoorwegovergangen en viaducten?'

Ik begreep wat hij bedoelde. Vaag.

'Hij had een beginset en kreeg aanvullingen voor zijn verjaardag en met Kerstmis, maar zelfs een wagon kostte weken zakgeld...'

'Dus nu heeft hij er een voor zichzelf gekocht? Daar speelt hij mee in zijn kast?'

Martin schudde zijn hoofd. 'Dat is het tragische. Hij blijft losse onderdelen kopen – waarschijnlijk heeft hij er genoeg om een paar kamers mee vol te bouwen, maar hij stapelt de dozen gewoon op en zegt dat hij er ooit een keer iets mee gaat doen.'

Ik vroeg me af waar Martin naartoe wilde.

'Ik moest er door Sarah aan denken,' zei hij. 'Ze beschuldigde me ervan dat ik mijn tijd besteed aan plannen maken en dromen over dingen zonder ze ooit echt waar te maken.'

'Dat is niet waar,' zei ik. 'Misschien voor de Camino... maar daarna heb je je architectuurdroom waargemaakt.'

Martin haalde zijn schouders op. 'Dat zal wel net zoiets zijn als dat treinen sparen van Jonathan. Het was een oude droom. Misschien niet wat ik écht wilde. Zoals ik al zei, ik mag dan op de Academie van Bouwkunst werken, ik doe in wezen nog hetzelfde als voorheen. Maar goed, wat ik wilde zeggen, ik heb het steeds maar over dromen en alles, en ik weet dat Sheffield... het niet is voor jou.'

'Ik vind het niet erg om naar Sheffield te gaan. Ik red me wel in de smog.'

'Smog? We leven niet in de jaren zestig. En je hebt het over Londen. Sheffield staat ongeveer tot Londen als San Francisco tot Los Angeles.'

'Wil je San Francisco nou met Sheffield vergelijken?'

'Wat ik probeer te zeggen is dat ik overal wil wonen waar ze me willen hebben. Los Angeles, San Francisco... Santiago de Compostela, voor mijn part. Als ik jou maar bij me heb.'

Terwijl hij mijn reactie afwachtte, schonk hij wijn uit de karaf in zijn glas. Ik glimlachte. Ik had alles wat mijn hartje begeerde, maar ergens in mijn binnenste voelde ik een lichte huivering.

En toen ik voor het slapengaan naar mijn e-mail keek, huiverde ik echt. De *Chronicle* had mijn cartoons afgewezen.

58

Martin

Toen Zoë naar bed was gegaan, deelde ik het restant van onze wijn met Gilbert. Onze gastheer en -vrouw hadden zich teruggetrokken en ons in de keuken achtergelaten, met de sintels van het vuur om ons warm te houden.

'Hoe gaat het met Camille?'

'Niet beter, misschien iets slechter. Het komt en gaat. Tijdens het lopen gaat het meestal goed, maar 's ochtends, 's avonds...'

'Maar met jullie tweeën? Je zei dat dat beter ging.'

'Ons... fysieke... leven is een stuk beter.' Hij lachte. 'Niet zo goed als dat van jullie.' Hij kromde zijn vingers en krabde in de lucht. 'Maar ze is... lastig. Ze denkt niet rationeel over dat hostelidee.'

'Hoezo?'

'Het is een obsessie geworden. Ze weegt de voor- en nadelen van de opties niet tegen elkaar af. Ze wil meteen beslissen, wat inhoudt dat we iets in Italië kopen.'

'En jij?'

'Die oude hotels zijn niet geschikt. De koopprijs zou laag zijn, maar ze zijn te lang verwaarloosd en de sfeer is hoe dan ook niet wat Camille zoekt en... ik wil niet in Italië wonen.'

'De Chemin begint in Frankrijk.'

'Net als de chemin naar Santiago. Als ze me tijd geeft, kunnen we hostels dichter bij huis bekijken. Intussen moeten we het voortschrijden van de ziekte in de gaten houden, om te bepalen of het project nog wel haalbaar is. Kan je dochter me meer maagzuurremmers bezorgen?'

Ik liet hem wegkomen met de verandering van onderwerp. 'Ze is geen arts.'

'In Italië doen ze misschien niet zo moeilijk. Ik ben er bijna doorheen. Ik heb de dosis verdubbeld vanwege het Italiaanse eten.'

Ik lachte. 'De rest van de wereld zou klagen dat het Franse eten te machtig is. Maar als ik je een goede raad mag geven: Camille praat met me als we de reserveringen doen. Ze was blij toen je besloot van de Italiaanse wijn te gaan genieten.' Ik knipoogde. 'Heel blij, zoals je misschien hebt gemerkt.'

'Wil je zeggen dat ik enthousiaster moet doen over de Italiaanse cultuur?'

'Ik zeg niet dat je een Italiaan moet worden, maar misschien zouden jullie allebei meer van de tocht kunnen genieten.'

Hij glimlachte.

Nu was het mijn beurt om van onderwerp te veranderen. 'Ben je bekend met de geografie van onze wandeltocht?'

'In welke zin?'

'Nou, als je naar de kaart kijkt, zie je dat we niet bepaald de kortste route naar Rome volgen. Assisi ligt een stuk naar het oosten. Is er een reden om erheen te gaan?'

'Ik dacht het niet. We hebben de Chemin d'Assise genomen omdat die door Cluny loopt. Het eindpunt is Assisi, uiteraard. Daar komen we op de Via di Francesco die van Florence door Assisi naar Rome leidt.'

'Het kan ook anders. De Via Francigena, het pad vanuit Canterbury in Engeland. We kruisen het morgen in Aulla.'

'En dat is een kortere pelgrimsroute?'

'Vanaf Aulla is het over de Chemin d'Assise vijf weken lopen naar Rome. Als we de Francigena nemen, doen we er drie weken over. Als Camille niet naar Assisi hoeft... Denk erover na.'

Gilbert glimlachte. Breed. 'Dan heb ik die extra pillen niet nodig.'

Bij het ontbijt was Zoë nog neerslachtig vanwege de afwijzing van haar cartoons. Ik had begrepen dat kunstenaars altijd een serie tegenslagen moeten verwerken voordat ze doorbreken, maar Zoë had erop gewezen, en niet ten onrechte, dat ze tegen de vijftig liep en dacht dat ze die horde al had genomen.

'Het voelt meer als een ontslag dan als een afwijzing,' zei ze.

'Mag ik je iets vragen?'

'Ik kan het al raden. Je wilt weten hoeveel geld ik misloop.'

'Dat is een onderdeel van de vraag. Ik neem aan dat je geen week op een Chemin-cartoon had kunnen leven voor de duur van de serie.'

'De vorige keer hebben we er ook een boek van uitgebracht.'

'Je kunt er een boek van maken zonder dat ze eerst in de krant hebben gestaan.'

'Ja, dat weet ik. Het financiële aspect is het ergste niet. Wat mij nu overeind houdt is dat jij bereid bent naar San Francisco te komen. Ik weet dat ik meditatiecursussen kan geven en ik overweeg ook tekenlessen te gaan geven. Ik heb mijn eigen appartement. Ik zal niet verhongeren.'

'Wat wíl je doen?'

'Nu ik bevrijd ben van de cartoons?' Ze lachte. 'Weet je, ik zou heel graag een boek met tekeningen en verhalen over pelgrims en hosteleigenaren maken. Langere verhalen. En ik vind het leuk om mensen te masseren en les te geven. Maar ik ben niet eerlijk geweest.'

'Waarover?'

'Over wat me overeind houdt. Het is dat ik hier met jou ben en niet verder denk. Aan San Francisco of wat er met Camille gaat gebeuren.'

Gilbert en Camille waren al weg; vandaag zouden we Aulla bereiken, het eind van de tocht door Ligurië. De komende drie weken zouden we naar Assisi lopen of, als we de kortere route namen zoals ik Gilbert had voorgesteld, rechtstreeks naar Rome.

Ik vertelde Zoë over de optie, waarna zij met Bernhard op pad ging zodat ik de kans kreeg om met Sarah te praten.

'Wil jij het aan je moeder vertellen of zal ik het doen?'

'Over mijn overstap naar de technische universiteit?'

'En welke dat wordt.' Sarah en Bernhard hadden besloten dat ze samen wilden studeren en dat ze ook een andere taal wilden leren, waardoor het Verenigd Koninkrijk en Duitsland afvielen. De kans om een taal te leren was misschien niet de enige reden.

'Ik vertel het haar zelf wel,' zei Sarah.

'Oké. Mag ik je iets vragen? Je hoeft geen antwoord te geven.'

'Al zal ik dat waarschijnlijk wel doen.'

'Ben je verliefd op Bernhard?'

Sarah lachte. 'Die zag ik niet aankomen. Wat denk je zelf? Ik bedoel, ik wil de komende vier jaar van mijn leven met hem doorbrengen...'

Het klonk logisch, al leek het erop dat ze niet verliefd op hem was geweest toen ze een stel werden.

'Wat maakt het uit?' vroeg ze.

'Nou, verliefdheid gaat niet echt samen met nuchtere besluitvorming. Ik denk dat ik gewoon zeker wil weten dat je dit ook zou willen doen als Bernhard er niet was geweest.'

'Hoe kun je zoiets ooit weten? Hij is er nu, dus...'

'Het is wat het is, zeker?'

'Dat is niet helemaal het juiste gebruik van de uitdrukking, maar inderdaad.'

'Mag ik je nog iets vragen?'

'Over de liefde?'

'Gek genoeg wel. Kun je je iets voorstellen wat belangrijker zou zijn? Iets waarvoor je Bernhard of wie je geliefde ook maar was in de steek zou laten?'

'Je bedoelt als mijn beste vriendin – mijn *zielsverwant* – MS had en haar man eruit had geschopt?'

'Scherp. Dan kun je nu antwoord geven.'

'Misschien zou ik me afvragen of mijn vriendin echt wilde dat ik voor haar zorgde of dat ze me wilde testen. Maar als ik Camílle was... Als ik MS had, zou ik al mijn opties open willen houden.'

'Tja, ik geloof dat ze heeft besloten, althans voor nu, dat ze met Gilbert beter af is.'

'Wil je nog steeds antwoord op de vraag?'

'Ik dacht dat je dat al had gegeven.'

'Als ik kon kiezen... De meeste vrouwen zouden zeggen dat ze voor hun beste vriendin zouden gaan, maar als puntje bij paaltje komt, zouden ze voor de man gaan. Ik bedoel, als ze echt gek op hem waren, niet als het iemand was met wie ze al twintig jaar getrouwd waren, iemand die ze al hadden opgegeven. Ik denk dus dat je wel goed zit, zolang je Zoë maar tevreden houdt.'

Ik liep een poosje alleen en dacht erover na. Ik kon het in Zoë waarderen dat ze zo iemand was die een groot offer wilde brengen voor een oude vriendin, maar Camille en zij hadden elkaar sinds de studie misschien twee keer gezien. Ze hadden nauwelijks contact gehad. Zelfs nu, tijdens de tocht, bracht Sarah meer tijd met Camille door dan Zoë, en ik regelde elke avond ons verblijf met haar. Gilbert bracht natuurlijk de meeste tijd met haar door. Zoë was de vierde van de vijf.

Het leek me niet aanmatigend om te denken dat als het er echt op aankwam, ze voor mij zou kiezen. Intussen hoopten we allebei dat het maar een test was, dat Gilbert de rol die hij zo nobel op zich had genomen zou blijven vervullen. Camille had hem in elk geval theoretisch al vergeven; ook al deed ze voorlopig maar alsof ze het ook zo voelde, het was een stap vooruit.

Ik was er minder van overtuigd dat Sarah de juiste keuze maakte: het was overduidelijk dat ze zich door Bernhard liet leiden. Maar had ik niet om dezelfde reden aangeboden alles achter me te laten en naar San Francisco te verkassen?

59

Zoë

De wandeltocht naar Aulla bood veel wat me opmonterde: panorama's met bergdorpen op verre toppen, families die aan de zondagse lunch zaten in de *alberghi* die we passeerden en het kronkelende pad door Meredo, en eronderdoor, via eeuwenoude stenen trappen. Camille en ik vonden een kapelletje en ze stak de laatste kaars van haar meegebrachte voorraad op.

Een verschrompeld Italiaans vrouwtje dat maar tot mijn schouder reikte en naar mijn idee in de negentig moest zijn, had vanuit haar deuropening naar ons gekeken. Ze pakte me beet met haar kleine handjes en gebarsten nagels, zei iets in rad Italiaans en liep naar binnen.

Nog geen minuut later kwam ze terug en gaf me een kaars. Ik was blij dat ik geen Italiaans sprak en haar dus niet kon vertellen dat ik niet katholiek was.

Desondanks had het ritueel een verwarmend effect op me gekregen en maakte het me gefocust. Het was moeilijk om niet te voelen dat deze kaars een bedoeling had. Ik dacht aan mijn gesprek met Camille onder de douche, en hoe ik had geboft: als ik voor Martin moest verhuizen, zou het een compromis uit liefde zijn; Martin en ik zouden elkaar hebben. Camilles compromis was deels praktisch, deels boetedoening. Ik stak de kaars voor haar op.

Ik had mijn best gedaan om de afwijzing door de *Chronicle* van me af te zetten, om die als een kans te beschouwen om de toekomst in een ander licht te zien – nu misschien in San Francisco. Martins aanbod had me vervuld met 'wij zijn één'-vreugde. Het had moeten voelen alsof het laatste puzzelstukje eindelijk op zijn plek viel, maar zo voelde het niet en ik wist niet wat ik daarvan moest denken.

Het gevoel leek een beetje op wat ik tegen het eind van mijn eerste camino had ervaren. Renata, een van de Braziliaanse vrouwen met wie ik liep, had me duidelijk gemaakt wat ik probeerde te vinden – en ten slotte ook hád gevonden. Mijn stoere zelf, dat ik als Keiths vrouw was kwijtgeraakt. Mijn stoere zelf, dat de scheldende demonstranten bij de abortuskliniek in Saint Louis van repliek had gediend, een arts in Los Angeles had gevonden die Camille kon vertrouwen en een auto had geregeld om haar erheen te brengen.

Wat ik nu voelde, was meer een last dan een gemis.

'De laatste paar weken zijn moeilijk geweest,' zei ik tegen Martin in een poging alles op een rijtje te zetten terwijl we liepen.

'Vanwege Camille en het hostelgedoe? Omdat we er nog niet uit zijn waar we gaan wonen?'

Ik schudde mijn hoofd, al moesten die dingen er wel aan hebben bijgedragen dat ik het allemaal niet meer wist.

'Het was zwaar. Niet alleen het terrein en het weer. Daar kan ik wel tegen. Maar... de mensen. De beklemming. Geen wonder dat de *Chronicle* mijn cartoons niet wilde. Ze zijn echt deprimerend.'

'Toscane is anders. Hoewel... had je het niet over een tussenstop in Florence? Kunst kijken?'

'Toen ik op het vliegtuig hierheen stapte, ja. Maar nu? Ik kan tekenen en observeren onder het lopen, maar echte kunst... dat is mijn pakkie-an niet.'

'Misschien maar goed ook. De Chemin d'Assise loopt niet door Florence. De Via di Francesco begint daar.'

Die anders was dan de Chemin d'Assise. Of de Alta Via. Of de Camino de Santiago, die ook routes vanuit hier had. Meer tochten dan wandelaars, leek het soms.

Maar Florence... Het Uffizi. De David van Michelangelo. Ik

voelde me minder teleurgesteld dan ik had moeten zijn. Ergens wilde ik altijd blijven lopen, zoals die Hollandse jongen die we tijdens de eerste camino hadden ontmoet, die zijn huis had verkocht en van dat geld zo lang wilde blijven lopen als hij kon; hij deed liever iets waar hij van hield dan een leven zonder passie te leven.

'Rome is er ook altijd nog,' zei ik. 'Misschien kunnen we daarna een week uittrekken om naar Florence te gaan, de kunst en architectuur te bekijken? Te beslissen waar we gaan wonen? Een munt op te gooien?' Het leek nu nog een beetje onwezenlijk. We hadden nog een eind te gaan – elke dag wandelen, onze kleren wassen, over Camille tobben.

Martin onderbrak mijn gepeins, maar we bleken aan hetzelfde te denken.

'Over Camille...'

Ik lachte. 'Het gaat altijd over Camille.'

'Ik denk niet dat ze Gilbert ooit zal vergeven. Maar het gaat niet om die koelkast.'

60

Martin

'Ik dacht dat ze Gilbert al hád vergeven,' zei Zoë. 'Dankzij jouw geniale inval.'

'Had je die indruk? Dat het van nu af aan allemaal vergeven en vergeten is en iedereen blij?'

'Zeg je nou dat je toch niet zo geniaal bent?'

'Een van de dingen die ik in het leven en bij het ontwerpen heb geleerd, is dat als een oplossing te mooi lijkt om waar te zijn, dat meestal ook zo is. Als je mensen vloert met logica, krabbelen ze weer op en doen toch wat ze willen, logica of niet. Ik heb je toch verteld dat ik in therapie ben?'

'Ja, maar meer ook niet. Ik ben wel nieuwsgierig... Wil je er meer over vertellen?'

'Het zal je niet verbazen dat mijn therapeut veel belang hecht aan onbewuste drijfveren. Camilles dementie zal best een andere dimensie toevoegen, maar... ze heeft een geschiedenis van afwijzing, hè?'

'Als je het over de *crétin* hebt – die gast die haar heeft bezwangerd – zal ze vast zeggen dat het juist goed was, maar je hebt gelijk: hij heeft haar laten zitten en ze had het er destijds best moeilijk mee. Dat is nog zwak uitgedrukt.'

'Dit is toch de gebeurtenis die haar leven heeft bepaald? De breuk en de abortus?'

'Ik weet het niet... Voor mij was het wel ingrijpend.'

'En jij hielp haar alleen maar. Het draaide om haar.'

'Ik weet niet goed waar je naartoe wilt.'

'Gilbert is degene die is weggegaan. Hij heeft haar afgewezen.

Ze kon het niet aan en verzon een verhaal – niet opzettelijk – dat voor haar makkelijker te aanvaarden was.'

'Of ze heeft het verzonnen omdat ze niet wilde accepteren dat ze gek aan het worden was, dat ze haar ondergoed in de koelkast verstopte en zo.'

'In dat geval stort mijn redenatie in, maar als haar echte probleem is dat Gilbert haar heeft verlaten, zal ze het hem nooit vergeven. Want dat is niet ongedaan te maken.'

'Misschien heeft ze gewoon tijd nodig.'

'Heeft ze die gast die haar zwanger had gemaakt ooit vergeven? Hoelang is dat nu geleden?'

'De crétin heeft haar föhn niet heel Frankrijk door gesleept.'

'Weet je, ik hoop echt dat ik het mis heb en dat ze gewoon nog de pest aan Gilbert heeft omdat ze denkt dat hij de werkster heeft besprongen.'

'Waarom zou dat beter zijn?'

'Omdat ze dan geen diepgeworteld probleem heeft met in de steek gelaten worden. Dan zal er ook geen probleem zijn als jij weggaat als we in Rome zijn.'

Ik lette op haar reactie. Bingo. Ik was niet de enige die had gedacht dat als Camille besloot Gilbert de bons te geven – hem met gelijke munt terug te betalen nadat hij haar had verlaten – Zoë de volgende optie kon zijn.

Ik zette door. 'Camille heeft me nog iets verteld wat niet zo belangrijk voor me was, behalve dan dat jij het er nooit over hebt gehad...'

'Ga door. Wat dan?'

'Alleen dat degene die haar zwanger heeft gemaakt toevallig jouw vriendje was, maar dat je voor haar koos toen het allemaal misliep. Het lijkt geen lastige keuze, aangezien hij duidelijk een rotzak was, maar je hebt er nooit iets over gezegd.'

'Ik heb het je nooit verteld omdat het niet zo is.' Zoë zag er ontdaan uit. 'Jezus, ze is echt aan het... confabuleren. Creighton

– de crétin – was een echte kakker. Hij zou mij geen blik waardig hebben gekeurd, en bovendien was ik al met Manny. Mánny – ik bedoel, degene met wie ik uiteindelijk ben getrouwd, was destijds mijn vriendje.'

'Dus, nu ik toch op de psychoanalysestoel zit... Ze heeft een verhaal verzonnen, en vast niet welbewust want waarom zou ze, waarin jij tussen haar en een man moet kiezen. En je kiest voor haar.'

'Nou, dokter Freud, ik ben blij dat het in het echt niet zo zal gaan, ook al blijft ze alleen bij Gilbert vanwege het hostel. Vergeet niet dat het hostel een boodschap van God is, en haar geloof lijkt onwankelbaar.'

'Misschien is dat een manier waarop ze zichzelf kan toestaan bij Gilbert te blijven.' Ik hoopte dat ik gelijk had.

Aan het begin van de tocht had Gilbert me verteld dat Camille Zoë bij zich moest hebben in Rome. Mijn angst was nu dat de stukjes die Camille aan elkaar had gepast om het verhaal over Zoë, de crétin en, mogelijk, Zoë's eerste man te bedenken, hun oorspronkelijke formatie weer zouden aannemen en dan een verschrikkelijke waarheid zouden onthullen – die op de een of andere manier verband hield met haar Grote Leugen. Gevolgd door een afscheid van Gilbert en een aanbod dat Zoë niet zou kunnen weigeren.

Ik wist dat Zoë het idee had gehad dat mijn verantwoordelijkheid voor Sarah onze toekomst in de weg kon staan. Dat veranderde, maar ik voelde nu aan dat onze wegen vervlochten waren geraakt met die van Gilbert en Camille.

61

Zoë

Ik voegde me bij Camille voor het laatste stuk van de tocht naar Aulla. Sarah en Bernhard waren zoals gewoonlijk vooruitgelopen en Martin liep met Gilbert. Het was gaan regenen, dus trokken we onze regenpakken aan. Camille leek het moeilijk te hebben met de jas en broek, dus hielp ik haar, zoals je een kind helpt.

'Het wordt al bijna winter,' zei Camille.

Ik dacht aan de weelderige groene bossen die we hadden achtergelaten in Frankrijk, doorspekt met goud en bruin. Hier waren sommige takken al kaal. Ik was altijd dol geweest op de seizoenswisselingen, maar die had je in Californië niet.

Ik was te diep in gedachten verzonken om te merken dat Camille zich ook in zichzelf had gekeerd. Tijdens de afdaling naar Aulla hadden we een groot klooster achter ons gelaten en ze had naar borden langs de weg gekeken die mij amper waren opgevallen. Pas toen ze voor de derde of vierde keer bleef staan, kreeg ik er aandacht voor. Wat ik voor bewegwijzering had aangezien, bleek een tekening te zijn van iemand die Jezus aan het kruis bond, binnen in iets wat leek op een bovenmaatse brievenbus met de klep open. Erboven stond geschreven: XI STATIONE. *Gesù è inchiodato sulla croce.* Ik hoefde geen Italiaans te kunnen om dit te ontcijferen.

Camille leek te bidden. En toen niet meer. '*Merde.*'

'Probleem?'

'Dit zijn de kruiswegstaties. Jezus en zijn beproevingen op weg naar de kruisiging. Ze helpen je om je op de passie van Christus te bezinnen.'

'Oké...'

'Het zou moeten helpen, dit. Bij mijn eigen pelgrimage.'

Ik besloot gewoon af te wachten. Het duurde niet lang.

'*Nom de dieu.* Kut, kut, kut.' Camille wierp een laatste blik op het bord en haastte zich verder, zonder bij de volgende statie te pauzeren. Ik rende achter haar aan.

'Ik ben het gebed vergeten. Wat ben ik voor pelgrim om het gebed te vergeten? Hoe kan ik ooit verlost worden als ik het me niet kan herínneren?'

De laatste – en mogelijk enige – keer dat ik Camille zo overstuur had gezien was in Saint Louis, toen de crétin haar had gedumpt. Haar wanhoop en razernij hadden tijdens de lange rit naar de andere kant van het land en weer terug continu onder de oppervlakte gesmeuld.

Ik was blij dat er niemand anders bij was. 'Wat moet ik doen om gewoon rust te vinden?' tierde ze. 'Ben ik dan zo verschrikkelijk? Hoe zit het dan verdomme met kinderverkrachters, IS, Trump en Poetin en die gast in Korea? En die op de Filipijnen, hè?'

Ik repte me in haar kielzog. Ze had haar Franse accent afgelegd. Ik denk dat ze net zo klonk als ik. Op een heel slechte dag.

'Waarom hebt U me MS gegeven? Waarom straft U mij?'

Daar was het dan. Onder de *belle indifférence*, achter de vrome berusting, hoe ze zich écht voelde: bang en boos.

Ze bereikte de laatste statie en zakte huilend in elkaar. Ik ging naast haar zitten en knuffelde haar zo goed en zo kwaad als dat ging, in aanmerking genomen dat ze haar rugzak nog om had.

'Zoë, ik ga het niet redden. Ik kan dit niet meer. Ik wil dood.'

'Camille, diep ademhalen.'

'Hoe kan ik iemand anders begeleiden, ik, die zoveel heb gezondigd? Wat haalde ik me in mijn hoofd?'

'Je hebt Grietje geholpen.'

'Ik weet wel dat je het weet,' snikte ze. 'Ik weet het wel.'

‘Wat weet ik wel?’ vroeg ik terwijl ik haar pony uit haar ogen streek.

‘Dat ik hem niet te zien krijg. Ik ben niets.’ Daar was het Franse accent weer. ‘De paus. Hij zal me niet ontvangen. En er komt geen redding.’

‘Je hebt me verteld dat het niet om het instituut gaat,’ zei ik toen ze was gekalmeerd. ‘En paus Franciscus zal best een goeie vent zijn, maar... zelfs Sínt-Franciscus was maar een mens, uiteindelijk. Je hebt een relatie met God, dat zei je toch? En Hij heeft je rust geschonken? Ik neem aan dat Hij wel in je hart kan kijken en dat Hij het niet zo erg zal vinden als je een stuk van een gebed bent vergeten.’

‘Maar hoe moet het verder met mij?’

Ik wist niet goed wat ik erop moest zeggen – mijn maag verkrampte terwijl ik de opties doornam.

‘Iedereen wil dat ik bij Gilbert blijf, dat ik naar huis ga om te sterven.’ Camille snikte nog eens luidruchtig. ‘Ik hóú niet van hem. Ik heb niemand; geen mens luistert naar míj́. Dat ik ziek ben, betekent toch niet dat ik geen gevoelens heb, geen vrije wil?’

Het zag ernaar uit dat Martins theorie over het niet-accepteren van logische oplossingen handen en voeten kreeg. En om zich heen schopte.

‘Het is alleen... Hij zou je helpen, met het hostel. Als je wilde.’

‘Ik wil het niet. Ik zoek wel iemand anders als ik hulp nodig heb. Ik wil Gilbert niet.’

Ik dacht eraan hoe duidelijk – hardnekkig – Martin en ik hadden beweerd dat Gilbert de beste optie was. Meteen vanaf het begin van de tocht. Vanuit ons eigen perspectief. Niet dat van Camille. We hadden allemaal onze eigen belangen laten prevaleren. Behalve Sarah dan, en misschien voelde Camille zich daardoor tot haar aangetrokken. In plaats van haar te helpen uit te zoeken hoe ze een ernstige ziekte onder ogen moest zien, en wat die betekende voor haar leven, hadden we haar Gilbert opgedrongen omdat we hem graag mochten – en omdat het makkelijker was voor ons.

Jij ziet dit als een avontuur, had Camille gezegd, en ze had gelijk gehad. Ik had gehoor gegeven aan haar oproep, maar voor mij was de tocht een romantisch intermezzo geworden; telkens als zij daarentegen een kaars opstak, had ze zich een zonde herinnerd, en iemand die ze pijn had gedaan. En ze ging al ik weet niet hoelang gebukt onder de zonde waarmee ze naar de paus wilde – die haar niet zou ontvangen.

Ik schaamde me. Omdat ik me zorgen had gemaakt om mijn gevoelloze dij, omdat ik zo kleinzielig tegen Sarah had gedaan en, natuurlijk, omdat ik me had laten opslokken door Martin en de praktische vraag waar we moesten gaan wonen. Allemaal afleiding van waarom ik was gekomen, waarom ik nodig was.

Ik was er als enige voor Camille geweest toen ze een abortus wilde. Ik had bij al haar miskramen en mislukte ivf-behandelingen naar haar geluisterd, haar geschreven en haar gesteund. Ik hoorde er voor haar te zijn.

'Ik hoor wat je zegt, Camille,' zei ik. 'Wat jij wilt. Wat je maar wilt. Ik zal je steunen.'

'Blijf bij me, Zoë.'

'Ik ga nergens heen.'

'Ik wist wel dat je zou komen.'

Het was een moeizame, sombere tocht bergafwaarts, nog verergerd door de regen. Toen een – onaangelijnde – hond op ons af kwam stormen, met ontblote tanden en woest blaffend, ging ik voor Camille staan en schreeuwde naar het beest. De eigenares kwam naar buiten om te zien wat er aan de hand was en begon ons uit te foeteren in plaats van de hond. Camille riep iets in het Italiaans naar haar en ze hield haar mond, maar ik voelde me minimaal tweehonderd meter verder pas weer veilig.

'*Putain*,' prevelde Camille.

'Weet je nog wat we altijd zongen over Mary-Lou?'

Camille keek me niet-begrijpend aan en glimlachte toen. Sarah had gelijk over het korte- versus langetermijngeheugen; ook al vergat Camille gebeden – die ze waarschijnlijk nooit had gekend – haar geheugen was nog grotendeels intact.

We zongen het schunnige lied uit onze studententijd met een paar variaties over Italiaanse vrouwen en hun honden helemaal tot aan de voormalige abdij in Aulla. Camille zou vermoedelijk nog eens een kaars moeten opsteken om het goed te maken. Het regende nog, maar Martin en Gilbert kwamen naar buiten om ons te begroeten.

Ik mocht de hartelijke, pietluttige Gilbert graag. Ik had gedacht dat hij goed zou zijn voor Camille, en zijn aanwezigheid in haar leven ontlastte mij, maar Camille wilde haar laatste dagen niet met hem doorbrengen. Dat was haar keus, en ik zou ervoor vechten. Wat dat ook maar inhield.

Ik dacht na over de liefde, die later in het leven anders was dan de onbesuisde liefde uit je jeugd – omdat er dingen tussen kwamen. Voor Martin zou dat altijd Sarah kunnen zijn. Voor mij, om redenen die ik niet kon verklaren, was het Camille.

'Je weet dat ik er voor je ben,' zei ik tegen haar. 'Zo lang als je me nodig hebt.'

Camille glimlachte, maar ik weet niet of ze wel echt begreep wat ik bedoelde.

62

Martin

Zoë en Camille waren een halfuur na de anderen in Aulla aangekomen, afgepeigerd. Het was een natuurlijke psychische reactie op het eind van een lange tocht. We hadden veel achter ons gelaten: Ligurië, de Apennijnen, die Zoë een beetje deprimerend had gevonden, maar die voor mij juist een verkwikkende afwisseling waren geweest van de platgetreden paden – of in elk geval dorpen – en de regen, die met bakken naar beneden was gekomen terwijl we op de twee nakomers wachtten. We hadden allemaal op onze eigen manier het gevoel iets te hebben afgerond.

'Gaat het?' vroeg ik aan Zoë toen Camille zich bij Gilbert had gevoegd.

'Niet echt. Ik ben er een beetje klaar mee. Met alles.' Ze zweeg, en ik voelde aan dat ze meer wilde zeggen en dat het hoe dan ook geen goed nieuws was.

We waren op het kruispunt van de Via Francigena en de Chemin d'Assise, en er was een kerk om pelgrims te verwelkomen. We lieten onze pelgrimspaspoorten stempelen door een functionaris die ons vertelde dat er tweeduizend pelgrims per jaar door Aulla trokken. Ik zei tegen hem dat we er niet één hadden gezien.

'De meesten volgen de Francigena. We zien er maar twee of drie per week die de Chemin d'Assise lopen.' Het klonk logisch. 'En nu,' zei hij, 'hebben jullie een keus.'

De Via Francigena liep min of meer parallel aan de Chemin d'Assise tot iets voorbij San Quirico d'Orcia, voor ons een dag of twaalf lopen. Daarna zouden we definitief moeten besluiten of we zouden overstappen op de Via Francigena of door zouden lopen naar Assisi, zoals we oorspronkelijk hadden gepland. 'De Francigena is vlakker, makkelijker en iets korter,' zei de functionaris. Ik wist wat Gilbert zou kiezen, maar hoe zat het met Camille? Het was haar tocht. Dat was het steeds geweest, maar de laatste tijd was ik er echt van doordrongen geraakt.

Gilbert had nijpender problemen. 'Wat gaan we eten?'

'Geen pasta porcini,' zei Zoë. Ze had gelijk: vegetarische opties waren dun gezaaid en ze had bijna overal haar toevlucht tot pasta porcini moeten nemen.

'En geen wildzwijnjachtschotel,' vulde Sarah aan. Dat hadden we ook al vrij vaak gegeten. Lekker, uitstekend zelfs, maar misschien waren er wel méér dan twee streekgerechten.

'Er wonen hier zoveel mensen dat er vast wel buitenlandse restaurants zijn,' zei Zoë. 'Misschien kunnen we Mexicaans eten.' Ze keek naar Gilbert. 'Of misschien wordt het tijd voor de Franse keuken.'

Gilbert wierp haar een hautaine blik toe, maar zijn woorden deden vermoeden dat de raad die ik hem had gegeven over openstaan voor andere culturen binnen was gekomen. 'Wil je weer *tartiflette?* We zijn in Italië, dus eten we Italiaans.'

Zo gezegd, zo gedaan. We vonden een goed, maar niet te duur restaurant. Dat hadden we wel verdiend na de eenvoudige kost van de afgelopen twee weken. Gilbert deed lyrisch, op het komische af, over de antipasti, de pasta, het kalfsvlees en zelfs de gelato.

Grappa tot besluit: '*Salute,*' zei Gilbert toen hij zijn glas hief. 'En Camille en ik hebben besloten dat we de Francigena nemen. Het is haar doel om een pelgrimstocht naar Rome te maken, en de Francigena heeft meer traditie. Al in gebruik sinds de achtste eeuw, misschien langer. Nog ouder dan de Camino de Santiago.'

Ik wist al van hun besluit; Camille had me er voor het eten over verteld, zodat we konden reserveren. Maar Zoë had me ook verteld dat Gilberts inspanningen waarschijnlijk geen zin meer hadden. Ik hoopte nog steeds dat ze er samen uit zouden komen.

Ik kende Camilles situatie maar al te goed. Ook al stond Sarahs welzijn op het spel, ik had Julia haar verhouding niet kunnen vergeven. Ik was toen niet redelijk geweest, en ik mocht niet verwachten dat de herinnering aan Camilles affaire met Jim de schade van Gilberts vermeende misstap – en, zo vermoedde ik, het feit dat hij haar had verlaten – ongedaan zou maken.

Misschien voelden Sarah en Bernhard de stemming aan. 'Als jullie het goed vinden,' zei Sarah, 'blijven wij de Assisi volgen, en dan treffen we jullie in Siena voor het laatste stuk. Is dat haalbaar? Als jullie ons toch nodig hebben, zijn we niet ver weg.'

'Natuurlijk,' zei Camille. 'Jullie hebben telefoon; als er iets is, sturen we wel een berichtje.'

'Wat vind jij?' vroeg ik aan Zoë toen we het restaurant uit liepen. Ze was vreemd stil geweest voor haar doen. 'We blijven bij Camille, zeker?'

'Loop jij maar met Sarah mee als je wilt, maar ik blijf bij Camille. Martin, ik blijf bij Camille zolang ze me nodig heeft. Ik... Het spijt me echt.'

63

Zoë

De Via Francigena mocht dan makkelijker zijn, echt makkelijk was de tocht nog steeds niet. Beide routes verlieten Aulla over drukke wegen zonder stoep. Daarna liepen we omhoog over een zandpad dat uitzicht bood op zee. Ik rook de zilte lucht, die me herinnerde aan thuis, maar ik had geen heimwee meer. Ik wist niet waar de tocht mijn leven naartoe zou brengen, maar ik voelde me sterker ten aanzien van de toekomst dan eerst. Al verheugde ik me niet op het gesprek dat ik met Martin zou moeten voeren; het gesprek dat ik gisteren had gemeden terwijl ik probeerde te verwerken wat ik Camille had beloofd.

Het was vreemd zonder Bernhard en Sarah, en het was ironisch dat nu Martin niet meer werd afgeleid, ik afwezig was. Eigenlijk denk ik dat we allebei een tijdje door Camille in beslag waren genomen.

Geen muesli, geen opmerkingen over klimaatverandering en dat de wereld er verkeerd mee omging van Bernhard meer, en geen medische colleges meer van Sarah. Ik hoopte dat we ze niet nodig zouden hebben. Toen we afscheid namen, na het ontbijt, vertelde ze dat de gevoelloosheid in mijn been waarschijnlijk werd veroorzaakt door meralgia paresthetica en dat ik me geen zorgen hoefde te maken. Ik had mijn rugzak te laag gedragen en te strak aangesnoerd, waardoor ik de kleine huidzenuw in mijn bovenbeen had bekneld. Logisch.

Na hun vertrek had ik de schouderbanden ingekort en de riem losser gemaakt, en het verdoofde gevoel was nu weg. Waren Camilles problemen ook maar zo makkelijk op te lossen, maar mijn besluit bij haar te blijven en haar te steunen had me het gevoel gegeven dat het nu afgesloten was. Het moest me bezig hebben gehouden, me hebben gehinderd, me somber hebben gemaakt, me hebben gezegd dat de plannen met Martin nooit werkelijkheid zouden worden. Op de een of andere manier hadden ze nooit echt geleken.

Ik voelde dat al mijn chakra's zich naar het besluit hadden gericht. De last die ik had gevoeld was niet helemaal weggenomen en ik was nog niet bevrijd, maar ik had datgene wat me dwarszat aangepakt. Ik zou alles uit mijn tijd met Martin halen, maar proberen hem geen valse hoop te geven. Dat hadden Camille en ik nu gemeen.

Ze had niets meer gezegd over de crisis die ze had doorgemaakt met betrekking tot haar... wat? Liefde, geloof, zelfvertrouwen? Vandaag liep ze met Gilbert en ze stak nog steeds kaarsen op. Mocht ik hopen dat gisteren maar een moment van woede was geweest? Daar had het niet op geleken.

Martin had er niets over gezegd. Toen we die ochtend een paar hadden gevormd, was het eerste wat hij ter sprake bracht de vraag hoeveel kamers we moesten reserveren. Dat was ook een manier om erover te beginnen, neem ik aan.

'Twee, als je die ruimte nodig hebt,' zei ik.

'Is dat projectie?'

'Je hebt te veel therapie gedaan.' Ik schoot in de lach en hij wist niet wat hij ervan moest denken. 'Ik wil graag een kamer delen, maar ik betaal de helft.'

Martin keek een beetje sip. 'De huidige afspraak lijkt goed te werken. En Sarah kan de krassen op mijn rug niet meer zien.'

Tenzij er een wonder gebeurde met Camille, werden dit onze laatste drie weken samen. Ergens had ik zin om tegen Camille te schreeuwen, of misschien tegen haar god – kon hij haar niet gewoon weer verliefd op Gilbert laten worden? De god van mijn moeder zou zeggen dat ik het verdiende: het verlies van Martin als boetedoening voor mijn zonden. Als het zo ging, zou ik hem missen. Erger dan ik me nu wilde voorstellen.

Hij leek mijn gedachten te lezen. 'Geen plannen. Terug naar hoe we begonnen zijn.'

Vóór de telefooncel op een bergtop tussen Frankrijk en Italië. Ik knipperde mijn tranen weg en versnelde mijn pas.

We hadden de afgelopen twee maanden in een hogedrukpan gezeten en genoten toch nog van elkaars gezelschap, maar ik kon hem niet vragen te wachten tot... wat? Dat was het probleem. Ik wist het niet. Camille kon nog heel lang leven, en wat als ze snel achteruitging, zonder Gilbert in de buurt?

Ik moest aannemen dat Camille nog steeds vastbesloten was een hostel te beginnen, ook zonder Gilbert. Martin deed het geweldig met haar, maar hij had ook duidelijk gemaakt dat ze hem tot waanzin dreef. *Te veel van het goede*. Dat zou alleen maar erger worden. Ik wist niet hoe ik het zou redden; ik kon met geen mogelijkheid verwachten dat hij ertegen zou kunnen. Misschien was het anders geweest als we al een duurzame relatie hadden gehad.

Martin voelde me weer aan. 'We hebben het er nog wel over. Als je je wat stabieler voelt.'

Sarzana lag officieel nog in Ligurië, maar het was heel anders dan de bergdorpjes waar de mensen het zo zwaar hadden. Om te beginnen was het een stuk groter en had het de geschiedenis van een substantiële plaats die de tand des tijds heeft doorstaan. De muren van de citadel en de vesting getuigden van slagen en belegeringen, en ik vermoedde dat het oude centrum ook genoeg verhalen zou hebben.

Wij vieren liepen door de klinkerstraat tjokvol marktkramen naar de Concattedrale di Santa Maria Assunta. Camille en ik overhandigden onze euromunten en zetten onze ledkaarsen neer. De mijne was voor Martin; hij zou waarschijnlijk denken dat ik tegen hem had gezondigd, al vond ik dat ik het juiste deed. Toen hield de man voor wie ik een kaars had neergezet mijn hand vast terwijl we zwijgend naar de reliek met het bloed van Christus en het renaissance-cassetteplafond met snijwerk van Pietro Giambelli keken.

Op weg naar ons propere, moderne appartementje deelden Martin en ik onze indrukken. Ik had naar het oudst bekende beschilderde Italiaanse kruisbeeld gekeken, uit 1138, en Martin had zoals altijd de architectuur bestudeerd.

Toen hij het kleine gotische rozetraam beschreef, zag ik het door zijn ogen; het was alsof het meer kleur kreeg, een kleur die ik nog nooit had gezien. Martin hoefde het niet te zeggen: *Dit is net als in Frankrijk, op onze mooiste dag van de Camino.* Hij wist dat er iets niet in orde was en probeerde het me onmogelijk te maken het uit te spreken. Iets in mij wilde dat het hem zou lukken.

'Ik heb tegen de anderen gezegd dat wij met z'n tweeën eten. Ik heb een tentje gevonden dat je vast wel leuk vindt.' Hij lachte. 'Het schijnt de beste Mexicaan van Ligurië te zijn.'

Ja hoor, hij ging het me onmogelijk maken.

Het restaurant was niet alleen Mexicaans – een knusse, donker oranje geschilderde eetzaal met kleurige *calaveras* in de traditie van de Dag van de Doden – maar had ook veel vegetarische en veganistische gerechten.

Toen ik van mijn tostada vegana zat te smullen en Martin een tweede rondje margarita's had besteld, vroeg hij eindelijk: 'Wat is er aan de hand?'

Ik haalde diep adem. 'Camille wilde de hele tijd al dat ik naar Frankrijk zou komen en deze tocht zou lopen. Het was altijd al de bedoeling dat ik hier zou zijn.'

'Als herhaling van die trip door Amerika. Dat had je me al verteld. Maar vertel het nog maar eens.'

'Zoals ik al zei riep ze mijn hulp in toen ze hysterisch was en het gevoel had dat haar leven ten einde was, en ik heb haar geholpen. Het heeft ons beider leven veranderd. Ik heb ervan geleerd waartoe ik in staat ben, wie ik zou kunnen zijn. Het gaf me de kracht om uit een gezin te stappen waarbinnen religie niet om liefde of vergeving draaide, maar om angst en hypocrisie. De Camino herinnerde me eraan dat ik die persoon al een tijdje kwijt was... al jaren. Ik moest Camille toen redden – en nu moet dat weer.'

'Weet je zeker dat ze dat wil?'

'Ergens wil ze er niet aan denken dat ze iemand nodig zal hebben die voor haar zorgt, maar tenzij er een man in haar leven komt – en dan bedoel ik niet Gilbert, maar een nieuwe man op wie ze verliefd wordt, en hij op haar, los van haar ziekte – ben ik nu haar plan A.'

'En wat betekent dat voor jou? Voor ons?'

Ik nam een grote slok van mijn margarita. 'Ze kan niet naar de VS komen – geen zorgverzekering, om maar iets te noemen. Het betekent dus dat ik bij haar blijf. Ik weet dat jij dat niet snapt. Ik kan niet goed uitleggen waarom ik dit moet doen. Ik hou van je; ik wil bij je zijn...'

Martins gezicht stond sceptisch, en ik kon het hem niet kwalijk nemen. Het viel niet te ontkennen dat ik Camille boven hem verkoos. Hij schoof zijn stoel een stukje achteruit.

'Ik heb het al vaker proberen uit te leggen: Camille en ik hebben deze band.'

'Thelma en Louise.'

Het lukte me erom te lachen. Het voelde correct, verschrikkelijk correct.

'Ik weet dat je niet veel op hebt met die manier van denken, maar ik heb het gevoel dat er kosmisch iets niet in orde is en dat ik dat goed kan maken door weer bij Camille te zijn.'

'En ik weet dat jij niet veel op hebt met mijn pogingen tot psychoanalyse...'

'Dat is niet waar. Integendeel, zelfs.'

'Nou, ik denk dat elke therapeut zou zeggen dat er – in hun jargon – iets onverwerkts is.'

‘Dat denk ik ook. En door bij Camille te blijven, wordt het verwerkt.’

‘Of er wordt een pleister op geplakt.’

‘Zo voelt het niet.’

‘Oké. Maar ik vraag me gewoon af wat er dan niet verwerkt is.’

Martin liet de vraag hangen, en er viel een lange stilte die niet ongemakkelijk aanvoelde. Tijdens het lopen waren we eraan gewend geraakt samen te zijn zonder noodzakelijkerwijs te hoeven praten.

Maar ik wilde de vraag niet eeuwig onbeantwoord laten. ‘Als je iemand helpt, ben je diegene uiteindelijk iets verplicht,’ zei ik uiteindelijk. ‘Niet andersom.’

‘Ik weet wat je bedoelt. Voor wat het waard is: ik geloof niet dat dat het is. Wat is de belangrijkste les van de Camino?’

‘Eén dag tegelijk. Maar…’

‘Maar niets. Behalve dan dat we de lange route naar Rome hadden moeten nemen.’

64

Martin

Terwijl ik ons verblijf in Sarzana afrekende, wachtte Gilbert op me. De vrouwen waren al weg. Ik had verwacht dat ik vaker met hem zou lopen omdat Zoë de verloren tijd met Camille wilde inhalen, maar tot nog toe hadden we meestal de gebruikelijke paren aangehouden.

Ik had Zoë niet opgegeven; ik wist gewoon niet wat ze ging doen en hoe ik daar een rol in zou vinden. Er waren te veel variabelen, en de meeste hielden verband met Camilles ideeën, waar geen peil op te trekken was. Ze zou nog voor Gilbert kunnen kiezen – ik vermoedde dat Camille liever een man zou kiezen dan een vrouw, onder vergelijkbare omstandigheden. Ze zou de geschiedenis zodanig kunnen herschrijven, op haar eigen wijze, dat Zoë buiten de boot viel. En wie wist wat voor openbaring ze zou krijgen – of te berde zou brengen – wanneer we Rome bereikten.

'*Buongiorno!*' zei haar echtgenoot, die zijn nog steeds te zware bepakking op zijn rug hees.

Dat Gilbert zijn innerlijke Italiaan in de armen had gesloten – tot het leren van de sleutelwoorden voor het bestellen van eten en wijn aan toe – was een bron van vermaak voor ons allemaal, en het was me opgevallen dat Camille ook meedeed aan het goedmoedige lachen en plagen.

'Daar ben je bijna van af,' zei ik.

'De rugzak of het Italiaans?' zei Gilbert. 'Vandaag heb ik ze nodig, en verder denk ik niet.'

Ik lachte. 'Je hebt goed naar Zoë en mij geluisterd. Eén dag tegelijk. De belangrijkste regel.'

'De een-na-belangrijkste. De belangrijkste is dat je geen föhn moet meenemen. Toen je vriend Monsieur Chevalier zei dat de Chemin me zou bevrijden, was ik een beetje beledigd. En verdrietig. Ik dacht dat hij bedoelde dat ik bevrijd zou worden van mijn verantwoordelijkheid voor Camille. Maar ik ben bevrijd van mijn zorgen om de toekomst. Ik ben dankbaar voor iedere dag. Wie weet wanneer God zal besluiten een eind aan onze dagen te maken?'

'Dat is een goede gedachte. Ook voor onze relaties.' Ik vroeg me af hoeveel ik moest vertellen, maar onze lotsbestemmingen waren vervlochten en wij, of in elk geval onze partners, stonden voor dezelfde dilemma's. 'Ik ben bang dat Zoë bij Camille zal willen blijven na afloop van de tocht. Om voor haar te zorgen.'

'Heeft ze dat tegen je gezegd?'

'Min of meer.'

Gilbert nam de tijd om erover na te denken. 'Zoë kan beter bij jou blijven. Dat moeten we aanmoedigen.'

Ik lachte. 'Ik spreek je niet tegen.'

Natuurlijk kon ik hem wel tegenspreken. Gilbert wilde misschien graag Camilles tweede keus zijn als Zoë niet beschikbaar was, maar ik wist niet hoe ik het zou vinden om het gevoel te hebben dat ik Zoë alleen had omdat ze elders niet nodig was.

'Mag ik je een raad geven?' zei Gilbert. 'Je zult het al wel weten, maar het is goed dat we onszelf erop wijzen. Vrouwen houden van volharding. En rechtlijnigheid. Die eigenschappen mogen we niet door angst laten ondermijnen.'

Het paste goed bij 'één dag tegelijk'. Waar klaagde ik over? Er waren slechtere manieren om je tijd door te brengen dan wandelen met Gilbert, onderdak plannen met Camille – ik stelde haar gezelschap echt op prijs – en lopen, eten en slapen met Zoë.

Ik hield die positieve instelling vast tot vijf uur 's middags, toen Camille en ik bij elkaar gingen zitten om de reserveringen te doen.

‘Hebben Zoë en jij problemen?’

‘Hoe kom je daarbij?’ Ik wist hoe ze op het idee was gekomen. Een hele dag wandelen met Zoë die haar vertelde dat ze haar toekomst met mij had opgegeven. Geen geheimen op de Chemin. Alleen leek ze het niet te brengen als een consequentie van het voor Camille zorgen. Meer alsof ze weer vrij was en wachtte of Camille haar aanbod aan zou nemen.

Wat ze kennelijk niet had gedaan. Had Camille de boodschap niet doorgekregen? Ik ging haar in elk geval niet uitleggen hoe het zat.

Ik bracht het gesprek op mijn voorkeursonderwerp: ‘Het lijkt iets beter te gaan tussen Gilbert en jou.’

‘Hij is een fatsoenlijke man. Ik zou dankbaar moeten zijn, *non*? Maar als ik niet ziek was, zou niemand dat vinden. Dan zou iedereen zeggen dat ik mijn hart moest volgen, niet dat ik dankbaar moest zijn dat ik iemand had. En als ik hem verlaat, bewijs ik hem een dienst.’

‘Als je hem om die reden verlaat, bewijs je niemand een dienst, denk ik. Gilbert zegt dat hij bij je wil blijven, en ik geloof hem. Misschien vindt hij dat hij boete moet doen voor de vergissing die hij heeft begaan door jou te verlaten. En jij weet wat boeten is. En vergeving.’

Het was een riskante invalshoek – die niet strookte met haar narratief. Maar ik was er – maar half opzettelijk – in geslaagd een dubbele klap uit te delen door het over boeten te hebben, waarmee ik de onuitsprekelijke zonde aanstipte. Ze was even stil.

‘Je hebt gelijk. Al heeft hij geweigerd te zeggen dat het hem spijt. Dat is een van de redenen waarom ik hem niet echt kan vergeven.’

Een openingetje. Als ik hem kon overhalen zijn trots te laten varen en zijn excuses aan te bieden voor de denkbeeldige affaire, alleen aan haar, zou ze er misschien nog eens over na willen denken.

Was ik manipulatief bezig? Om mijn eigen doelen te dienen? Ik kwam er in elk geval dichtbij, maar ik had hem eerder aangespoord zijn excuses te maken, en toen had ik nog geen belang bij de uitkomst. Dat gezegd hebbende, vanuit zijn perspectief was er niets veranderd sinds zijn weigering.

Het zou nu ethisch zijn om Gilbert en Camille zelf uit te laten zoeken wat ze met hun relatie wilden, zonder dat ik me ermee bemoeide. Intussen was het mijn taak om elke dag zo goed mogelijk te laten verlopen. En je kon het me niet kwalijk nemen als ik Gilbert hielp hetzelfde te doen.

65

Zoë

Ik kwam aan het ontbijt in ons hotel in de uitgestrekte stad Massa, dicht bij de Ligurische Zee, en trof Gilbert alleen aan. Ik schonk een kop koffie in en ging bij hem zitten.

'Alles goed met Camille?'

Gilbert knikte. 'Nog in onze kamer. Is Martin ook nog boven?'

Ik knikte.

'Ik weet dat ze erover denkt bij me weg te gaan. Als we in Rome zijn.'

Ik voelde een steek in mijn hart. Voor hem. En voor Camille. En voor mezelf. Als Martin nog hoopte dat wij bij elkaar zouden komen, kon ik hem ook op het lijstje zetten.

'Heeft ze... Weet je wat haar plannen zijn?'

'Ik denk dat ze het niet weet. Rome... de paus... bevrijding. Het is waanzin. Ze heeft altijd de behoefte gehad contact te zoeken met God, vooral als het leven moeilijk was, maar nu? Ik denk dat die ziekte haar misschien niet helpt helder te denken. Ze denkt dat er een...' Hij knipte met zijn vingers. 'Ze denkt dat jij haar het antwoord zal geven. Ze stelt vertrouwen in je.'

Gilbert dacht dat ik wat Camille betrof op dezelfde hoogte stond als God en de paus. Of misschien was ik gewoon makkelijker te benaderen. Hij zal wel gewild hebben dat ik tegen haar zei dat híj het antwoord was. Dat had ik geprobeerd en het had niet geholpen. Ze wilde niet dat ik haar het antwoord gaf; ze wilde dat ik het antwoord wás.

Hoe kon Monsieur Chevalier zich zo hebben vergist? Camille zag zichzelf waarschijnlijk bevrijd van Gilbert. Niets wat ik voor me zag had iets te maken met vrijheid – meer met de verantwoordelijkheden van het latere leven. Het welzijn van anderen. Verplichtingen. Persoonlijke integriteit. Goede dingen, belangrijke dingen, maar geen dingen die je bevrijden.

Toen Camille erbij kwam, wachtte ik tot ze haar koffie en croissant ophad en ging toen met haar op pad. We waren terug in Toscane, in het voorgebergte van de Apuaanse Alpen, en we liepen op maar een paar kilometer van de kust.

Ik moest zeker weten dat ze Gilbert nog steeds niet in haar leven wilde hebben voordat ik mijn eigen leven op zijn kop zette.

'Het lijkt iets beter te gaan tussen Gilbert en jou.'

'Hij stelt zich meer open voor de Italiaanse gebruiken, wat hem beter gezelschap maakt, dus ja.'

'Ik bedoel, een paar dagen geleden was je nog best boos op hem.'

'Nee, dat is niet waar. Ik was alleen boos omdat anderen me wilden overhalen bij hem te blijven. Jij ook.'

'Ik weet het. Het spijt me.'

We liepen een minuut zwijgend door voordat ze weer iets zei. 'Als ik de ziekte niet had, zou ik misschien anders denken, maar ik kan mezelf niet toestaan in de verleiding te komen; we zouden allebei altijd blijven denken dat ik hem had geaccepteerd vanwege mijn behoefte aan zorg.'

Het was een ongelooflijk moedige uitspraak, die totaal niet strookte met mijn beeld van Camille als wispelturig en... nou ja, een profiteur. Ik wist niet of ik in haar plaats nee tegen Gilbert had kunnen zeggen. En dat kon ik nu ook niet tegen haar.

'Camille, wat ik zei, dat ik er voor je zal zijn – ik meen het.'

Ze lachte. 'Maak je liever zorgen om Martin. Als jij er voor mij bent, is hij er misschien niet voor jou.' En toen, veel ernstiger, verwijtend: 'Ik had niet gedacht dat je hem mee zou brengen op deze pelgrimstocht.'

'Camille,' zei ik, 'ik méénde het. Geloof me, als je me nodig hebt, na Rome, ben ik er voor je.'

‘Als je het meent, dank je wel. Maar nee, je hebt je eigen leven, je hebt Martin. Ik red me wel.’

Ze meende het niet.

‘Ik stel voor dat we hier pauzeren,’ zei Martin toen we in het pittoreske Pietrasanta aankwamen. Meestal onderbraken we de tocht niet voor de lunch, maar Gilbert liep al met Camille naar het café.

‘Eet later maar,’ zei Martin. ‘Het schijnt hier één groot beeldenpark te zijn.’

Toen we in Pietrasanta aankwamen, had ik de veelkoppige marmeren chimera met een duif van Alba Gonzales gezien, die duif misschien vanwege de pelgrims, maar er stonden veel meer moderne sculpturen in de straten: dansers, een meisje op een schommel, een groep mensen.

‘En ik heb gelezen dat er een kerk is die we niet mogen missen.’ Martin nam me niet mee naar de kathedraal, maar wees naar een open deur opzij van de lange promenade.

Op het eerste gezicht was het gewoon weer een oude kerk met fresco’s. Toen keek ik nog eens goed. ‘Dat lijkt wel een Fernando Botero.’

‘Hij schijnt hier een huis te hebben. Vind je zijn werk mooi?’

‘Of ik het mooi vind?’ Waar moest ik beginnen? ‘Die man is een genie.’

‘Maar vind je het móói?’ Martin stond voor een fresco dat in vergelijking met alle andere die we hadden gezien nogal oneerbiedig was. De personages waren typerend voor Botero, sommige onwaarschijnlijk, of onmogelijk, groter dan levensgroot – de duivel die de chaos overzag en de vrouw in *calvera*-stijl met groteske rode lippen op haar doodshoofd. Uit de trog onderin dook het hoofd van Hitler op. Niet iets wat ik had verwacht te zien in een Italiaanse kerk.

‘Mooi is het woord niet. Hij heeft me veranderd. De Abu Ghraib-serie… Dat werk heeft ervoor gezorgd dat ik kon overleven door politieke cartoons te tekenen omdat ik zag wat hij kon doen, wat kunst kon doen in een politieke context...'

Ik moest wel vijf minuten onafgebroken hebben gerateld. Martin leek gefascineerd te luisteren. Toen ik eindelijk klaar was en vroeg: 'Beantwoordt dat je vraag?' schoot hij in de lach.

'Inspiratie voor je eigen cartoons?'

In gedachten schetste ik al pelgrims die genezing zochten in de *calvera*-stijl. Misschien zat er een idee voor een boek in. Toen ik besefte dat de vrouw met het doodshoofd Camille moest zijn, was ik er minder zeker van dat het een goed idee was, al zou het zeker in overeenstemming zijn met de sombere toon van de Ligurische schetsen.

'En vanavond,' zei hij, 'gaan we helemaal op de pelgrimstoer. Camaiore: een ommuurde vesting, ontstaan in 190 voor het begin van onze jaartelling, en ik heb een *pellegrino*-hostel in een oude abdij gevonden. Misschien een beetje spartaans, maar ze hebben vast een mooi stempel voor ons paspoort.'

Hij deed er echt alles aan.

66

Martin

Het was een gedenkwaardige dag, wat te danken was aan het feit dat ik me had gedragen als een toerist die zijn bezoeken plant, niet als een wandelaar die het gewoon neemt zoals het komt. Het hostel in Camaiore had aan de verwachtingen voldaan, al waren we de enige pelgrims. Camille had een uur met de bedrijfsleidster gepraat, met wie ze de belangstelling voor talen deelde. Het hostelplan, *sans* Gilbert, leek nog springlevend. En vanavond zouden we in Lucca aankomen, de geboorteplaats van Puccini, waar jaarlijks een groot muziekfestival werd gehouden. We waren weer op het toeristenpad.

De zon scheen, maar zonder de drukkende hitte van een paar weken tevoren, en we hadden het gevoel in contact te staan met de zee. Hoe mooi de bergen ook waren geweest, de regen en kou in de avond hadden onze stemming beïnvloed, al had ik daar toen niet bij stilgestaan. En Zoë liep – weer – met mij in plaats van met Camille.

Wandelen in Toscane was heel anders dan er met de auto doorheen rijden, en niet alleen omdat ik niet met Julia opgescheept zat die telkens naar me riep dat ik meer links moest houden en me mijn creditcard verkeerd om aangaf bij de veel te vaak voorkomende tolautomaten. Om nog maar te zwijgen van een opstandige tiener op de achterbank. Te voet verliepen de tochten tussen de plaatsen sereen, en de plaatsen zelf boden een zinderend contrast aan het eind van de dag in plaats van aan te voelen als oases na de zielloze uren op de autostrada.

Wat die opstandige tiener aanging: ik vermoedde dat Bernhard en zij hun tijd weg van mijn kritische blik zouden gebruiken om te beslissen of ze hun fantasie wilden verwezenlijken. Tenzij ze op andere gedachten kwamen, zou Sarah naar het buitenland gaan. Het enige wat me dan nog in Engeland hield, zou mijn baan zijn. Als ik die nog had: mijn verlofaanvraag zat kennelijk nog in de molen.

'Wat dacht je van een appartement in Pietrasanta? Niet Sheffield, niet San Francisco, maar een derde optie?' vroeg ik aan Zoë.

Ook zonder te kijken voelde ik haar frustratie wel aan.

'Dat is het niet,' zei ze. 'Ik twijfelde een tijdje aan Sheffield. Daar heb ik me overheen gezet.'

'We hebben dus vooruitgang geboekt.'

Zoë lachte. 'Eén stap vooruit. Echt, ik heb het nu het meest naar mijn zin. Ik wil dat het altijd zo doorgaat. Het gedoe met Camille... Het is niet wat ik wil, maar...'

'Laat het daarbij. Blijf gewoon nadenken over waarom je iets wilt doen wat je niet wilt doen.'

We hadden – onophoudelijk – *één dag tegelijk* gezegd, maar die avond wilde ik dat het één minuut tegelijk was, of één seconde. Een wijs man heeft ooit gezegd dat de wetenschap dat je binnenkort verhangen zult worden de concentratie bevordert, en terwijl we in een oude kerk vol toeristen en met immense renaissanceschilderijen aan de muren naar Puccini luisterden, moeten we ons er alle vier van bewust zijn geweest dat onze tijd er bijna op zat.

Het was een toeristenopera, met een sopraan en een tenor die afwisselend de populaire aria's zongen, maar dat maakte het nog niet slecht. De zang was altijd belangrijker voor me dan het spektakel. Zoë zat naast me en hield mijn hand vast en de muziek verbond ons.

Daar zaten we dan, twee stellen die het best goed deden, maar werden gedwarsboomd door de individuele behoefte trouw aan jezelf te blijven: Zoë in haar verplichtingen aan Camille, Camille die niet bereid was water bij de wijn te doen in de liefde en Gilbert die weigerde zich te verontschuldigen voor iets wat hij niet had gedaan. En ikzelf eiste dat Zoë's liefde voor mij belangrijker voor haar was dan al het andere, óók haar verplichtingen aan Camille.

Misschien zou een spijtbetuiging van Gilbert de impasse doorbreken. Als hij bereid was voor haar naar Rome te lopen, bereid was haar verpleger te zijn, moest 'sorry' zeggen tegen iemand die ten prooi was gevallen aan een waandenkbeeld toch meer een goede daad zijn dan een blijk van oneerlijkheid? Tenzij hij, alles bij elkaar opgeteld, toch niet de rest van zijn leven als Camilles verpleger wilde leven.

En ik? Had ik mijn uiterste best gedaan? Ik wilde niets liever dan de rest van mijn leven met Zoë doorbrengen. Was 'wat dacht je van een hostel in Pietrasanta' echt mijn allersterkste zet? Vast niet.

Na het eten reserveerde ik bij het beste restaurant in wat misschien wel de mooiste plaats was van onze tocht, zo niet van heel Italië.

67

Zoë

'Je hebt je baard getrimd.'

Toen Martin in ons snoezige hotel in San Gimignano uit de badkamer kwam, zag hij er anders uit, op een heel gunstige manier, en ik had niet meteen door waar het aan lag. Zijn haar zag er ook netter uit: minder schapendoes, meer docent bouwkunde.

We waren van de ene schitterende, van geschiedenis en magie doortrokken Toscaanse plaats naar de volgende gelopen, van Gambassi Terme – iets minder toeristisch – naar San Gimignano, dat me deed denken aan Pérouges, maar dan zonder rondleiding. Eeuwenoude stenen straten die eruitzagen of ze geairbrusht waren om nieuw te lijken, en smetteloos schoon, afgezien van de confetti waarmee de treden en het plein voor de kerk bestrooid waren.

We ploften op bed voor een dutje na het lopen, maar in de kamer naast de onze klonken enthousiaste geluiden. Misschien het pasgetrouwde stel van de confetti dat vast aan de wittebroodsweken begon. Jammer genoeg klonken de geluiden niet van de kant van Gilbert en Camille.

Het restaurant zat verstopt in een smal straatje niet ver van het plein en wij – alleen wij tweeën – waren de eerste gasten. Het was niet zo'n typische toeristenval. Het menu bij de deur ging vergezeld van een certificaat: Monsieur Michelin had het beloond met een ster.

Gilbert en Camille hadden niet met ons mee gewild, en ik vroeg me af of Martin correct had beschreven wat ze zouden missen. Ik voelde me sjofel. De zool van een van mijn lichtgewicht avondschoenen had losgelaten en flapperde als ik liep, en de elegante inrichting met moderne schilderijen aan een grijze muur, onder een kroonluchter, vroeg om een paar diamanten in plaats van Tessa's duif van de markt.

'En,' zei Martin terwijl we de ambiance in ons opnamen, 'ze hebben vegetarische opties.'

Hij moest hebben opgemerkt dat vegetariërs niet erg serieus werden genomen in het land van de *bistecca alla fiorentina*. Vervolgens bestelde hij champagne, een vreemde keus in Italië. Hij deed in alle opzichten een beetje raar vanavond, en hij was veel te bezorgd of het restaurant wel oké was.

Ik denk dat hij wel wist dat dit niet mijn soort restaurant was, maar het eten was goed, al was het waarschijnlijk te duur. Toen we bijna klaar waren met onze *primi piatti* – die heerlijk waren, zei ik tegen hem om hem gerust te stellen – kwam er een ander stel binnen.

Bernhard en Sarah.

De Chemin d'Assise kronkelde en draaide om de Via Francigena heen, en het was krankzinnig geweest om zo'n pittoresk plaatsje over te slaan, maar dit was ook hun soort restaurant niet.

We sprongen op, begroetten en zoenden elkaar en informeerden hoe het ermee ging, maar er klopte iets niet.

'Waar overnachten jullie?' vroeg ik. 'Wij zitten in...'

Voordat ze iets konden zeggen, kwam Martin tussenbeide. 'Geniet van je avond, let maar niet op ons,' zei hij, en ik begreep dat als Sarah ons had verteld dat ze in hetzelfde hotel zaten, op dezelfde verdieping, dat te veel informatie had kunnen zijn. We leefden dicht op elkaar, maar waren erin geslaagd ons seksleven discreet te houden. Daar waren zíj althans in geslaagd.

Martin vroeg niet of ze bij ons kwamen zitten. Toen iedereen weer zat, Sarah en Bernhard aan de andere kant van de eetzaal, boog ik me naar Martin over. 'Gaat het wel?'

'Natuurlijk. Maar dit is ónze avond.'

'Ik zat te denken, dit is niet Bernhards gebruikelijke stijl...'

'Doe niet zo seksistisch. Misschien heeft Sarah het wel geregeld.'

'Zou je denken? Ik krijg gewoon het gevoel dat het een speciale avond zou kunnen zijn.'

'Jezus,' zei Martin. 'Ze zijn te jong om te trouwen. Ik hoop dat het Bernhards verjaardag is.'

'Misschien kunnen we het dessert beter overslaan om ze hun privacy te gunnen.'

Martin keek geërgerd, of misschien vooral teleurgesteld, maar hij was het ermee eens. We hadden nog een halve fles champagne, die hij bij Bernhard en Sarah op tafel zette toen we weggingen.

De volgende ochtend zagen we Bernhard en Sarah niet. Gilbert en Camille waren vroeg vertrokken, iets wat ze waren gaan doen voor het geval Camille in de problemen kwam. Tot nog toe had ze kunnen blijven lopen, maar de vorige avond had ze weer gehinkt. We namen een extra koffie – ik begon de smaak te pakken te krijgen van caffè lungo, espresso met extra water – en drentelden door de poort. Na anderhalve kilometer over een voetpad kwamen we op een brede onverharde weg die ons door golvende akkers en bossen voerde.

Het had 's nachts hard geregend, maar nu was het weer perfect, een beetje koel maar zonnig, en in de geest van de Chemin genoten we in stilte van het wandelen, het landschap en elkaars gezelschap. Tot we langs een groot oud gebouw met een verbleekt *Vendesi*-bord kwamen. Te koop. We bleven staan en keken elkaar aan.

'Niet boven op een heuvel,' zei ik.

'Midden op de route – van de Via Francigena én de Assisi.'

'Fantastisch uitzicht.'

'Genoeg tuin voor Camilles groenten.'

Ik lachte. 'Er moet van alles aan gedaan worden. Dat is niet Gilberts sterke punt. En het is in Italië. Gilbert wil iets in Frankrijk.'

'Gilbert heeft er niets over te zeggen. Laten we hopen dat Camille het heeft gezien, er verliefd op is geworden, tegen Gilbert heeft gezegd dat ze met hem door wil als hij zijn excuses aanbiedt en dat Gilbert het licht heeft gezien en een goede aannemer kent, dan kunnen we vanavond op hun toekomst drinken. Dat is toch niet te veel gevraagd?'

Of misschien ging Camille ons vertellen dat ze het ging kopen en dat ze het samen met mij ging runnen.

We kwamen bij een rivier en Martin zei: 'Volgens de gids kan deze oversteek lastig zijn als het heeft geregend.'

Dat kon ik zo ook wel zien. De weg verdween in een plas die eruitzag alsof we naar de overkant zouden moeten zwemmen. Links van ons werd de rivier iets breder en kon ik de rotsachtige bedding door het heldere water heen zien. Niet gevaarlijk, maar niet te doen zonder natte voeten te krijgen.

'Op dit punt komt de ridder op het witte paard aanzetten om de jonkvrouw naar de overkant te dragen,' zei ik terwijl ik mijn schoenen en sokken begon uit te trekken. Mijn minuscule handdoek lag op de bodem van mijn rugzak.

Martin zweeg even. 'Goed dan, ik doe het. Op één voorwaarde.'

'Moet ik je voeten afdrogen?'

Martin schudde zijn hoofd – en zakte op een knie. 'Trouw met me.'

Als hij er niet zo ernstig bij had gekeken, had ik gedacht dat hij een grapje maakte. Ik deed mijn mond open en klapte hem weer dicht. Hij zag er zo verdomd aanbiddelijk uit – hij moest op die hondenogen hebben geoefend. Zelfs met zijn getrimde baardje.

'Ik... Weet je... Ik bedoel...'

Martin richtte zich weer op en gaf me een snelle zoen. 'Ja, ik weet het. Ik wilde het gisteravond vragen, maar... Het aanbod blijft staan tot de Sint-Pieter. Tot we daar zijn, ga ik ervan uit dat het antwoord ja is.'

Met die woorden strooide hij een handvol confetti over mijn hoofd uit, pakte me op – met rugzak en al – kiepte me over zijn schouder en liep recht door de rivier.

Ik wist wat ik moest zeggen, maar ik wilde het moment nog even vasthouden. De kosmos stelde me echt op de proef.

68

Martin

Ik had alles gedaan wat ik kon verzinnen en ik voelde me er best goed over. Het huwelijksaanzoek kwam recht uit mijn hart: ik was, net als de anderen, trouw aan mezelf. De kaarten lagen nu allemaal op tafel; het zou gaan zoals het ging. Intussen zou ik proberen de spelregels te leren. Zodra ik wist welk spel het was.

We overnachtten in Strove, weer een charmant Toscaans plaatsje, in een mooi opgeknapt, klein hotel, en we aten met Gilbert en Camille in een trattoria die in veel opzichten stereotiep was, maar het eten en de wijn waren een stuk beter dan wat ik thuis zou hebben gekregen. Onwillekeurig vergeleek ik dit verblijf met de vakantie in dezelfde regio met Julia in, achteraf gezien, de nadagen van ons huwelijk. Ik was veel gelukkiger met Zoë.

Camille bleef last houden van een 'vermoeid been', maar we waren altijd goed aangekomen, dus waagden we het erop en maakten een vrij lange wandeling naar Siena, waar we Sarah en Bernhard zouden treffen. We belandden op maar een paar kilometer van onze bestemming opzij van het pad waar Zoë massage, meditatie en mindfulness probeerde om Camille weer op gang te krijgen.

Daar was ze twee uur mee bezig toen Sarah en Bernhard ons inhaalden, en toen stond Camille op en verklaarde zichzelf genezen.

We legden het laatste stuk met z'n zessen af. Toen het pad smaller werd en we intuïtief paren vormden, voelde ik dat Sarah op het punt stond te vragen: 'Kan ik even met je praten?' Dat deed ze ook, maar ze vervolgde: 'Met Zoë erbij. Ik bedoel, als ze wil.'

'Als je het goedvindt dat ik meeluister,' zei Zoë.

'Dat zei ik toch? Ik bedoel, oké.'

We maakten ons los van de andere drie.

'Alles goed?' vroeg ik.

'Zeker weten.'

'Dat dacht ik al. Is er nog iets gebeurd?'

'We zijn stiekem getrouwd in San Gimignano.' Ik geloofde het bijna. 'Nee echt, we hebben over dingen gepraat. Dingen die ons in de weg zaten.'

'Wat voor dingen?'

'Nu je het vraagt... vooral ouders.'

Het was geen verrassing. *'They fuck you up, your mom and dad.'*

'Pap!'

'Het is de openingsregel van een gedicht. Een heel beroemd en waar gedicht van Philip Larkin. Als het literatuur is, mag je wel "fuck" zeggen.' Daar kwam nog bij dat mijn dochter nu volwassen was. Ik mocht nu 'fuck' tegen haar zeggen.

'Uit jouw mond zal het nooit oké klinken.'

'Heb je je moeder al gesproken?'

'Fuck nee.' Ik kromp in elkaar en ze lachte. 'Dat klinkt ook niet oké... Nee, nog niet. Ik dacht dat je de Chemin misschien ongestoord af wilde maken. Maar goed, wat ik met je wilde bespreken... Je vroeg me een tijdje geleden wat ik voor Bernhard voelde, en hoe dat mijn plannen beïnvloedde.'

'En je hebt me een goed antwoord gegeven. Is er iets veranderd?'

Ze lachte. 'Nee, hetzelfde antwoord, maar dan nog meer. We hebben elkaar trouw beloofd, althans voor nu... en ik ga volgend jaar zeker naar de technische universiteit.'

'Nou, ik ben blij dat je erover na hebt gedacht.'

'Wat je vroeg, of ik het ook zou doen als Bernhard er niet was. Het is een supermoeilijke vraag. Ik denk dat we gaan voor degene met de grootste passie. En het ding dat het beste voor de wereld is.'

Wilde Sarah mijn toestemming om terug te krabbelen? Of wilde ze mijn goedkeuring om zich zekerder te voelen over haar keuze?

Daar dacht ik nog over na toen Zoë het woord nam. 'Het zal wel voelen als een immense beslissing. Dat is het ook, maar zelfs als je de verkeerde keuze maakt, kun je uiteindelijk langs een omweg terugkomen bij wat je echt wilt.'

'Dus, met jullie gaat het goed?' Ze lachte. 'Mooi zo.'

Wat onze relatie op dit moment betrof, ja. Onze toekomst zag er minder ongecompliceerd uit. Ik vermoedde dat Sarah in een vergelijkbare positie verkeerde.

'Het zal waarschijnlijk op en neer gaan met Camille,' zei Sarah toen we bij ons hotel aankwamen. Ik had van tevoren geïnformeerd of er nog een extra kamer was, en toen Bernhard zich inschreef, drong het tot me door dat er iets veranderd was. Ze zagen eruit als een... *echtpaar.* Bernhard en Sarah. Een onverwacht resultaat van mijn twee pelgrimstochten.

'Hoelang duurt het voor we weten of ze opknapt?' vroeg ik aan Sarah.

'Hoe lang is een stuk touw? MS is heel grillig. Het zou vanavond kunnen zijn, maar ook nooit. Misschien kan een fysiotherapeut een wonder verrichten, misschien de paus. Het zit letterlijk allemaal tussen haar oren, maar ze heeft er geen controle over. Ik heb het gevoel dat ze wel door kan gaan, maar dat ze het óf net wel, óf net niet zal halen. Maar dat is maar een gevoel.'

'Als dat gevoel niet klopt,' zei Bernhard, 'nemen Sarah en ik de trein naar Florence en van daar naar Mâcon, en dan komen we terug met het karretje.'

'Welk karretje?' Godver, het floepte eruit voordat ik me kon bedwingen.

'Het beste, natuurlijk,' zei Bernhard.

Ik voelde dat ik kwaad werd. Onredelijk kwaad. 'Kun je niet eens heel even...'

'Pap.'

'Wat is er aan de hand?' vroeg Zoë, die uit het niets opdook met Camille, die zonder hulp leek te lopen.

'We hebben het over het karretje... *een* karretje... voor Camille,' zei ik.

'Ik hoef geen karretje,' zei Camille. 'Ik voel me goed. Ik ga lopend naar Rome.'

Als ik me de laatste paar dagen een toerist had gevoeld, in elk geval na drie uur 's middags, werd me dat in Siena nog eens extra ingewreven. Overal gespecialiseerde wijnwinkels, truffelproeverijen en, uiteraard, restaurants. Ik hoefde niet nog eens antipasti, pasta en steak, dus toen Camille bij me kwam zitten om de reserveringen te doen – een koud kunstje nu we in toeristenland waren – en vertelde dat 'de meiden' en zij hun eigen plannen hadden, wilde ik die kans op een vrije avond graag aangrijpen.

Gilbert zag het anders. 'We zijn alleen. Drie mannen. We moeten een café met goed bier zien te vinden.'

'Ik doe misschien niet mee,' zei ik. 'Ik moet naar de kapper.' In Frankrijk leek in het kleinste gehucht nog een kapper te zitten, maar hier waren er minder. Je moest een redelijk grote plaats hebben, maar tegen de tijd dat je er was, aan het eind van een dag lopen, je had gedoucht en omgekleed, de reserveringen had gedaan, je kleren had gewassen...

'Goed plan,' zei Gilbert. 'Camille is volgende week jarig en voor die gelegenheid zal ik bij een goed restaurant reserveren. Het maakt het restaurant niet uit, maar het zal Camille opvallen.' Hij wees naar Bernhard. 'Ga mee. Je wilt niet wachten tot Sarah over je uiterlijk gaat klagen.'

'Als ze vindt dat mijn haar geknipt moet worden, knipt ze het maar.'

'Als je daarop wacht, vindt ze je een slons. Een man moet zelf zijn uiterlijk verzorgen.'

We kwamen terecht bij een kapper in het centrum en door toedoen van de verkeerde keuze, taalbarrières of zuiver opportunisme belandden we op een rijtje stoelen en kregen de complete behandeling, met wassen, föhnen en al.

Gilbert zat in het midden. Het voelde als een gelegenheid om over onze relaties te praten, die allemaal óf nieuw waren, óf in gevaar verkeerden óf, in mijn geval, allebei, maar dat die van Bernhard toevallig met mijn dochter was, maakte het lastiger.

Gilbert opende het gesprek met het andere onderwerp dat ons allemaal bezighield. 'Ik denk dat Camille het wel zal halen. Dankzij ieders hulp. Maar niemand mag zich schuldig voelen als ze het niet haalt. De ziekte respecteert onze ambities niet.'

'Zonder jou had ze het nooit gered,' zei Bernhard. 'We zien wel iets van wat je doet. Het moet zwaar werk zijn.'

'Ik heb geluk. De ziekte is verschrikkelijk, maar daardoor krijg ik wel tijd met mijn vrouw. Ik ben geen praktiserend katholiek, maar ik geloof wel, en ik vind het moeilijk te begrijpen dat dit geschenk aan mij zo'n hoge tol van Camille eist.'

Ik vroeg me af of Gilbert nog steeds zou denken dat God hem een koopje had gegeven tegen de tijd dat Camilles gezondheid hard achteruitging en ze meer zorg nodig had. Toen Zoë had gevraagd wat ik in zijn plaats zou doen, had ik zonder aarzelen geantwoord dat ik hetzelfde zou doen. Zo dacht ik er nu over – met de luxe dat het hypothetisch was.

Gilbert had meer te zeggen. 'Toen we begonnen, dacht ik dat ik degene zou zijn die ons zou teleurstellen. Mijn arts zei dat ik minder moest lunchen en meer moest wandelen... maar hij had het niet over de Alpen.' De kapper begon met de tondeuse en Gilbert zweeg tot hij klaar was.

'Als ik bergen wilde beklimmen, moest ik mijn testament maken, zei hij. Dat heb ik gedaan. En toen ik mijn zoon zag, hield ik er rekening mee dat het de laatste keer kon zijn. Daar moeten we altijd rekening mee houden. Ik stuur hem elke dag een berichtje.'

'Ik hoop dat hij het weet te waarderen.'

'Kinderen houden niet zoveel van hun ouders als hun ouders van hen. Soms wel, misschien, maar dat is niet gebruikelijk.'

Bernhard lachte. 'Sarah heeft me ervan overtuigd dat mijn vader in dat model past. Het zal wel kloppen, maar hij is niet goed in... het toepassen ervan. Sarahs vader heeft dezelfde problemen, maar niet zo erg.' Hij glimlachte, al school er ongetwijfeld een kern van waarheid in.

'Misschien hebben we die allemaal,' zei ik. 'Problemen met doen wat goed is voor onze kinderen. Al is het maar begrijpen wat ze willen.'

'Voor onze partners ook,' zei Gilbert, en dat was het einde van het gesprek.

69

Zoë

Terwijl de mannen bij de kapper zaten, wilde ik de zon rond het Piazza del Campo volgen en schetsen; misschien dat de nonnen die ik op de muur had zien zitten nog niet uitgekletst waren. Ik had tijd voor mezelf nodig. Ik voelde me nog steeds uit het lood geslagen door Martins aanzoek. Of misschien wilde ik gewoon opgaan in de prettige gevoelens zonder aan de realiteit te hoeven denken.

Camille had andere plannen. 'Meidenavond. Ik heb op de heenweg een goed café gezien.'

Het café dat Camille had ontdekt zat, zoals veel winkels, achter een eeuwenoude stenen gevel. Het was een pijpenla met een glazen toonbank met daarin een grote keuze aan kazen en vleeswaren. Via drie televisies, weggestopt tussen planken vol sterkedrank en wijn, waren voetbalwedstrijden te volgen.

Een paar drinkers aan de andere kant van het raam trotseerden de kou om te roken. Een gezin dat met ons binnen stond, hanneste met een peuter en een baby die de borst kreeg. Tegenover de bar stonden een hoge houten tafel en drie lege krukken met uitzicht op de mensen die in de klinkerstraat met winkels rondhingen.

'Bier,' zei Sarah, die een van de krukken pakte en haar ellebogen op de tafel zette.

'We zijn in een sportcafé,' zei Camille, 'maar we gaan drinken als vrouwen.' Ze wees naar de kaart aan de muur met bellini's, Moscow mules en alle andere cocktails waar ik ooit van had gehoord.

'Sex on the beach,' zei Camille tegen de barkeeper, die me aan de Puccini-tenor deed denken. Ze wierp een blik op ons en vervolgde: '*Tre.*'

Ik had uitgevogeld dat de schalen met hapjes gratis waren en pakte pinda's, chips en iets wat gefrituurde artisjok met gevulde olijven bleek te zijn – helaas bleek de vulling uit vlees te bestaan. Sarah, die naar de televisie achter ons had gekeken, glimlachte lief naar de barkeeper.

'Mogen we de marathon zien? Hij is in Santa Marinella, niet ver van hier, toch?'

Hij gaf haar de afstandsbediening en ze zapte tot er een groep hardlopers op het scherm verscheen.

'Ik ken iemand die hieraan meedoet.'

'Zo, Sarah,' zei Camilla. 'Bernhard? Is hij de ware?'

'Dat hangt ervan af of je in "de ware" gelooft.'

'Je zegt dat als je in de ware gelooft, hij het is. Anders zou het er niet van afhangen.'

Ik kon Camilles logica niet meteen volgen, maar het was geen dementie: ze had een punt.

Sarah leek het ook te vatten. 'Bernhard is het beste wat me ooit is overkomen.'

Zoals Martin het beste was wat mij ooit was overkomen.

Camille keek voldaan: dit was haar soort gesprek. 'Dus, waarom? Omdat hij lang en knap is? Omdat hij goed in bed is? De ervaring heeft mij geleerd dat Duitse mannen...'

Sarah lachte. 'Omdat hij anders is. Omdat zijn naald niet in een groef blijft hangen.'

'Dat komt doordat hij nog jong is. Jongeren moeten oudere mensen niet beoordelen met de maatstaven van de jeugd.'

Als iemand ons gesprek had afgeluisterd, had hij of zij met geen mogelijkheid kunnen denken dat Camille aan dementie leed. Slimme opmerkingen, geen rare verhalen, niets van de tactloosheid waar we aan gewend waren geraakt.

‘En je moet niet tussen je vader en Zoë komen,’ overstemde Camille Sarahs tegenwerpingen. ‘Wil jij soms voor je vader zorgen als hij een oude zieke brombeer is? Mijn moeder heeft mijn vader eruit gezet omdat hij een *plouc* was, een hork, en toen kwam hij bij mij wonen. *Horreur*!’

Dat had ze me nooit verteld. Ze had me verteld dat haar vader, die diplomaat was, afstandelijk was geweest, ook al woonden ze in hetzelfde land, en dat ze hem amper had gezien voor zijn dood.

‘Elke dag zegt hij tegen me dat ik niet goed genoeg kan koken. Dat ik niet zo’n goede huisvrouw ben. Dat ik sterkere koffie moet zetten.’

‘Balen,’ zei Sarah. ‘Ik denk niet dat mijn vader...’

‘Dan wordt hij depressief. Eenzaam, want ik moet werken. Hij belt me de hele dag. Dan pleegt hij zelfmoord.’

‘O mijn god. Wat verschrikkelijk.’

‘Dus,’ zei Camille. ‘Als een vrouw hem wil, wees dan dankbaar. En als dit zijn keus is...’

Sarah wierp een blik op mij en zei toen op effen toon tegen Camille: ‘Ik ben niet degene die dwarsligt.’ Ze liep naar de bar.

‘Ik dacht dat je vader aan kanker was gestorven,’ zei ik tegen Camille. ‘Ik dacht dat hij toen nog met je moeder samen was.’

‘Alvleesklierkanker. Door het vele drinken. Het was zijn eigen keus, dus...’

‘Dat verhaal dat je net aan Sarah hebt verteld, had je dat verzonnen?’

Camille fronste haar voorhoofd, dacht even diep na en lachte toen alsof we een grapje maakten. ‘Misschien is het een vriendin overkomen.’

Ik wist niet meer hoe laat het was en hoeveel we hadden gedronken. Sarah had naar de marathon gekeken, maar die was nu afgelopen en ze was nog niet terug. Camille en ik praatten over dingen die met onze echtgenoten en onze kinderen waren gebeurd, hoe we slapeloze nachten hadden overleefd, het jongleren met verschillende rollen, de zorgen om het ouder worden, niet meer aantrekkelijk zijn, de angst om onze kinderen in een wereld die steeds slechter werd. Al die dingen die per brief niet kunnen: de onthullingen en kwetsbaarheden die zorgen voor de hechte band die vrouwen helpt overleven. Eindelijk vulden we het gemis tussen ons op.

'Het voelt alsof we weer studeren,' zei ik, en ik gaf een kneepje in haar hand. Ik besefte dat ik het meest aan het woord was geweest.

'We noemden jou altijd Lisa.' Camille was tipsy, maar ze herinnerde zich iets wat ik was vergeten. Lisa uit *The Simpsons*. Het moet pas het eerste of tweede seizoen van de serie zijn geweest, maar iedereen kende Lisa: het brave meisje.

Ze zette haar glas neer, iets te hard. 'Je was zo keurig. Heel anders dan mijn vriendinnen. Weet je dat ik het je daarom heb gevraagd?'

'Om te helpen...'

'*Oui.*' Ze rekte het woord uit: *ouiiiiiiie.* Ze zweeg lang en zei toen: 'Het was zo erg, daarna. Ik kon daar niet blijven. En toen werd jij zwanger, de volgende dag.'

'Er zat wel iets meer tijd tussen.'

'En je kreeg een kind en toen nog een, en toen kreeg ik een kind en toen kon ik er niet meer krijgen, en toen haalden ze Bastien bij me weg omdat ik gek was, en hier zijn we weer en alles is nog bij het oude.'

Ik was de enige geweest op wie ze destijds kon terugvallen, toen ze ten onder ging aan krankzinnigheid en verkeerde keuzes – en hier waren we weer, zoals ze zei.

Ik moest ook dronken zijn, en de drank gaf me de moed om de belofte te doen die ik moest doen. Nog een keer.

'Ik zal er altijd voor je zijn. We kunnen samen een hostel runnen.'

Ik wist niet of Camille me hoorde. Toen ik opkeek, lag ze met haar gezicht op de tafel. En Sarah stond naast haar.

'Tijd om naar huis te gaan, oudje.'

70

Martin

Ik was in slaap gesukkeld en werd wakker toen Zoë struikelde, de leeslamp greep en die meesleurde in haar val.

'Shit, wie heeft zijn rugzak hier laten liggen?'

Ik knipte de lamp aan mijn kant aan. 'Jij, neem ik aan, want het is jouw rugzak aan jouw kant van het bed. Waar ben je geweest?'

'Ooh, meneer de controlfreak. Gaat het zo worden?' Ze probeerde een noordelijk accent op te zetten. 'Waar heb jij uitgehangen?'

Gilbert, Bernhard en ik hadden onze pizza weggespoeld met een fles chianti, maar Zoë had kennelijk veel meer gedronken. Het was niets voor haar.

'Nou, klaarblijkelijk...'

'Niks "klaarblijkelijk". Ik moet je iets vertellen voordat ik het vergeet. Je zult het niet leuk vinden.'

'Kan het niet tot morgen wachten? Als we allebei nuchter zijn?' Als degene van ons die nu niet nuchter is dat wel weer is, bedoelde ik.

'Nee, dan vergeet ik het. Ik ben een beetje dronken.'

'Een beetje maar.'

'Nee, niet een beetje maar. Zei ik dat? Zo bedoelde ik het niet. Ik bedoelde heel erg dronken, maar ik zei "een beetje" omdat je dat zo zegt. Niet alleen als je dronken bent.'

Ik vermoedde dat Zoë me over een halfuur wakker zou maken om te zeggen dat de kamer draaide.

'Brand maar los. Wat moet je me vertellen?'

'Ik hou nog steeds van je.'
'Maar je moet voor Camille zorgen, hè?'
'Shit. Hoe wist je dat?'

Zoë zag er echt beroerd uit de volgende ochtend, en ik ging naar beneden om koffie voor haar te halen. Sarah en Bernhard zaten aan het ontbijt, en Sarah haastte zich naar me toe.

'Kan ik je even spreken? Zonder Zoë?'

Zoë mag het ook horen had niet lang geduurd. 'Die is nog boven. Hebben jullie de bloemetjes buitengezet?'

'Sommigen van ons wel. Pap, ik probeer om echt, écht niet tussen Zoë en jou te komen en ik weet dat ze dronken was, maar je moet weten dat het allemaal om haar en Camille gaat.'

'Het is al goed. Ik weet het. We komen er wel uit. Ze doet ongelooflijk hard haar best om haar boezemvriendin bij te staan. Dat moet je wel bewonderen.'

'Pap, wat ik wil zeggen... Camille wil Zoë en jou samen hebben. Zoë stuurt op dat gedoe aan, niet zij.'

Was het omdat haar dochters haar niet nodig hadden? En zij het nodig had om nodig te zijn? Wat het diepe, onderliggende 'iets' ook maar was dat Zoë dreef, ze leek zich vastgebeten te hebben in een toekomst als mantelzorger van Camille, of Camille dat nu wilde of niet.

Het was niet dat ik wilde dat ze haar beste vriendin voorgoed zou afwijzen, die verdomde zielsverwant waar ze van hoorde wanneer het haar zo uitkwam, maar ik wilde wel dat we onze plannen sámen maakten, niet dat ze de een of andere afslag nam zonder eerst met mij te overleggen. Laat staan twee dagen nadat ik had aangeboden met haar te trouwen. Een gezamenlijke inspanning om een middenweg te vinden was wel het minste wat ik kon vragen.

Soms kun je maar beter zeggen waar het op staat. Ik zei het tegen haar, in ongeveer dezelfde woorden, en uit haar reactie leidde ik af dat we vandaag ieder voor zich naar Ponte d'Arbia zouden lopen.

Ik had het nog niet opgegeven, maar vroeg me wel af hoelang ik dat nog zou zeggen. Ik verwachtte dat we de botsing van die ochtend er aan het eind van de dag wel uit zouden hebben gelopen, maar in de tussentijd wilde ik Gilbert nog iets meer onder druk zetten en in elk geval achterhalen hoe hij de situatie zag.

Hij begon erover voordat ik de kans kreeg, zodra hij aan het ontbijt kwam. Zoë was al met Camille vertrokken: ik hoopte dat ze genoeg water en pijnstillers bij zich hadden.

'Ik heb Camilles arts vanochtend moeten bellen,' zei hij. 'Om te vragen naar de effecten van alcoholvergiftiging op MS.'

'Shit. Hoe is het nu met haar?'

'De arts denkt dat het geen invloed zal hebben op het verloop van de ziekte. Je mag trots zijn op je dochter. Zij heeft Bernhard wakker gemaakt, en samen hebben ze Zoë en haar teruggebracht naar het hotel. Camille was extreem... slap.'

'Heeft ze het erover gehad dat Zoë voor haar gaat zorgen?'

'Ik denk dat het maar een manier is om mij te pareren. Als ik zeg dat ze mij nodig heeft om voor haar te zorgen, zegt ze dat Zoë dat wel zal doen. Ik denk niet dat ze het echt meent.'

Dat strookte met Sarahs idee. We pikten het gesprek weer op toen we het verkeer rond Siena achter ons hadden gelaten.

'Ik ben het met je eens dat jij de beste keus bent,' zei ik, 'maar ze zijn al een eeuwigheid vriendinnen... met elkaar verbonden...'

Gilbert liep even door. 'Camille heeft me pas op het laatste moment gevraagd contact op te nemen met Zoë,' zei hij toen. 'Begrijp me niet verkeerd: toen ze eenmaal had besloten dat ze Zoë erbij wilde hebben, stond ze er ook op dat ze zou komen. Ik heb mijn e-mail minder... expliciet gemaakt, zodat Zoë zich niet onder druk gezet zou voelen.'

Het bleef weer lang stil. Gilbert leek naar woorden te zoeken.

'Zullen we overgaan op het Frans?' bood ik aan.

'Heel aardig van je, maar de taal is niet het probleem. Camille mag je heel graag, maar het is een teleurstelling voor haar dat Zoë je heeft meegebracht. Ze wilde een meer... Ik weet dat Zoë niet gelovig is, maar... Camille heeft er niet goed over nagedacht.'

'Sorry, ik kan het niet meer volgen.'

'Ben jij niet gelovig?'

Ik schudde mijn hoofd. 'Op papier ben ik anglicaans, maar meer ook niet. Zoë is opgevoed in een soort Zuidelijke baptistentraditie, al komt ze uit het Noorden. Vuurwapens, Jezus en het redden van ongeboren kinderen. Vooral dat laatste.'

Gilbert knikte ernstig. 'Je weet van die roadtrip en waar die voor was?'

'Ik denk het wel. Camille heeft een...'

'Ja. Je moet begrijpen dat Camille katholiek is. Als jij katholiek was, zou je dit verhaal met andere ogen bekijken. Voor Camille was het een vreselijke zonde, een misdaad. Kan ik je iets vertellen zonder dat je het aan Zoë doorvertelt?'

'Ik ben van plan met Zoë te trouwen. Ik kan geen huwelijk aangaan met geheimen.'

'Dan zal ik op jouw oordeel vertrouwen, maar je zou ervoor kunnen kiezen haar niet te kwetsen. Toen ze allebei nog jong waren, zag Camille Zoë als conservatief. Je hebt de religieuze opvattingen van haar ouders beschreven en Camille nam aan dat Zoë die deelde. Ze waren geen dikke vriendinnen, anders had Camille wel geweten wat ze kon verwachten. Ze wilde geen hulp bij het krijgen van een abortus; ze wilde dat Zoë haar zou helpen een andere oplossing te vinden. Ze neemt het Zoë niet kwalijk... niet rechtstreeks. Camille zal vast niet duidelijk hebben aangegeven wat ze wilde. Maar stel je voor dat jij en ik samen iemand hadden vermoord, en niemand wist ervan. Dat zou een band scheppen...'

'Thelma en Louise.'

'Wie?'

‘Het is een film. Ze vermoorden iemand, zoals je zei. Maar ik snap iets niet. Als Zoë haar de eerste keer niet de goede hulp heeft geboden, waarom zou ze haar dan weer vragen?’ Ik beantwoordde mijn eigen vraag met een schot voor de boeg. ‘Om haar de kans te geven het goed te maken?’

‘Precies. Boetedoening. Ze wilde dat Zoë met haar mee zou gaan zodat ze samen vergiffenis konden krijgen voor hun gezamenlijke zonde.’

‘Geen wonder dat ze het niet aan Zoë heeft verteld. Zoë ziet het niet als een zonde. Ze denkt dat ze iets fantastisch heeft gedaan...’

‘Daarom raad ik je aan haar dit niet te vertellen.’

We zagen Camille en Zoë voor ons uit lopen. Camille hinkte weer. Zielsverwanten of zusters in het kwaad?

‘Die twee vrouwen,’ zei Gilbert. ‘Werden ze verlost?’

‘Thelma en Louise? Zo zou je het kunnen noemen, denk ik.’

71

Zoë

De boodschap die Martin me tijdens onze ruzie had gegeven was duidelijk: het was Camille of hij. Dat wist ik eigenlijk al, en Martin had het ook moeten weten, maar ik had hem nog nooit zo woest gezien. Tot vanochtend was hij een typische ingenieur geweest, op zoek naar oplossingen, maar dat ik mijn plicht aan Camille voorop had gesteld, moest zijn ego te veel zijn geworden.

Voor hem, met zijn analytische manier van denken, moest het moeilijk te begrijpen zijn dat ik op mijn gevoel afging. Wat ik niet kon uitleggen in de taal die hij wilde horen. Er gebeurde eerlijk gezegd ook zoveel in mijn hoofd dat ik het zelf niet meer snapte.

Ik moest mijn woede omzetten in actie, in Camille overhalen haar eigen behoeftes voor te laten gaan en mijn hulp te accepteren. Ik twijfelde er niet aan dat ze die wilde, dus wat hield haar tegen? Trots? Ze was met me begaan, denk ik.

Het zou een vrij lange dag worden en we liepen door een van de mooiste landschappen die we hadden gezien, met uitzicht over de valleien tot aan Siena achter ons, dus wachtte ik tot ik mijn evenwicht had hervonden na de ruzie met Martin voordat ik het gesprek met Camille aanging.

'Misschien heb je niet gehoord wat ik gisteren tegen het eind van de avond heb gezegd. We hadden hem allebei flink om.'

'Zoë, ik heb je wel gehoord. Ik heb je elke keer gehoord. Jij denkt dat ik jou nodig zal hebben omdat ik niet wil dat Gilbert voor me zorgt.' Ze ging sneller lopen, hoewel haar ene been bleef steken en ze er bijna over struikelde. 'Ik kan er niet omheen. Ik ben bang voor de ziekte, het maakt me bang dat ik er geen controle over heb waar de witte stukjes straks zullen komen, maar ik laat niet toe dat jij mijn mantelzorger wordt. Ik kies voor de liefde; ik wil dat jij dat ook doet.'

'Camille, luister. Je weet dat ik niet echt geloof in wat jij doet, maar ik geloof wel in een soort bestemming... Jij zou het Gods wil kunnen noemen.'

Ze bleef staan en haalde een vinger langs haar lippen alsof ze haar mond dichtritste, en we zwegen tot we Isola d'Arbia bereikten, waar ze bij de kleine stenen kerk bleef staan voor het kaarsenritueel.

'Ik ga bidden,' zei ze. 'Misschien wil je meedoen.'

Was dit mijn inwijding in mijn toekomstige leven met Camille: dat ze zich steeds dieper in haar geloof zou terugtrekken naarmate haar ziekte en dementie verergerden?

Ik had kaarsen opgestoken, maar bidden, of zelfs maar doen alsof, was iets anders. Ik probeerde alle akelige jeugdherinneringen die zich aan me opdrongen weg te duwen. De zondagse kleding, het dreigen met de hel, het racisme, de vrouwenhaat en de benepenheid van onze kleine kerkgemeente in Minnesota. En de hypocrisie van mijn vader, die overal zonde zag, behalve in zichzelf.

Ik had mijn ouders en hun manier van denken achter me gelaten toen ik ging studeren, en toen we mijn moeder opzochten na de abortus, had haar irrationele, rancuneuze uitbarsting me duidelijk gemaakt dat hun normen en waarden niet de mijne waren, en me de moed gegeven met haar te breken.

De oude en vaak indrukwekkende, barokke katholieke kerken langs dit deel van de Chemin leken heel anders dan die uit mijn jeugd, maar het knielen in een bank bracht alles terug. Bedankt daarvoor, Camille.

Ze ging staan met de verzaligde gezichtsuitdrukking die ze had na het mediteren en soms na het opsteken van een kaarsje.

'Zoë, je hebt gelijk. Het is Gods wil. Jij gaat voor me zorgen.'

Shit. Wat dacht je van een bedankje?

Nu het allemaal geregeld was, zocht iets in mij meteen een uitweg.

'Ik moet natuurlijk wel een visum aanvragen, en...'

Camille wuifde het weg. 'De bureaucratie is een hinderpaal, maar Gilbert weet hoe het werkt.'

Opgelost. Zo makkelijk. En Gilbert kon helpen zijn eigen vervanging te regelen.

Toen liep Camille weg.

Ik moest mezelf kalmeren, en beelden van Camille in een rolstoel hielpen niet. Het hele Frankrijk-gedoe was overweldigend. Ik bleef staan, deed mijn rugzak af en nam mezelf mee naar mijn beste moment in dat land, een land waar ik gelukkig geen hekel aan had. Het was een moment met Martin, natuurlijk, in het newagehostel, Le Nid de la Palombe, het duivennest, waar we hadden gevrijd en naar de cello's in het onweer hadden geluisterd.

Mijn gedachten keerden terug naar de realiteit. Kon ik zo'n hostel runnen met Camille? Ik haalde haar uit het beeld, zette haar in de keuken terwijl ik met de pelgrims praatte, hun verhalen aanhoorde en schetsen van ze maakte. Misschien kon ik de toekomst tot een succes maken.

Ga nooit met ruzie naar bed. Zo rechtvaardigde mijn moeder het als ze mijn vader weer eens zijn zin had gegeven, maar ik moest er niet aan denken dat Martin een hele avond geen woord tegen me zou zeggen. Het was niet eerlijk, maar juist nu ik hem had afgewezen, wilde ik dat hij me steunde. Nee, nu ik iets belangrijkers had verkozen boven hem. Zoals hij voor Sarah had gekozen, drie jaar geleden.

Hij zat op de stoep van ons hotel te wachten, zonder rugzak. Hij moest al hebben ingecheckt.

'Gaat het weer?' vroeg hij. Hij glimlachte niet, maar hij keek ook niet boos.

'Fysiek wel, ja,' zei ik. 'Wandelen moet goed tegen een kater zijn. Mentaal, spiritueel...'

Hij ging staan en omhelsde me. Als ik mijn antwoord had kunnen afmaken, had ik misschien gezegd dat ik me mentaal in de war, maar spiritueel kalm voelde. Ik had gedaan wat ik moest doen. Wat God of de kosmos van me wilde. Martin geloofde natuurlijk in geen van beide, dus hij zou er geen boodschap aan hebben.

72

Martin

'Ik vraag je alleen me te helpen het te begrijpen,' zei ik.

Zoë had dan misschien geen kater meer bij aankomst in Ponte d'Arbia, ze was er niet goed aan toe en had ingestemd met mijn voorstel moeilijke gesprekken tot de volgende ochtend uit te stellen. Ze zal wel gedacht hebben dat ik het onvermijdelijke alleen maar voor me uit schoof. Daar zat ik niet mee. De dood is ook onvermijdelijk, maar intussen maken we er het beste van. In dit geval pizza met Camille en Gilbert en een verbazende mate van hartstocht daarna. Er gaat niets boven agitatie om het seksleven een oppepper te geven.

En Camille had me een update gegeven die helemaal in lijn was met wat Gilbert me had verteld: 'Verwijt mij niets, alsjeblieft. Zoë is degene die dit moet doen.' *Moet.*

Ik was dus goed geïnstrueerd toen ik mijn verzoek om opheldering deed terwijl we op weg gingen naar San Quirico d'Orcia. Aan het eind van deze dag zouden de Chemin d'Assise en de Via Francigena eindelijk definitief uit elkaar gaan. Er zat een metafoor in, als ik er eentje zocht.

'Er valt niet zoveel te begrijpen,' zei Zoë. Toen, na enig nadenken: 'Ik kan niet van je verwachten dat je begrijpt wat er tussen Camille en mij speelt.'

'Dat zeg je steeds. Weet je, misschien moet je dat toch doen. Van me verwachten dat ik het begrijp. Als het ons uit elkaar drijft. En anders ook. Ik wil niet dat we uit elkaar gaan omdat we niet goed hebben gecommuniceerd. Kun je mijn analytische geest tegemoetkomen en me gewoon in simpele taal vertellen wat er volgens jou aan de hand is?'

Zoë moest erover nadenken. Ik bepeinsde, niet voor het eerst, dat de Chemin daar goed voor was. Niet de druk om te antwoorden die je zou voelen bij een kop koffie, aan het avondeten of zelfs in bed. We hadden de hele dag de tijd.

Het gaf mij ook de tijd om na te denken. Wat wilde ik dat Zoë zou zeggen? Ergens wilde ik van haar horen dat haar liefde voor mij al het andere oversteeg, maar dan zou ik willen dat ze loog. Of ik het leuk vond of niet, Camille ging voor. Maar waarom?

Zoë deed haar rugzak af, pakte haar waterfles en nam een slok. 'De vraag is, denk ik, waarom ik me zo verplicht voel aan Camille.'

Dat was een betere vraag. De juiste vraag. 'En wat het antwoord ook is, iets in jou wil dat Gilbert bij haar weggaat zodat jij zijn plaats kunt innemen. Om te bewijzen hoe belangrijk ze voor je is.'

Ik wist niet of het feit dat Zoë's dochters haar niet nodig hadden er iets mee te maken had, of dat Camille na die noodlottige roadtrip de plaats van Zoë's moeder had ingenomen als de belangrijkste vrouw in haar leven. Zulke speculaties kon ik me niet veroorloven, want ik was geen therapeut.

Zoë stopte haar waterfles weg en liep weer door. 'Gevoelsmatig wil ik misschien degene zijn die voor haar zorgt, maar in het echte leven wil ik gewoon dat ze voor Gilbert gaat. Alleen zal ze dat niet doen. Tenzij de paus zegt dat het moet, misschien.'

'Het is geen kleinigheid die je op je neemt. Zij zegt: "Dank je wel, Zoë, nu weet ik hoeveel je om me geeft." En dan blijf jij de rest van haar leven bij haar. En ik wil niet cru zijn, maar naar wat ik van Sarah heb gehoord zou het een lang leven kunnen worden, en een lastig leven.'

Zoë lachte als een boer met kiespijn. 'Ik weet het; ik heb al eens met haar samengeleefd.'

'Terwijl Gilbert het zelf wil: het is zijn missie. Hij moet de beste optie zijn. Ik bedoel, ook als ze niet ziek was, zou hij een goede optie zijn.'

'Toen Camille nog niet ziek was, wilde ze hem niet. Naar haar idee had zij hem eruit gegooid en probeerde ze niet hem terug te krijgen. Ik wil niet voor God spelen door te proberen ze bij elkaar te houden; Camille is een beetje gek als het op haar keuzes ten aanzien van mannen aankomt, maar zo is ze altijd al geweest. Ik zou niet willen dat iemand dat bij mij deed.'

'Maar we moeten Gilbert de kans geven het te proberen. Volgens mij heeft hij al wat vooruitgang geboekt.'

'Hij doet zijn best. Het is niet genoeg. Maar je hebt gelijk, ik denk dat iets in mij dit moet doen.'

'Misschien is het een manier om onder de relatie met mij uit te komen. Zeg het gewoon als dat het is. Je hoeft jezelf niet te veroordelen tot twintig of dertig jaar voor iemand zorgen omdat je mij niet wilt teleurstellen.'

Zoë bleef staan en keek me aan. 'Martin, dat is het niet. Ik hou van je en dit verscheurt me. Ik denk dat ik wel voor Camille zou kunnen zorgen, ik weet dat ik het kan, maar ik weet niet of ik het aankan om jou te laten schieten. En ik begrijp niet goed waarom.'

'Omdat je van me houdt, mag ik hopen.'

Ze lachte. 'Dat snap ik ook nog wel. Het gaat om Camille.'

Ze liep weer door, zonder me aan te kijken, voor zich uit pratend. 'Het is raar. Ik dacht thuis niet bepaald elke dag aan haar als mijn beste vriendin voor altijd, en we hebben jarenlang geen enkel contact gehad. Ik wist niet eens dat ze weer met Gilbert samen was.'

Ik stelde me weer op als therapeut: afwachtend.

'Misschien identificeer ik me gewoon met haar vanwege mijn schuldgevoel om Keith... de wetenschap dat we misschien uit elkaar waren gegaan als hij in leven was gebleven. Ik denk dat het met haar en Gilbert ook een beetje zo is.'

'Als het andersom was, zou je dan verwachten dat Camille vanuit het niets voor jou kwam zorgen?'

'Nou... nee.'

Tijd om bot te worden. 'Zou je dat zelfs maar willen?'

'Ik denk... Zoals ik al zei...'

'Ik ben scout geweest.'

'Hè?'

'Jullie hebben ook scoutinggroepen in Amerika.'

'Ben jij padvinder geweest? Ik hoop dat dit ergens naartoe gaat.'

'Tijd genoeg. Maar bij scouting hadden we de regel dat je elke dag een goede daad moest doen. Dus een padvinder zegt tegen zijn vader dat hij te laat thuis is omdat hij een uur bezig is geweest een oud vrouwtje te helpen oversteken, de archetypische goede daad. En de vader zegt: "Een úúr?" en de zoon zegt: "Tja, ze wilde eigenlijk niet oversteken."'

'Moet dat een grap voorstellen? Het is geen goede.' Zoë ondermijnde haar kritiek door er wel om te lachen.

'Het is een vadergrap. Letterlijk. Ik heb hem van mijn vader. Maar begrijp je wat ik zeg?'

'Over jou en Sarah?'

'Die zit. Maar misschien wil Camille dit niet echt van je.' Het had geen zin om me nog in te houden. 'Ze heeft tegen me gezegd dat ze het niet wil. Het is geen kwestie van beleefdheid. Ze zou zich eeuwig schuldig voelen omdat ze ons uit elkaar had gedreven, als dat het resultaat is. Je zegt dat ik niet begrijp wat er tussen jullie speelt, maar ik denk niet dat iemand die jullie heeft gezien, de afgelopen paar weken, zou denken dat jullie dikke vriendinnen zijn.'

Ik wilde nog zeggen dat Camilles imitatie van Zoë's accent in het restaurant in Piedmont op het hatelijke af was geweest, maar dat hoefde al niet meer. Zoë begreep wat ik wilde zeggen, en het drong tot haar door. Eindelijk.

En toen: 'Je hebt gelijk. Over Camille. Ze heeft me altijd een beetje tot waanzin gedreven, maar zij denkt dat God het zo wil.'

'God kan het schompes krijgen. Als jij het niet wilt en zij wil het niet en ik wil het niet en er is verder ook niemand die het wil, *waarom doe je het dan?*'

'Wil je niet zo schreeuwen? Wat is het schompes?'

Ik schoot in de lach, wat ons niet per se dichter bij een oplossing bracht, maar de spanning wel doorbrak.

'Sorry, ik wilde niet schreeuwen. Het is maar een uitdrukking. Het is een denkbeeldige ziekte.'

'Oké. Waarom denk je dat ik het doe?'

'De therapeut stelt alleen vragen.'

'Je bent mijn therapeut niet. Je bent mijn... geliefde.'

'Partner. Verloofde, toevallig, in elk geval tot Rome.'

Ze lachte. 'Dat klinkt echt beter.'

'Ik zie mezelf als supertherapeut. Mijn superkracht is dat ik duiding kan geven in plaats van te wachten tot jij het uit je onbewuste hebt opgediept.'

'Zeg het dan maar.'

'Oké. Camille wilde geen abortus, ze stond er althans niet helemaal achter. Ze dacht dat jij het haar uit het hoofd zou praten, want ze dacht dat jij gelovig was. In plaats daarvan heb je hemel en aarde bewogen om het voor elkaar te krijgen. Het doet er niet toe wat je redenen waren, en ik ben ervan overtuigd dat ze er zelf om had gevraagd en dat ze je niet tegen heeft gehouden. En ze was kwetsbaar en in de war en blabla. Camille denkt dat ze er haar hele leven al voor wordt gestraft. Dat weet jij allemaal en je moet het goedmaken. Bij wijze van boetedoening. Allemaal onbewust, natuurlijk, anders hoefden we dit gesprek nu niet te voeren.'

Zoë's gezicht verstrakte en ze hield haar pas in. Ze deed haar ogen dicht en haalde drie keer diep adem. Toen ze weer iets zei, klonk ze als iemand anders. 'Was dat het?'

'Me dunkt dat het voorlopig wel genoeg is.'

'Als er meer is, zeg het dan. Alsjeblieft. Dan is het maar gebeurd.'

'Die Grote Leugen. Misschien is die er, misschien ook niet. Camille heeft het mij niet verteld, maar ik vertel het jou: dat Camille duizend mijl naar Rome loopt om de paus te zien is niet omdat ze heeft gejokt. Ze doet het om te boeten voor de abortus. En jij bent erbij omdat je er een aandeel in had.'

Ik keek weer naar Zoë. Er was een reden waarom therapeuten geen duiding gaven.

73

Zoë

De rest van die dag liep ik alleen. Mijn eerste reactie op wat Martin tegen me had gezegd was woede. Die was zo fel in me opgelaaid dat ik niet wist of iemand wel veilig zou zijn in mijn buurt. Het maakte me bang. Ik doe niet aan woede. Woede was iets voor mijn ouders.

Op de Camino de Santiago was ik al rouwend tekeergegaan tegen God, Keith en vervolgens mezelf, maar de flits van woede die ik voelde toen Martin me vertelde dat Camille mij de schuld gaf van haar abortus was anders. Witheet. Zoals de woede van mijn vader voordat hij mijn moeder, mijn broers en mij sloeg.

Ik wist niet goed waarom, of tegen wie die woede gericht was. Martin zou me vermoedelijk hebben aangeraden in therapie te gaan. In plaats daarvan ging ik, in San Quirico d'Orcia aangekomen, in een kerk zitten, alleen, om te mediteren. Na het schreeuwen, huilen en tegen bomen schoppen.

De kosmos gaf me niet alle antwoorden, maar ten slotte kon ik mijn woede toch plaatsen. Camille had me onder valse voorwendselen aan deze pelgrimstocht mee laten doen. Ze had me in haar geloof verstrikt en wilde dat ik 'gered' zou worden terwijl ik niets verkeerds had gedaan.

Mijn woede richtte zich weer tegen het katholicisme – of Camilles aanvaarding van die leer – dat haar al die jaren geleden een schuldgevoel had bezorgd omdat ze de verstandigste keuze had gemaakt. Maar mijn woede richtte zich ook tegen Camille omdat ze me had voorgelogen over de reden waarom ze wilde dat ik meeging. Ik nam aan dat dat die Grote Leugen was.

Martin zou wel denken dat hij me de sleutel had gegeven om mijn drijfveren te ontsluiten. Hij dacht dat als ik begreep wat me dreef, ik mijn relatie met Camille zou kunnen zuiveren zonder dat ik haar mantelzorger hoefde te worden. Maar wat me nu kalmeerde was dat ik er zélf voor had gekozen om mee te gaan, ook al kende ik de feiten niet, en dat ík geloofde dat de kosmos wilde dat ik hier was. De tocht had me de tijd gegeven om me te bezinnen op mijn leven – en ik had Martin erdoor gekregen.

De rest was niet zo makkelijk. Integendeel: ik kon moeilijk accepteren dat Camille en ik niet echt van elkaar hielden; het was nog moeilijker te accepteren dat ze het op zich had genomen mijn ziel te redden; en het moeilijkste was nog wel dat ik haar ertoe had aangezet iets te doen – iets verschrikkelijks, in haar ogen – wat haar een schuldgevoel voor het leven had bezorgd.

Lisa. Zo had ze me genoemd. Zij en de crétin en Mary-Lou. Ik werd overspoeld door schaamte bij de herinnering – op de een of andere manier had ik het al die jaren verdrongen. Ik had zo graag bij hun groep willen horen, die coole groep waar iedereen deel van wilde uitmaken. Maar ik was alleen Camilles suffe huisgenoot geweest. Haar *vrome* huisgenoot.

Ik had bijna duizend mijl met haar gelopen, voor haar, maar nu vroeg ik me af hoe ik over een paar uur een etentje met haar moest doorstaan.

We gingen naar een restaurant met een open haard en een fiets aan het plafond. Camille leek niet te merken dat ik stiller was dan anders. Martin leek bezorgd en verdrietig, maar gaf me de ruimte. Ik was in elk geval kalm en beheerst.

De volgende ochtend namen we afscheid van de tau en duif die ons vanuit Cluny over de Alpen hadden geloodst, want dat pad liep naar Assisi in het oosten en wij gingen nu naar het zuiden. Ik had tijd nodig om alles te laten bezinken, en Martin wist zichzelf op een ongelooflijke manier in toom te houden: hij vroeg niet om antwoorden, niet eens of ik ze al had. We praatten wat over ditjes en datjes: het pad, het uitzicht, hoe het met Gilbert en Camille leek te gaan.

De volgende dag ging het net zo. En de dagen erna. Er waren weer glooiende heuvels met groene akkers en de silhouetten van cipressen, onvergetelijke uitzichten op wijn- en olijfgaarden en eeuwenoude eiken, doorspekt met plaatsjes die elk hun eigen eeuwenoude geschiedenis en bezienswaardigheden hadden, die nu vaak ruïnes waren. Net als ik dacht het meest volmaakte bergdorp te hebben ontdekt, verscheen er weer een aan de horizon en doemde het al snel boven ons op.

Meestal at ik een kom *ribollita*, de Toscaanse broodsoep vol groenten. Het was een compensatie voor het ontbijt, dat vooral uit zoetigheid bestond: taartjes en cake. Altijd *della casa* – zelfgemaakt – zodat ik geen nee kon zeggen. En ik kon met geen mogelijkheid terugvallen op salades. Die waren geen Toscaanse specialiteit. Verder was het pasta; het mijden van vlees in de saus of in de pasta zelf was een constante uitdaging.

Bernhard was in zijn sas. Hij leek de meeste avonden een halve koe te verorberen; de liefde voor vlees van de Duitsers – of jonge mannen – leek sterker dan zijn zorgen om het milieu en Sarahs goede voorbeeld. Ik wandelde zelfs met Sarah en vond het leuker dan ik had gedacht. Het leidde me af van Camille.

'We hebben het fantastisch gehad tussen Aulla en Siena,' zei ze. Ze leek op de een of andere manier lichter, jonger. Ik was jaloers, maar blij voor haar.

'Sárah was fantastisch,' verbeterde Bernhard. Hij leek... ouder. Bezadigder. Misschien verbeeldde ik het me allemaal maar.

'We zijn een paar gasten tegengekomen die in Afrika hadden gewerkt...'

Ze borrelden over van de ideeën. De mensen die ze hadden ontmoet hadden als vrijwilligers geholpen een put te slaan in de Congo. Bernhard had het af en toe over de technische kant, maar daar leek Sarah niet zo mee bezig te zijn.

De plaatsen werden kleiner, en hoewel ze rustiek waren, met een rijke geschiedenis, struikelde je er niet over de toeristische winkels. Er waren ook buitengebieden, met hun hondenserenade, alsof elke hond het stokje aan de volgende doorgaf wanneer wij langsliepen. Maar het dagritme leek meer op dat van de oorspronkelijke Camino. Ik had tijd om na te denken. Ik had veel om over na te denken.

Camille had me niet verteld dat ze mijn ziel wilde redden, of dat ze het hele pakket zonden bij de paus moest afleveren. Ze wist dat als ze het me had verteld, ik niet mee was gegaan, dat ik geen drie maanden van mijn leven had opgeofferd voor iets waar ik niet in geloofde.

Bovenal dacht ik terug aan die krankzinnige toestand in Saint Louis, die ik nu met andere ogen zag. De antiabortusdemonstranten stonden voor de kliniek en Camille trok het niet. Ze was weggelopen. Dat had het teken moeten zijn, maar in plaats van het op te pikken, had ik via via iemand in Los Angeles getraceerd en geregeld dat we daarheen konden, en Camille was ermee akkoord gegaan. Ik had alles moeten doen omdat zij zo van streek was. *Omdat ze zo van streek was.* Camille had geen held gewild. Of ze had een ander soort held gewild.

Ik ontleedde mijn motieven, bekeek ze van alle kanten. Ik kon niet meer die twintigjarige zijn, maar ik zag wel in dat ik ook iets had willen bewijzen.

En toen, daarna, was ik hier zwanger geraakt en had ik het kind gekregen. Daar had Camille me op aangesproken toen we in het café zaten te drinken. Hoe had dat voor haar gevoeld, destijds? Ik kon haar helpen een abortus te krijgen, maar dat gold niet voor mezelf. Ik weet dat ik het kind – *Lauren* – had gehouden, ook als Manny niet bij me was gebleven.

Ik vroeg me af of het feit dat Lauren wist dat ze niet gepland was, invloed had gehad op wie ze als volwassene was geworden.

Was haar behoefte altijd te winnen, te bewijzen dat ze iets waard was, daaruit voortgekomen? En hoe zat het met haar gebrek aan connectie met Tessa – en met mij? Ik had niet verwacht dat mijn overpeinzingen me die kant op zouden voeren, maar nu ik er was, voelde het alsof ik er moest zijn.

Martin verbrak zijn zwijgen over mijn existentiële angst maar één keer: 'Voel je niet schuldig over je aandeel in iets van zo lang geleden. We weten geen van allen wat destijds onze onbewuste motivatie was – per definitie niet. En we kunnen onszelf niet verantwoordelijk houden voor de onbedoelde consequenties van onze daden.' Heel analytisch allemaal, maar het hielp.

Sutri markeerde de negende week op het pad en Camilles negenenveertigste verjaardag. Weer een eeuwenoude Romeinse plaats, met een kerk die was uitgehouwen in de rotsen van de nabijgelegen heuvels van Savorelli. Er was ook een Romeins amfitheater dat ik bij aankomst met Martin verkende. We hadden van de late zomer tot diep in de herfst gereisd, en nu was het nog maar drie dagen naar Rome. Ik denk dat we geen van beiden de bubbel lek wilden prikken; we zouden snel genoeg beslissingen moeten nemen.

Hoewel het me had geschokt, dacht ik dat ik had verwerkt wat Martin me had verteld.

Mijn woede ten opzichte van Camille was weg; het was toch altijd woede ten opzichte van mezelf geweest. Wat niet was veranderd, was mijn behoefte voor haar te zorgen. Wat de wetenschap ook mocht zeggen, Camilles waarheid was dat de MS Gods straf was voor een zonde die ik haar nooit had mogen helpen te begaan. Het maakte niet uit dat ik niet in haar kerk geloofde: als Camille er maar in geloofde. En als er, zoals Martin zei, niemand aan de andere kant van de lijn was als Camille bad, was Gods opdracht dat ik voor Camille moest zorgen een verwoording van haar diepste wens.

Voordat we de volgende ochtend vertrokken, overlaadden we Camille met verjaardagscadeaus: bloemen (van Bernhard), ontbijt op bed (van Sarah) en de gouden duif die ik in San Francisco voor haar had gekocht. Mijn duif had me hierheen gebracht, ten goede of ten kwade; dit was een elegantere versie.

Martin gaf haar een mooi verpakt doosje. Ze maakte het open en kreeg een grote glimlach op haar gezicht. Het was een stempel met stempelkussen. Hij moest het online hebben besteld en het ergens hebben afgehaald, ik vermoedde in Siena. Ze drukte het stempel op het kussen en toen op haar hand en liet ons allemaal de omtrek van een duif zien.

'Voor je hostel,' zei Martin.

Ze hing de duif die ik haar had gegeven aan haar ketting, naast de houten tau. We hadden niet over ons pact gepraat, maar ik dacht aan de warmte tussen ons als we samen kaarsen opstaken, een warmte die er daarvoor niet was geweest. Misschien had ze net als ik het gevoel dat dit iets was wat moest gebeuren en hadden we ons er nu mee verzoend. Het kwam wel goed met ons. De Chemin had me, net als de Camino, laten zien dat ik sterk en capabel was. Ik zou de *courage* – het geluk, de kracht en de liefde – die ik nodig had om ons erdoorheen te slepen wel vinden.

74

Martin

Camilles verjaardagsdiner werd gehouden in het beste hotel van Campagnano di Roma – waar we ook overnachtten – aan de Via Cassia, de oude Romeinse weg. We waren aan de rand van Rome, maar een natuurreservaat scheidde ons nog van de buitenwijken.

De maaltijd was te veel van het goede, zelfs naar Gilberts maatstaven en zeker naar die van een pelgrimstocht. Als Zoë en ik bij elkaar bleven, hoopte ik dat ze Gilbert niet als haar referentiepunt voor luxe zou gaan zien.

We hadden het *menu dégustation*, maar niet het gewone. Gilbert had van tevoren besteld en Camilles favoriete Italiaanse gerechten laten opnemen.

'Gilbert,' zei Camille, eigenlijk ten overvloede, 'dit moet je een fortuin kosten.' Dat kostte het hém, niet óns.

Gilbert wuifde de opmerking weg en wees naar de wijnkaraf. 'Het eten kost minder dan de wijn. Die Italiaans is, en zijn geld waard. Als je Italiaanse wijn kunt waarderen, zoals wij nu allemaal.'

Had ik mijn aandeel contant kunnen krijgen? De gezichten van de anderen deden vermoeden dat ze hetzelfde dachten, maar Camille glimlachte. Ze gaf een klopje op Gilberts hand en richtte zich tot het hele gezelschap.

'Dank jullie wel, allemaal, dat jullie ons hebben geholpen Rome te bereiken. Ik kan maar moeilijk geloven dat we er al bijna zijn. Al die kilometers!'

'Veel goede restaurants,' zei Gilbert. 'Nieuwe ervaringen. Vooral in Italië. Dit is een goede manier om te leven.'

‘Ben je nu bevrijd?’ vroeg Bernhard, die naar Camille keek.

Haar gezichtsuitdrukking was moeilijk te duiden. ‘Pas aan het eind, als ik de paus spreek.’

‘En jullie tweeën?’ vroeg ik aan Sarah en Bernhard. ‘Zijn jullie er klaar voor om die voorspellingen te delen?’

Ze keken elkaar aan en toen wierp Sarah me een snelle blik toe.

‘Ik bén vrij. Om mijn eigen keuzes te maken, mijn eigen fouten. Dankzij Bernhard.’

‘En de Chemin.’

‘Ja, en de Chemin.’

‘Idem,’ zei Bernhard.

Toen richtte Camille zich weer tot Gilbert. ‘Je hebt me een fantastische verjaardag bezorgd. Misschien de laatste voordat ik het niet meer kan appreciëren.’

Gilbert zag eruit als een nerveuze jongeling die het erop had gewaagd, zijn vriendinnetje had meegenomen naar een chic restaurant en daar nu goedkeuring voor oogstte. Om die indruk compleet te maken, haalde hij een doosje uit zijn binnenzak – zo’n doosje waar, in het stereotiepe aanzoekscenario, een ring met een diamant in zou blijken te zitten.

Camille glimlachte zelfvoldaan en maakte het doosje open, waar inderdaad een ring in zat, op het oog met een diamant – en een joekel ook nog. Daarbij vergeleken had het diner een schijntje gekost.

‘Gilbert, wat prachtig. Zo mooi.’

Geen aarzeling, geen spoor van verlegenheid. Had Gilbert een wonder verricht?

Dat vroeg ik aan Zoë toen Gilbert en Camille ons hand in hand voorgingen naar de foyer.

‘Ik denk dat Camille gewoon aardig wilde zijn. Dat ze hem niet wilde afvallen.’

‘Zodat ze hem straks nog harder kan laten vallen.’

‘Dat denk ik niet. Volgens mij weten ze allebei hoe het zit.’

Mogelijk omdat hij dat inderdaad wist, nam Gilbert me apart voordat ik naar boven kon lopen.

'Drink je nog een digestief met me? Alsjeblieft?'

Ik had een gezonder, leuker besluit van de avond met Zoë in gedachten, in onze hotelkamer die veel te stijlvol was voor pelgrims. Ik had ook een e-mail van Jim gekregen die ik met haar wilde bespreken. Het zou allebei moeten wachten. Zoë knikte teleurgesteld naar me en liep naar de liften.

Gilbert en ik hadden de bar voor ons alleen.

'Cognac,' zei hij toen hij met twee glazen terugkwam van de bar, en hij snoof peinzend aan zijn eigen glas.

'Een geweldige avond,' zei ik.

'Een perfecte avond. Vandaag heb ik alles wat mijn hartje begeert. De mooiste dag van mijn leven.'

'En morgen?' Ik bedoelde eigenlijk: overmorgen.

'Zoals je hebt gezegd, is dit de les van de Chemin. Eén dag tegelijk. Vandaag is volmaakt en ik wil niet aan morgen denken.' Hij liet de amberkleurige vloeistof in zijn glas walsen en keek erin. 'Als ik aan het leven na Rome denk, of zelfs in Rome, zie ik alleen maar zwart.'

'Niets, bedoel je?'

'Nee, zwart. Vroeger werden mijn dagen met Camille... aangetast... doordat ik altijd dacht dat ze bij me weg zou gaan. Nu geniet ik van deze dag. Veel dingen die we vrezen gebeuren helemaal niet.'

In principe was het prima. Ik vroeg me wel af wat voor gesprek we in Rome zouden voeren als Camille hem de slechtste dag van zijn leven bezorgde. En mij misschien ook. Hoewel ik onder het lopen met een andere theorie aangaande de Grote Leugen had gespeeld die ik niet aan Zoë had verteld. Stel dat Camille niet alleen maar had geflirt met Manny, destijds Zoë's vriendje en later haar echtgenoot? Hij was aantoonbaar een jongen die het niet zo nauw nam met voorbehoedsmiddelen. Als Camille Zoë daarmee opzadelde, zou dat haar niet bepaald aansporen de rest van Camilles leven voor haar te zorgen. Aangenomen dat Zoë haar geloofde, gezien Camilles eerdere confabulaties.

Gilbert dronk zijn glas leeg. 'Ik ben geen fatalist. Ik doe mijn best, maar ik ben er nu vrijwel zeker van hoe het zal gaan. Maar morgenavond – vanavond niet, want Camille zal al wel bijna slapen en vandaag was een perfecte dag voor me – zal ik tegen haar zeggen dat het me spijt. Dat ik bij haar weg ben gegaan. Die woorden kan ik natuurlijk niet gebruiken. Ik zal zeggen dat het me spijt van de *femme de ménage*, want dat is wat zij gelooft. Zeg een schietgebedje voor me.'

75

Zoë

Toen alle anderen klaar waren om te vertrekken, was Camille nog niet eens aan het ontbijt verschenen. Gilbert was twee keer op hun kamer gaan kijken.

'Ze slaapt lekker uit,' zei hij na de eerste keer.

Na de tweede: 'Ze wil jou graag spreken, Zoë.'

Ze was nog niet op, maar ze leek lichamelijk in orde: ze zat rechtop in bed, met een halflege koffiekop op het nachtkastje. Ze glimlachte toen ze me zag.

'Jij en ik moeten praten.'

Er stond geen stoel, dus ging ik op het bed zitten, maar ze wuifde me eraf. 'Niet hier. Zeg tegen de anderen dat ze kunnen gaan. Wij tweeën maken onze eigen dag.'

'Alles in orde,' zei ik beneden tegen de andere vier. 'We zien jullie in La Storta.'

Martin trok een wenkbrauw op. 'Misschien halen jullie ons nog in.'

Dat zat er niet in, tenzij ze op ons wachtten. Camille had geen haast, en toen ik haar eindelijk uit bed en in de kleren had en we hadden ontbeten, wilde ze meteen weer ergens koffiedrinken.

Toen we Campagnano uit liepen, keken we uit over het landschap waar we doorheen waren gekomen, en toen liepen we door het schitterende Veio Park en staken het bewoonde gebied over naar een lang pad. Toen begon Camille eindelijk te praten.

'Je weet dat ik niet bij Gilbert blijf. Ik moest mijn definitieve besluit nemen. Hij heeft me een heerlijke verjaardag bezorgd en ik dacht…'

'... beter wordt het niet, hè?'

'Ik kwam in de verleiding. Hij is heel goed in praktisch opzicht, maar ik laat me niet door de ziekte dwingen hem terug te nemen. Hij heeft nooit gezegd dat het hem speet, weet je.'

'Zou dat de zaken veranderen?'

'Ik praat niet over... hypothetische vragen.'

'Heb je het tegen hem gezegd? Dat het voorbij is?'

'Nog niet. Maar hij weet het.'

Ze had gezegd dat ik praktisch was geworden. Iemand moest het zijn, dus vervolgde ik: 'Maar hij heeft zijn bedrijf opgegeven, toch? Heeft hij een plek om te wonen?'

'Het huis is groot genoeg. Daar kan hij blijven tot hij iets anders vindt. Of tot ik mijn hostel vind. Het leven is kort.'

'Als ik nijdig op je ben, herinner me er dan aan dat ik niemand ken die trouwer is aan zichzelf en waar ze in gelooft dan jij. En je bent dapper.'

Camille glimlachte triest. 'Zo dapper ben ik niet. Maar ik heb keuzes, en deze maak ik, ook al zal Gilbert er niet blij mee zijn. We waren niet gelukkig samen, dat vergeet hij.'

We liepen een halfuur zwijgend door.

'Jij kunt in Bastiens kamer komen wonen. Maar als je je bedenkt...'

Ze bood me de uitweg die ik wilde. Waarom kon ik die niet aannemen?

'Waarom ben je niet met Mary-Lou gaan praten toen je ontdekte dat je zwanger was?' flapte ik eruit. 'Toen je hulp nodig had?' Ik wilde het uit haar mond horen.

Camille zei even niets en keek me ook niet aan. Toen bleef ze staan en draaide zich om. Het zonlicht werd achter haar gefilterd door de diepgroene bladeren van de boom die haar gezicht omlijstte. Ze leek amper ouder dan toen ze niet Mary-Lou, maar mij om hulp had gevraagd.

'Omdat ik dacht dat ik erop kon vertrouwen dat jij het juiste zou doen.' Toen liep ze door, hinkend en al.

Het kwam in me op dat wat er al die jaren geleden tussen ons was gebeurd, een aspect had dat nog moeilijker te verteren was. Moeilijker dan mijn zelfgenoegzaamheid. De woede van mijn moeder – de woede die ons jaren uit elkaar had gehouden, die ik haar pas na haar dood had vergeven – was tegen mij gericht geweest. Ik had gewild dat ze voor mij zou kiezen, niet voor haar principes, en onbewust had ik het zo gedraaid dat ze die keuze moest maken. Camille was nevenschade geweest.

Toch had mijn moeder het wat Camille betrof bij het rechte eind gehad, al had ik het nooit met haar eens kunnen zijn dat het Gods wet was, niet de keuze van de vrouw. Camille was beter af geweest als ik haar had geholpen het aan haar ouders te vertellen en geen abortus te laten doen. Ironisch genoeg zou ik als het weer gebeurde, met wat ik nu wist, die reis nooit hebben ondernomen: een reis die me had gedefinieerd. Wie zou ik dan zijn geworden? Zou die versie van mij de uitweg hebben genomen die Camille me nu aanbood?

Tegen de tijd dat ik haar inhaalde, zag ik Martin in de verte. En ik voelde dat er iets heel erg mis was.

76

Martin

Gilbert had het zwaar en ik was niet verbaasd toen hij stopte om op adem te komen, maar toen viel hij op de grond, tegen zijn rugzak geleund, die hij nog op zijn rug had.

'Maagzuur,' zei hij. 'Dat was me met Frans eten niet gebeurd.' Toen: 'Niet tegen Camille zeggen dat ik dat heb gezegd.'

Sarah was bij hem geknield en Bernhard zat naast haar. Ik was de enige die stond, en ik keek op hen neer.

'Heb je dit vaker gehad?' vroeg Sarah.

'Niets aan de hand,' zei Gilbert. 'Even uitrusten. Er zitten pillen in mijn rugzak.'

Bernhard hielp hem zijn rugzak los te maken en samen haalden ze er de zak met medicijnen uit waar we een keer voor terug hadden moeten gaan. Gilbert nam een paar tabletten.

'Wat is dat?' vroeg Sarah.

'Tegen indigestie. Over een uur, of nog eerder, is het probleem van de baan.'

'Heb je ooit een hartkwaal gehad? Een historie van hartproblemen?'

'Historie? Nee.' Gilbert schudde zijn hoofd en perste er een lachje uit.

Sarah ging staan en nam me apart.

'Ik ben niet blij, pap. Het zou een hartaanval kunnen zijn. Mijn telefoon heeft bereik.'

Bernhard stond achter haar. 'Het is vaker gebeurd. Het komt door het eten. Die maaltijd van gisteren was erg ongezond. Zelfs ik voel me niet top vandaag.'

'En als we ernaast zitten?'

'We zijn dicht bij Rome. Er zou snel hulp moeten kunnen zijn. Laten we wachten, zien of het erger wordt.'

We waren in een nationaal park, maar niet te ver van de wegen. Gilbert zou zelf het beste moeten weten hoe het met hem was en hij leek zich geen zorgen te maken.

'Als we wachten tot zijn hart het begeeft, kan geen ambulance er nog snel genoeg zijn,' zei Sarah.

Bernhard nam de leiding, of zette althans een gezaghebbende stem op. 'Ik stel voor dat we wachten tot de anderen er zijn. Waarschijnlijk is hij dan opgeknapt. Zo niet, dan kan Camille in het Italiaans de beste hulp regelen. Dat lijkt me beter dan in paniek raken.'

Ik zag dat Sarah hem wilde tegenspreken, maar zich inhield en knikte.

Ik legde Gilbert het plan uit. 'Wil jij dat ook?'

'Op Camille wachten? Ja.'

'Als je je intussen slechter gaat voelen, laat ik hulp komen,' zei Sarah. 'Je moet het tegen me zeggen, oké?'

Gilbert knikte en Sarah knielde weer naast hem.

Het duurde misschien drie kwartier voordat Zoë en Camille er waren. Voor zover ik het kon zien was Gilbert nog niet opgeknapt. 'Ik wacht gewoon tot de pillen beginnen te werken,' zei hij.

We lieten hem tegen zijn rugzak geleund achter terwijl we de situatie uitlegden. Camille begon aan een verhaal over een wijnproeverij waarbij Gilbert onwel was geworden, maar Zoë onderbrak haar.

'Sarah, wat vind *jij* dat we moeten doen?'

'Nou, zoals pap zei hebben we besproken...'

'Het boeit me niet wat iemand anders vindt. Jij weet er meer van dan wij. Wat vind *jij* dat we moeten doen?'

'Een ambulance laten komen. Nu meteen.'

Zoë pakte haar telefoon, Bernhard bepaalde onze gps-coördinaten en ik liep naar Gilbert om hem te vertellen wat we hadden besloten. Ik zag onmiddellijk dat Sarah de juiste beslissing had genomen.

Hij zweette als een otter en haalde moeizaam adem. Ik herinnerde me wat hij eerder tegen Sarah had gezegd.

'Gilbert, eerlijk zeggen: heb je een hartkwaal of niet?' 'Historie' was geen goed woord om te gebruiken tegen iemand die beweerde bij de dag te leven.

Hij glimlachte. 'Mijn hart is gebroken.' Toen verloor hij het bewustzijn.

77

Zoë

'Nee, ik ga lopen,' zei Camille.

Het was niet duidelijk of het ambulancepersoneel Camille zou toestaan met Gilbert mee te rijden, al zou ze het willen. Martin noteerde de naam van het ziekenhuis en we keken de ambulance zwijgend na.

Martin schraapte zijn keel. 'Er moet iemand naar het ziekenhuis gaan. Ik zal een Uber bellen.'

Sarah huilde en Bernhard stond opgelaten een eindje verderop. Camille leek emotioneel dichtgeklapt. Ze wilde gewoon doorlopen.

'Ik blijf bij Camille,' zei ik.

Martin had gezien wat er gebeurde. 'Sarah en ik gaan naar het ziekenhuis. Bernhard kan bij jullie blijven. Laat je telefoon aan.'

Wij vertrokken en zij bleven met Gilberts rugzak op de taxi wachten. Het was een kilometer of dertien naar La Storta, en hoe eerder we daar waren, hoe beter. Als ik dan nog niets had gehoord, zou ik iets verzinnen om Camille naar het ziekenhuis te krijgen.

We zeiden geen van drieën iets. Camilles *belle indifférence* leek zich weer te manifesteren. Bernhard leek erg van streek.

'Moeten we bidden?' vroeg hij aan Camille.

'Voor indigestie? Ik heb trouwens al gebeden. Verder gelooft niemand, dus dat heeft geen zin.'

Toen we ongeveer een halfuur hadden gelopen, ging mijn telefoon.

'Zoë?'

Meer hoefde hij niet te zeggen. In mijn hart wist ik het al.

Heel even dacht ik niet aan Gilbert, maar aan mijn overleden echtgenoot Keith. Een goede man die het niet had verdiend te sterven. Gilbert was zo levenslustig geweest. Als Camille en ik sneller hadden gelopen en Sarah hadden gesteund, had dat dan verschil gemaakt? Als we die laatste kop koffie niet hadden gedronken voordat we vertrokken? Had ik meer kunnen aandringen toen ik hulp inriep?

Een ogenblik – of duurde het langer? – was ik verstijfd en verdoofd en keek ik alleen maar stompzinnig naar mijn telefoon, al had ik de verbinding al verbroken.

'Camille, ga zitten.' Ik loodste haar naar een rots achter ons. 'Camille, luister. Dat was Martin vanuit het ziekenhuis. Gilbert heeft een hartinfarct gehad.'

'Hij heeft indigestie.'

'Nee, Camille, hij heeft een hartinfarct gehad. Ze konden hem niet meer reanimeren.' Ik voelde de tranen over mijn gezicht stromen. Die arme, hondstrouwe Gilbert, zo dol op het leven, eten en wijn – en op Camille. 'Ik vind het heel erg voor je, Camille, maar hij is overleden.'

Ze schudde haar hoofd. *'Il n'est pas mort.'*

Ze zag er niet ontdaan uit. Ze leek perplex.

Bernhard ging zitten, met hangende schouders.

'Arme Gilbert,' zei ik, mijn tranen bedwingend. 'Hij heeft tenminste niet geleden. We hebben heerlijk gegeten gisteren.'

'Organiseren is Gilberts sterkste punt.'

Ik legde mijn hand op de hare, maar ze leek het niet te merken.

'Hij genoot van het Italiaanse eten en de wijn, *non?*' vroeg ze.

'Zeker.'

'Wist je dat we seks hadden?'

'Ja, dat wist ik.'

'Ik was bang dat het onverstandig was, maar ik heb er goed aan gedaan.'

We zwegen, maar nog steeds was ik degene die huilde, niet Camille. Het was moeilijk te bepalen wat er in haar omging, en ik durfde niet op mijn vermoedens af te gaan en iets over Gods wil te zeggen. Dat liet ik wel aan een priester over.

'Ik had Sarah moeten steunen,' zei Bernhard beverig.

Ik kon er niets tegen inbrengen, en dat moest hij hebben gevoeld.

'Hij liep voor mij,' zei Camille opeens. 'En hij is gestorven omdat hij niets meer had om voor te leven.'

Niet zo anders dan Keith.

We bleven een tijdje zitten, en toen kwam Bernhard overeind en begon naar La Storta te lopen. Een paar minuten later volgden Camille en ik hem, zonder een woord. De wandeling was... niets. Een makkelijk pad door het park, gevolgd door een stukje voorstad. Drie uur waarin Camille niets zei, of bijna niets.

'Wil je praten?' vroeg ik op een gegeven moment.

Ze knikte langzaam. 'Ik had mijn besluit genomen en God heeft gezegd: nu kun je niet meer terug.'

Dat gold ook voor mij.

78

Martin

We voelden ons allemaal enigszins verantwoordelijk voor Gilberts dood, zelfs Zoë, die het meest doortastend had opgetreden, al hadden de ambulanceverpleegkundigen ons verzekerd dat hij waarschijnlijk toch niet gered had kunnen worden. Sarah had hartmassage gedaan tot ze kwamen, maar toen was hij al overleden.

In het ziekenhuis had ik eerst de formulieren verzameld die Camille moest invullen en toen had ik mijn best gedaan om Sarah ervan te overtuigen dat ze alles had gedaan wat ze kon, maar ze begon zichzelf meteen weer verwijten te maken.

'Ik had niet naar Bernhard moeten luisteren. Hij weet er toch geen reet van?'

'Ik ook niet. Het spijt me. Ik had pal achter je moeten staan.'

'Ik wist het gewoon niet zeker. Ik ben nog maar een student geneeskunde, en zelfs dat niet meer. Ik was bang om stom over te komen als ze met helikopters kwamen en alles en... Zoë heeft het goed gedaan.'

'Ja.'

'Ik zal haar bedanken als ik haar zie, maar ik heb het toen niet gedaan omdat het zeg maar... omdat het niets uitmaakte.' Ze lachte spijtig. 'Je had gelijk, over Bernhard. Zijn vader is een bullebak en Bernhard wilde niet zo worden als hij, maar moet je zien.'

'Een harde les.'

'Je hebt gehoord wat ik tegen hem heb gezegd.'

Dat had ik. Ze was woest geweest. 'Ik kan me voorstellen dat hij op dit moment niet zo tevreden is over zichzelf.'

'Nou, jammer dan. Het komt erop neer dat hij heeft verhinderd dat iemand die op sterven lag hulp kreeg, onze vríénd die op sterven lag, om ons te laten voelen wie de baas was. Hij hoort zich rot te voelen.'

'Ga je het hem vergeven?'

'Ik zei dat je gelijk had over hem. Er valt niets te vergeven. Zo is hij gewoon. Ik wil hem alleen niet in mijn leven hebben. Misschien ga ik toch weer geneeskunde doen. Zodat ik het niet verkloot als er weer zoiets gebeurt.'

'Als je er iets aan hebt, ik denk dat Gilbert hier klaar voor was. Medisch en... Camille wilde bij hem weg.'

'Ik heb zijn medicijnen doorgenomen. Hij had pillen voor zijn hart. Dat had hij tegen ons moeten zeggen.'

'En hij had deze tocht waarschijnlijk niet moeten lopen met een föhn en al die andere spullen op zijn rug. Sarah, we maken onze keuzes, en hij wilde die ambulance niet.' Ik wilde niet dat mijn dochter, of wie dan ook, zich levenslang verwijten zou blijven maken om wat er vandaag was gebeurd. Er was al genoeg schuldgevoel.

'Laten we ons richten op wat we nu kunnen doen,' zei ik.

'Voor Camille zorgen. Ze moet een priester spreken.'

'Ik denk dat Zoë die rol al op zich heeft genomen,' zei ik. Om te oefenen voor de toekomst, zoals het er nu uitzag.

'Ik wil Zoë niet bekritiseren, maar misschien is zij nu niet...'

'Camille kent haar tenminste. Vergeleken met een plaatselijke priester die ze nooit eerder heeft gezien...' Ik kreeg een inval. 'Ze heeft een adresboek, toch?'

Sarah perste er een lachje uit. 'Ja, van papier. Ze zal het wel bij zich hebben.'

'Denk je?'

Ze begon de vakken van Gilberts rugzak te doorzoeken.

79

Zoë

Vier uur nadat ik Martins telefoontje had gekregen, kwamen we bij het hotel aan, en in de lobby zat Grietje te wachten, de Belgische pelgrim die Camille in vertrouwen had genomen voordat we Ligurië in trokken. Ze was exact hetzelfde gekleed als in die pizzeria waar je zoveel mocht eten als je wilde.

Grietje sloeg haar armen om Camille heen, en toen brak ze eindelijk.

Martin en Sarah waren er al. Martin en ik gingen in de bar zitten, waar ik voor het eerst alcohol dronk sinds mijn wereld op zijn kop was gezet, een week geleden. Hij vertelde me wat er was gebeurd en wat er nog geregeld moest worden. Het drong niet echt tot me door. Ik had het gevoel dat alles uit elkaar viel. Sarah had een eenpersoonskamer genomen, Bernhard was ontroostbaar en Camille, die bij mij had moeten zijn, was er met Grietje vandoor gegaan.

Martin vertelde me dat Grietjes aanwezigheid niet aan God te danken was, maar aan mobiele telefoons en de Italiaanse spoorwegen, al had Grietje dat misschien niet aan Camille verklapt. Ze was nog maar een dag eerder aangekomen in Assisi, haar eindbestemming, en Martins telefoontje had op een goddelijke ingreep geleken.

Ik vond het niet echt leuk dat Martin er een buitenstaander bij had gehaald terwijl we tot op een dag voor Rome voor elkaar hadden gezorgd, maar het gaf me wel tijd om mijn eigen gevoelens in bedwang te krijgen. Als dat zelfs maar mogelijk was. *Neem hulp aan als die wordt aangeboden.*

Tijdens mijn zelfonderzoek naar wat er met Camille was gebeurd, mijn schuldgevoel ten opzichte van Keith en haar, en nu Gilberts dood, ontdekte ik dat ik het goed moest maken met mijn eigen dochters. Ik was de oorzaak geweest van het probleem met Keiths verzekeringsgeld.

Ik belde ze allebei op, zei dat het me speet dat ik uiteindelijk tóch een aandeel had aangenomen en erkende mijn verantwoordelijkheid voor de spanningen die daarop waren gevolgd. Tessa was makkelijk: 'Ik heb jou de schuld op je laten nemen terwijl ik die had moeten dragen.' Ze stribbelde tegen, maar niet hard.

Lauren was lastiger. 'Ik had nooit tegen je mogen zeggen dat je het geld mocht hebben – ik probeerde te hard om onafhankelijk te zijn. En vervolgens had ik me niet mogen bedenken. Tessa kon er niets aan doen. Als ik terug ben, zal ik het appartement verkopen.'

De stilte die viel, duurde zo lang dat ik bang werd dat de verbinding was verbroken, maar toen zei Lauren: 'Dat kan ik je niet laten doen. We redden ons wel. Tessa had gelijk: het was om te beginnen al egoïstisch van me om dat geld te accepteren.'

Het was een pak van mijn hart en ik had ze allebei graag geknuffeld, maar ik hoopte dat ze elkaar konden knuffelen.

Net toen ik me weer bij Martin had gevoegd, kwam Grietje naar beneden.

'Wat is dat?' vroeg ze wijzend naar Martins glas.

'Scotch. Whisky.'

'Is dat sterk?'

'Sterk genoeg.'

'Kun je er ook een voor mij bestellen, alsjeblieft?'

Terwijl we dronken, vertelde Grietje ons dat Camille het wel aankon en dat ze lang hadden gepraat.

'Iemand had haar verteld dat de pelgrimstocht haar zou bevrijden. Ze voelde zich er natuurlijk schuldig over.' Grietje stak haar hand uit. 'Neem me niet kwalijk.' Ze pakte een van de hangers die ik tijdens de tocht had gedragen: het duifje. 'Ik heb haar erop gewezen dat dit geen reis van vrijheid is, maar van vrede. Niet alleen voor de wereld, maar ook voor jezelf.'

Ze liet de duif los. 'Nu kun je tegen haar zeggen dat ik te dronken ben om haar naar de kerk te brengen. Het is goed dat ze me niet als… God ziet. Het is beter als jij met haar gaat. Mag ik dat van je vragen?'

Camille lag op haar bed op me te wachten, aangekleed, op haar schoenen na.

Ik bleef vlak over de drempel staan, verlegen. 'Hoe voel je je?'

'Beter, maar ik voel me schuldig ten opzichte van Gilbert. Ik heb hem laten lopen, en dat is zijn dood geworden. Hij hield zoveel van me dat hij voor me is gestorven. Geen man kan meer doen dan dat.'

'Martin en ik hebben het erover gehad. Zelfs als hij had geweten dat dit zou gebeuren, was hij gegaan, denk ik. Jij gaf zijn leven zin, en hij is als een gelukkig man gestorven. Jij…'

'En straks ben ik een patiënt, en God heeft hem bevrijd van de noodzaak voor me te zorgen.'

'Zei Grietje dat?'

'Nee, dat weet ik zelf. Het was zijn plicht na wat hij me had aangedaan, maar God heeft die last van zijn schouders genomen.'

Ik verheugde me niet op een paar decennia van dit soort redenaties, wachtend tot God me de uitweg zou bieden die Hij Gilbert had geboden. 'Grietje stelde voor om naar de kerk te gaan.'

Ze kwam van het bed. 'Ja, Zoë, jij en ik. We moeten met God praten.'

Er waren genoeg kerken geweest op weg naar La Storta, maar Grietje had me er een aanbevolen. We kwamen uit bij een druk kruispunt in suburbia, waar een klein, gek genoeg roze gebouw stond, omringd door lukraak geparkeerde auto's. De St.-Ignatius-kerk.

Ik had hem al gegoogeld. Hier had Ignatius in 1537, tijdens een reis met vrienden, een visioen gekregen van God die tegen hem zei: *Ego tibi Romae propitius ero* – Ik zal je gunstig gezind zijn in Rome. De paus ontving hem hartelijk.

We liepen een lichte heuvel op en gingen naar binnen. We waren alleen: de auto's moesten er voor iets anders staan. In tegenstelling tot de vele kathedralen en abdijen die we de afgelopen tien weken hadden bezocht, was deze kerk eenvoudig, sober. Er hing één schilderij van de heilige Ignatius. Er waren geen kaarsen te koop, al was er wel een plek om ze neer te zetten en om geld te doneren als je wilde. Camille had er twee bij zich. Het zou de laatste keer zijn dat ze ze nodig had; morgen zouden we bij de Sint-Pieter zijn.

Ze gaf mij een kaars, maar maakte geen aanstalten om de andere zelf op te steken. 'Ik geloof dat je een beetje jaloers bent op Grietje,' zei ze.

'Nee...' Ik had het nog niet gezegd of ik wist dat het een leugen was.

'Omdat jij altijd degene wilt zijn die me helpt. Maar het is geen zuiver verlangen; je helpt jezelf er ook mee.' Ik wilde haar onderbreken, maar ze stak een hand op. 'Niemand is zuiver.'

'Jij denkt,' zei ik, 'dat ik destijds mijn eigen redenen had om je te helpen.'

'Ja, dat denk ik. Ik kwam naar jou omdat ik dacht dat jij ook gelovig was, op de Amerikaanse manier. En dat... wat we deden ook een zonde was voor jouw kerk.'

Ik haalde drie keer diep adem. Haar waarheid, niet de mijne, maar hoe kon ze weten dat ik bezig was geweest de kerk en alles wat erbij kwam af te wijzen? 'Je wilde dat ik het je uit het hoofd zou praten.'

'Dat je me eruit zou helpen. Anders had ik het wel aan Mary-

Lou of een andere vriendin gevraagd.'

Martin had gelijk. Ik kon alleen maar dankbaar zijn dat ik tijd had gekregen om het allemaal te verwerken voordat ik van degene die ik als mijn zielsverwant had beschouwd, op de dag van de plotselinge dood van haar man, moest horen dat ik haar leven had verwoest. Want zo zag ze het, daar was ik van overtuigd.

Alleen: 'Camille, ik begrijp het, maar weet je nog dat je me tijdens de andere camino dat geld leende? Je zei dat je nu eindelijk de kans had om me te bedanken. Ik bedoel, toen je dat zei...'

'Ik weet het. Ik wilde je bedanken voor de last die je hebt getorst. Die last was mijn schuld. En ik dacht dat je je schuldig moest voelen, niet om wat we hebben gedaan, want ik weet nu dat jij dat geloof niet hebt, maar om het verdriet dat je mij hebt aangedaan. Ik dacht dat je dat wel begreep, want je vroeg altijd hoe het met me ging, misschien in de hoop dat ik een goed leven had.'

Ik dacht aan haar miskramen, de ivf-behandelingen, de stukgelopen relaties. Daar schreef ze me over, om me te laten weten hoe mislukt haar leven was, dat ze haar straf wel kreeg. En misschien had ze gelijk: misschien had ik haar geschreven in de hoop goed nieuws te krijgen, nieuws dat mij vrijpleitte. Het was allemaal niet bewust, althans niet van mijn kant.

Camille rommelde in haar tas, waardoor ze me niet aankeek toen ze eraan toevoegde: 'Ik bedankte je omdat ik er nog niet aan toe was je te vergeven.'

Daar was ik nog niet klaar voor. Iets in mij wilde gillen: *Ik hoef die rottige vergiffenis van jou niet.* Maar die wilde ik natuurlijk wél. Hoe onbewust mijn drijfveren ook mochten zijn geweest, Camille had eronder geleden, en ik had altijd geweten dat het bezoek aan mijn moeder op de terugweg om míjn shit ging, niet die van Camille. Toch had de tirade die we over ons heen hadden gekregen Camille net zoveel pijn gedaan als mij.

Camille legde haar hand op mijn rug en duwde me naar buiten, beheerster dan ik was.

'In de kerk kan ik niet roken,' zei ze. 'Dan zou ik nog een kaars moeten branden om mijn spijt te betuigen.' En voor het eerst tijdens deze tocht zag ik haar een sigaret opsteken. 'Ik heb je toch verteld dat ik deze tocht liep om vergiffenis te krijgen voor een leugen? Dat is niet helemaal waar. Ik heb tegen jou gelogen. Over mijn reden voor de tocht.'

'Het is al goed. Ik weet het. Je hebt gelopen vanwege wat er in Los Angeles is gebeurd.'

Ze knikte. 'Ik heb de pelgrimage gedaan om de paus om vergiffenis te vragen. Voor ons allebei. Nu heb ik nóg een leven op mijn geweten. Hij zal me niet vergeven. Ik verdien het niet.'

'Je wilde me redden, maar ik... ik ben niet katholiek.' Ik wilde eraan toevoegen: 'En ik vind dat een vrouw baas in eigen buik is', maar daar was het niet het moment voor.

'Ik weet het. Ik wist niet precies hoe, maar ik wilde jou ook van je last bevrijden. Ik weet dat je niet in God gelooft, maar je gelooft wel in de Chemin...'

Camille liet haar sigaret vallen, drukte hem uit onder een van de avondschoenen die Gilbert voor haar had gedragen en liep de kerk weer in.

Ze had gelijk: volkomen gelijk. Ik had een last van schaamte getorst, schuldgevoel omdat ik Camilles crisis voor eigen gewin had gebruikt. En dat was onmiskenbaar waarom ik voor Camille moest zorgen nu ze ziek was, en waarom ze mijn aanbod had aangenomen. Om me de mogelijkheid te bieden boete te doen.

'Dus,' zei Camille, 'je hebt het goed. Ik had geen oplossing, maar ik heb mijn best gedaan. En vanavond heeft God me een boodschapper gezonden.'

'Grietje?'

'Grietje. Ze heeft me gezegd wat ik moet doen. Het is niet makkelijk voor me.'

Ik keek naar haar, en besefte wat ze zei, en de tranen rolden over mijn wangen.

'Ik denk dat ik het iets makkelijker voor je kan maken,' zei ik. 'Zullen we de kaarsen eerst doen?'

Camille gaf me een kaars en we zetten er allebei een op het tafeltje.

Ze stak de hare op. 'Deze is voor Gilbert. Ik verdiende hem niet en ik was te trots om hem te accepteren. Als het God belieft om ons in de geest te herenigen, zal ik die beslissing aanvaarden.'

Ik stak mijn eigen kaars op. 'Deze is voor jou, Camille.' Beelden van die reis die mijn leven – onze levens – had veranderd flitsten door mijn hoofd. Mijn moeders razernij, die voortvloeide uit bekrompen dogma's die háár waarheid waren – die maakten dat ze voor mij en voor zichzelf vreesde. En Camilles eigen angst, en toen de ontreddering, de dofheid, alsof haar lichtje was gedoofd. Ik keek haar in het nu in de ogen en wist niet meer wat er nog over was in de warboel van haar geest. 'Camille.' Ik pakte haar hand. 'Het spijt me.'

En eindelijk, na bijna dertig jaar, verlichtte Camille de last die de kosmos zo hard had laten beven dat ik het contact had verloren met de fundamentele waarheden over mezelf waarin ik had geloofd en die me hadden kunnen laten afbuigen naar een leven waarin ik zowel mezelf als Camille ongelukkig had gemaakt.

'Ik vergeef je, Zoë.'

80

Martin

'Pap, mag ik je advies vragen?'

Sarah en ik liepen samen, net als Zoë en Camille. Hun relatie was zichtbaar verbeterd, ondanks wat er was gebeurd. Bernhard liep voor ons uit, als een geslagen hond.

We hadden Grietje uitgenodigd dit laatste stuk met ons mee te lopen. Gezien wat ze mogelijk had gemaakt tussen Zoë en Camille, wilde ik niet dat ze zou verdwijnen zonder dat we haar onze dankbaarheid hadden betuigd.

Voordat we vertrokken, had ik haar de overgebleven houten tau gegeven die ik vanaf dag één in Sainte Cécile in mijn rugzak had. Ze was ontroerd, en ik vermoedde dat ze dacht dat de hanger van Gilbert was geweest. Het leek me niet nodig haar uit de droom te helpen.

Ze liep nu alleen, zoals ze al vanaf Brussel alleen leek te hebben gelopen, niet ver voor ons uit.

We hadden altijd in paren gelopen, waardoor ik me niet zo sterk bewust was van Gilberts afwezigheid. Mijn kater, veroorzaakt door het gedenken van zijn heengaan op de manier die hij zou hebben gewild, begon te zakken in de koele lucht. Hij had het op een haar na gehaald – niet dat het nog iets uitmaakte.

En nu wilde Sarah advies van me. De Chemin had ons écht allemaal veranderd.

'Ik wil je met alle plezier vertellen hoe ik erover denk, maar je neemt je eigen beslissingen.'

'Ik weet het. Dit is niet de vraag, maar wil je weten wat Monsieur Chevalier tegen mij heeft gezegd?'

'Dat de Chemin je zou bevrijden?'

'Dat had ik al gezegd, geloof ik, maar het klopt. Ik ga misschien niet naar Afrika, maar het zou kunnen. Ik kan doen wat ik wil: ik kan verdergaan met geneeskunde, ik kan waar ik maar wil naar de technische universiteit...'

'Die keuzes had je altijd al, lijkt me.'

'Alleen voelde het niet zo. En niet altijd: op school niet, en toen ging ik maar gewoon mee in wat mam en jij verwachtten...'

'"They fuck you up."'

'Pap!'

'We hebben allemaal keuzes, maar je kunt niet alles hebben. Ik bedoel, je kunt niet én geneeskunde studeren én techniek én naar Afrika gaan én bij Bernhard zijn. Niet allemaal tegelijk. Ik denk dat Monsieur Chevalier heeft opgemerkt dat die lange wandelingen mensen de kans geven om te beslissen wat belangrijk voor ze is. En wat niet, en daar draait die vrijheid om.'

'En het besef dat je de vrijheid hebt om je eigen keuzes te maken.'

'Goed punt.'

'Wat vind jij dat ik met Bernhard moet doen?'

'Is dat je vraag?'

'Ik weet dat je hem een beetje een zak vindt, en dat kan hij ook wel zijn, maar gisteravond was hij flink van streek.'

'Laat dat je beslissing niet beïnvloeden. We waren allemaal van streek.'

'Hij voelde zich verantwoordelijk voor... Wat hij niet was. Maar hij had spijt dat hij me niet had gesteund.'

'Terecht. Ik net zo goed. We hebben fouten gemaakt, maar waarschijnlijk was het hoe dan ook niet goed afgelopen. Vanaf het moment dat Gilbert besloot de tocht te maken.'

'Ik weet het, maar Bernhard nam alle keren door dat hij mij naar zijn idee had gepusht... dat hij de baas had gespeeld. Grote dingen, zoals de windmolens en de technische studie, en kleine dingen, zoals welk merk muesli we moesten kopen. Wel gek. Hij is beslist een techneut. Als ik hem nog een kans wilde geven, zei hij...'

'Dat zeggen we tegen de eerstejaars. Alle technisch ontwerpers maken fouten; de goede herhalen ze niet. Maar we hebben het nu niet over techniek. Jezelf veranderen is moeilijk.'

'Ik weet het, maar het was ook mijn schuld. Ik denk dat ik mijn eigen keuzes niet durfde te maken. Aangezien ik eraan gewend was dat bepaalde ouders ze voor me maakten. Dus, alle lof voor Monsieur Chevalier.'

'Dus, wat wil je doen?'

'Ik denk er nog over na. Dat is het probleem met vrijheid.' Ze glimlachte. 'En jij?'

'Terug naar Sheffield, zelfde appartement, zelfde baan. Ze hebben me een mailtje gestuurd. Mijn verlofaanvraag is goedgekeurd.'

'Zoë?'

'Ik denk dat ze een tijdje bij Camille blijft. Niet voorgoed. Ik kan me voorstellen dat Camille en Grietje samen pelgrims gaan ontvangen. Maar ik hoop dat Zoë naar Sheffield komt als het allemaal geregeld is.'

'Wauw. De Chemin heeft jou echt bevrijd, hè?'

Ik had duizend mijl gelopen, min dat stukje dat we hadden afgesneden. We waren aan de rand van Rome – onze laatste dag.

'Wat wil je dan van me horen? Ik ga mijn appartement verkopen, naar Frankrijk verhuizen, een hostel kopen met Zoë, haar geld ook inzetten zodat alles op het spel staat, Camille installeren als kokkin, cursussen geven over architectuur, creativiteit en tekenen, en proberen het allemaal te bolwerken als Camille zieker wordt, we maar één pelgrim per week krijgen en niemand op onze retraites intekent?'

'Klinkt goed.'

Ik liet Sarah lopen en ging achter Bernhard aan. Het viel nog niet mee om hem in te halen: hij liep ver voor ons en ik moest doen wat ik in het leger had geleerd: vijf minuten wandelen, vijf minuten sukkeldraf.

'Wil je op ons wachten?' zei ik toen het was gelukt. 'We moeten samen Rome in lopen.'

Hij knikte niet meteen. Toen zei hij: 'En voordat we dat doen, moet ik iedereen mijn excuses aanbieden. Mijn ego heeft me een verschrikkelijke fout laten begaan. Je had gelijk over mij, zoals Sarah zei.'

Au.

'We maken allemaal fouten,' zei ik. Waar wilde ik heen? Een paar technisch ontwerpers die hun beslissingen evalueren op de dag na de dood van hun vriend.

'En ik had het ook mis,' zei ik ten slotte.

'Camille... redt zich wel?'

'Het komt wel goed.'

'Ik denk dat ze misschien pelgrims moet gaan ontvangen. In haar huis in Cluny. Ze deed me denken aan de vrouwen die voor mij hebben gezorgd op weg naar Santiago.'

Daar wilde ik niet heen, maar hij had gelijk: ik zag Camille voor me, met Grietje en een levensgrote Jezus in de logeerkamer.

'Denk je dat Sarah het me zal vergeven?'

Lastige vraag. 'Ik denk niet dat Sarah het genoeg zal vinden als jij je excuses maakt voor je fout. Ze zal kijken naar waarom het is gebeurd en waarom het niet nog eens zal gebeuren.'

'Ze denkt dat ik alles wil bepalen.'

'Dat lijkt me een correcte inschatting.'

'Het zal moeilijk zijn om te veranderen.'

'Ja. Het is voor iedereen moeilijk. Maar als het je lukt en als Sarah met je verder wil... Hoe zeiden ze dat vroeger? Mijn zegen heb je.'

81

Zoë

We kregen Rome en de Sint-Pieter voor het eerst te zien vanaf de Monte Mario, toen het pad begon af te dalen door een natuurreservaat. Camille was de hele dag traag geweest en ze was vaak gestruikeld. Ik wist niet of het door de stress van Gilberts dood kwam, of dat Gilbert meer had gedaan dan we beseften om haar gaande te houden: ik had haar moeten helpen zich aan te kleden en ze had het moeilijk gevonden iets te kiezen uit de weinige kleren die ze bij zich had.

We bleven staan om het uitzicht te bewonderen. De Eeuwige Stad, stad van kunst, historie en religie. De oudste bewoonde stad die ik ooit had bezocht, waar Michelangelo en Leonardo da Vinci hadden gelopen en, lang voor hen, de apostel Paulus.

Ik keek naar Camille en zag licht in haar ogen. Misschien zou de prestatie genoeg voor haar zijn.

Het was gaan regenen en de afdaling was verraderlijk. Camille gleed twee keer uit over de natte houten treden. Martin en Bernhard gingen vlak achter haar lopen, Grietje naast haar en Sarah en ik voor haar uit. We waren allemaal opgelucht toen we eindelijk beneden waren, al moesten we het gras en de bomen verruilen voor de winkels en flatgebouwen van voorstedelijk Rome.

Ik zag de politiemensen, een stuk of acht, toen we de weg naar de Sint-Pieter in sloegen, met nog achthonderd meter te gaan. Eentje stapte van haar motorfiets en liep naar ons toe.

‘Wie van u is de weduwe, alstublieft?’

Camille wees naar mij. Het was niet onjuist.

De *carabiniere*, die Enrica heette, omhelsde me. Ik probeerde het recht te zetten. 'Nee, niet ik; zij.'

Er ontstond even verwarring, maar toen werd duidelijk dat een verpleegkundige in het ziekenhuis waar Gilbert naartoe was gebracht Enrica's partner was.

'We begeleiden jullie naar de Sint-Pieter,' zei Enrica.

'We hebben dat hele eind al gelopen,' zei Martin. 'Dat laatste stukje lukt ook wel.'

Enrica hield voet bij stuk. Tot Camilles verbijstering flankeerden ze ons aan weerszijden terwijl we liepen. Ze hoefden ons voor niemand af te schermen – in het begin. Toen begonnen de mensen – voornamelijk toeristen, denk ik – om ons heen te drommen, al goot het inmiddels van de regen. Ze moeten hebben gedacht dat een stoet op weg naar de Sint-Pieter altijd iets betekende.

Het was onwezenlijk, en ik mocht de religie dan al bijna dertig jaar uit mijn leven hebben geband, maar dit... dit oversteeg alles wat ik had verworpen. Mijn benen waren slap... alsof ik duizenden jaren van tradities droeg.

'Zijn ze hier voor Gilbert?' vroeg Camille. 'De politie ook?'

Gewoon zes sjofele pelgrims die duizend mijl hadden gelopen. Niet de eersten, niet de laatsten, die verlossing kwamen zoeken in het isolement van de bergen, in de regen, de hitte en de historie van Europa die ons hadden omhuld.

Hoewel we de laatste anderhalve kilometer de koepel boven de daken uit hadden kunnen zien, was het toch een schok om opeens tussen de immense zuilen te staan die de halve cirkel voor de Sint-Pieter vormden en te denken: *We zijn er. Camille is er.* Ondanks alles. Tegen de tijd dat ik me omdraaide om de basiliek in al zijn grootsheid te zien, huilde ik.

Niemand zou het merken – ik had mijn capuchon niet op en mijn gezicht was al nat. Als het al koud was, voelde ik het niet: de regen maakte dat ik me jong en opgewonden voelde en ondanks, of misschien dankzij, Gilberts dood maakte het gevoel dat ik leefde me extatisch.

Het politie-escorte bracht ons helemaal naar de treden van de Sint-Pieter, waar we werden opgewacht door mannen in soutanes.

'Madame Morvan?'

Camille keek wezenloos naar de mannen op. Grietje pakte haar hand.

Enrica legde het uit. 'Signora, toen paus Franciscus hoorde wat er was gebeurd en dat u toch uw pelgrimstocht wilde afmaken, heeft hij ons gevraagd ons die bijzondere pelgrim te brengen voor een audiëntie.'

Ego tibi Romae propitius ero. Mijn hand tastte naar de duif om mijn nek, en die van Camille naar haar kruis. De paus was ons welgezind geweest. En Gilbert had zijn doel bereikt.

'Hier is ze,' zei Bernhard tegen een van de geestelijken. 'Ze is in shock. Grietje...' – hij gebaarde naar haar – 'en ik steunen haar.'

Het welkomstcomité gebaarde dat ze hen moesten volgen. Ik moest wel glimlachen: het was net iets voor Bernhard om met de twee vrome katholieken mee te glippen voor een ervaring die hij nooit meer zou vergeten.

Na een paar passen bleef hij staan en liep terug. 'Sarah en ik gaan ons certificaat halen.'

Ik keek naar Sarahs gezicht en vroeg me af of het gebaar voldoende zou zijn. En of de immensiteit van wat er was gebeurd – niet alleen Gilberts dood, maar ook de bevrijding door de pelgrimstocht – haar levensloop zou veranderen, zoals zowel de roadtrip als de Camino de mijne hadden veranderd.

Ze knikte – geen glimlach – maar liep zonder vragend naar haar vader te kijken met Bernhard mee om de pelgrimstocht af te sluiten.

Ik bleef met Martin achter.

Negenenzestig dagen eerder had ik bij een workshop in San Francisco gezeten. Nu stond ik in de regen op de treden van de Sint-Pieter, in Rome, met een man die ik niet had verwacht ooit nog te zien, na het herleven en heroverwegen van de gebeurtenissen die me, zo had ik geloofd, hadden gevormd. Als ik ooit bewijs had gezocht voor de mantra waarnaar ik had geprobeerd te leven – dat we het vermogen hebben ons leven te transformeren door het geloof in onszelf, liefde en vertrouwen – had ik het nu gevonden.

Ik keek Martin aan. 'Je hebt me iets gevraagd en je wilt antwoord.'

Martin zag eruit alsof hij zich schrap zette. Ik had de afgelopen drie jaar met hem gemist, maar misschien kon ik hem nu pas echt waarderen. Dankzij de duif.

'Martin, ik hou van je.'

Hij zei niets.

'Ik kan je niet garanderen dat ik nooit naar de States terug zal moeten vanwege een crisis met mijn dochters, of dat ik Camille nooit terzijde zal moeten staan, maar ik kan je wel garanderen dat ik altijd zal proberen zo'n beslissing met jou samen te nemen.' Ik zweeg even. 'Dus, als het aanbod nog staat, dan ja, Martin Eden, ik wil met je trouwen.'

Het leek een eeuwigheid te duren voordat hij iets zei.

'Ik hou van je, Zoë... en Sarah zou me weer nodig kunnen hebben, maar ik denk dat de Chemin zijn werk heeft gedaan, dat ze nu de vrijheid heeft om haar eigen keuzes te maken.'

We zwegen allebei lang. Ik denk dat er naar ons werd gefloten, maar ik kwam pas weer boven water toen er een menigte rondom ons was ontstaan en er werd geapplaudisseerd.

'Ze heeft net ja tegen me gezegd,' zei Martin tegen ons publiek, en er werd gejuicht en gelachen.

'Hoe ver hebben jullie gelopen?' vroeg een vrouw van mijn leeftijd, met het accent uit mijn jeugd.

'Zo'n duizend mijl,' zei Martin.

'Jemig,' zei haar partner. 'Willen jullie met ons op de foto?'

Toen de mensen zich hadden verspreid, keek ik weer naar Martin.

'Heeft de tocht je bevrijd?' vroeg ik.

Martin keek om zich heen en glimlachte. 'Ik heb de vrijheid om mijn eigen keuzes te maken, zoals altijd al. Ik zit iets minder vast in het verleden. En jij?'

Monsieur Chevalier had toch gelijk gekregen. 'Camille heeft me bevrijd van elke verplichting aan haar... maar ze zal hulp en steun nodig hebben. En ik wíl er zijn als ze me nodig heeft.' Terwijl ik het zei, besefte ik al hoe onwaarschijnlijk het was. Haar vergiffenis had ons bevrijd van ons vreemde verbond, wat het ook maar had ingehouden.

'Ze zou de kok in ons hostel kunnen worden.'

Martin keek me aan alsof hij het meende.

'Zou je een hostel met me willen beginnen?'

'Dat wilde je, heb je gezegd. Weet je nog?'

Ik lachte. 'Wil je me daaraan houden?'

'Als jij eraan gehouden wilt worden.'

'Serieus?'

Martin pakte zijn telefoon en liet me een e-mail zien van Jim de makelaar over het kopen van Le Nid de la Palombe – voor Gilbert en Camille. De perfecte gîte, compleet met locatie, tuin, biologisch eten en soms het geluid van spelende musici, en in de toekomst misschien ook kunstenaars en andere creatievelingen die cursussen volgden en aan yoga deden met Martin en mij. We hoefden zelf alleen nog voor massages, muesli en ongezoete yoghurt te zorgen. En voor wijn van degene aan wie Gilbert zijn bedrijf had verkocht. We zouden aan hem denken wanneer we het glas hieven.

Hoe vaak had ik niet tegen mezelf gezegd: *De Camino is het leven niet*? Ik had tegen mezelf gezegd dat op de beste plek zijn waar ik ooit was geweest niet iets was om naar te streven, maar iets om uit mijn hoofd te zetten. En nu zei Martin: *Waarom niet?*

Courage.

Ik sloeg mijn armen om hem heen en toen Camille en Grietje uit de basiliek kwamen, lachte en huilde ik nog. Camille keek naar me, knikte en glimlachte zacht.

Woord van dank

Een boek schrijven heeft iets van een pelgrimstocht, vooral als je het samen doet. Veel gesprekken over wat er belangrijk is – en loslaten wat dat niet is. Er moest natuurlijk eerst een echte chemin worden gelopen, terwijl we nog worstelden met de vorm die het verhaal zou krijgen.

De Chemin d'Assise en de Via Francigena leverden ons die vorm. Doorweekt van de regen in de trieste, eenzame maar mooie plaatsen in Ligurië beseften we dat Zoë en Martin hier hun dieptepunt zouden beleven, en het bereiken van de schoonheid – en het betere weer – van Toscane hielp ons de slotakte vorm te geven.

We hadden echt geluk dat we ver ten zuiden van Lombardije liepen, in februari 2020, toen de kranten zich begonnen te vullen met verhalen over het virus dat het jaar zou domineren. We vertrokken begin maart uit Rome, net op tijd om niet in quarantaine te hoeven bij onze terugkeer in Australië. De lockdown gaf ons tijd om te schrijven – en de wandeling al doende opnieuw te beleven.

Zoals altijd zijn we dankbaar voor de feedback van onze eerste lezers: Robert Eames, Sue Hughes, Rod Miller, Robert Sachs en Dominique Simsion, die ons hebben geholpen onze personages en het verhaal te polijsten, en hetzelfde geldt voor het team van Text, met name onze redacteur David Winter en uitgever Michael Heyward.

Veel van onze lezers zijn wandelaars, of in elk geval leunstoelreizigers. *Bon courage*, jullie allemaal.

Lees ook van
Graeme Simsion & Anne Buist:

Kunstenares Zoë en ontwerper Martin staan beiden op een keerpunt in hun leven: geen geld, geen partner, en de kinderen zijn het huis uit. Het lot brengt hen samen op de Camino naar Santiago de Compostela. Terwijl ze worstelen met de natuur, de cultuur en de mensen onderweg, ontdekken ze dat ze elkaar meer te bieden hebben dan verwacht. Maar dan moeten ze wel eerst hun eigen verleden in de ogen kijken.

En lees ook de *Rosie*-serie van Graeme Simsion!

De autistische Don Tillman doceert genetica aan de universiteit. Hij is superintelligent, kan geweldig koken en is op zoek naar een vrouw. Door zijn sociale onhandigheid is hij echter nooit verder gekomen dan een eerste date. Met behulp van een zestien pagina's tellende vragenlijst hoopt hij zijn perfecte partner te vinden. Dan komt Rosie Jarman in zijn leven: verre van perfect, maar wel intelligent en mooi. En ze is op zoek naar haar biologische vader – een zoektocht waar Don haar misschien bij zou kunnen helpen.